蔷薇追缉令

盛世爱 著

上

ROSE

中国友谊出版公司

楔子 ...001

第一章 艺人成为嫌疑人 ...004

第二章 奇怪的粉丝 ...013

第三章 *Moonquakes*...028

第四章 嘴唇失窃 ...039

第五章 全家都希望他俩能成 ...054

第六章 7 年前悬案 ...062

第七章 小吃车投毒案 ...072

第八章 可疑的聋人母亲 ...087

第九章 尸体的内裤 ...098

第十章 帮我借一具干尸 ...112

第十一章 颜昭的蓄意 ...127

第十二章 被颜昭盯上的男人 ...136

第十三章 捡到梅香手机的神秘人 ...152

第十四章 和月亮的第一次约会 ...167

第十五章 找个理由，踢她出警队 ...177

第十六章　站在门口的尸体 ...186

第十七章　"我弄疼你了？" ...195

第十八章　月亮的马甲掉了 ...206

第十九章　厉落被停职 ...216

第二十章　云法医的情敌 ...229

第二十一章　一辆等了很久的埃尔法 ...240

第二十二章　强吻的证据 ...254

第二十三章　白烬野的病 ...264

第二十四章　24 岁的约定 ...275

第二十五章　前方高能表白现场 ...286

第二十六章　囚徒困境 ...295

第二十七章　梧升桥 ...306

第二十八章　交心 ...312

第二十九章　第二具无舌女尸 ...321

第三十章　绑架 ...337

第三十一章　江瀚的加入 ...349

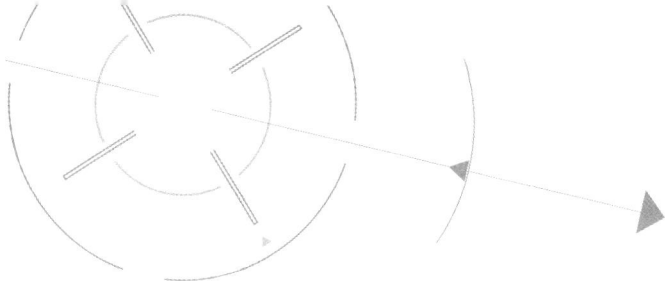

12 年前。

暴雨侵袭，天阴得像要塌下来，通途变拥堵，大桥上水泄不通，警笛声不绝于耳，桥上密密麻麻的车灯闪烁。

雨水冲刷着救护车，雨刷刮着挡风玻璃，司机回头对医护人员大喊：

"刚刚接到指挥中心电话！有个男孩在前面跳桥！"

"开门！开门！我要下车！"女孩疯狂拍打救护车门。

护士劝她："小姑娘，你还是留在车上照顾你爸爸吧！前面堵了那么多车，你就算再着急，这车也长不出翅膀！我们也开不出去呀！"

车门还是被女孩拉开了，她担心地看了一眼车上昏迷的父亲，转身跑进一望无际的车海里。

雨水溅湿脚踝，她扔掉有阻力的雨伞，对抗着冰冷的雨水与灼痛的呼吸，拼命奔向前方！

越跑心越寒，前面这是堵了多少辆车啊！

不知冒雨跑出多少公里，她终于看到了警车，大力地拍击车窗！

"警察叔叔！救命啊警察叔叔！"

车窗摇下，警察也在焦急地打电话。

"警察叔叔！前方道路什么时候才能疏通啊？！载我爸爸的救护车堵在后面过不来了！人快不行了！"

"孩子，前面有个男孩要跳桥！我们的人现在正在劝着呢！

"你先别急，我们这边正帮忙联系着，看看能不能让医护人员先把病人从拥堵路段推出来！不过你爸爸堵的那个位置正好在中间，距离很远，如果按照我说的方法，靠人推出来也要一段时间！"

她焦急地转身遥望，远处的桥架上，一个男孩淋得像只刚破壳的小鸡，他站在桥身外面，一只手抓着栏杆，另一只手正激动地朝试图靠近他的警察挥舞着。他哭着嘶吼，一只脚已经悬了空！

女孩抹去眼前不断流淌的雨水，问："警察叔叔，能不能跟那个跳桥的孩子说一声，我爸爸还在救护车里躺着呢！让他行行好下来吧！"

"孩子，你太天真了！你看看他现在还顾得上这些吗？我们的人不是一直在想办法劝他吗？"

大桥被雨水冲刷得湿滑无比，围观的人们都不禁为那男孩捏一把汗。

混乱之中，没人注意到一个浑身湿透的女孩钻进了警戒线……

"欸？你是干什么的！"警察叫住了她。

"我是他的同学，能让我劝劝他吗？"

"都给我滚！都给我滚开！"

男孩的嗓音已经沙哑，他单手抓住栏杆，像被逼到悬崖的小狼，龇牙咧嘴，怒视着每一个试图靠近他的人。

人群中走出一个纤瘦的女孩，淋得和他一样湿。

她抓紧肩上的书包，洇湿的白色帆布鞋小心翼翼地向他挪动。

他的面部因为哭得太久而充血，曲张的血管将通红的脸分割成一块又一块，仿佛一张悲伤的拼图。

他惊慌诧异，她怜悯望他。

暴雨无声。

"你可以下来吗？"她的眼睛像小鹿的一样黑，声音像奶盖一样软，"我爸爸在后面的救护车上，他快死了……"

大雨滂沱，他甚至没听清她在说什么。

她慢慢走到他面前，将刚才的话又重复了一遍。

"求求你。载我爸爸的救护车堵在后面了，他快不行了。"

她在他眼里看到了愧疚。

"对不起。"男孩颤抖着说。

他眼里灰败一片，下巴扬起，作势就要跳下去，她立刻察觉到他的意图，急忙大喊：

"不许跳！你跳了他们一样要施救！路上还是一样堵！我爸爸一样会死！"

少年仰起的头落下来，睁开眼睛迷茫地看她。

她朝他勾了勾手，哄着说："先到我这里来，嗯？"

她见他犹豫不动，小心试探："你家里人呢？"

说完她便后悔不已，因为他听到"家人"二字后，瞳孔剧烈震颤，眼中充满了戾气!

她立刻说:"你有朋友吗?"

少年摇摇头。

"你这么好看,会有很多朋友的。"她的目光饱含祈求,"下来吧,好不好?"

"我叫颜昭,你有什么不开心可以来我们学校找我,我可以做你的朋友。"

所有人都屏住呼吸,人们眼看着那个女孩缓缓走到男孩面前,男孩竟然渐渐平静下来。

接着,她小心翼翼地抱住了他,轻轻安抚他的后背。

"没事了没事了。别怕。"

拥堵的交通缓缓疏通,救护车呼啸着,爆闪灯急速转动。

狭小的车厢里人们正与死神搏斗,心电监护频频发出尖锐警报声。

"爸——爸——"颜昭一遍遍哭喊着父亲,连同救护人员的奋力抢救,父亲的心脏终于又恢复了跳动。

"病人脑干出血,抢救时间非常关键,怎么这么晚才送来?!"

"现在需要马上安排手术,费用在 30 万元左右。"

"这个我们不敢保证,手术完植物人的概率很大。"

手术室门上的灯亮起,颜昭疲惫地坐在椅子上。

母亲听不见,也说不出,不知道发生了什么,没有一个医护人员能够跟她这个聋人交流。

她急得直捶颜昭,想让女儿用手语告诉她医生都说了什么。

可是颜昭太累了,累得胳膊都抬不起来。

派出所的电话打来,民警根据颜昭留下的电话找到了她。

"孩子,我是来告诉你一声,被你救下的男孩的家长来接他了,你今天做了一件好事。"

"嗯……警察叔叔……他好可怜……您要教育一下他的家长,千万不要再打他骂他了……"

"什么打他骂他呀!我们跟家长了解完情况了,这孩子想买游戏机,家长不给买,就爬到桥上去了!……孩子,你怎么哭了?"

"我爸爸……我爸爸还在抢救呢……"

第一章

艺人成为嫌疑人

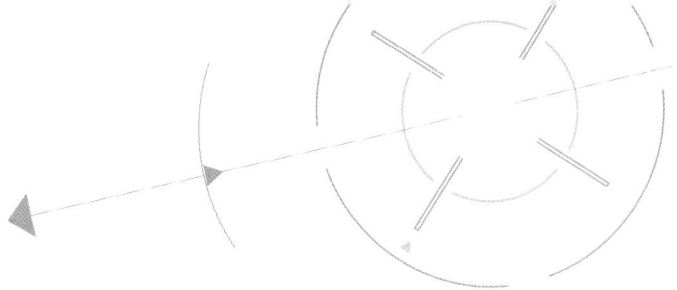

001

外滩，人声鼎沸。

520架无人机在夜空中变幻出各种造型，地面上人流如潮，密密麻麻。

无人机先是组合出一个巨型蛋糕，瞬间又变幻成火焰形状，熊熊燃烧几秒后，天空陡然出现一个"烬"字，"BJY"的名字缩写紧随其后。人群开始欢呼，尖叫声汇成一片海洋，此起彼伏。

这个名，不用写出姓，人们都知道他是谁。

白烬野。

只要打开微博，天天在热搜上，想不知道都难。

"烬"字消失后，空中惊现一只惟妙惟肖的狐狸，打了个哈欠后伏在地上，乖乖萌萌的，而后又露出一个憨态可掬的笑来，把人们逗得心都融化了。

狐狸再睁开眼，面前出现一支蜡烛，狐狸腮帮子一鼓，一口气把蜡烛吹灭了。

蜡烛熄灭的袅袅烟气转瞬间就变作一句话：白烬野24岁生日快乐！

与此同时，全国所有准一线以上城市，今晚也都上演了相似的应援表演，"白烬野新征程""小白狐们永远在你身后"的口号随处可见。

各个城市的商业街只要有大屏的地方，都被白烬野的粉丝包揽，白烬野的照片轮播在高楼大厦之上，包括纽约时代广场的大屏广告。

各路商家、媒体，半个娱乐圈的前辈好友都趁着这个热度，纷纷送上了祝福。

这位内娱顶流，今夜风头无两。

人群中间，一只握着煎饼的手，被人潮裹挟着，如同一条被棒打的草蛇，身不由己地摇摆在人缝之中。眼看煎饼被挤得就要从袋里掉落，那只手又加紧了力道，可是攥得越紧，煎饼就往外蹿得越多，脚下的步子磕磕绊绊，偶尔踩到了人，引来几声咒骂，他连连鞠躬，起身再一看，手里已经空了。

那双年轻的手朝地面伸了下去，马上就要触到煎饼，却突然停住了，最后落在布满脚印的皮鞋上，掸了掸，鞋尖被抹出光亮，再想去拾起煎饼，煎饼却早已被踢开了几米。

他望着地上的煎饼，出神了几秒。一个扫帚扫过去，将煎饼扫进了簸箕里。他的手伸在半空，最后无奈地垂下。

扫大街的老伯抬头看了年轻人一眼，年轻人一眼就将他认了出来，快步走向老伯，似乎已经寻找他多时。

年轻人从西服外套里掏出一张名片，光滑的名片上印下一枚油手印。年轻人忙不迭地用袖子擦了擦，待名片干净后，他微笑着递给老伯，继而用手语对老伯说：

"您好，我是律师，专门为聋哑人打官司。"

老伯接过他手里的名片，看了看，眼里充满疑惑与不安。

年轻人站到老伯身侧，指了指自己，又给老伯指了指名片上自己的名字——唐宣。

老伯把扫帚夹在腋下，也打起手语："找我有什么事吗？"

江边，人们伸长脖子，高举手机，对着天空录像。无人机每变幻一个图形，人群就"哇"的一声，声浪此起彼伏。

喧嚣中，有两个人手指飞舞，正在进行一场无声的对话。

唐宣的手飞快地在老伯面前比画着：

"我是您儿子的律师，他委托我代理他的盗窃案，我需要您的配合。"

老伯连连点头，苍老的眼皮竭力撑开，显得自己更有精神些，他问："我儿子是聋人，也可以请律师吗？"

"您儿子当然可以请律师，人人都有为自己辩护的权利。"

唐宣的手语刚打完，就听见救护车的声音从远处传来。

他转头张望，一辆救护车呼啸而来，绝尘而去……

002

救护车在医院门口刹停，车上抬出一名女子，她双目紧闭，口唇苍白，已经人事不知。

ICU 病房外，医生递来一份病历。主任眉头紧锁，问："还没查出病因吗？"

医生面色凝重，摇摇头："这女孩子的病怪得很，该做的检查都做了。"主任接过病历，仔细翻看。突然，主任像是想起什么，眼睛眯了起来。

医院走廊的角落里，惨白的顶灯照得人心慌。一个中年妇女握着手机，似乎在犹豫着什么。

她时不时地抬头望向 ICU 门口，又低头看向她攥着的手机，110 的号码已经在屏幕上打好了。她的唇狠狠一抿，按下绿色键，电话一通，迫不及待地讲："我要报警！我女儿出事了！"

医院走廊尽头的窗被夜色染黑，光洁的大理石地面上倒映着一列白色的灯光，病房里都熄了灯，两侧的墙壁更显昏暗。突然，一侧的墙壁某处泻出一缕光亮。

换药室的门被打开，探出一个脑袋，一名小护士支棱着耳朵细听外面的动静。

"你在听什么呢？"另一名正在备药的护士问。

小护士面带震惊地跑回同事身边，皱着眉说："ICU 里查不出病因那位，居然是明星助理！她妈妈正报警呢！"

同事面无表情地"哦"了一声，手上继续备着药："哪个明星？"

小护士捏住她的脸，扯了扯："你先准备好，脸不要裂开，我再说名字！"

"哎呀，我又不追星。"

"白……烬……"

"白烬野？真的假的？！"对方双目圆瞪，嘴巴变 O 形，吸气，再吸气！

小护士如愿见到期待的表情，竟然跳起来。

激动过后，开始八卦：

"白烬野的助理怎么进 ICU 了？"

"我刚听见那个助理的妈妈报警，说是患者喝了一瓶饮料，直接就晕了，又呕吐又抽搐的。"

"按理说，如果水里有毒的话，患者各项检查都做了，应该能查出来是不是中毒啊，可是现在连医生都查不出病因，也不知道怎么治。我看那位患者越来越严重了，脸啊，手啊都僵了，话也说不出了。最让人震惊的是，刚才那妈妈报警说，那瓶饮料是白烬野给她的。"

"不能吧！人家可是明星，明星给自己助理下药？"

"这个嘛……娱乐圈里给女孩子下药的，好像也不是没有。"

"我的妈呀，又有偶像要'塌房'了吗？"

003

午夜，影视城里灯光恍恍。

化妆间内一片颓然，因为是大夜戏，大家都显得很疲惫，来来往往，无声忙碌。

男一号白烬野刚从生日会赶来片场，被簇拥着坐到镜前，二话不说开始做妆发。

有人上来想给他手背拍照，白烬野摆摆手："别拍。"

白烬野向来不喜欢卖惨。

团队的人都知道，但他手背上的针眼实在太多，让人触目惊心，才不由自主地想拍下来，真心实意地想告诉全世界自家艺人有多敬业。

妆发老师说："阿烬，要不你躺着吧，眯一会儿。"

化妆助理也说："对，您躺着化也行。"

白烬野修长白皙的手指飞速地在手机上打着字，立体的五官在化妆灯前泛着光泽，古装头套被寸寸摘下，露出宽阔的额头。化妆师手里的梳子将他的刘海放下，使他整个人立刻看上去又青春了几岁。他的嘴唇张张合合，露出冷白的牙齿，淡淡地回答："不用，我顶得住。"

他的声音有着与生俱来的清冷，不熟的话，会被解读成高傲。

白烬野的手在屏幕上停住，他想了想，声音又加了些温度，补了句："躺着化妆太阴间。"

化妆老师听出他的玩笑之意，就放松地笑着："有一天娱乐圈混不下去了，我就转行，殡葬行业比我们赚呀！"

小助理也跟着笑，捏着小刷子，在白烬野的眼周扑扑打打，许久才遮住他眼底的乌青。

给他梳头发的时候，助理的目光不经意间瞥见白烬野手机的微信界面，看见和他正聊天的，是个女孩子。

白烬野在对话框里打出"今天我生日，求抱抱"几个字……

但……没发出去，很快又删了！

一不小心吃到瓜，小助理顿时目瞪口呆！

她假装没看见，手上的动作专业而稳重，其实内心早已万马奔腾……

白烬野跟一女的……求抱抱？

这瓜也太太太大了！

然而小化妆师的职业素养尚未达到一定境界，眼珠子又忍不住瞟向白烬野的手机……

只见那双被万千少女"舔屏"的手在桌子上敲了敲，像在构思。

绞尽脑汁后，白烬野抿抿唇，最终却只在对话框里打出一句"今天好困，顶不住了"，还反复确认，犹豫再三，才发给对方。

发完后的白烬野，开始等回复。

其间他的小动作不断，喝口水，照照小镜子，拿起手机看看自己今晚生日会的照片，又返回微信界面不停地下拉，下拉，下拉……

屏幕解锁又关闭，一遍又一遍，可是女生都没回他。

国贸大厦像个巨人挺立在市中心。

自动门打开，信诚旺达律师事务所的前台灯光明亮。

信诚旺达的娱乐法团队，是国内目前经验最丰富的娱乐法团队之一。

这里没有加班，只有夜战。

颜昭坐到自己的办公位，打开电脑开始工作。

师父钱律师是白烬野的法律顾问，颜昭今晚的工作就是在网上搜集各种不实言论，为明天的律师函做准备。

尽管已是后半夜，但白烬野给工作人员下药的话题已经冲上热搜，不知道有多少营销号在连夜赶稿。

网民听风就是雨，舆论甚嚣尘上，各种版本的猜测都有。

有人说白烬野出道以来，除了闹过一次笑话，基本没什么黑料和绯闻，现在一出就是个刑事，这回要凉凉。

还有人P了图，说白烬野和女助理有私情，二人曾穿同款情侣鞋，暧昧早有端倪。据知情人透露，白烬野爆红后，女助理因为担心被换掉，以把柄相要挟，白烬野一怒之下在女助理的饮料里下了毒。

颜昭记录下这些营销号的ID，将微博内容截图留存。

这件事一上热搜，粉丝们气势汹汹地赶来，维护自家爱豆（idol）。

"造谣一张嘴，律师跑断腿！黑子们别猖狂，等着收律师函吧！"

"我家狐狸出了名的善良，连虫子都害怕，助理小姐姐跟了他5年，是战友更是亲人。下毒？迷药？电视剧看多了吧！"

"谁再抹黑我爱豆，110带我走，120抬你走，我上新闻，你下户口！"

也有路人参与进来的——

"白烬野能不能不要再上热搜了，首页不要再给我推了，我真的是无感，年轻人多关注点社会新闻不好吗？天天都是明星的烂糟事！"

"现在某些流量明星，唱歌张不开嘴，跳舞迈不开腿，演技仅粉丝可见，难道这就是偶像吗？"（附带 #白烬野工作人员进ICU# 话题）

说得太对了！这些流量明星真的很烦。颜昭悄咪咪地在这条上点了个赞！

反正是小号，谁也不知道。

证据搜集得差不多了，颜昭伸了个懒腰，这才拿起手机。

微信上有一条未读消息，消息的主人叫 Moonquakes。

"今天有麻烦，晚点儿联系。"

颜昭微微一笑，回复他："巧了，我这里也有点儿麻烦，回聊。"

附加一个抠脚表情包。

004

片场，剧组里死气沉沉。导演走到墙根，叼着烟打电话："大师，拍戏前所有演员的生辰八字您不是都帮我算过了吗？没问题的嘛！怎么现在我男一号被警察带走了？"

大师说："哎呀，你放心的啦！你那男一号八字很旺的！一定会逢凶化吉的！"

酒店房间门口，一位警察拦住了白烬野的经纪人叶晞汶。

警察："你不能进去，我们这儿办案子呢。"

叶晞汶好言相商："警察同志，我们一定会全力配合，但白烬野是我的艺人，他的事我都知道，能不能让我也进去？"

"问谁谁进来，需要问你就叫你了。"警察说完，直接将她拒之门外。

叶晞汶一耳贴着门，一边拿起手机开始联络各方、律师团队、公关团队……

一顿操作，叶晞汶的手突然顿住，脑海里闪过前天晚上的情景——

朝露擦着鼻涕，声音沙哑地说：

"要不你还是把我换了吧。"

坐在朝露对面的白烬野一言不发。

朝露又嘟囔了句："反正我的业务水平也赶不上你爆红的速度……"

白烬野抬手摔杯，杯子砸在地砖上裂成两半。

叶晞汶打了个哆嗦，瞳孔颤了颤，后背升起一股寒意。

白烬野从冰箱里拿出两瓶冰镇饮料，礼貌地摆在警察面前，两个警察都没喝。

没等警察确认完身份，白烬野就迫不及待地问："请问，朝露的情况怎么样了？"

白烬野眼中的关切，看在两名警察的眼里，是真关心。

可他是个演员啊，这么年轻就被提名了影帝，很会演也说不准。

所以警察没正面回答他，只是说："我们问什么希望你如实回答。"

"一定。"

白烬野把鸭舌帽向上抬了抬，露出一张比电视上更小、更白的脸。他的皮肤冷白，仿佛刷了一层苍白的釉，眼上还带着妆，眼尾处眼线上挑，带了几分邪气。

警察问一句，他答一句，端端往沙发上一坐，看起来竟有点儿乖，与妆容形成了极大的反差。

"你和朝露是什么关系？"

"她是我的主经纪人。"

"认识几年了？"

"5年了。"

"你和朝露上次见面是在什么时候？"

医院的病房外，朝露的母亲对警察交代："我是昨天晚上10点多给我女儿打的电话，她接电话的时候我就知道她出事了，她的声音很小，话说得很不清楚，我问她在哪里，她就给我报了白烬野家的地址。我和物业的人赶到他家门口的时候，敲门没人应。我打给我女儿，就听见楼梯间里有电话铃响，物业的人推开安全门，发现我女儿倒在楼梯间里。上救护车的时候，我女儿还能说两句。我见她呕吐，就问她吃过什么，她说工作忙，一天没吃饭。后来我追问她，她才说，喝了一瓶别人给的饮料。我问谁给的，她说是白烬野。"

005

问话的警察走了，房间里只剩白烬野和经纪人，以及公关部的小舟。

叶晞汶和小舟都在打电话，白烬野躺在沙发上，似乎睡着了。

叶晞汶放下电话，把白烬野脸上扣着的帽子拿下，如释重负地说："朝露她妈不闹了。"

白烬野从鼻子里"嗯"了一声，没睁眼。

半晌，他又问："你怎么跟人家谈的？"

叶晞汶说："这你就别管了，我有我的方法。"

小舟说："这个朝露，晕就晕呗，扯什么下药呢？"

叶晞汶说："阿烬，你真该换人了。"

白烬野伸出那只布满针眼的手，把帽子夺回来，重新扣在了自己的脸上。

叶晞汶看出他的不耐烦，但事态严重不能回避，就把他的帽子扯下来，苦口婆心地说：

"等朝露身体好点儿了，我跟她说。"

"让我睡5分钟。"

白烬野冷冷说完，眉心泛起一丝痛楚。

叶晞汶指了指吧台处："小舟，去把药拿来。"

小舟瞄着正较劲的两人，没动，有些为难。

白烬野只打针，不吃药，连药片形状的巧克力豆都不吃。

谁不知道他这怪癖？

这么不愉快的时候逼他吃药，他不发飙才怪呢！

正在此时，一阵敲门声传来，小舟赶紧起身开门，钱律师走了进来，身后带着个女助理。

钱律师进了屋，对助理吩咐了句："颜昭，把窗帘拉上。"

白烬野本闭着的眼忽然睁开，朝窗的方向看去。颜昭背对着他，拿着遥控器，关闭了窗帘。

颜昭转回身，白烬野重新躺回去，拿过帽子罩在脸上，抱住肩膀，在沙发上翻了个身，背对着大家，不动了。

叶晞汶拉着钱律师商谈一番，钱律师给出了一些十分专业的建议。

等到叶晞汶缓过神来，再往沙发上看，白烬野不见了。

"人呢？"叶晞汶不安地问。

小舟拿着电话走出房间，临走给她指了指洗手间的方向。

叶晞汶朝洗手间的走廊看去，只见白烬野一头湿发，脖子上搭着一条毛巾走了出来。

他脸上的妆全都洗掉了，皮肤白白净净。

叶晞汶松了口气，对钱律师的助理吩咐："麻烦你把吧台的药拿来。"

颜昭点点头，走向吧台，拿了一盒药过来。叶晞汶的下巴往白烬野的方向抬了抬，示意颜昭把药递给白烬野。

颜昭走到白烬野面前，远远地把药递给他。白烬野不接，看也不看她。

白烬野湿漉漉的刘海正往下滴水，他用脖子上的毛巾擦了擦。颜昭又靠近一步，正要递药，白烬野突然像小狗抖搂毛一样，摇头晃脑，霎时他头发上的水像流弹一样，甩了颜昭一脸！

颜昭死死闭上眼，没动，拳头垂在身体两侧。

脸上的水珠痒得她难受，再睁开眼时，她望着白烬野，眼里有藏不住的讨厌。

白烬野倒笑了，眼中的放肆和挑衅显得他倒有点儿精神头了，全没有了刚才的病态。

叶晞汶几乎是命令地说："赶紧吃药！"

听到这一声催促，颜昭伸手把药递到了他面前，冷冷逼视着他。

白烬野不接，但也不躲，就在她面前戳着。

她把药从药板里往外抠，铝箔纸被指甲戳破，发出哗啦哗啦的窸窣声响。

白烬野立刻堵住两个耳孔，表情狂躁地盯着她。

颜昭瞄一眼叶经纪和钱律师，两人正在谈正事，没注意到他们这边的动静，她这才小声说："你到底吃不吃？"

白烬野一字一顿："不要发出这种声音。"

颜昭挑衅似的看着他，用力揉捏，药板发出脆生生的响，刺激着白烬野每一根神经。

白烬野堵耳朵的力道更大了，恨不得把手指戳进自己的脑袋，像被施了紧箍咒。

颜昭享受着他的痛苦，停下了动作，把两粒胶囊塞进白烬野的掌心，又把一杯清水递给他。白烬野怔了怔。

任务完成，颜昭扭头就走！

小舟推门进来，跟叶晞汶说："工作室已经把律师函发出去了！"

叶晞汶扶扶额头，应了一声。

小舟说完，目光落在白烬野身上，脖子一下伸出老长，满眼震惊！

这小爷……是在……是在吃药吗？

尽管白烬野吞药的表情十分痛苦，喉结剧烈地滑动，但他竟然真的把药给咽下去了！

这是太阳打西边出来了吗？

小舟认识他好几年了，都没见过这位爷吃过一片药！有个头疼脑热的都挺着，实在挺不过了就去医院挂水，宁可打针也不吃药，让他吃片药简直比杀了他都难。

小舟欣慰泪目：看来这人啊，真得经历点儿风雨，我们家艺人终于长大了，呜呜呜……

钱律师站起身："那就先这样，没什么事我就先回去了，有状况再给我打电话。"

"好的钱律师，辛苦了。"叶晞汶也站起来，准备送客。

突然，叶晞汶的电话响起，她接起听了几秒，顿时愣在原地。

小舟见她表情不妙，等她挂断，小心翼翼地问："怎么了？"

叶晞汶张了张嘴，目光呆滞，缓缓地说："朝露……朝露走了。"

白烬野走过来，眉头压得很低，轻声问："什么叫走了？"

"她……死了。"

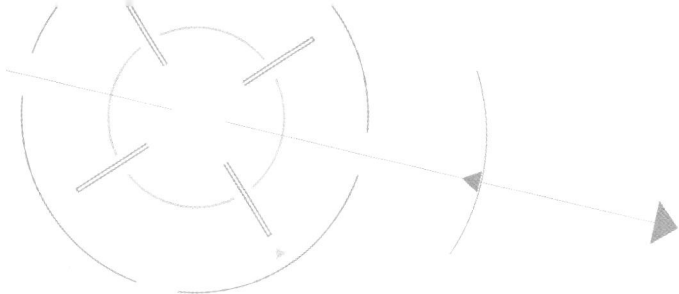

奇怪的粉丝

006

　　一个戴着鸭舌帽的脑袋贴着门，侧耳细听，手按在门铃上，门铃发出干涩的按键声，屋里没动静。

　　男人的唇轻轻开合，唤了声："有人吗？"

　　门铃又被戳了两下，拳头开始砸门。

　　"咣咣咣——"

　　砸门声越来越大，越来越响，可是门内依然没有动静。

　　男人向身后看了看，与同伴交换一个眼神后，掏出一把钥匙。

　　门被缓缓打开，步入房间，扑面而来一股恶臭。

　　玄关处有三双帆布鞋、三双运动鞋，头朝里，袜子打成卷，塞在鞋里面。

　　几双穿着鞋套的脚慢慢走进来。

　　这是一间大平层公寓，装修豪华，室内阴暗，所有窗户都拉着窗帘，到处散落着女性的衣物，垃圾随处可见，空气中弥漫着难闻的味道。

　　"不会是尸臭吧？"

　　新到岗的小刑警厉落，脑洞很大，胆子却小，紧紧跟在队长季凛身后。

　　季凛戴上手套，贴着墙边走，不耐烦地讥她："你要这点儿胆子，趁早干内勤去！"

　　厉落撇撇嘴，甩出警棍，在屋主的鞋子里拨了拨："这女孩够邋遢的，袜子也不洗，全打成卷塞鞋里了。"

　　季凛推开浴室的门，没人。

　　厉落也学着季凛的样子，推开一间书房的门，没人，书桌上光秃秃的，只剩一个鼠标。

厉落胆子大了点儿。她忐忑着，又推开一间卧室，可是映入眼帘的场景却让她差点儿没叫出声！

一个人躺在床上，从头到脚蒙着被子，一动不动，床边的垃圾桶上围着许多苍蝇。

第一次出现场就碰见命案了！

厉落把季凛叫过来。季凛戴上手套，上前轻轻地先把被子掀起一个角，厉落吓得闭上了眼。

半天没听见季凛说话，厉落把眼睁了一条缝，视线一聚焦，口中吐出一口气，翻了个白眼。

他大爷的！原来是个人形抱枕！

仔细一看，抱枕的头上印着一个男人的脸，男人酷酷地望着她，帅气的面容此刻显得有些阴鸷。

厉落打了个哆嗦。

看来，这家的主人是白烬野的女友粉啊！

厉落吐了吐舌头，正欲转身，突然听到床下有异响，她弯下腰去看，一团白影蹿了出来！

"啊——"

厉落失声惊叫，季凛冲进来。

"鬼叫什么！"

"有……有猫！"

顺着厉落手指的方向，季凛看见一根晃动的白色尾巴缩进了衣柜。

季凛大臂一挥，拉开了衣柜，可是眼前的景象却让他震惊。

衣柜里挂满了后援会的 T 恤，柜壁上密密麻麻贴满了照片。

女人邪笑着，伸出舌头，舔着坐便器。

女人抱着人形抱枕，躺在浴缸里自拍。

白烬野的照片……白烬野的照片……还是白烬野的照片！

厉落惊愕地说："那不是白烬野家的浴缸吗？"

季凛点点头，仔仔细细地把每一张都看了一遍。

突然，厉落"咦"了一声，季凛循声望去，只见厉落拿着其中一张照片，端详起来，表情很复杂。

厉落手里那张照片拍的是一个女孩，女孩并不是公寓的女主人，拍摄角度显然是偷拍，只有一张侧脸。

厉落狠狠地瞄，反反复复，仍不能确定。

"怎么了？这张照片里的人你认识？"季凛问。

"她好像……好像我一个高中同学……"厉落迷茫的眼神忽然变得笃定，"就是她！是颜昭！脖子这儿有颗痣！"

"颜昭？我认识，之前因为一个案子跟她打过交道，挺好的一个女孩。"

厉落的表情很怪，撇撇嘴，仿佛不愿提一样："你觉得好就好咯！"

季凛也把照片拿过来看："还真是她。"

季凛露出担心的表情："我听说私生饭①会侵犯明星的隐私，这私生饭这么变态，难道是盯上颜昭了？不然为什么偷拍人家？"

厉落撇撇嘴："那就等她遇害之后我再帮她找出真凶吧！"

季凛震惊地看着她："哇！你和她有仇啊？这么咒人家？"

厉落耸耸肩，冷哼一声。

这时，另外一个警察冲进来，叫了一声："季队！"

季凛问："小张，出什么事了？"

007

上源市滨江御苑门口。

一个中年妇女坐在马路边，胸前举着一幅巨大的遗像，遗像旁立着塑料板，板上写：

"无良戏子，吸血毒虫，还我女儿！"

妇女面容憔悴，目光呆滞，似乎变成了一个支撑遗像的人形架子。

记者蜂拥围堵，问题句句扎心：

"朝露生前跟白烬野是不是有过暧昧？"

"您女儿跟您提过工作压力大吗？"

"白烬野私下有没有联系您？"

"白烬野的经纪人威胁我说，如果把事情闹大了，我女儿在行业里就混不下去了。"妇女泪流满面，"经纪人还说，我女儿平时就经常低血糖，说不定住两天院就好了，毕竟医生也查不出病因，绝不可能是中毒。她还说，会给我高额补偿。我当时真傻呀，怎么就没了主意呢！"

记者问："那么朝露的死因到底是什么呢？"

"我女儿是中毒死的！中毒！她临死前跟我说的最后一句话是'妈妈，不要

---

① 私生饭：网络用语，指侵犯明星私生活及工作的粉丝。

报警'！她说不要报警！她是有多害怕呀！我女儿生前一定遭受了很多威胁！老天爷呀！你睁睁眼吧！"

视频直播飞速传遍网络，看到的人，无不被这位母亲凄厉的哭声揪心，愤怒的声音随之而来。

劣迹艺人，应该全网封杀！

这时，人群之中忽然挤进另一个中年妇女，怪异的造型十分惹眼。

这女人有 50 岁上下，衣着不俗，风韵犹存，看起来是位阔太，但奇怪的是，她的脑门儿上绑着一部手机，手机横过来，变成一个小型屏幕，屏幕反复滚动着几句话：白烬野是清白的！除了法院，谁也不能乱给我儿子定罪！

两句话滚动完，后面跟了句"右边请你冷静"，右边，指的就是朝露的母亲。

妇女在朝露的妈妈左侧坐下，还自备了一个折叠凳，板着一张脸，与她严肃认真的表情相比，脑门儿上的手机却有点儿搞笑。

朝露的母亲也愣住了，一时不知道是个什么情况，就问："你是白烬野他妈？"

那女人也不答话，只把脑门儿对着无数镜头，一脸高傲，开始放空。

网络上铺天盖地散开消息，到处都是关于这两位母亲的视频……

凌晨，夜色正浓，城西一栋废弃家属楼外拉起了警戒线。

楼道内阴暗潮湿，堆满垃圾。季凛和厉落赶到现场时，技术人员已经勘查得七七八八。

厉落跟着季凛往楼道里走，里面十分幽暗，初入内，空气里飘荡着尿臊味与灰尘混杂的霉味，再往里走，那臭气简直熏得人天灵盖都跳起来。

两名警员正向 3 名学生了解情况，学生们显得有些激动，精神状态不太好的样子。

"你们是什么时候发现这具尸体的？"

"我们平时是在网上做鬼屋探险类视频的博主，关于这栋楼有很多灵异传说，就准备做一期节目。我们约好今天凌晨 1 点在门口见面，我先到的，因为这地方垃圾太多，又阴森森的，我一个人不敢进，就等他们两个来，也就两分钟后，我的两个朋友就带着设备到了。"

"对对！我们三个一起进去的，谁知刚进单元，就看见一具女尸躺在这里。"

"我一开始还以为是我同伴为了节目效果，故意往这里放的人体模特呢！"

"那可不是我放的！"

"对，我也以为是他放的道具呢，就把镜头和光都打上了，我还伸手摸了一下！结果吓了我一跳！是个死人！"

技术人员在现场仔细勘查，警察围着居民楼开始搜索。

这是一栋废弃已久的居民楼，距离机场3公里，该楼是电子厂家属楼，早年前一场大火后，这栋楼就荒废了。

因为总有人闯入，有关部门就用围挡把楼圈了起来，但围挡也就是一层薄薄的彩钢板，没过多久就被拾荒者拆光了。

电子厂家属楼的前面堆满了如山的旧衣服，经常有货车过来拉走，也不知道来源是哪里，又销往什么渠道。

厉落揪着季凛的衣服，躲在他身后，几乎是从手指缝里去看尸体。尸体似乎没有残缺，衣着完好，口鼻处爬满了蛆虫。

厉落没敢细看，腿都是软的，门口传来刹车声，她回头一看，是法医到了。厉落看见云开高大的身影走上前来，云开身后跟着拎勘验箱的实习法医，她赶紧默默退出了现场，生怕季凛喊她帮忙……

008

上源市公安局局长办公室，笔记本电脑里播放着两个母亲闹哄哄的新闻。

厉落敲开办公室的门，先把脑袋伸进来，探察情况。

一看张局长黑着一张脸，势头不妙，厉落赶紧又缩回门外，躲到季凛身后。

季凛大大方方走进来。

张局长："我刚从江城回来就出了这么大的案子，季凛，'9·23案'调查得怎么样了？"

门开了个缝，一颗小脑袋悄悄探进来。张局长目光如鹰隼，冷喝一声："进来！"

厉落像被老鹰叼住的小鸡一样，乖乖溜了进去。

张局长厉声道："你，汇报案情！"

季凛把笔记本电脑塞进厉落怀里，厉落撇着嘴打开文件夹，磕磕巴巴地开了口："本月13号……啊不对，本月23号……"

张局长打断她，吹胡子瞪眼，问："到底几号？"

"23号……"

张局长眯起眼睛说："厉落落，就你这两下子，能干刑警？"又敲敲桌子，"我看坐收发室都够呛！"

季凛赶紧插刀："张局，我看也是！"

厉落狠狠地扫了季凛一眼，季凛耸肩。

张局长冷冷地戏谑："厉落落，要不你去窗口盖戳吧？"

厉落昂起头，站得笔直，打起十二分精神，严肃认真地敬了个礼说："报告局长！我脑子不好使，但我有一颗当好刑警的决心，至死不渝！"

张局长听到那个"死"字，虎躯一震，心说你可不能死啊！

打从厉落进刑警队的第一天，厉落的爸爸就跟张局长下了死命令：最多让她折腾3个月，3个月之后，必须踢出刑警队伍！

张局长过去是厉父的老部下，这点儿小要求还是可以办好的。

于是厉落印象里和蔼可亲的张叔，成了最会给她穿小鞋的张局。

张局长对这个新来的女刑警的态度，很快就被下面的人读懂了，队里的警员们也都跟着挤对厉落：一个小姑娘，天天嚷着出外勤，不够添乱的！留在办公室擦擦地板查查资料多好！

张局长听她至死不渝的决心，僵了好几秒，才无可奈何地说："你呀，逆鳞忒多！"

厉落一脸正经，声音高亢，字正腔圆地开始汇报案情："本月23号，死者朝露乘坐白烬野的车来到白烬野的公寓楼下的停车场，乘车期间白烬野递给朝露一瓶饮料，朝露喝了半瓶。白烬野说要上楼休息一会儿，朝露就在车里等他。

"因为当天是白烬野的生日，二人下午要去准备生日会，朝露在车上等了一个小时后，见白烬野没有下楼，就给他打了电话，电话无人接听，朝露担心迟到，就上楼去找白烬野。由于白烬野家的电梯需要刷卡，朝露忘记带电梯卡，只好走楼梯，上到白烬野家所在的11楼时，朝露突然体力不支，晕倒在楼梯间。

"白烬野睡醒后发现快要迟到，赶紧联系朝露，多次拨打朝露手机无人接听后，驱车赶往生日会现场。当晚生日会正常举办，由于这场生日会是朝露全权负责，当时所有人都联系不上朝露，联想到前几日公司想给白烬野换经纪人的事，大家都猜测朝露有情绪，是故意消失。直到当晚夜间11点20分，朝露的妈妈联系上苏醒的朝露，赶到白烬野住处后，发现她倒在楼道内，一侧身子麻木，无法动弹，遂拨打了120。

"朝露送医后，出现抽搐、呕吐、出汗、流涎等症状，医院为其做了各项检查，均未找出发病原因。一名有经验的医生想起他之前接诊的一位抗精神病药物中毒的病历，联系了警方。我们在朝露停车附近的垃圾桶内找到了剩下的半瓶饮料，经鉴定科鉴定，确认瓶身上的唾液DNA确实是朝露的，而且饮料中含有大量的五氟利多。"

季凛说："五氟利多是很好的抗精神病类药物，但是正常人服用过量会导致中毒。"

"法医怎么说？"张局长问。

"法医给出的死因是药物导致的锥体外系反应。正是五氟利多中毒。"

张局长吸了口气，面色凝重："那个明星查出什么了吗？"

厉落摇摇头，张局长瞪着她，厉落赶紧解释："不是没查，是在白烬野身上根本查不出什么。白烬野很配合，第二天就带我们去了他家，我们在冰箱里找到了5瓶一模一样的饮料，鉴定发现这5瓶饮料均含有五氟利多。"

季凛说："这5瓶饮料上没有任何指纹，连白烬野的指纹也没有。白烬野说饮料不是他放进冰箱的，他以为是朝露放的，因为朝露出事那天上午来过他家帮他取东西，朝露经常会在他冰箱里放几瓶他爱喝的功能性饮料。但是就算是朝露放的，也应该有朝露的指纹，所以我们推测，这几瓶饮料一定被人动过手脚。指纹如果是白烬野擦掉的话，他没道理主动带我们去检查他家的冰箱，他会把饮料全部销毁才对。所以我们怀疑有其他人进过白烬野家。"

季凛打开了一个视频："我们调取了白烬野家案发前一周的监控，画面显示，9月22日17点22分20秒，一名戴着口罩和鸭舌帽的黑衣人来到白烬野家门口，掏出一把钥匙，十分娴熟地打开了门，10分钟后，黑衣人鬼鬼祟祟地出来，走进电梯。经调查，该人正是白烬野楼下那家的女主人王雨萱。在白烬野家逗留10分钟后，她又返回自己家，一夜未出门。直到次日下午，也就是23日16点12分走出家门，怀里抱着一条狗，狗看样子生病了。王雨萱乘坐出租车于16点40分赶到宠宝宠物诊所，半个小时后她又抱着狗狗赶往真爱堡宠物诊所，17点40分她独自一人打车返回宠宝宠物诊所，随后失去行踪。

"我们在王雨萱家发现了大量白烬野的照片，照片都是王雨萱潜入白烬野家中的偷拍。我们再次调取更早时间的监控，发现王雨萱近半年来，密切掌握着白烬野的行踪，只要白烬野离开家，她就会趁机潜入白烬野的公寓，那些自拍里也显示，在白烬野离开后，王雨萱经常偷用他的浴缸，睡他的床，甚至舔他的坐便器等。

"这是我们在王雨萱家中发现的精神病类药物，其中就有3盒五氟利多。

"今日凌晨1点10分，有人报案称，在距离机场3公里处的电子厂家属楼内，发现一具女尸，正是失踪一周的王雨萱。"

张局长问："白烬野呢？"

季凛答："自从朝露死后，白烬野就停掉了所有工作，一直在住院。记者围堵在医院楼下。我们也派人密切监视他的行程，但是他除了在片场就是在发布会，要么就在医院，有充足的不在场证明。"

"法医怎么说？"

"法医说，王雨萱的死因和朝露的死因一样，都跟药物中毒有关。但是王雨萱的脖子上有针孔，注射进体内的药物还要等待进一步的检验，我们现在怀疑是他杀。"

张局长神色复杂地望着季凛。

季凛继续说道："首先，犯罪现场没有找到注射的针管。假设王雨萱畏罪自杀，她一个人来到这么偏僻的地方，给自己注射药物，针管就应该遗落在附近才对，那么是谁拿走了这个针管？其次，王雨萱失踪当天，她的狗被检查出细小病毒，她将狗送去宠物医院住院治疗。试问，如果一个人有轻生的念头，恰巧爱犬也患有严重疾病，一般人会想和爱犬一起死。可是王雨萱却到宠物医院给狗进行了积极治疗。她死后，狗仍在真爱堡宠物诊所住院。鉴于监控探头最后拍到她出现的地点是宠宝宠物诊所，所以接下来我们打算重点查一下宠物诊所，同时等待进一步的尸检报告。"

张局长问："现场有没有遗留脚印？"

季凛摇摇头，可惜地说："这几天又连下两场雨，总之现场条件不是很好，脚印没有提取到。"

张局长点点头："要如你猜测，是他杀，那还真是螳螂捕蝉，黄雀在后啊！季凛，这个案子闹得很大，社会各界都在关注，一周之内，我必须给出一个让大家满意的答复，明白吗？"

"明白，张局！"

009

宠宝宠物诊所位于老城区，不在门市房，而是在民航小区内的一楼。这个小区是 20 世纪 90 年代建的民航家属楼，非常老旧，到如今基本没有物业管理，诊所的主人大张旗鼓地将阳台窗户改建成门，挂了招牌。

小区门口的监控探头显示，王雨萱最后一次露面就是这家诊所，进去了就没再出来，直到一周后尸体在郊区废楼里被发现。

厉落搜索了一下点评，这家不起眼的小诊所评分非常高，多年以来已经在全市做出了口碑。

厉落进门就开始四处打量，这里麻雀虽小五脏俱全，地面上关着几只生病的小狗，墙面上挂着锦旗，锦旗上写"毛孩子的救星""妙手回春"等赞誉。

兽医穿着洗旧的白大褂，面容憨厚地迎上来，说话也慢吞吞的，给人一种敦厚友善的亲切感。

不足 100 平方米的小诊所里突然涌进这么多人，让兽医有点儿慌。

季凛问："23号下午，这个女孩是不是来过你的诊所？"

"是来过，同志，出了什么事？"

"公安局刑警队的，跟你了解点儿情况。"

"警察……"兽医扶了扶圆片眼镜，"没问题，一定配合。"

季凛问："她来过几次？"

兽医答："来过两次。她的博美得了细小，想在我这里治疗。"

正在这时，一个女人从里屋走出来，怀里抱着一只小泰迪，她声音清脆，笑语先至：

"有事找我说吧！大夫天天跟猫狗打交道，对人的事儿不是很了解。"

说话的女人是兽医的妻子，她40岁左右，保养得当，打扮时髦，待人接物热情伶俐，光是拿饮料、安排就座，双方就推拉了好一会儿。

兽医妻子在看到王雨萱的照片后，脸上的热情有了一丝闪烁。

"这小丫头怎么了？出了什么事呀？"

季凛问："她为什么在23号下午来过你们诊所两次？"

兽医妻子说："她的狗病得挺重的，来我家治，我给狗安排了抽血化验，结果确诊细小，需要住院治疗。她交了2000块钱，我就给狗挂了水，她突然又说信不过我们，就说要带狗去别家治疗。我不太同意，倒不是因为想赚她的钱，她那狗都已经开始拉血便了，外面又下雨，再着凉真就回天乏术了。我好言相劝，人家就是不听，最后把狗带走了。她走了之后又回来过一次，因为把狗带去真爱堡诊所住院了，她听真爱堡的兽医说，他们那里给狗检测细小只要150元，我这里收了她300元，她就来找我理论，想退点儿钱。可是您给评评理，我们这里给狗又抽血又化验的，检测10多项，真爱堡那种新开的糊弄钱的小诊所就给你弄一个破试纸，价格当然不一样呀！"

季凛审视着她，问："王雨萱为什么突然对你们的治疗信不过？"

兽医妻子眼神闪躲，笑笑："可能嫌我们这里环境不好吧！"

季凛说："把监控调出来。"

兽医妻子在电脑前把监控调出来，23号那天的监控显示，16点40分，王雨萱抱着狗进了大门，跟兽医妻子交流之后，把狗让兽医带去化验，王雨萱就坐在诊所的沙发上等着，等待过程中，她突然起身，跑到垃圾桶前蹲下查看，之后，她起身跟兽医妻子交谈，随后两人动作幅度加大，似乎是在争吵。

"垃圾桶里是什么？"季凛的语气多了几分严肃，厉落也悄悄观察兽医妻子的表情。

兽医妻子略显心虚，这才交代说："是一只没有咽气的狗崽。"

厉落问："你把活的狗崽扔进垃圾桶？"

兽医妻子叹了口气，仿佛背负着很大的心理压力："你们也看到了，我们这里生意好，每天要治疗不少的狗，那小狗崽得了细小，奶都喂不进去，只能丢掉，否则还会传染其他的小狗。那个王小姐我跟她解释过了，没用，还骂我们是无良诊所。"

季凛看完监控，问："王雨萱把狗送到其他宠物诊所后，又返回你这里找你退钱，之后为什么就再也没出来？"

兽医妻子说："她不是没出来，是没有从正门走，而是从后门离开的。她来找我退钱，我当时还有客人，怕她闹事影响生意，就把化验的钱退给她 100 块，她收到钱后又提出想带走那只小狗崽，我说那狗崽我已经扔到后门垃圾站去了，她就跑到后门去翻。后来我也没注意她什么时候走的，估计直接从后门走了吧！"

厉落心里暗暗感慨：这个王雨萱，跟踪狂、偷窥癖，往白烬野的水里下药，变态行为令人发指，可她竟还会为了一只奄奄一息的小狗崽去翻垃圾站。

善恶无界，一念而已。

厉落仔仔细细地看着兽医妻子的一举一动，悄悄跟身边的小张说："我看她的样子，也不像在说谎。"

小张肩膀抖抖，讥诮一笑："要是看看样子就能知道是不是凶手，那还要我们痕检干什么？"

说罢，小张走上前，对兽医妻子说："我们现在需要对你们的诊所、住处、私家车进行勘查，请你配合。"

那边，技术员们开始对宠宝宠物诊所进行细致的痕迹检验。这边，季凛又带着厉落赶到了真爱堡宠物诊所。

在车上，季凛接到了云开的电话。

云开的声音从电话里传来："王雨萱体内还有一种药物，叫水合氯醛。这种药物一般用于动物麻醉催眠，比如给小白鼠做实验，早前也有动物医院用于宠物麻醉。但由于水合氯醛麻醉剂量接近中毒剂量，所以有经验的兽医都会给宠物用 846 助眠新合剂，这种麻醉效果好，副作用小。"

季凛回："知道了。"

相比于之前那家诊所，真爱堡宠物诊所可谓豪华，地处市中心，楼下是宠物美容和宠物商店，楼上是宠物诊室和住院区。装修时尚气派，前台接诊的兽医关小姐，服务态度近乎完美。

"这个女孩是我接待的，她的狗得了细小，蛮严重的，她当时二话不说就交了 3000 元的住院费，然后说要出去一趟，就再也没回来。"

季凛调取了 23 号下午的监控，没发现什么异常。

季凛说："你们这边用的宠物麻醉剂给我看一下。"

关小姐把季凛和厉落领进一楼的一个药剂室，从麻药的那一栏里拿出了一盒药。

季凛接过来·看，上面写着 846 合剂的字样。

厉落悄悄观察关小姐的表情，依旧看不出什么异常。

唉！查案子真难！

季凛问："除了这种药，还有其他的吗？"

关小姐转身从麻药堆里拿出一个小盒："哦，还有这个，但是这种用来催眠还行，麻醉就差点劲儿，一般不用。"

关小姐递过来的，正是水合氯醛。

010

法医室外，厉落缓慢地推开那扇冰冷厚重的金属门，动作之轻飘，堪比鬼魂。

云开站在里面，一身白大褂，周身冷肃，修长的手指搭在粗准焦螺旋上，聚精会神地注视着显微镜内的影像，金属边镜框压在他高挺的鼻梁上，镜片反射出冷蓝的光。

他那一对幽蓝的眼睛，让厉落不禁回想起几年前的一个晚上……

厉落接到哥哥厉风的死亡通知，冲进公安局，也是在脚下这个位置，她撞了两下都没撞开这道门，门死沉，而她当时已筋疲力尽。

终于撞开了门，汗水从每一个毛孔里渗出，散发着寒气。她紧咬牙关，透过模糊的泪水，看到哥哥就躺在离她 3 米远的地方，解剖台上焦黑一片，那是什么？

本已绝望的厉落心中忽然燃起了一丝侥幸……

不，那一定不是我哥，不是厉风！

烧成那个样，阎王都不知道他是谁！

厉落的腿仿佛炭化了一般，身上黏腻腻的，一动也动不了，她只能扶着门，远远地看着。

她看到云开什么防护都没做，仅穿了一件白大褂，甚至连手套都没戴。

他站在那具焦尸前，脖子长长，眼放蓝光，就像想要喝人血的野兽。

他熟练地从那一排刀具中拿起一把，在那具焦黑的尸身上划了长长的一道，他扒呀掏呀，满手暗黑色的黏液……

他又跑到尸体头的位置，手里的解剖刀迅速掉个儿，用刀柄开始剥离骨膜。

手上黏腻的体液和血使得刀子总想溜，他不得不转身去洗手，再转回来的一刹那，一抬头，就看到了她。

他短促地看了她一眼，那一眼很陌生，很冰冷，仿佛从未相识。

云开整个人投入沉默烦琐的尸检当中，动作有条不紊，却诡异地加速着。

人皮血肉之间发出的黏腻的声音，刺激着厉落的神经，她愕然、惊悚地看着云开那机械的、疾速的不似人类的操作，傻了眼。

她感到身体里有什么支撑着的东西断裂了，几乎快要站立不住……

"在这儿站着干吗？"

季凛走过来，打断了厉落的回忆，他推开解剖室的门，厉落也悄悄跟了进去。

季凛一进去就快快不乐，没精打采。30 岁的他，面容棱角分明，下颌线清晰，两条浓浓的眉毛一皱，185 厘米的颀长身躯往椅背上一趴，竟还像个发愁的少年，他生来就窄小瘦削的脸蛋，和他身上的肌肉线条非常不协调。

"小云，线索断了，老张让我 7 天破案。"

云开没理他，聚精会神地望着显微镜，薄削的唇紧抿，周身散发着安静气场。

季凛似乎习惯了云开的冷漠，他往解剖台旁一坐，长腿交叠，搓着下巴，兀自复盘："宠宝的老板娘跟王雨萱有过争执，但这不足以构成杀人动机，而且痕检也做了，他们的住所、诊所和车里都没有检测出王雨萱的 DNA，宠宝的动物麻醉剂里也没有水合氯醛。

"真爱堡倒是有这种药，但是王雨萱最后出现的地方是宠宝宠物诊所。诊所只有前门有监控，后门直通小区，小区里没有监控，小区门口的探头也没有检测到她的身影，真是邪了门儿了。她从进到诊所的那一刻，就再没出过这个小区。

"小云，你给分析分析呗！"

厉落一听到季凛叫"小云"就想笑，云开可是局里的王牌法医，老成持重，不苟言笑，敢这么叫他的只有季凛。局长下令 7 天破案，眼下线索断裂，季凛泰山压顶，这是来找云开讨好求助来了。

云开的注意力仍沉浸在显微镜里，像个冰冷的电脑一样，语气不带任何起伏、语速飞快地说："这是我验过的最干净的、创口最少、死相最平和的尸体。从尸僵分布来看，废弃家属楼不是第一案发现场，是抛尸现场。如此简单的尸体处理方式，应该是初犯。男性作案会选用直接力量，刀斧棍棒，而女性作案则会使用间接力量，毒鼠强、注射器。

"女性犯罪动机往往有两种：嫉妒、积怨。一个年轻、瘦弱、胆小、有车、与死者有仇怨的女性，排查社会关系就好了，你愁什么？"

季凛脊背挺直，抓住椅背拼命摇晃，哼哼唧唧："我也想排查，得给我时间啊！我现在急火攻心，就看这两家诊所里的女人很可疑，你说，凶手是不是精通药理，才会想到使用水合氯醛这种东西杀人？我以前听都没听过。"

云开也停下了动作，眉宇间浮现疑惑："目前没有临床表明水合氯醛和五氟利多混合用药会立刻致死。王雨萱的情况比较复杂，首先，她一直在服用五氟利多，五氟利多的用药禁忌是不能与中枢神经系统抑制药合用，而水合氯醛里恰恰含有抑制中枢神经系统的成分，并且精神抑郁患者禁用，那么这两种药物如果超剂量注入王雨萱体内，就十分危险，她的中枢神经系统会受到严重缺氧性损害，造成心脏损伤，如果不及时送医，这种急性中毒就可能会致命。"

"但，这也只是万分之一的概率，不能百分之百保证杀死人。就算搞不到氰化钾，她去买毒鼠强，不是更保险？"

季凛眼睛一亮："所以你的意思是说，凶手给王雨萱注射水合氯醛的时候，没想她死，只是想要麻醉她，但是凶手不知道她正在服用五氟利多这类药物，所以造成了误杀？！"

云开放下手里的样本，从实验区走出来，摘下了眼镜，一抬头，这才发现季凛身后还缩着一团人影，正是厉落。

厉落提着一个便携塑料鱼缸，两只黑黢黢的眼睛怯生生地盯着他看。

她的鱼缸很小巧，盖子上面有通风口和提手，缸里趴着一条乌黑的六角蝾螈。

云开看到那条六角蝾螈的时候，倏地一愣，浅淡的目光寂寂地收了回来。

厉落把鱼缸放到一张空着的解剖台上。

季凛站起来，走到她身边，撩闲："你又拿这条壁虎来干什么？"

"这叫六角蝾螈，没见识。"厉落瞪了季凛一眼，又推了他一把，"你！过去，把王雨萱的脸挡住，我要看看尸体！"

"哎呀？"季凛劈手就给了她脑瓜一下，"你跟谁没大没小呢！嗯？"

厉落捂着脑袋上蹿下跳地躲，口中振振有词："你就帮我挡一下嘛！"

"你想看尸体就去看，让我挡脸干什么？"

"我害怕死人的脸嘛！好心当成驴肝肺！我也想帮你嘛！万一能有点儿用呢？还剩5天，我看破不了案你怎么跟老张交代！"

"就你那脑子还想破案？"季凛狂戳她脑门儿，嫌弃得连五官都挤到一起去了，"你高中那数学题都谁帮你解的？是我。就你脑子里那两块儿琥珀桃仁儿，一动都掉渣，还帮我？办公室的茶你沏完了吗？地都扫了吗？"

厉落梗着脖子嚷嚷："我进警队不是为了干保洁的！我要查案！"

"还查案，吃鱼都不敢看鱼头的胆儿。"

"看就看！"厉落挺起胸膛，硬着头皮走向尸体，王雨萱那张七窍生蛆的脸猝不及防地落在了她的视线里。

"哎呀！"厉落瞳孔骤缩，血液逆流，吓得捂住了眼睛！

就在下一秒，一张白布飘然落下，苫在了尸体的脸上。

厉落一转头，撞上了云开深邃的眼神。

季凛坏坏一笑："行啊小云，知道心疼媳妇了？"

云开转身走回原来的位置，把清冷的目光躲回显微镜："别乱讲。"

厉落显然受了刺激，下定决心还是不往尸体跟前凑了，她抓起六角蝾螈的鱼缸，面带僵硬的微笑，有点儿尴尬："季队，小的突然想起来办公室的打印机落灰了，小的这就回去擦！茶水会给您沏好的，您跟云法医慢慢聊哈！告辞！"

说完，脚底抹油，一溜烟跑了。

反正局里有大神呢，她就别冒充骨干了，还是回去扫地吧！

屋子里一下子又恢复了清静，云开主动开口，道："局里新来个心理学博士，你带她去看看。"

季凛收起玩笑，表情里多了几分担忧："厉风过世以后，她走哪儿都带着那条壁虎……"

"是六角蝾螈。"云开道。

"反正就那破玩意儿！她非说是她哥。那小东西她养了好几年，原来是粉色的，挺可爱的，在水里游来游去，还有六条珊瑚一样的鳃，但你说也怪了，自打厉风没了，它突然变黑了，鳃全没了，有点儿吓人。"季凛打了个激灵。

云开说："蝾螈变黑、鳃退化，属于变态现象，与蝌蚪变青蛙同理。"

"厉落受到的刺激应该比我们每一个人都严重，厉风的尸体被烧焦，又被扔进水里泡了那么多天，捞上来的时候连我看见都做了好几天噩梦。那时候蝾螈突然变黑，一定让她产生了联想……"

云开说："蝾螈的变态时间是在厉风去世之后，可能厉落给它换水不及时，甚至忘记换水，导致水质不清，水位下降，所以蝾螈被迫完成了两栖动物的变态。"

季凛摇摇头："畏惧让人迷信，思念同样也会。她睹物思人，托物追思，我们非要给她科普，反而显得比那只冷血动物还要冷血。"

云开不言语，低下头，把手里的镊子慢慢放下，像是突然失去了力气。

"唉！"季凛满脸愁云，"那玩意儿要真是厉风就好了！有厉风在，破案我就不发愁了。"

厉落回到办公室，把鱼缸放下，沙皮狗一样趴到桌子上，六角蝾螈那两只芝麻大的小眼睛盯着她看。

"六六，你说，我连尸体都不敢看，还怎么做警察？"

六六扭动着长长的黑尾巴，一口吞下一条红虫。

"厉落落……厉落落……"

冥冥中，一个熟悉的声音在唤她。

厉落猛然坐直身子，四下张望，办公室里一个人都没有。

"啵——"

六六在鱼缸里甩了一下尾巴，激起一簇水花。

那个声音又响起了："厉落落，好好用功！"

那是她学生时代不好好写作业时，她哥厉风对她说过无数次的一句话。

厉落一下子不知所措，确信自己是幻听了，这个声音出自她的大脑，又仿佛脱离了她的掌握。

没错，她是得用功，既然当了警察就要好好研究案子，成不了她哥那样，最起码也别太丢人。

想到这里，厉落重新把桌上的证物一一摆开，继续研究王雨萱的案情。

"厉落落，衣服！衣服！"

声音是从脑子里蹦出来的，厉落下意识地回头朝门口望去，依稀看见厉风的身影若隐若现，虚虚实实，像全息投影。

哥就站在门口，音容宛若生前，他身材高大，朗眉星目，就那么活生生地站在门口望着厉落，表情有点儿哭笑不得，仿佛为她操碎了心似的，絮絮叨叨地念叨着什么。隐约听见他喊她的名字，指着她的衣服说："厉落落！快把衣服脱下来吧！你又不听话，招惹那些东西！"

"衣服？"

厉落低头看看自己的衣服，耳边又响起厉风的唠叨："哎呀厉落落！衣服！"

厉落的视线恰巧落在一张照片上，那是王雨萱的尸体被发现时，在现场拍的衣物特写。

衣服……

对啊！衣服！

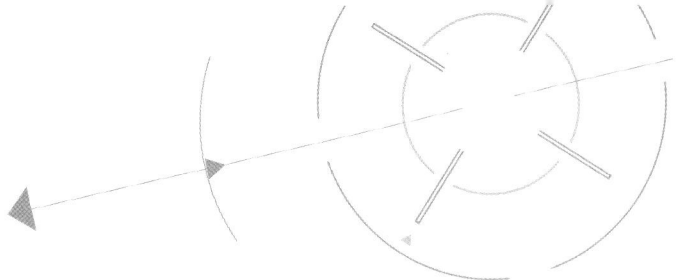

第三章

Moonquakes

011

小张被绑架在厉落的办公桌前，拨通了颜昭的号码。

电话嘟嘟响了几声，没人接，小张挂断后，对厉落抱怨："你自己来问不就好了，干吗非要让我打？"

"哎呀，让你打你就打，哪儿那么多废话？打打打！"

"颜昭？这个颜昭是谁？"小张问。

"是我特看不上一女的。你赶紧的，再拨一遍！"

这一次，电话拨通了，厉落赶紧把耳朵凑到手机前。

小张说："您好，这里是市局刑侦支队，是颜昭吗？"

"我是。"

"想跟你了解点儿情况。"

厉落给小张指了指纸上写好的问题，小张照着念："呃……你最近有没有受到什么威胁，或者发现被跟踪，收到奇怪的短信之类的？"

颜昭那头顿了顿，清澈的声音如深谷里幽静的泉水："这是厉落的手机，对吗？"

"啊？"小张愣住。

"她是我高中同学，她的号码一直没换。"

小张转头对厉落说："找你。"

厉落极不情愿地接过了电话，用身子把小张撞一边去，自己一屁股坐到椅子上。

"厉落，好久不见。"

本是多年没联络的老同学，正常来讲，厉落应该跟对方寒暄两句，可厉落却冷冷淡淡，打心眼儿里不愿意跟她打交道，敷衍得也很明显。

"嗯。"

"你现在在市局做刑警？"

"嗯。"

两个"嗯"声，一个仄，一个平，再冷场也不过如此了。

"你负责的案子跟我有关？需要我做什么？"

厉落废话不多说，简明扼要地向颜昭讲述了一下在王雨萱家中发现颜昭的照片这件事，过多的细节并未透露。颜昭思索半晌，告诉厉落："如果非要说可疑的话，前阵子我微博上有个陌生的女孩关注了我，看昵称应该是白烬野的粉丝，我点进她的主页，发现她确实每天都在发白烬野的超话。因为我微博不常发，也没有自拍，所以粉丝就十几个，都是熟人，突然来了一个白烬野的粉丝，我感觉有点儿奇怪，就给移除了。"

厉落立刻追问："那人昵称叫什么？"

"好像叫白狐萱儿。草字头的萱。"

结束通话后，厉落迅速上微博查找这个叫白狐萱儿的用户。

微博内容已清空，关注和粉丝被全部清零。

厉落盯着电脑屏幕，隐隐感觉不对劲。

这时，手机突然"叮"的一声，一条好友验证发了过来。

【满山猴腚我最红】请求添加您为好友。

验证信息：我是颜昭。

012

厉落以刑警的身份约颜昭出来询问案情，地点双方定在颜昭朋友的工作室，那里安静，没人。

颜昭提前去附近的咖啡店打包咖啡。

她走进咖啡店，到前台看了半天菜单，点了 3 杯价格最低的经典咖啡。

扫码付款，等待出单，颜昭的视线被柜台上的一个阿童木挂件所吸引。

"这个卖不卖？"颜昭问。

"卖的，这是我们正版授权的童年回忆系列挂件，好多人都喜欢。"

"多少钱？"

"288。"

颜昭撇撇嘴，不懂怎么有些人会花这么多钱买个小挂件，玩具而已。

她是真理解不了浪漫童心。

犹豫了一下，最后还是付了钱，她把这枚小不点儿挂件拿在手里掂了掂，轻笑一声，就在靠窗的位置坐了下来。

手机不停地响，工作群里活跃异常，颜昭打开一看，原来是警情通报出来了。

警情通报：上源市公安局。

20××年9月23日23时40分许，我局110指挥中心接到报案称：艺人（白某某）工作室员工朝某被人下毒致昏迷（24日4时30分许，朝某因抢救无效死亡）。接警后，我局立即开展调查。经查，白某某的邻居王某某有重大作案嫌疑，且王某某患有精神病类疾病诊断史，长期跟踪白某某，目前，案件正在进一步侦办中。

警方提醒：散布谣言、谎报警情均须承担法律责任。

这下白烬野的粉丝炸了，几天以来受到的委屈和担惊一股脑地发泄了出来。

颜昭退出微博，将工作群设为消息免打扰，又打开了那个空白头像的对话框。

和Moonquakes的对话止于23日，再也没有互通消息。

颜昭忙碌而紧张的工作结束后，心里忽然空落落的，她很想Moonquakes，想和他说说话，哪怕就像他们一直以来一样，"在忙吗""吃饭了吗"这样毫无营养的对话也好。

想到这里，颜昭主动发了个表情包过去，表情包是几个农村大婶手拉手在跳舞，配文：姐妹，出来浪啊！

然而等了好久，对方也没回。

不过也正常，Moonquakes总是很忙，神出鬼没的。

望着落地窗外的行人，颜昭有点儿惆怅，全然没注意到一个人已经走到她的餐桌前。

手臂被人碰了碰，颜昭猛一回头，看见一张陌生的脸。

这人面貌清秀，是个十八九岁的男孩，手里拿着一个小卡片，上面写着聋哑人献爱心的内容，他是个唇腭裂患者，满眼善意祈求地望着颜昭。

还没等颜昭开口，服务生就走过来，拽住了男孩：

"出去出去！我们这里不允许乞讨！"

服务生很凶，男孩又倔，口中发出"啊啊啊"的不悦，死活不肯走。

"再不走我报警了啊！"

"等等，我来跟他说吧！你先放开他。"颜昭拉住愤怒的服务生，手往服务生的手臂上一搭，春风化雨般拉开了两人。

服务员走远观望，颜昭对聋哑男孩打手语："这附近有一伙假扮残疾人的团伙，经常来乞讨，里面所有成员我都留意过，但是没见过你，你是他们的新成员？"

男孩很惊讶她会手语，双手在面前飞快地比画起来：

"我不是，我妈妈生病了，需要钱，我找不到工作，看见他们在乞讨，我就试试。"

颜昭点点头，用手语说："光靠乞讨是要不来多少钱的，被那个团伙发现了，可能还会打你，你多大了？"

"我18岁。"

"学上完了吗？"

"家里出事，没心思学习了。"

颜昭重重地点点头，柔软灵活的手在面前飞舞："我可以帮你介绍工作，我给你留个地址，你去这家店找他们老板。"

聋哑男孩感激地点头，接过了颜昭手写的地址。

颜昭又从钱包里掏出一张100元钞票递过去，聋哑男孩愣住了，用力摆摆手，眼眶湿了。

颜昭把钱塞进他手里，打手语："希望能帮到你一点儿。"

聋哑男孩攥着钱离开了咖啡店，颜昭走到吧台前，小声问服务生："请问我的咖啡做好了吗？"

"小姐，已经做好了一杯哦！"

颜昭的表情充满抱歉："能给我退掉一杯吗？做两杯就好了。"

"您是想退掉一杯对吗？"

"嗯，抱歉。"

"不用退了，我请。"身后传来一个清脆的男音。

013

颜昭回头望去，一个30岁上下的男子，身着西装，精英打扮，一双睿智的眼睛笑对着她。

"我是龙升律师事务所的律师，我叫唐宣，我们在庭审上见过。"

"您好。"颜昭伸出手与他交握，又很快放开。打量之间，她已认出了他。

确实，在一个月前，她和他在法庭上有过激烈的辩论，当时坐在旁边的钱律师都对颜昭刮目相看。

"我对你印象深刻。"唐宣端详着她乌黑的长发和精致的五官，这个女孩，美丽之中带着几分英气。

唐宣毫不吝惜称赞她："你不像个刚起步的律师，思路清晰，很有气场。"

颜昭摇头笑笑，一颦一笑间，矜贵的神态自然流露，眼里闪动着清雅灵秀的光："最后还不是输给了你？"

唐宣也摇摇头："如果不是碰上我，你们或许会赢。我专门为聋哑人群体打官司，多年只做这一件事，那桩案子，算是术业有专攻吧！哦，对了，我刚刚看见你还会手语，有时间聊聊吗？"

颜昭抬腕看表，细眉间充斥着让人不忍强迫的勉强："今天确实不方便，我有约了。"

唐宣满脸遗憾，问："颜小姐，你怎么会手语？"

"我父母都是聋人。"

唐宣惊喜，目光如炬："从小在聋哑人环境里长大的健全人，对聋哑人有超乎常人的同理心，你就是我要找的人！难得！"

"唐律师，我在就职的律所做得很好，暂时没有换地方的打算。"

"没关系，"唐宣笑了笑，真诚地说，"全国有 2700 万聋哑人，注册律师 42 万人，手语律师却只有我一个，我已经习惯了被拒绝。你好好考虑考虑，我不着急要你的答复。"

颜昭停住脚步："您有贷款吗？"

"有。"

"赚得多吗？"

唐宣摊手，坦然回答："聋哑人大多经济状况不好，有时还要倒贴钱。"

颜昭平静地看着他，用轻柔婉转的语气说出最自私的话："唐律师，可是我也要养家。"

颜昭在落地窗前坐下，似乎再没有聊下去的打算。

唐宣很识趣地把名片放到她桌上："颜律师，很高兴认识你。"

颜昭微微颔首，不再多言。

唐宣默默走到吧台把她退回的咖啡重新付了钱，然后拎着皮包，推门走了。

颜昭看着这三杯咖啡，又看向唐宣离去的方向，敛起目光，扣上了电脑。

厉落和季凛这边已经走到了约定地点，厉落突然停住了脚步，对季凛说："一会儿见到颜昭，你多说，少让我说。"

季凛双手交叠放到头后，胸前隆起健壮的肌肉，嗤了一声："那我把你毒哑？"

厉落再次强调："没开玩笑！"

季凛感到十分费解："你和老同学不叙叙旧？"

"我俩不熟。"

二人说话间，颜昭正好打包了咖啡，从咖啡店里出来。远远看见季凛和厉落，颜昭冲厉落挥挥手。

季凛英挺的剑眉微微抖动，嘴角噙着一抹微笑，悄悄问厉落："那位是你同学？你吹牛的吧？"

"切！直男审美！"

"就在对面，二位请进。"

颜昭把二人引进咖啡店对面的一家工作室，厉落一坐下就公事公办的样子，先来了一套例行程序，冷着脸问："姓名？"

"颜昭。"

"年龄？"

"26 岁。"

季凛正襟危坐，目光锐利逼人："你认识白烬野吗？"

颜昭："白烬野，没人不认识吧？"

厉落："请正面回答问题。"

颜昭挑眉，眼中闪过锐利寒光："警察同志，审犯人呢？"

季凛轻咳一声，斜眼看向厉落，厉落收声。

季凛客气了许多："案件涉及你的人身安全，务必知无不言，希望你配合。"

颜昭顿了顿，轻巧开口："我和白烬野是高中同学，他上高一的时候我读高三。关系嘛，没什么交集。现在的关系是他们公司聘请我们做法律顾问，我只是无名律师，跟大明星也说不上话。"

季凛掏出一张照片，推到颜昭面前。颜昭接过照片，看了看，微微讶然。

颜昭："这谁拍的？这不是我吗？"

季凛："你被拍这张照片的时候在哪里，当时在干什么？还能想起来吗？"

颜昭仔细思索，眉头紧锁。

季凛又重复了一遍："请问，你和白烬野，到底是什么关系？"

颜昭无奈地笑："警察同志，我和白烬野，除了同校，一点儿关系都没有，真的。"

季凛见颜昭不太配合，便站起来，拍拍厉落的肩："我先去趟卫生间，你和老同学好好叙叙旧。"

厉落斜眼瞪他。

季凛一走，颜昭主动开口："短发很适合你。"

厉落挠挠头："都这么说。都说我长头发的时候像刘欢老师。"

"谁说的，长头发时也蛮可爱的。"颜昭用纤巧的指尖捏起精致的杯子，呷了口咖啡。

厉落虽然还板着脸，耳根却悄悄红了。

颜昭放下茶盏，从包里拿出一个小盒："拆开看看，我也不确定你喜不喜欢。"

厉落把盒子拆开，拿出阿童木的挂件，当时就满眼冒星星！

"哇！这个太酷了！机械透视版！你怎么知道我喜欢阿童木？"

颜昭的回答到了嘴边，却没有说出口，仿佛十分犹豫，犹豫得有些可疑。

她掉转话头，转而问道："过生日没出去庆祝庆祝？"

厉落一门心思把玩着阿童木，动动它的小手，转转它的小脑袋，整个目光都被吸引住了，孩童般乐呵呵："案子堆成山，饭都吃不上，哪里还有空过生日……欸？你怎么知道我今天生日？"

颜昭仍是欲言又止，见她如此高兴，眼里竟然也跟着染上几分悦色。

"这个做工真的好精致。"厉落依然爱不释手。

颜昭沉默片刻，开口："因为一件事，我一直想找你，恰巧你打电话给我。"

颜昭话音未落，就见厉落突然停住了手里的动作，紧接着把阿童木一寸一寸推回到颜昭面前，最后烫手一样缩回了手！

厉落抱起肩膀，收起了一脸傻气，睥睨着她："我就知道，当年学校里众星捧月的风云人物，怎么会记得我的生日。"

颜昭一怔。

两人都沉默。

颜昭试图开口说什么，厉落伸手挡在空中，制止。

厉落装作为难的样子挠挠头："这个……我刚进警队，警犬都不拿我当人物，很多事情我也说不上话。如果你想求我办事呢，那我真是无能为力。"

颜昭愕然地眨眨眼，脸上的笑容渐渐冷却，她拿起杯子喝了一口，陷入了长长的沉默。

014

询问结束，厉落和季凛一走出门，季凛就问厉落："你俩不是高中同学吗？怎么都不说话了？"

"有啥可说的？你跟你班每个同学都有话说吗？"

季凛还是觉得不对劲，厉落是谁啊，嘻嘻哈哈的，跟谁都能处，怎么碰见这女孩就鼻子不是鼻子、眼睛不是眼睛的。

季凛也八卦，用肩膀撞了撞她："喂，她上学时抢你男朋友了？"

"欸？我发现你对她这么感兴趣呢？你们这些直男是不是统一发放的审美啊，就喜欢这种外表清纯无害的蛇蝎美人？低俗。"

"哇，你说话好恶毒。"季凛冤得很，手一摊，"我什么时候对人家感兴趣了？我就问问你的过往情史，好用来刺激刺激云开那家伙，逗云开可比看美女有意思多了。"

厉落怕他瞎联想，赶紧解释："什么情敌，你别造谣！"

关于颜昭这个人，至今想想，厉落仍觉得心有郁结。

这事还要追溯到高中的一次评奖。

寻常的奖状啊，头衔啊，班级委员什么的，在厉落眼里都无所谓，她成绩不突出，又不爱表现，不给班级扣分就不错了，哪里敢奢望评奖？

但偏偏那一学期，来了一个师范刚毕业的小老师带他们班。这小老师也不知道跟谁学的，别出心裁，设立了一个什么"大力表扬奖"，规定本学期从德智体美劳五方面评选出第一名、第二名、第三名。

"德"就是在同学间的口碑，乐于助人，团结同学；"智"自然是学习，公平之处就在于不要求综合成绩，单科成绩最优即可；"体"要求有一项校运动会获奖项目；"美"就是在审美方面有创新，画个画啊，唱个歌啊都行，属于才艺展示；"劳"就是植树节栽栽树、值日积极；等等。

最后，这个"大力表扬奖"最吸引人的地方来了，就是作为奖励，获得第一名的同学，老师会当着全班同学的面给家长打电话，大力表扬这个学生5分钟！

这个奖项对厉落来说可太有吸引力了！

从小到大，厉落都被她哥压一头，是她爸眼里不成器的捣蛋鬼，这要是有一位老师能够给老厉打电话夸上她5分钟，老厉一定带着她回乡祭祖！

厉落光是想想就乐出了口水，这个奖项简直就是为她而设的！

这样的念头在脑海里闪了一下，"咻"的一声就钻进了心里。

于是厉落日思夜想，铆足劲头就奔着"大力表扬奖"去冲了。

为了冲这个"德"，厉落天天帮同学倒垃圾，擦黑板，攒人品，赚人气，那阵子口头禅就是：你落哥我就是赚口碑的，你这点儿小事不在话下！

为了冲这个"智"，厉落头悬梁锥刺股，点灯熬油学语文，没办法她偏科严重，只有语文这科拿得出手，上英语课学语文，上数学课学语文，上微机课还学语文。

为了冲这个"体"，厉落去运动会上撇铅球，虽然得了第一但肌肉也拉伤了。

为了冲这个"美"，厉落跟着会画画的同学蹭板报，跟着美术生学画素描画鸡蛋，用废酒瓶子易拉罐粘成外星人去参加环保创意大赛。

为了冲这个"劳"，厉落几乎把班里的水泥地擦成了瓷砖。

临近评选，厉落甩开了竞争对手，站在了冠军之巅，猛然发现巅峰之上竟然还有一位，这个人就是颜昭，全校的奖状都让她一个人给包圆了。

颜昭的奖状，据班里传说，说她家徒四壁，四壁都是奖状。

她这个人好像拿奖有瘾，什么比赛她都参加，也有同学在背后议论说她有"荣誉饥渴症"。

厉落心里没底，于是就去找颜昭套近乎，食堂帮她打饭，值日帮她擦黑板，鞍前马后，好一个狗腿子。

摊牌那天，颜昭正在篮球场打球，她的身高有175厘米，经常跟男孩子一起打比赛，而且打的是内线，篮下强打，卡位抢板，非常强悍。

厉落搬去一箱水，殷勤地递水。颜昭把篮球在手里颠来颠去，不接她的水，问："你最近很怪，有什么事吗？"

厉落顺势谈起了奖状的事："我有个不情之请哈，就是说……那个大力表扬奖，您老能不能高抬贵手，这次就让给我啊？"

"奖状？不行。"

"求求你了，你看你有那么多奖状了，不差这一张嘛！"

"可我不想要那套指甲刀。"颜昭小巧的鼻尖皱了皱，葡萄般乌黑的眼睛里透出倨傲，"真是傻冒烟了……"

第一名是5分钟电话表扬，而这个奖的第二名，会得到一套指甲刀。

颜昭冷酷无情地拒绝了她，并且轻而易举地拿下了第一。

厉落握着指甲刀，回想起自己这大半个学期的折腾，耳边循环着颜昭的话："真是傻冒烟了！"

事到如今，厉落一见到指甲刀就生气，一听到"奖状"就气得冒烟。

季凛又不死心地打听："你们俩究竟什么仇啊？"

厉落懒懒地伸了个腰，有些惆怅："唉！好想要那个阿童木啊，可惜是那个女人买的，哼！"

015

王雨萱的尸体已经发现快一周了，但外界并不知道她的死讯，关于"疯狂私生饭"的讨论甚嚣尘上。

白烬野不仅没受影响，反而吸引了一拨路人粉，人气大增。

颜昭的工作还没轻松两天，白烬野的后援会就又出事了。

一个拥有 10 万粉丝的大粉"白狐椒椒"，被曝私自挪用公款，把粉丝用来做公益的众筹金非法转走，虽然在公布流水的时候已经填补上了，但还是让细心的粉丝发现她动过手脚。

后援会以偶像的名义做集资，替偶像做应援，这是"饭圈"常态。

通常，粉丝会用集资的钱来给偶像做数据、购买代言产品、做各种应援，顶流的后援会甚至会做公益，其中最为敏感的当属公益众筹。虽然粉丝的初心是弘扬正能量，可一旦账目出现纰漏，不仅集资会触及法律红线，还会害得偶像败掉路人缘。

白烬野的团队已经跟后援会沟通好了，在这个多事之秋，不要让这件事发酵。粉丝们也都本着不给偶像惹麻烦的心态，小心翼翼地控制着评论。

无奈对家和一些营销号故意带节奏，一时间，私自挪用资金的粉头"白狐椒椒"被围攻网暴，而"白狐椒椒"却始终没有发声，就连明星团队和律师团队亲自去联络她，也没有联系上本人。

信诚旺达律师事务所，员工就餐区，一个相貌堂堂的男生拿着外卖在一个女孩对面坐下。

男生是楼下电商公司的销售梁帅，女孩 Lucy 是信诚旺达事务所的秘书。

梁帅指着办公区正在电脑前忙碌的女孩，问："Lucy，你们钱律师带的那个小徒弟是什么来头啊？"

"你是说颜昭吗？"

"对，就是她，我帮我一哥们儿打听打听。"

Lucy 狐疑地看着梁帅："你是帮你自己吧？"

"哎呀好姐姐，请你吃海底捞。"

Lucy 瞄了一眼梁帅手臂上的刺青，眼中露出一丝嘲讽："颜昭可是政法大学的高才生，你是这个月第五个打听她的小伙子。"

"姐姐，怎么说我也帮你取了一个月的快递了……"梁帅委屈地嘟起嘴。

"你是挺好，但是这小姑娘一看就不是池中物，人家眼睛长在头顶上，你惦记也白惦记。"

二人正说着，突然看见颜昭起身，从办公位朝门口走来，两个人赶紧闭上嘴，梁帅偷偷瞄着颜昭。

这女孩清瘦高挑，黑发如瀑，五官清秀寡淡，骨相带着微微英气。

用现在一个热词来形容，就是"又纯又欲"。

颜昭从二人身前走过，白色雪纺衬衫微微飘动，牛仔裤包裹着两条笔直的长腿，踩着细跟高跟鞋依旧脚步轻盈，带起一股香风，看得梁帅晃了神。

　　颜昭出门去接一个客户，那是一个戴墨镜的高个子帅哥，看身材和穿着，气宇不凡。

　　颜昭走到自动门前，站住了，对帅哥做了个"请"的手势，把他让了进来。

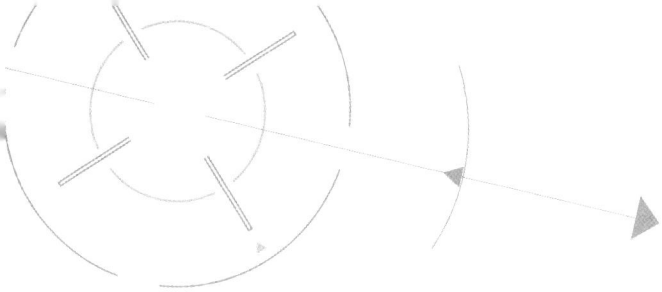

第四章

嘴唇失窃

016

钱律师正坐在办公室里盘珠子，隔着透明玻璃门远远看见二人走来的身影，便放下手串站了起来。

颜昭推开门，把白烬野请进来。白烬野在钱律师对面坐下，摘掉墨镜，露出一张素净的脸庞。

由于没有带妆，他眼底的颜色有些深，光清白净的脸庞透着棱角分明的冷峻。

颜昭站在门口候着，观望着里面的动静。

钱律师和蔼可亲地问："最近身体恢复得怎么样？"

"还行，最近发生了很多事，多亏你。"

白烬野待人一向冷漠疏离，话也不多，从档案袋里拿出一份合同，放在桌面上。

明星一般不用出面跟律师联系，经纪公司会在中间接洽，可今天白烬野却亲自莅临，颜昭觉得事有蹊跷。

钱律师阅着合同，眉头越皱越深："恕我直言，白先生，您是否考虑跟现在的经纪公司解约？"

颜昭在一旁候着，看着秘书走过来给白烬野倒咖啡，揣测着钱律师的意思：他是想把白烬野从经纪公司的客户关系中提纯出来，变成律所的新客户。因为前几天钱律师得到消息，白烬野经纪公司的合伙人，也就是白烬野的大经纪人叶晞汶正在接触另一家律所，如果律所和经纪公司合作不下去了，那么挑拨白烬野和经纪公司之间的关系，让他独立出来变成新客户，不失为一着妙棋。

白烬野仿佛洞悉了钱律师的心思，嘴边漾起一丝苦涩的笑："如果能解约，你以为我的名字还会在这份鬼合同里？"

钱律师胸有成竹地说："没您想象的那么难。"

白烬野摇摇头："也没你想的那么简单。"

钱律师一愣，二人沉默了足足有半分钟。

颜昭看见钱律师的目光由兴奋转为冷静，二人这诡异的沉默也让她暗自分析起来。

不能解约，以白烬野今时今日的地位和身价，面对一份律师觉得稳操胜券的合同，他却说不能解约，那就只有一个原因：公司手里有他的把柄。

他叛逃之后，这黑料放出来，足以让他身败名裂，多年经营起来的人设瞬间崩塌。

这就对了。

白烬野 12 岁入圈，少不更事，公司想掌控他简直轻而易举。

017

钱律师与白烬野的谈话暂时告一段落，颜昭又走过去帮白烬野的咖啡续杯。

白烬野抬起头，瞥了她一眼。

"你们这里好热啊！"他突然换上一副懒散腔调，跟刚才的谨慎判若两人。

钱律师赶紧吩咐颜昭："去把空调调低一些。"

颜昭赶紧走向门口。

钱律师的电话响了，他对白烬野做了个抱歉手势，去接电话。白烬野起身，走到颜昭旁边。

颜昭的余光看到他走过来，以为他要出去，就让了让，没想到他就在她旁边站住，没动。

男士香水味丝丝缕缕地潜进她的鼻息。

颜昭忽视掉白烬野，自顾自地按着空调显示器，把温度调成 26.5℃。

一根白皙干净的手指伸过来，在液晶屏上点了一下，温度又变成了 26℃。

颜昭不看他，冷冷地问："这回可以了吗？"

"还是热。"

白烬野身高 185 厘米，靠她很近，莫名有种压迫感。

颜昭把手放在屏幕上，又调成了 25.5℃。

白烬野把食指压在她的手指上，用力按了 3 下，把温度调成了 24℃。

他压她手指的时候很用力，用力到手臂上紧绷的肌肉线条都浮动起来，压得颜昭指尖生疼，强忍住才没叫出声。

白烬野俯身看她的眼睛，眉间浮现冷傲："你老板没教你记住客户的喜好吗？"

颜昭抽回手，双眸冷静如冰："你这算什么喜好？"

"双数强迫症。"

颜昭突然想起来了，他的微博都要卡点发，时间都必须是双数才行，于是淡淡回应：

"好啊，下次我会记住您的病。"

白烬野眉毛一皱，垂眸看向她的手。

她反复揪着自己的食指，好像那根指头要不得了。

白烬野面带愠色，视线从她那纤细柔软的手指上敛起，冰冷沉着地说："换个律师跟，不必总是看到我。"

颜昭微微颔首，谦恭得没有一丝破绽："多谢白老师提醒，但工作往往都是痛苦的，为了生活我可以忍受。"

她关于"痛苦"的用词，彻底击溃了他平静的面容。

白烬野转身瞪她，恨不得用眼睛把她吞了！

白烬野今天是素颜，没了镁光灯和滤镜，还是个乳臭未干的大男孩模样。

二人正剑拔弩张，白烬野却忽地冲她一笑，笑纹勾起一个小括号。这一笑，颜昭原本平静的眼波受到震荡，好似被他那笑容蜇了一下。

白烬野的眼睛微妙地一弯："你今天涂口红了。"

颜昭一愣，把嘴抿住，好像嘴唇失窃了一样。

白烬野说完，打开门，头也不回地走了。

颜昭晚上回到家，躺在床上玩手机，给 Moonquakes 发消息。

她的网名叫"满山猴腚我最红"，头像是猴屁股。

满山猴腚我最红：月亮月亮，我怀疑我今天被职场性骚扰了，但我没有证据。

Moonquakes：怎么了？谁这么大胆欺负腚腚你？

满山猴腚我最红：我老板的客户，他笑眯眯，啊不对，是色眯眯地跟我说，你今天涂了口红。就很……嗯，你懂的。

Moonquakes：到底是笑眯眯还是色眯眯？差别很大吧？（托腮）

满山猴腚我最红：有差别吗？在我眼里就是色眯眯。

Moonquakes：让你老板好好挑挑客户。

满山猴腚我最红：流量明星大客户，没的挑。

Moonquakes：你是他黑粉？

满山猴腚我最红：粉？大男人画眼线，环佩叮当的。咦！我才不感兴趣！

018

上源市公安局，季凛一手拿着保温杯在饮水机前接水，一手回复着微信消息。

厉落一阵歪风样地飘了过来："哟，跟谁聊天呢？"

季凛嫌弃地挡开她，拿着水杯坐在椅子上，"你家卖水管的吗？管那么多！"

"我这不是为你操碎了心嘛，你说你都30多了，也没个对象。"

季凛已经到了烦躁的顶点，王雨萱的案子张局要求7天破案，现在就只剩3天了，季凛急出了口腔溃疡。

"我还有心思谈对象？你以为我跟你一样呢？眼珠子天天往云开身上转。"

"水可以乱喝，话不能乱讲啊！天地良心！我那眼珠子天天盯在案卷上，恪尽职守！刑警表率！"

小张进了办公室，带着一人进来采血。厉落赶紧收起玩笑，一本正经地戴上手套，拿出采血针，开始工作。

小张对厉落交代："血卡给我整理好啊，别弄乱了。"

"是。"

小张又说："饮水机该换水了啊！"

厉落不情不愿地哼哼："知道了，张儿。"

老王和季凛比小张年长几岁，都把他的姓给儿化音，"张儿张儿"地叫。

每次小张使唤厉落的时候，厉落也这么叫他。

"嘿！你跟谁没大没小的呢！"小张弹了她一个脑瓜崩儿。

老王拎着茶叶蛋、小米粥走进来，看见厉落，惊讶地问："她怎么还在这儿？张局不是说要把她调到收发室去吗？"

厉落瞪了老王一眼："王大爷，您快退休了，收发室正适合您。"

老王摇头笑笑。

老李收拾着相机包，也忍不住拿厉落逗趣儿："我看她采血不错，这种细活还得是女孩子。对了，厉落落，另一块电池别忘了帮我充电。"

"没问题。"

季凛见老王吃得香，对厉落说："去，下楼，帮我买个茶叶蛋去。"

"我……"

厉落刚要说话，就见云开走进办公室，把一沓资料放到了桌子上，扭头就走。

季凛叫住他："哎，小云，你来你来，帮我分析一下宠物店老板娘的心理。"

云开停住脚步，转身，不解地看着他。

季凛："你不是爱养活物嘛，比较有共鸣。"

云开："我养的是蛆，你有共鸣吗？"

季凛："……"

厉落默默举起手："其实，对于案情，我也有一些小小的见解……"

"去去去，一边和泥去！"季凛嫌弃地说，"我这儿够乱的了！"

云开也要走，厉落忽然拦住他，扳着他的身子将他摁在椅子上：

"哎呀！听听嘛！听听也不收费！"

云开起身，无情拒绝："我真有事。"

季凛也起身："我也得走了，诊所那边我还得再去问问。"

"都给我坐下！"厉落"嗷"一嗓子，把一屋子男人都吓了一跳！

季凛刚要抬起来的屁股又老老实实坐了回去。老李背起相机包刚要出门，也被厉落杀人似的目光给吓退了回来。老王也不敢吃了，一脸蒙。

众人石化，气氛凝结。云开小心翼翼地迈出了一步，被厉落用手掌往胸脯上一推，就顺势跌坐在了椅子上。她拿起胶带唰唰在云开手上缠了两圈，将他的两只手绑在了椅子扶手上，整个过程干净利索，就像一只多了毛的猫。

季凛偷偷和云开互换了一下眼神，一屋子人面面相觑。

厉落一边缠胶带一边嘟囔："明天我就去烧纸，告诉我哥你们都欺负我。"

小张也无可奈何地坐下了："行行行，你快说，给你两分钟。"

云开看着被绑起来的手，也是哭笑不得，只能靠回椅子上。

老王剥着茶叶蛋，一脸悠闲，打算听个乐呵。

老李背着相机包，索性倚在门口，一只脚已经跨出了门外，随时计划着逃跑。

厉落面色凝重地说："我们要是再往宠物诊所上查，别说7天，7个月也根本破不了案。"

小张掸掸衣服上的褶子，问："那你说吧，往哪儿查？"

厉落从桌子上拿出一张照片："这是王雨萱的尸体被发现时穿的黑色T恤，你们不觉得太干净了吗？"

老王嗤笑一声，茶叶蛋塞进嘴里，说话含混不清："哪里干净了，这上面不全是土吗？"

厉落举起手机里拍的监控照片展示给同事们，说："王雨萱家里的监控显示，她出门穿的是一件黑色短袖，因为怀里抱着狗，所以T恤胸前的图案我们看不清楚，而她的死亡时间是离家后的第二天，其间就再也没回过家，黑色衣服粘毛最明显了，这件T恤上却一根狗毛都没有。所以说，尽管都是黑色T恤，但这件衣服，根本就不是她的那一件！"

厉落的脑中又响起厉风的声音：

"厉落落！衣服！衣服！"

"你是不是又去同学家招猫逗狗了？"

"我是不是得再让你去医院抽管血化验过敏原？"

"你过敏性鼻炎，身上不能粘猫狗毛你不知道吗？赶紧把衣服换了！"

厉落看向办公桌上的鱼缸，屈指一弹，六六吓得跳了起来。厉落噘起嘴，心头浮起一丝伤感。

老李问："有没有可能她身上就带着便携的粘毛贴什么的。"

厉落摇摇头："王雨萱不是个爱干净的人，她连袜子都懒得洗，家里乱得都没下脚的地方，会细致到随身携带粘毛贴吗？"

季凛搓搓下巴："这的确是个疑点。你怎么不早说？"

"早说你也不听啊！你就会说，厉落落，你真是人菜瘾又大，赶紧扫地去！"

"行行行，你继续。"

厉落接着说："我记得王雨萱的家里没有电脑，书桌上只有一个鼠标。一个曾经当过'站姐[①]'的人，一个每天拿着单反相机追着偶像拍照的人，怎么会不用电脑导图修图呢？后来我去问她的父母，她父母说她从没把电脑带回家，那么她把鼠标拔掉之后，把电脑带去哪里了呢？"

众人似乎都听进去了她的话，这一回，没人打断。

"一种可能就是送去维修，第二种可能就是拿到了朋友家。王雨萱的父母说王雨萱没有什么朋友，但在父母的概念里，网友应该不算朋友。"

季凛一拍大腿，说："我就是被这7天必破的命令给压蒙了！"

小张也醍醐灌顶："网友……对啊，饭圈那么大，王雨萱混了这么多年，应该也有聊得来的。"

厉落接着说："被王雨萱跟踪的对象颜昭，据她说，曾有一个叫白狐萱儿的微博账号关注过她。我去搜索该账号的时候，发现已经被人清空了博文和关注。这个白狐萱儿就是王雨萱的ID，我通过网络抓取数据查到了她删除过的一些内容，发现她最近和一个叫白狐椒椒的人有过大量互动，两个人甚至在粉丝的线下活动中见过面。"

厉落把抓取的截图给季凛看。季凛一张张翻阅着，眉头紧锁，接着把平板电脑递给云开。

---

① 站姐：网络用语，指使用高级相机拍摄偶像的粉丝，亦指明星偶像应援站的组织管理者。

云开边看边说："这个白狐椒椒是个突破口。"

老李一直背着相机包在门口听着，此时催促："快点儿说！别卖关子！"

"说回那件衣服。"厉落找出王雨萱家里衣柜的照片，"王雨萱的衣柜里有很多印有 logo 的 T 恤，都是参加白烬野粉丝线下活动时穿过的纪念衫，她对白烬野极度痴迷，会不会那天抱着狗去诊所的时候，也穿的是纪念衫？王雨萱死后，凶手给她换了类似的黑色短袖，那么换衣服的目的是什么？"

"说明那件衣服跟凶手有关！"老王含着茶叶蛋抢答，嘴里喷出蛋黄。

厉落打了个响指，季凛的眼睛瞬间亮了！

正在此时，菜菜从外面跑回来了，厉落赶紧迎上去问："菜菜，白狐椒椒的住址查到了吗？"

菜菜显然跑得太急，呼哧带喘地又叉着腰，上气不接下气地说："查到了！白狐椒椒的家……就在……就在民航小区！"

小张热血沸腾："民航小区？那不就是宠宝宠物诊所所在的那个小区？"

新线索冒头了，同事们都有点儿激动。季凛一下子冲到厉落面前，狠狠揉她的脸蛋一番，把肉肉脸捏到快变形。随后快步走出了办公室，跟队员们部署起来。

办公室里只剩下云开和厉落，厉落用裁纸刀划开胶带，云开立刻起身，两人站得非常近，云开比她高出一头，厉落一抬头，就对上了他瘦削的下颌。

云开皮肤白皙，白衬衫的领口微微敞开，露出轮廓清晰的锁骨。他用两只宽厚温暖的大手捧住她的脸，左瞧右看，拧眉不悦："脸疼不疼？"

厉落的脑袋在云开手里像只沙皮狗，一双大眼珠慌乱地转，她点点头，又摇了摇头。

"没轻没重！"

他的这句，是冲着季凛的背影说的。

019

当警察敲开民航小区 7 栋 101 的门时，程娇娇一脸灰败。

她不用交代，凹陷的脸颊和崩溃的眼泪就已经供认了一切。

"我是想自首的，毕竟事情闹得这么大，我知道早晚有一天查到我头上。"

审讯室内，程娇娇欲哭无泪，缓缓讲述了作案过程……

"我和王雨萱是在一次线下活动认识的，互留了微信，我们都是本地的粉丝，所以经常见面，时间长了就成了朋友。

"我在一个小公司做财务，话挺少的，没什么朋友，但我跟她就总有聊不完的话题，因为我们都喜欢白烬野，追星这件事要是身边没有同类，找不到共鸣，很憋闷的。后来她就经常来我家住，拿着电脑在我这里 P 图什么的。

"她跟我能成为好朋友，也是因为我是白烬野的本地大粉，总是组织一些活动，她这个人比较腼腆，我带着她她比较有面子。我跟她好呢，是因为她总能拿出一些我没看过的照片。

"其实我心里也知道她是白烬野的私生饭，但是这些照片就我们两个人私下分享，还挺刺激的。但是警察同志，我可不知道她就住在白烬野家旁边，我也不知道她给人下药的事，我是这两天在新闻上看到的。

"我们俩是最近才有的分歧。前段时间她用我电脑的时候，看见我的聊天记录，发现了我挪用后援会公益善款的事。当时她没说什么，直到那天我们发生分歧，她说要把这件事捅出去。"

"什么分歧？"季凛问。

"起因是她发现我的短视频软件全都是烬辛烬意的推送，发现我其实是个'CP 粉'，她接受不了。"

季凛转头问身边的小张："啥是烬辛烬意？"

小张附耳告诉他："烬辛烬意是白烬野和另外一个明星辛渡的 CP 粉名称。"

程娇娇突然血气上涌："王雨萱说辛渡糊，蹭白烬野的热度，她骂辛渡的那些话实在是太恶毒了。她就是个精神病！"

季凛想了半天，还是不能理解："所以你就产生了杀她的想法？"

"我没想杀她！自始至终都没想过！她那天跟我说她的狗生病了，在我们小区附近的诊所跟人家吵起来了，我就把她介绍去我一个师姐开的宠物诊所就医。"

"真爱堡宠物诊所？"

"对，她把狗送到真爱堡之后，又回来找那条小狗崽，说是已经死了。她当时给我打电话时哭得挺凶的，我就说，反正狗狗已经办了住院，你就到我家来休息休息吧，她说她前一夜一整晚都没睡好觉。"

王雨萱那晚在白烬野的冰箱里投毒，当然一整晚都睡不好。

"结果她来我家的时候，用我手机刷短视频，发现了我是 CP 粉这件事，我们俩就发生了激烈的争吵。她说话真的太难听了，我这个人，不是很爱跟人撕，就没怎么还嘴。没想到她越说越激动，还说要把我挪用公款的事捅出去。

"我当时想赶她走，但是看她状态实在不好，我不知道她这人有抑郁症啊，她一直服药的事也从来没说过。我就想着不能让她走，让她走了她非把我的事曝光不可。我当时想，过了今天，我的理财就能取出来了，我的计划是先把公益的钱给填补上，神不知鬼不觉的，毕竟前几次也没人在意流水的事。如果我还没补钱，她就把事情曝光，到时候我再去补，这个性质就不一样了，我在我的 10 万粉丝面前将会名誉扫地。

"我安抚了她一会儿，就去厨房做了两个菜，她躺在屋子里生闷气。我就是那个时候动了歪心思。我想往酒里下点儿安眠药，哄她一边追剧一边喝，让她睡个一天一夜，等她醒来，我的钱就补上了。

"谁知道，菜做好了，她却说她不能喝酒，说是吃药呢。我问她吃什么药，她也不肯说，我就以为还跟我别扭呢！吃过饭后，她就睡着了，她一直都是很疲惫的样子，嗜睡。我就想起来上次我师姐给我的催眠药。"

季凛问："你师姐，是真爱堡诊所的兽医吗？"

"对，上次我家狗子在她那里做的绝育手术，狗狗术后疼得睡不着，师姐就给我拿了几管叫什么水合什么的药，说是能催眠麻醉。"

季凛说："水合氯醛？"

"对，就是水合氯醛，我师姐还教我怎么打麻药不会疼：先把药挤出一点儿在针头上，这样针头和麻药一同进入皮肤，就感受不到针扎的疼痛了。反正她有自己的特殊手法，我跟着学会了，给我家狗子扎的时候它确实没有反抗。"

季凛："于是你就想到给王雨萱注射？"

程娇娇说："我当时不知道脑子里怎么想的，就想着如果她真给我曝光，我就完了。我活了 20 多年，默默无闻，从没人注意过我，可是他们都不知道我是拥有 10 万粉丝的大 V，在饭圈里能一呼百应。"

说起在粉圈的这一身份，程娇娇的眼睛顿时明亮起来，那个账号 ID 是她燃烧了青春和金钱打下的战利品，那是她不起眼的生命中最伟大的事业，只有披上这身马甲，她才会被人高看一眼，才能得到自信。在那个世界里，她是王者，是元老，是扶持她爱豆事业的名将功臣，谁也不能毁掉它，她不允许任何人毁掉它。

程娇娇眼里的光蹿上顶峰，很快，眼里的光化为灰烬，永远消失在寂黑之中。她的肩膀垮下来，疲倦地掐住额头，手指恨不得要抠进太阳穴。

"我没想到她会死！我只想让她睡个昏天黑地……"

季凛问："你注射的时候，她反抗了吗？"

"没有，她睡得很沉。"

季凛问："你是怎么发现她死了的，又是怎么抛尸的，说清楚。"

程娇娇叹息片刻，说："我不停地偷偷开门看她，她一动不动，我以为药物起了作用。第二天早上我再过去看，她还在睡。直到第二天晚上，我把账户上的钱补上了，又去看她，她还是在睡，我就觉得有点不对劲儿了，过去一看，她都硬了。

"我把她的手机关机，和她的电脑一起藏了起来。我家住在一楼，我的车就停在楼下，我壮着胆子把她背上了车，往郊区开，寻找偏僻的地方想把她放下。路过电子厂那栋鬼楼的时候，我就想，应该没人来这种鬼地方，就把她扔那儿了。临走的时候，我看到她还穿着那件印着'希望小学'的活动衫，那个活动是我办的，我怕暴露自己，就把她的上衣脱了。我把车子往市区开的时候，忍不住哭了，我知道我这辈子可能就完了。我一想到她赤身裸体地躺在那里的画面，就觉得特别难过。

"路过服装店的时候，我下车买了一件差不多样子的黑色 T 恤，又返回去给她换上了。我真的没想过……要害死她。"

张局长坐在椅子上，闭目冥想。

"这个案子，办得不错。"

季凛站在对面，静静等待着什么。

良久，张局长忽然睁开眼，目光中散射出几分锋利。

他拉开抽屉，拿出一沓材料，递给季凛。

季凛拿起来一看，"信诚旺达" 4 个字里，那个"达"字被张局给圈了起来。

张局长说："冰冻三尺非一日之寒，做好打一场拉锯战的准备。"

季凛又低头看了一眼他画的圈，有些出神，讷讷地答："是……"

季凛从局长办公室一出来，队员们围了上来。

"季队，是不是可以放假了？"

"老张有没有夸咱们？"

季凛回答："老张说，王雨萱那个案子，我们干得不错。"

厉落激动地说："老张有没有夸我？"

季凛瞥了她一眼，鼻子里轻哼一声："嗯，夸你瞎猫碰上死耗子。"

厉落摊摊手，朝张局长办公室做了个鬼脸。

季凛搓搓下巴，说："别高兴太早，这个私生饭的死因查明了，但这是个案中案，那个叫朝露的助理的死还没彻彻底底地弄清楚呢！现在私生饭死了，原因成了谜。"

厉落说："对啊，那个私生饭为什么要杀白烬野的助理呢？又或者，私生饭可能没想要杀助理，她的目标是白烬野，毕竟她是给白烬野的饮料下了药，助理误喝了，但是私生饭又为什么要杀白烬野呢？"

菜菜说："程娇娇刚刚交代，王雨萱有记日记的习惯，我去想办法找找她的日记，这部分就我来负责。"

季凛拍了拍菜菜的肩膀，表情放松地对大伙说："老张说了，让咱们赶紧回家，洗个澡，放个假，该找对象找对象。要是都找不着对象，就内部发展发展。"

季凛瞥一眼厉落，奚落道："尤其个别女同志，别成天拎着破壁虎转来转去，女同志就该有女同志的样子。"

"六六是六角蝾螈！不是壁虎！"

厉落提起鱼缸，拿上车钥匙，问："老李，你回你前妻家还是回你妈家，我捎你。"

老李说："你带菜菜吧，我回我妈家，一会儿老王要去前女友那里求复合，顺路就带我了。"

菜菜手舞足蹈地嘚瑟起来："我不用了，我一会儿要去相亲！"

季凛说："这回你别说你是干刑警的，你就说你是搞金融的，等处出感情来再摊牌。"

老李说："那不是欺诈的渣男行为嘛！季队，你怎么能教坏小孩呢？"

厉落说："就说他活该找不着对象。"

季凛拿着保温杯，吹动水面上漂动的枸杞，怅然伤感地说："我不恋爱，是因为我不想让情绪掌控在别人手中，我也并不觉得真的会有人爱我很久。"

"呕！"

"呕！"

"呕！"

办公室里出现疑似集体食物中毒现象。

季凛微微一笑，摇头，一副"别人笑我太疯癫，我笑他人看不穿"的高深莫测。

众人正欲散场，小张突然冲进来，大叫一声："季队！"

季凛保温杯里的水倒一脖子！

"你能不能别总咋咋呼呼的！差点儿给我送走！"

小张狠狠吞咽了一口唾沫，上气不接下气地说："是……是，季队。"

季凛："怎么了？"

小张："机场路的农田里发现一具女尸！"

所有人面面相觑，季凛面色严肃地站了起来。

菜菜把双肩包狠狠甩在桌子上，大吼：

"这对象不找了！让单位给分配吧！"

云开从法医室里走出来，上了楼，敲了敲季凛办公室的门。

一开门，迎来的是季凛和厉落的焦虑目光。

云开很少主动上楼汇报尸检结果，一般都是助手来送。

他把笔插进白大褂的口袋，坐在季凛的办公桌对面，声音还带着停尸间的温度，说：

"死者是 20 岁左右的女性，颈前区皮肤损伤轻，内部窒息征象较重，环状软骨两侧破裂，舌骨左侧关节较右侧关节松弛，初步判断致死原因是扼颈所致的机械性窒息死亡，但进一步确定还要等我开颅再看。"

季凛道："扼颈，用大拇指压断舌骨，这么直接的杀人手段，凶手应该是男性，而且体形健壮。"

云开："尸体头发上附着一小块胶带残片，眼球萎缩，双眼呈黑洞状，舌头被割去，尸体大腿根部发现精斑，手指的拇指球处和小腿腿肚处有捆绑痕迹，阴道没有检验出伤痕，尸体面部腐烂严重，尸体背部有垂直的草渍痕迹。"

厉落："背部有垂直的草渍痕迹，是不是证明尸体被人拖动过？"

云开："嗯。"

厉落："所以，农田不是第一案发现场。"

"另外，"云开拧起眉头，"尸体的外阴处有少量可疑粉末，目前还鉴定不出来是什么。"

季凛："舌头是活着时候割的还是死后割的？"

云开："没有明显生活反应，是死后割的。我在解剖时发现，尸体的肌肤保存完好，但内脏腐化比肌肤严重，这是不符合腐化顺序的，而且尸体肌肤呈现米色。"

云开把一张照片打开，笔记本电脑转向厉落，厉落赶紧闭上眼。

她那表情仿佛在说：只要我眼睛闭得快，尸体就看不到我！

季凛："正常皮肤保护着内脏，不是应该皮肤先烂吗？"

云开把笔记本转回自己的方向："对，而且尸体的双眼眼球萎缩，几乎看不见。这是因为，细胞在冷冻过程中，会有自由水形成冰晶结构，冰晶会损伤细胞内细胞器，造成细胞膜破损，而眼球里大部分都是水，尸体一旦解冻，眼球就会萎缩。"

"所以我怀疑，尸体可能长期处于低温状态，后来从低温环境移出，被人弃置在高速公路旁的农田里，尸体解冻后看似新鲜，实则已经冷冻多时。这具尸体有可能遇害 1 年，甚至 10 年。"

季凛："死亡时间无法推断，这就麻烦了。但我有一点疑惑，就是尸体被发现时，裤子和内裤都被褪到了膝盖以下，而被害人的小腿被绑着，这样的体位，真的能实施强奸吗？"

季凛说这话时看着厉落，厉落一愣，尴尬地眨了眨眼。

"这你别问我呀！我又没这方面经验……"

季凛又转头看云开。

云开飞快地瞄一眼厉落，轻咳一声："我也没结婚。"

季凛："你们不会想象吗？"

云开和厉落异口同声："想象不出来！"

季凛找了根绳子，把厉落的小腿绑上，手也反绑上，让厉落躺在地上，假意抓住她的腿，来进行演示。厉落倒很大方，手刨脚蹬地配合着。

两人的手拉在一起，互相讨论着案发时凶手和被害人各种肢体冲突的可能性。

但演绎进行一半，被一旁观看的云开打断了。

"我来吧。"云开的视线落在两人手上，沉着脸上前蹲下，解开了厉落手上的绳子。

季凛和厉落俱是一愣，停下了动作。

云开已经躺在地上了，拿着绳子朝季凛说：

"来啊。"

季凛的身子抖了抖，看了厉落一眼，犹犹豫豫地接过了绳子。

季凛握着云开被绑上的小腿，在他的正上方压下去。云开模拟受害人挣扎，季凛的"紧要部位"根本无法接近云开的"紧要部位"。

云开又跪下来，季凛从后面压他，但由于云开挣扎，腿又被绑合在一起，根本也无法靠近。

又换了个体位，还是因为腿脚被捆绑，处于合拢姿态，加上云开挣扎，根本无法达到强奸的目的。

这是两位前辈十分严肃认真的案件研讨，因为是男性，所以没什么顾忌，把男女之间的动作做得十分明显，厉落初来乍到，哪见过这个，当下羞红了脸。

演示完毕，云开拧了拧脚，绳子竟然轻易就解开了，他站起来时，手上的绳子也给他扭开了。他整了整头发，掸掸身上的土，还是一身的雅正，一尘不染。

季凛则累得狗喘气，顺脸淌汗，两只袖子都撸了上去，叉着腰瞪着云开。

云开的胸口处还有一枚 43 号鞋印子。

厉落看着季凛："你看你，演示怎么还真踹人家呢？"

季凛瞪她一眼，握了握被云开弄红的手腕，气喘吁吁地说："这么绑着受害人，根本没法强奸！"

厉落："而且还有一个疑点就是，尸体头发上发现的那一小块胶带残片。"

季凛："胶带残片应该是凶手用胶带封住了受害人的嘴，后来为了防止胶带上留有指纹，所以将胶带撕下，但有一小块断裂的胶带粘在受害人头发上了，他没有发现。"

厉落："这个操作恰恰说明凶手具有一定的反侦查意识，试问一个这样聪明的凶手，又怎么会留下那么多精斑在尸体上呢？"

云开摸了摸自己的手："尸体手上捆绑的绳子，在手上的拇指球部位；尸体腿上捆绑的绳子，在小腿部位。"

拇指球是指手掌上，拇指下面到手腕中部的三角形肌肉组织。

在拇指和其他四指用力捏、握物体时，这个肌群隆起很高。

"一般凶手在捆绑一个活人的时候，为防止其挣脱，会选择手腕和脚腕这种最细的位置，而这具尸体上的两处捆绑位置都不是身体最细的部位，被绑者很容易挣脱。更可疑的是，捆绑处没有出现约束伤。"

云开在简单的问题处会刻意停留，然后望向厉落，等待她说。

厉落恍然大悟："所以凶手是在被害人死亡后，将绳子绑上去的，这不是多此一举吗？那我们是不是可以大胆猜测，凶手绑人、留下精液是故意行为，是用来迷惑我们的？"

云开点点头。

季凛："那就等精液的 DNA 检测结果吧！不管怎么样，有精斑，案子就好查多了。但是什么原因让凶手突然弃尸了呢？"

云开看向厉落。

季凛也看向厉落。

厉落暗喜：一定是我上次的精彩分析打动了这两位困惑的老哥哥，看来我在警队的地位举足轻重啊！

果然，季凛说：

"厉落落，说出你的看法。"

唉！天生神探，藏也藏不住，不装了，我摊牌了！

厉落搓着下巴，神秘又严肃："如果我是凶手，我有两种方法冻尸，一个是放进冰柜，另一个是我有冷库可用。先说第一种。"

季凛和云开都把脑袋凑过来，厉落被他俩森森的眼神吓得哆嗦，戳了戳季凛胳膊：

"你……你放个音乐，柯南说话都有音乐，你就给我放一首周杰伦的《稻香》。"

季凛不耐烦："行了行了你快说吧！吓不死你！"

厉落头一低，眼中蒙上一层荫翳："我是个单身汉，没有朋友没有爱人，我有个冰箱，放了一具尸体。但是我突然有了一个稳定的伴侣，伴侣要住在我家，为我洗衣做饭，在伴侣搬进来之前，我必须把这具尸体扔掉。又或者我是个单身汉，朋友不多，亲戚不常来往，我唯一的朋友，他新开了一个饭馆，需要一个冰柜，我为了讨好他，就把我的冰柜送他了，送之前我要抛尸。"

季凛："第二个太扯了。"

云开："呃……我还有事，先走了。"

"嗯？"厉落目光阴森，缓缓举起一卷胶带。

云开重新坐了下来，轻咳一声，整了整白大褂。

厉落把胶带当成惊堂木，往桌子上一拍，带说书先生的范儿：

"第二种可能！我做小买卖，自己干活没有帮手，我家有个冷库，我放了一具尸体，前两天我的冷库租约到期，或者政府要占地，我不得不抛尸。"

厉落越说越兴奋，闭上眼睛好一顿幻想："我那冷库面积还不小，拆迁补偿能给几百万元，我拿着这笔钱去买了一座不起眼的小海岛，又买了一艘游艇，带着几个小姐姐，整天陪着我纸醉金迷，夜夜笙歌……"

厉落越说越离谱，淌了一嘴哈喇子，眼一睁，面前的两人竟然都不在了。

"哎哎哎？怎么都跑了？

"下次别让我发言！一点儿也不尊重警队的新生代小骨干！

"哼！"

第五章

全家都希望他俩能成

021

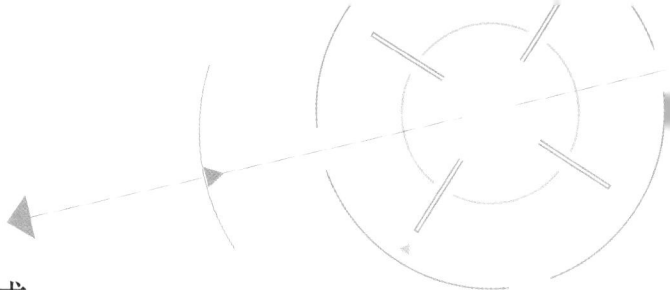

厉落再次见到云开，是在当晚的家庭聚会上。

起初也没有他俩什么事，是云开的父亲云照华找老厉喝酒，两个老战友酒过三巡，突然就提起了两个小的。

云开的姐姐云晴和厉落的哥哥厉风年纪相仿，当初两家人极力撮合云晴和厉风。云晴追了厉风小半年，两个人才在一起，后来厉风当了刑警，一心扑在案子上，整天抓不着人影，这段感情以分手告终。

两位老战友把这一次的失败归咎于工作差异，遗憾一阵后两人突然重整旗鼓，猛然想到：大的配不上，这不还有两个小的吗？

虽然年龄上差了6岁，但他们郎才女貌，又在同一个单位，简直天作之合呀！

于是，在当事人还云里雾里的时候，云照华已经聊到了婚房事宜。

云照华说那套房子交通方便，带花园，带车库，给云开做婚房正合适。

老厉说厉落非要进刑警队，不过你放心，我已经交代过了，不出仨月，准保让她哭鼻子干回内勤！

到时候工作时间稳定了，两个小的把婚一结，三年抱俩！哈哈哈哈！

两位老爹越喝越高兴，孙子的小名都给起好了，这就喊厉落和云开回来吃饭。

厉落因为女尸的事摸排走访了一天，正准备回家扒拉口饭，就接到老厉的电话说，让她到云开家去。

厉落哼哼唧唧地推托说自己办案子太累，老厉在电话里好一顿嚷嚷。当着外人面她也不好驳父亲的面子，就硬着头皮掉转了车头。

一到云开家，云开的姐姐云晴替他开的门，见面就是亲热寒暄，扑鼻而来都是菜香和酒气。

厉落脱了鞋，把车钥匙往鞋柜上一撂，就在两个老头的吵嚷声中坐上了酒桌。

"我吃一口就走啊，还得办案子呢！"厉落也不见外，拿起筷子就夹菜。

云开也在，就坐她旁边，估计也是被揪过来的，好像没什么胃口的样子，端坐着，像被人绑架了一样。

云照华一见厉落就慈眉善目地笑，说："我大侄女出息了！"

厉落呵呵笑着："还行吧！社会主义接班人！"

云晴说："落落，你这短发真好看，适合你啊！"

云晴鹅蛋脸，皮肤白得透亮，身材微胖，但却匀称，给人以一种健康、厚道的美好感觉，尤其一笑起来，能亲切到人心窝里，爱开玩笑，却从不冒犯人。是个绝好的妻子，也该是绝好的嫂子，可惜老哥和厉落都没有这个福气。

云晴这些年忙着带孩子，好久没见过厉落了，这次一见，眼前一亮。

厉落见她也是眼眶一热，亲切无比："大姐，我从上警校就剪短发了，头发再没长过警衬领子。"

云晴看不够似的看着她："那你嘴边那一圈小胡子呢？"

厉落突然翻脸，斜睨着云晴，表情奶凶："你想要啥颜色的麻袋？"

云晴连连摆手："壮士，留我一条小命。"

二人搂脖玩闹一番，老厉接过话头，调笑道："她弄的什么激光脱毛，毛早掉啦！但是秉性可一点儿没变，粘上毛还是猴儿！"

厉落眼瞅着她爹拆她的台，鼻孔都气圆了！

云开喝着汽水，听着厉落的笑话，嘴边眼角也都跟着染了几分笑意。

云照华和老厉三两句就又上头了，开始讨论起给俩孩子新房装修的事，一边聊着一边瞄着厉落和云开。

厉落和云开明显都不走心：厉落翻阅照片和资料，一直在看上源市近几年来25岁以下失踪女性的照片；云开则把厉落啃剩下的鸡骨头划拉过来，在桌子上摆成人形骨架。

厉落翻着照片，一张张年轻美好的面孔被她印在脑海里，突然，她被一张照片下方的名字吸引了，再去看这张清秀的小脸，她忍不住叫出她的名字：

"梅香？"

资料显示，梅香失踪，正是厉风出事的那一年，厉风去世后，梅香也失踪了。而这几年来，每年都是同一个人到派出所报失踪，坚持不懈地寻找梅香的下落，那个人就是颜昭。

厉落莫名地心烦意乱，实在在饭桌上坐不住了，就想走，可老厉又不准，她就跟云开配合着演戏，从饭桌上溜了下去。

厉落："哎哟！你家墙上这幅字不错呀！名家手笔吧？"

云开："书房里还有，我带你转转。"

二老满意地看着两人，云照华笑呵呵地说："这两人真有共同爱好啊！爱看书！去吧去吧，云开，好好照顾你妹妹。"

022

云开家是独栋别墅，房间很多，两个人往二楼走，云晴也凑热闹跟了上来。

厉落生怕云开真的把自己领进书房欣赏书法，就对云晴说："大姐！书房就算了吧，你家有啥好玩的，带我瞧瞧还行。"

云晴想了想，眼睛一亮："还真有一间屋子你准保感兴趣！"

"欸！"云开拦了一下，似乎知道云晴要带她去哪儿，急忙挡在了两人身前。

云晴推了弟弟一把："你干吗？"

厉落不解地望着云开。

云开严肃地板起脸，对云晴说："你有你的地盘，不要乱闯别人的禁地。"

厉落第一次见云开说这样幼稚的话，你的地盘我的地盘，原来他在家里也是一个任性的小弟弟呀。

云晴不悦地皱起眉，豪横惯了，推了弟弟一把："你的地盘好玩！我们玩玩怎么了？走！厉落！"

厉落跟在云晴身后，云开侧身在楼梯上站着，她路过他的时候，礼貌地笑笑，缩着脖子跟上了云晴。

云晴把厉落领进一个房间，扑鼻而来一股腐臭的味道。

这间房里阴暗潮湿，摆满了玻璃箱子和塑料网罩，发酵的食物上附满苍蝇，腐肉上蠕动着蛆虫蝇卵，都罩在玻璃罩里，像个小型昆虫世界。

这是云开的蝇蛆培养室，用来研究湿度、温度、光照、腐烂情况对蝇蛆种类和发育速度的影响。

厉落一进来，身上就爬满了鸡皮疙瘩。

云晴很骄傲，言语间有对弟弟的崇拜："落落，你看，这些蛆虫的标本，酷不酷？"

厉落咽了口唾沫："酷……真酷呀……这东西活的，咋……咋……咋带回来啊？"

"用塑料勺子舀回来的！"

厉落抽了抽嘴角……

"哦哦哦，挺好挺好……那这种死的，是怎么弄死的呀？毕竟不能破坏蛆虫的完整性。"

站在她们身后的云开冷冷地开口了："用沸水烫死，保存在乙醇里用作将来分析。"

厉落不停地点头，出于尊重，她始终没有做出用手挡鼻子这样的动作。

但云开还是看出来她微皱的眉心，于是对云晴说："难闻，带她出去。"

厉落连忙摆摆手，违心地说："不难闻不难闻，竟然还有一丝甜甜的味道呢。"

云开走到一个玻璃罩前，戴上手套，抓进去一小把狗粮喂蝇蛆，说："它们爱吃腐肉和发酵的东西，所以闻起来会有点儿甜。"

培养室也不大，几分钟就参观完了。

三人走出培养室，云晴看着厉落逃之夭夭的背影，欣慰地对弟弟说："这下厉落落一定觉得你这个男的特靠谱特敬业，怎么样，你姐神助攻吧？"

云开眼角抽搐，冷眼点点头："神，你真神了。"

看完了蛆卵，云晴又带着厉落和云开去看她儿子。

站在水池边玩水枪的小男孩是云开的亲外甥雨宝，他完美地继承了云家的白皮肤和薄嘴唇，小不一点儿的就严肃正经，眼睛黑亮，显得很懂事。

厉落喜欢小孩，拿手指去摸他的小下巴。

"好玩吧？"云晴问。

"好玩儿。"厉落冲雨宝做了个鬼脸，雨宝端起水枪朝厉落滋，厉落身手敏捷，向后一躲，后背撞上了云开的胸膛，一股陌生的香气传进她的鼻息。

云开扶她一下，她站直了，他又把手缩了回去，插回了兜里。

云晴笑，一边拧开痱子粉给雨宝的腿上拍了点儿。雨宝是个胖孩子，小胳膊小腿都是一段一段的，肉缝比较多，一出汗就容易起疙瘩，必须保持干燥才行。

云晴一边伺候孩子一边说："好玩你也生一个？"

云晴说完，意味深长地看向云开。

厉落脸一红，回头去看云开，却看见云开紧紧地皱起了眉。

"我踩你脚了？"厉落问。

云开摇摇头，没回答，他走上前，拿起那盒痱子粉，打开，用食指捻了一些，放在手心察看。

"怎么了？"云晴也觉得反常。

云开忽然扣上痱子粉，握上厉落的手腕！

厉落低头看看她那只被他握住的手，愣住。

"回局里！"

"啊？"

023

夜，弦月斜挂。

市公安局刑侦支队，副支队长办公室，云开拿着材料一进门，厉落就迎了上去。

"怎么样怎么样？"

"你们之前觉得精斑很可疑，我就着重检查了女尸的生殖部位。"云开说，"后来发现外阴处有一些细腻的白色粉末。我一直检查不出来是什么，今天看见我姐用痱子粉，就拿回一盒做对比，果然，女尸外阴处的白色物质就是痱子粉。"

"啊！"季凛张开嘴巴，瞬间像明白了什么似的。

厉落一脸疑惑地看着他："老季，成年人为啥还用痱子粉？"

云开也不说话，这是他的知识盲区。

季凛却说："死者很有可能是不正当行业女子，我们接下来就往夜店、KTV等娱乐场所走访，看看有没有线索。"

"为什么是从事不正当行业的呢？"厉落诧异地问。

季凛说："从事这个行业的女人，由于接触人多，往往都有妇科病，某个部位总是有潮湿困扰，所以喜欢扑痱子粉，舒服干爽。"

云开的嘴巴微微张开，显然受到了惊吓，悄悄摸过水杯喝水，挡住了脸。

厉落有点儿尴尬，却故作镇定地缓缓鼓掌，摇头晃脑地赞叹："学到了学到了，老季你果然经验丰富。"

季凛淡淡地说："你哥教的。"

024

近日，SCE 娱乐正式向港交所递交上市申请，作为国内最大的艺人管理公司，SCE 凭借优秀的艺人和作品，以及互联网大厂的支持，在国内娱乐行业保持着强劲的势头。

会议室内正召开一场紧急会议，CEO 叶晞汶坐在主位，听下属汇报情况。

"王雨萱的家人又在网上发声了，控诉女儿几年来为追星荒废学业，为白烬野应援、买专辑、集资打榜，前前后后花费近 68 万元。王雨萱为了追赶白烬野的行程，经常往返于机场、签售会、演唱会，还要买昂贵的相机拍图，导致大学无法毕业。

"我们做出了回击，王雨萱悄悄潜入白烬野家的监控视频也散了出去，后援会里有人曝光她的违法行为，都已经在运作了。目前看来对白烬野的影响不大，只要控制好舆论导向，压住流量明星引导学生粉过度消费的舆论声音，就可以了。"

叶晞汶眯起细长的眼睛："王雨萱的父母底细查了吗？"

"查了，她父亲是粮食局的领导，母亲在学校工作。"

"粮食局，正式职工，怎么搞到那么多钱给女儿追星？"叶晞汶想了想，神色忽然放松下来，嘴角挂着一抹残酷的笑，"将舆论往王雨萱的父亲的贪腐问题引，家人顶不住，自然就收手了。"

公关："对方家庭在机关里混这么久了，也是有头有脸的人物，万不得已不会如此炒作，我分析他们是悲痛过度……"

叶晞汶冷笑："他们悲痛？但我们也是受害者呀？我们培养出来一个艺人付出多少心血？现在是同情他们的时候吗？"

散会后，白烬野新换的主经纪人凌丽留了下来，私下跟叶晞汶说："汶姐，这么做，会不会太绝？"

叶晞汶眉峰一凛："你要清楚，不是我们搞他们，是他们搞我们！白烬野这件事情如果不迅速解决，时间一长，舆论发酵，很容易在他身上烙下坏印象，路人缘和风评都会受到极大影响。SCE正在冲击IPO，白烬野是我们的门面，如果他出事，上市计划受影响，我们一年来的心血就白费了！"叶晞汶的眼里闪过一丝狠辣，"想让一个人不能发声，就要扼住他的喉咙；如果他还要出声，就往死里搞他。不是他死，就是我们死！"

"那……我们操作之前要不要跟阿烬商量一下？"

叶晞汶很不满意地看着这个新经纪人，问："他现在哪儿呢？"

"在休假。自从朝露去世后，他的状态就一直很不好，我就想着先让他调整调整。"

叶晞汶大喝一声："他休他的假，你打你的仗！雇你是干吗的？！"

凌丽被吓得瑟缩，连连答应："是……是……那我知道了。"

025

滑雪场的检票处，季凛和厉落向工作人员出示了证件，一前一后走了进去。厉落打了个哆嗦："好冷啊，老季，你说滑雪场是不是个冻尸的好地方？"

季凛："我看你这两天查案子查魔怔了。"

融乐滑雪场是省内最大的室内滑雪场所，尽管外面烈日炎炎，室内的积雪却有半米厚。今天是周末，滑雪的人不少。拖牵索道缓缓上行，熙熙攘攘的滑雪者飞一般穿梭在雪地上，不停地变换着姿势。场馆内雪雾飞扬，充斥着惊险刺激的尖叫。

颜昭透过面罩向下看，艰难地挪动了一下笨重的滑雪板，身下是陡峭的雪坡，看着就让人惊心动魄。

这是她第一次滑雪，难得她的高中同学顾一柠有空，生拉硬拽地把她弄来滑雪场。高中毕业后，顾一柠就闯进了娱乐圈做艺人助理，整天忙得像陀螺，二人虽彼此想念，但都因为各自忙碌难以碰面。

顾一柠比高中时候胖了，用她的话讲就是过劳肥，每天帮她的艺人搬箱子拖行李打雨伞，常常受气，心情不好的时候就靠零食解压，一不小心就把自己给喂肥了。

顾一柠把自己喂肥之后，在这一行反而好混了。艺人都不喜欢比自己好看的助理，顾一柠瘦的时候蛮漂亮的，还因此被排挤过，后来她把自己喂得膘肥体壮有力气，周围人竟然宽容多了。

顾一柠见到颜昭时高兴得像个两百斤的孩子，话匣子收不住，好像把这一年的掏心窝子的话都倒了出来。

"颜昭，你先别紧张，今天我一定把滑雪给你教会了，你看我啊，我先给你走一个！"

顾一柠说完，就像风一样滑了下去。颜昭哪有心思看她，直往角落里躲，生怕碰见哪个不长眼的把自己给撞下去。

她不恐高，但害怕失控的感觉。直到顾一柠上下来回炫技了两圈，颜昭都没敢挪窝。

顾一柠无情地嘲笑她："颜昭，你篮球打得那么好，滑雪你不敢？放心吧，到了最下面自然就停下来了，不怕不怕！"

颜昭："你千万别碰我脚，我自己慢慢滑！"

顾一柠认认真真地给她示范了动作，讲述技巧，听起来蛮简单的，可是实际操作就不是那么回事了。

滑雪杖载着她的身躯从高处冲下来的时候，颜昭只觉得大脑一片空白，耳边风声呼啸，急速失控的不安全感令她四面楚歌。

勉强滑过最平坦的斜坡后，她的身子不自觉地晃动了几下，两条腿仿佛被一股强大的力量掰开合上，掰开又合上，完全不受控制，速度越来越快、越来越快，颜昭心惊肉跳，不自觉地尖叫起来，声音闷在头盔里，刺痛了耳膜。

巨大的恐惧将颜昭包围，不远处就是终点，她拼命叫，做好了人仰马翻的准备。

忽然间，从高处俯冲下一抹蓝色身影，身形矫捷，姿势优美，径直朝颜昭冲去！

腾飞跳跃，飞旋之中激起身后雪雾飞扬！

须臾光景，他便追上了颜昭，脚下一转，一个大迂回，旋风一样绕到了颜昭面前，两根滑雪板强势地顶在颜昭的滑雪板上，逼停了她的滑落！

四道目光隔着透明的面罩堪堪相对，男生的呼吸粗重，水雾渐渐弥漫在面罩上，氤氲了他深邃的眼神。

颜昭惊魂未定，来不及看清来人，那人就一个回旋转身，飞一样从她眼前掠过，瘦高的身影忽地飘左、忽地飘右，穿梭进人群中，不见了。

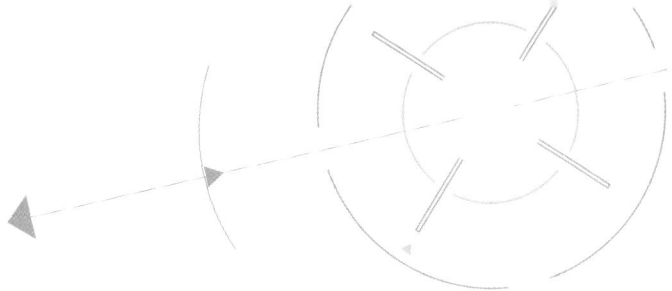

第六章

7 年前悬案

026

滑雪场的餐饮区，人们三五成群地享用着美餐。

季凛带着厉落穿过人群上了 3 楼，3 楼是给滑雪场 VIP 准备的贵宾餐厅，收费堪称奢侈级别，通常要有内部发放的卡才能进来。

餐厅角落的落地窗旁，坐着一个戴黑色鸭舌帽的男人，巨大的餐桌与他孑然的身影形成鲜明对比。他的餐盘里只有几根芦笋和几片苦瓜，他正细细咀嚼着，不知道在想什么，眼睛盯着桌上毫不相干的摆件看。

"白先生，不好意思打扰到你的假期。"

白烬野认得季凛，立刻起身，请二人入座。

季凛和厉落在白烬野面前坐下，白烬野想叫服务员添碗筷，厉落连忙摆手说："我们有纪律。"

白烬野真诚地说："二位辛苦了。"

他这副良好公民的姿态，和平时采访时跟记者插科打诨的样子截然相反。

厉落早前刷到过他的采访，他的访谈都被剪辑成搞笑视频集锦，有的还做成了表情包，记得有一段是这样的——

采访者：如果你能进到自己粉丝群，想跟粉丝说什么？

白烬野：好好学习，爱自己，其实我也没那么好。

采访者：在机场里见过很漂亮的女粉丝吗？

白烬野：我近视，看不清。

采访者：呃……过年回家被父母催婚了吗？

白烬野：我还小。

采访者：亲戚会催你吗？

白烬野：亲戚催婚还不能入刑吗？

…………

厉落心想，看来他的人设也只是营业的一种手段而已，私下还是很有礼貌的。

季凛把一张罩着证物袋的照片推给他，正是在王雨萱家发现的那张偷拍的颜昭的侧影。

季凛："这个人你认识吗？"

白烬野微微眯起眼："这是谁拍的？"

季凛："王雨萱，哦，也就是你的私生饭。我们在她家发现了这张照片。"

白烬野的目光短促闪烁，暗了暗，说："我和她仅仅是同校而已。厉落警官不是也和她一个班的？我们都是校友。"

"啊，对，是，我们见过。"厉落有点儿汗颜，毕竟她和白烬野在学校里的唯一一次碰面有点儿狼狈。

季凛若有所思："王雨萱跟踪你半年有余，还在你家楼下租了房子，她频繁出入你家，难道你都没有察觉吗？"

白烬野摇摇头："没有。"

厉落问："床上有其他人的味道，你没闻出来？"

"我不在床上睡觉。"白烬野答。

"啊？不在床上睡在哪里睡？"

这就算隐私了，白烬野没必要回答，他避开这个问题，说："我也很后怕。我现在已经不在那里住了。"

季凛："你跟颜昭在这半年里，有没有过亲密的行为？"

白烬野忽然笑了，摇摇头，好像听到了天底下最好笑的事，微不可闻地自言自语道：

"怎么可能……"

季凛细细观察他的反应，有些狐疑，俊男靓女，正当年，怎么就没可能？

季凛："那有没有过一些接触，足以被王雨萱误会你们是男女朋友关系？你仔细回忆回忆？"

白烬野正欲说话，他的电话却响了起来。

来电的是叶晞汶，白烬野做了个抱歉的手势，边接电话边往餐厅外面走。厉落和季凛只好坐在原处等。

白烬野举着电话，从餐桌走到门口，一拉玻璃门，猝不及防，正撞上了推门往里进的颜昭。

二人的身子撞在一起，各退一步站定，四目相对。

颜昭也是一怔，这一对视，画面定格，白烬野看她的眼神很奇怪、很复杂。仿佛有浮光掠影，拖曳出遥远的光阴。

027

7年前。

穿着高中校服的颜昭推开教学楼的玻璃门，一抬头，看见一个背着书包的高个子男生站在大厅的公告栏前。

此时已到上第一节课的时间，教室里传来朗朗读书声，教学楼的走廊里非常安静，除了他们两个之外，一个人都没有。

白烬野听见开门声，回头朝她望，只见一个女孩干净的脸上浮现出诧异神情，仿佛将他认了出来。

作为小明星，白烬野已经习以为常。但是这女孩看他的眼神，让他觉得古怪。

她盯着他的脸看了好久，她的两条眉毛中间挤出一道深深的竖纹，她的嘴起先因为惊讶而微微张开，又因为惊慌而开开合合地颤抖，最后她像是忍着哪里的剧痛一样死死抿起唇，好似要把那两片薄薄的、带颜色的肉给吞下去一样，这强烈的反应着实把白烬野给吓了一跳。

最后是他感觉有点儿承受不住她的古怪，索性将头转回来，视线落回公告栏的一刹那，他竟然惊讶地发现，那女孩的照片就挂在校园宣传栏里——

颜昭同学，被评为校级三好学生。

颜昭……

骨节分明的双手攥紧了书包带……

白烬野看了一眼女孩消失的转角，掉头朝相反的方向孑然而去。

颜昭敲了敲教室的门，课讲得正起劲的老师刚要发作，一看是她，就没说什么，挥挥手让她坐到自己座位上去。

几双炙热的眼睛盯着颜昭，直到她坐下，老师回头去黑板写字，下面响起小声对话。

顾一柠："颜昭，烧卖烧卖，快快，我饿晕了。"

颜昭将早餐一一分给前后桌。厉落把一本侦探小说藏在课本里，正读得津津有味。

颜昭一声不吭，坐在位子上发呆，她的眼神直勾勾，嘴唇发白，没人发现她心事重重。

讲台上，老师的嘴巴一张一合，却没有声音，耳边寂静无声，让颜昭仿佛突然坠入了深海。

闭上眼，黑暗中浮现出白烬野苍白的脸，他闭着眼，脆弱、凄美、病恹恹。

她握紧拳头，一把攥住课椅的两端，如同急速下坠时猛然抓住了绳索！

无数的汽车鸣笛声如蜂鸣、如惊雷、如海啸般在耳边响起，拥堵的车流亮起盏盏红灯，像一片令人心惊的火海，有什么东西烧起来了，烧上了她的耳朵、她的眼睛，她拼命奔跑，逆风飞驰，随风化为点点灰烬。

幻境里突然地震山摇，梧升大桥剧烈地摇晃起来，江水卷起高得吓人的浪，太阳被乌云挟持。

"喂……喂！"有人在叫她。

颜昭猛地睁开眼，一瞬间，天光大亮，岁月安稳。

她一抹鼻尖上的冷汗："怎么了？"

是厉落用胳膊肘戳了她，冷冰冰地说："喂，这阵子路边摊不要买了啊！"

颜昭轻轻地舒了一口气，掩饰住癔症后的慌乱，问："怎么了？"

"让你不要买就不要买。"

顾一柠扭头问："怎么了嘛？"

厉落小声说："我哥刚给我发微信，说路边摊吃死人了！"

028

市区某居民楼外拉起了警戒线，小区外围满了人，一个卖烧卖的大婶正在接受警方问话。

这栋居民楼的 302 室，一男一女两具尸体仰卧在地上，相机的闪光灯不停闪烁，刑侦支队副支队长厉风背对着尸体，正拿起门口的两瓶鲜奶放在眼前观察。

警车呼啸而至，白发苍苍的主检法医崔师明推门下车，云开拎着勘查箱紧跟其后，师徒二人迅速进了现场，二话不说，开箱验尸。

两具尸体相隔不太远，呕吐物摊了一地。云开定睛一看，腐烂的尸体的口鼻处涌动着密密麻麻的蛆，成团的苍蝇轰地飞开。云开刚一蹲下，头靠近地面的一刹那，尸臭味掺杂着死者的呕吐物的味道直冲入鼻，他唾液一酸，胃液上涌，立刻冲出门，难受地闭起眼睛。

厉风走过来拍拍他的肩，递给他一盒糖果含片："慢慢来。"

云开很快就恢复了状态，接过含片一看，皱皱眉："草莓味，你这么娘啊？"

厉风撑了他一拳："知道你来，特意买的。"

云开含着糖，摆摆手，走向现场："我没事。"

厉风的声音温暖厚重："听你爸的话，收收心，摩托车有什么好玩的，我最羡慕人做法医。"

云开的声音疏离清冷："你羡慕你来。"

厉风又重重拍拍他的肩："我看好你！"

二人打过招呼，开始工作。

云开重新在尸体处蹲下，用镊子夹起一条蛆，又翻了翻尸体上的虫卵，取出勘查箱里的钢尺，测量蛆虫的长度。

这真也就云开这样有耐心的人干得了，蛆时时刻刻都在蠕动，你又不能一巴掌拍死它。

厉风蹲在崔师明身边说："男性死者的手机通话记录停留在 1 周前，女性死者手机最近一次的上网记录是在 3 天前。"

崔师明看了看云开，云开将镊子上的虫卵举到面前，正仔细察看着，崔师明问：

"云开，对于死亡时间，你有什么看法？"

云开回答："死亡时间应该是两天内，最多两天。"

崔师明笑了笑："哦？说说看。"

"尸体上的苍蝇是丽蝇，即使在 5000 米之外，它们也能感知到尸体，比其他虫子率先到达现场，基本在人死后的几分钟就会抵达，并且立刻产卵。丽蝇产卵要经过 24 小时，卵孵化为蛆，第二天的蛆长为 3 到 4 毫米，第三天蛆的长度为 5 到 7 毫米，以此类推，到第六天或第七天，蛆长达 13 到 14 毫米后，蛆化为蛹。这里的蛆太短，最多 3 到 4 毫米，所以说，死亡时间不会超过两天。"

厉风惊讶，对崔师明说："行啊，崔老，您后继有人了！"

崔老笑呵呵地点头，一脸骄傲的样子。

季凛走上前来汇报："厉队，查出来了，男性死者叫王元，女性死者叫钱秀芬，二人是夫妻关系，王家村人，后因拆迁搬到这栋回迁楼里，两人还有一个两岁的儿子，3 天前送去了乡下奶奶家。王元有案底，早些年因为开游戏厅涉赌被抓过。"

云开走进阳台，又发现一条死狗，他看了看狗嘴附近没吃完的烧卖，又走回客厅。

体表初检又进行了一个小时。

云开一边做记录一边说："两人死因是一样的，都是死于中毒，尸斑均呈紫红色，两侧瞳孔均等大等圆，男尸牙齿脱落，女尸舌尖咬伤，两具尸体的前额部、鼻背部、肘部、膝前和胫前等突出部位可见程度不等的表皮剥脱及皮下出血，二人颈前、胸前皮肤表浅的抓伤痕为生前自抓伤。死者双上肢均有痉挛，口鼻腔均有淡红色血性泡沫样物质。"

云开补了一句："初步怀疑是毒鼠强中毒。"

还没检测就下了定论，厉风有点儿怀疑："你确定？"

云开摇摇头："猜的。"

季凛疑惑地皱起眉，这小法医以前没见过，空降来的？有点儿狂啊！

厉风说："毒鼠强是国家禁用剧毒急性杀鼠药剂，又名三步倒、闻到死、气死猫，毒性极强，极易造成人畜伤亡，虽然我国早已明令禁止生产销售使用这种杀鼠剂，但某些乡村集市的地摊上还是能够买到，因为获取容易，毒鼠强投毒占所有投毒案件的95%以上。云开猜毒鼠强，应该是因为它的概率最高。"

云开："死前痉挛抽搐，像毒鼠强中毒。"

崔师明在一旁边验尸边听着，满意地点头。

季凛了然："也对，这破楼里住着的人，搞不来太高级的毒药。哦对了，我刚才在楼下看见一个卖烧卖的小吃车，到现场后我又看见死掉的狗嘴边有烧卖，我就让人控制了楼下卖烧卖的摊主。"

厉风点点头："做得不错。"

季凛不好意思地挠挠头，压抑住得意的嘴角，说："我觉得很奇怪，如果真的是摊贩的烧卖有毒，那么已经投毒两天了，摊贩为什么不逃跑，还在楼下卖？"

厉风："不管怎么样，先把可疑的人控制住。"

厉风说完，把现场警员全部叫过来，临时开了个小会："投毒杀人，一直以来就是最难诉、最难判的一类案件，作案隐蔽性高，行为人在作案前有充分的准备，大多数行为人都具有反侦查能力，所以我们在侦查现场的时候，一定要全面、细致地收集和固定证据，防止日后凶手翻供。这次如果真的是摊贩投毒，那么问题就严重了，可能会造成群体中毒事件，所以兄弟们打起精神，不要放过任何一个细节！"

"是！厉队！"

029

一下课，就有女同学兴奋起来："你们听说了吗？XFOX组合的新成员来我们学校报到了！"

追星的都围上来："XFOX 啊！那辛渡呢？他也来吗？"

辛渡是这个组合里长得最漂亮的一个孩子，五官精致，俊美异常，是人气担当。

顾一柠："没看见辛渡啊，但听说也在我们学校，以后我们就是明星的学姐了！"

名义上是跟明星一个学校，但因为是偶像团体组合，很少来学校上课，只有临考的时候，经纪人才会给几个少年偶像安排在办公室上课，有老师单独辅导。

虽然 XFOX 只是个临时组成的限定团，影响力还没那么大，但毕竟是偶像，也够八中的学生兴奋了。

每到下课，同学们手机里传阅的都是各种偷拍到的视频，拍到最多的是辛渡，人气最低的是白烬野，几乎无人问津。

白烬野总爱一个人戴着蓝牙耳机，在校园西南角的一棵树下练舞。

那棵树，正好就在颜昭的窗下，她只要稍一侧目，就能看到他。

班里的几个女生下了课就凑过来，对着练舞的白烬野叽叽喳喳，只有颜昭不为所动，她安静地坐在椅子上，低着头，紧紧地抿着唇，笔尖沙沙，力透纸背。

天空湛蓝，阳光和暖，第八中学的小卖部门口被围得水泄不通，一个手持烤肠的少年在人海里开出一条路，惬意地走了出来。他无视人群，人群也无视他，他走后，人群迅速闭拢，朝内狂呼着偶像辛渡的名字。

人气低也有好处，自在。

少年举着烤肠远离了人群，寻一处僻静无人处，靠在树下，吃起肠来。

吃完了，他用手机播放一首 Demo，一边听一边跟着哼唱练习。

他是组合里学东西最快的一个，也是话最少的一个。

他边唱边跳，身子一转，突然发现不远处的栅栏旁站着一个熟悉的身影。

那个位置是学校的西南角，很偏僻，通常学生们偷偷在校外订餐，就通过那个栅栏递外卖。

此时是午休的最后十分钟，送餐的早走了，西南角很冷清。

颜昭站在栅栏内，正用手语和栅栏外的一个女生交流。那女生个子小小，皮肤白净，穿得像个乡下妹，正一脸崇拜地望着颜昭，两人有说有笑，看起来亲密无间。

初夏的阳光从密密层层的枝叶间透射下来，微风吹动颜昭垂下的长发，一缕斑驳耀眼的光打在她脸上，她恰好在对那女孩笑，眼睛弯弯，笑容灿烂。

白烬野看得有点儿呆，以至于也被颜昭的笑容所感染，竟不自觉地跟着弯起了嘴角。

她竟然还会手语。

似乎是感受到了他的注视，颜昭一回头，就看见了他。

白烬野愣了愣，不知该打招呼还是躲起来，有点儿尴尬，最后决定大大方方地朝她挥了挥手。

谁知道……

"梅香，我们走。"颜昭拉了拉梅香的手，示意她远离这个地方。

白烬野的手瞬间僵在了半空。

颜昭和那个女孩往东边的栅栏处走，留给他的背影有一种说不出的嫌恶，好像被他盯着看，成了一种刑罚。

白烬野把外放的音乐关闭，连上蓝牙耳机，音乐再次响起时，动作全忘了。

030

校园东边的栅栏处，颜昭和梅香隔着栅栏坐了下来。

梅香从没见过颜昭生气，有些不安，急切地打起手语，口中发出"啊啊"的声音。

梅香：你怎么了？

颜昭用手语回应她：没什么，碰见了我不喜欢的人而已。

梅香：那个人他欺负你了吗？

颜昭摇摇头。

梅香伸出两个拇指，一个代表颜昭，一个代表梅香，两个拇指对在一起，就像两个女孩子依偎着。

梅香：颜昭和梅香，没有秘密。

颜昭咬咬嘴唇，望着梅香那双清澈无辜的眼睛，像是看见了沙漠里的一泓清泉。

她们幼时就玩在一起，一起在电子厂的院子里跳皮筋，一起下河摸鱼，一起看动画片。

梅香是个聋人，小时候，颜昭和她一起看电视时总是把声音开到最大，梅香会把耳朵贴着电视机喇叭，漆黑的眼珠滴溜溜地转，颜昭就问她："梅香，你能听到电视机的声音？"

梅香点点头。

颜昭把这件事告诉了厂长，厂长说梅香的耳朵可能没有完全坏，需要一个人工耳蜗。

但是人工耳蜗的价格让人望尘莫及。

于是，给梅香买人工耳蜗成了颜昭的奋斗目标。两个人甚至傻到一起去捡废铁，企图攒出十几万元。

梅香念的是聋校，虽然也是高中，但聋哑孩子的高中水平和健全人的初中差不多。

梅香很单纯，也很爱笑，额上的那颗观音痣让她看上去更加和善。

梅香一有空就来颜昭的学校找她，但她进不了学校，她也不属于这里。

她隔着栅栏看颜昭上课间操，隔着栅栏给她送零食，隔着栅栏跟她打手语谈心。

她总是被隔在外面的世界。

她们之间，没有秘密。

颜昭眼神复杂地望着梅香，考虑再三，开始打手语，对梅香讲出了自己压在心底的一个秘密。

她的手在面前激烈地舞动，梅香认真地听着，长长的睫毛呼扇着，五官因为惊讶而慢慢放大，再后来，就和以往的每一次交心一样，她的目光渐渐融入颜昭的目光之中。

最后，梅香点点头，表示自己理解了，她拍了拍颜昭的肩膀，鼓励她。

操场上的风轻柔地吹来，梅香打开一盒凉皮递过栅栏。颜昭摆摆手，没什么胃口的样子。

颜昭："梅香，以后不要买路边摊了，不干净。"

梅香低下头，有点儿窘迫地把凉皮塞回破旧的书包里。

颜昭仍然表情落寞，梅香像变戏法似的，又从包里拿出一张贴纸。

那贴纸是小学生玩的那种泡泡贴，各种幼稚的图形，花花绿绿，色彩鲜艳。

尽管已经 17 岁，但梅香对外界的感知力差，智力和见识还是比健全人更加幼稚、单纯。

颜昭不想贴，但梅香执拗地拿起颜昭的手，颜昭笑了，由着她。

梅香给颜昭的指甲上贴满了五角星，颜昭也拿起贴纸给她贴了满手，又把剩下的贴纸贴到梅香的手机上。

梅香开心地转着自己花花绿绿的手，觉得漂亮，伸出一个大拇指，朝颜昭弯曲了两下，这是"谢谢"的意思。

颜昭说："梅香，以后你说谢谢，可以这样，看我——"

说着，颜昭双手举过头顶，在头上围成了一个爱心的形状，对梅香说："爱你哟！"

梅香问："这是你们听人表达感谢的方式吗？"

颜昭说："对呀，你也可以像听人一样表达自己，还可以比心，像这样——"她说着，又做了一个比心的动作。

梅香笑眼弯弯，也对颜昭比了一个爱心。恰好这时，梅香的身边路过一个正往校园里走的学生，梅香一高兴，就对这学生也比了个心，学生也笑着朝她回了一个比心的动作！

梅香惊喜得整张脸都亮了起来，开心得直转圈！

第七章

小吃车投毒案

031

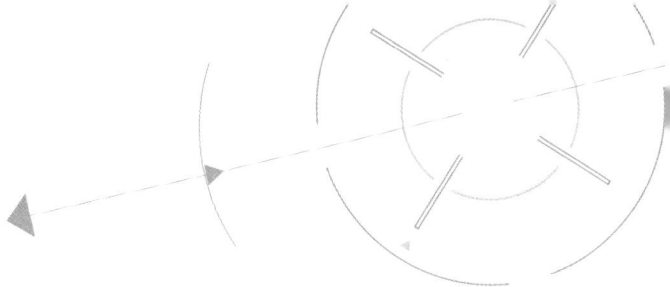

后半夜的马路比白天清静，路边有几位后半夜出摊烧烤的小贩，不用跟人抢摊位，喂的都是蹦完迪的小夜猫子们，虽赚得不多，但图个清净。

穿着背心裤衩人字拖的厉落从小区里出来，大老远就瞅准了路边小摊旁坐着的4个男人，坐中间的是她哥，两边正撸串的分别是季凛和云开还有小张。

"厉风，你不让我吃路边摊，自己大晚上吃独食，你真行啊！是老爸催婚不够狠了，还是你在家里地位稳了？"

厉落用胳膊钳着她老哥的脖子，伸长脖子，顺势咬了一口厉风手里的烤面筋。

厉风笑着摸摸她的小细胳膊，也不挣扎，问："作业做完了吗？"

"小孩才写作业，成年人都用抄的。"厉落干脆把烤面筋抢过来吃，大咧咧地叉腰站着，风卷残云地吃起来。

季凛惊讶地看向她的嘴，夸张地问厉风："你家妹妹这胡子怎么又重了？"

厉落的模样可以算得上是浓眉大眼，苦于自小嘴边就有一圈绒毛，说是胡子吧，也没错，就是比男生的胡子浅，加上她发丝硬，却偏爱在耳边扎两个辫，这辫扎起来像两根小刷子，支棱在脑袋两侧，看起来像怪物史莱克。

那时的厉落还没"开化"，不怎么在意形象问题，就任由自己野蛮生长，丝毫意识不到自己已经成为别人眼中的谐星。

厉风居然也跟着季凛一起消遣自己的亲妹："我看以后被催婚的可不是我，有人要小心嫁不出去才对喽！"

厉落脸皮厚，嫁人不嫁人这种琐事，压根儿刺痛不了她这颗钢铁心。她把季凛和云开中间的塑料凳子提起来，挪到季凛和厉风中间，一屁股坐下来，开始拣桌上自己爱吃的往嘴里送。

聊了会儿天，厉落说冷，几个人就打包了点儿吃的上了车，谈起工作。厉落自己玩自己的手机。

季凛："现在根据烧卖的检验结果，以及尸检报告，可以确定死因就是毒鼠强中毒了。但是我们调查过卖烧卖的，她说死者吃掉的烧卖不是她家做的，她售卖的是清真的牛肉烧卖，卖了十几年了，从来没做过糯米馅的烧卖。而且案发当天早晨，她跑去警局报案，说是自己卖烧卖的小吃车不见了，可是派出所出警后，却发现小吃车停在了另一条胡同里，还上了锁，车锁没有任何被破坏的痕迹。她以为是自己糊涂了，前一天晚上把车停错了位置，就正常出摊了，但她说她记得很清楚，王元和钱秀芬夫妇在案发当天并没有来买烧卖。因为他们是常客，几乎天天早上来买烧卖，唯独那天之后就再也没有来过，所以记得很清楚。"

厉落："啥？烧卖还有糯米馅的？主食包主食？那能吃吗？"

厉风抽出纸巾替厉落擦了擦流油的嘴角："糯米馅的烧卖是南方特色，用油拌糯米做馅，和肉馅的烧卖外形看起来差不多，北方人不会这样吃。同样，有的南方人也不知道烧卖居然还有肉馅的。南北方的饮食差异很大，比方说过年是吃汤圆还是吃饺子，月饼是甜的还是咸的，都够打一架。"

厉风说罢，摸了摸厉落的头："该带你去旅旅游，长长见识了。"

"真的啊！什么时候？"

他望着她的星星眼，温柔笑笑："等你毕业吧，毕业就去。"

厉落嘿嘿笑着，厉风摸着她的脑瓜顶听案情，那感觉就像盘着一个什么物件，又像是摸着小狗。

"季凛，你继续。"

季凛接着说："和王元夫妇同住一栋楼的租户说，案发当天早上 5 点左右，他出来晨跑，看见了烧卖摊，想买烧卖回去，但是卖烧卖的说卖完了，要收摊了。这位邻居当时就觉得奇怪，怎么才早上 5 点就已经卖完了呢！后来也有两位目击者反映说，当天 5 点左右路过的时候，想买烧卖，但摊主很匆忙地收车，说卖完了。"

小张问："他们确定 5 点左右看到的那位摊主就是牛大婶吗？"

季凛："牛大婶当日 5 点钟正和出勤民警在一起，有不在场证明。牛大婶在这一片干了十几年，年纪大的老邻居可能会跟牛大婶稍微熟一点儿，但这三位目击者都是年轻人，他们当时都低头玩手机，加之摊主戴着口罩，因此并没有注意到摊主的长相，平时他们也并不关注身边的人，不爱与陌生人攀谈。"

小张："那衣服呢？穿什么衣服有没有印象？"

季凛："有一个稍微有点儿印象的，就说，当天摊主穿的就是往常的衣服。"

小张："往常的衣服？"

季凛："牛大婶说，她平时出摊，常穿一套工服，她以前在钢厂上过班，出摊时总穿钢厂的工服，橘红色的，胸口的缝兜处有钢厂的标志。我们调查得知，钢厂在建厂的前五年，确实使用过橘红色的工服。"

厉落向窗外看去，问："你们那些天眼呢？"

窗外，云开在烧烤摊前又点了两根烤面筋，正在用手机扫小吃车上的二维码付款。

天突然下起了雨，这雨来得急，摊主推着车就要跑，云开追着人家的车扫码，摊主摆摆手，大概不想要了，毕竟都是常客，可云开执拗追车，样子有些滑稽。

厉落坐在车里笑了，直到看见云开迈着长腿往车这边跑回来，她才赶紧低下头，假装打游戏。

季凛打开手机视频，放在桌上给大伙看："牛大婶丢车的当天，5点1分，微信收款记录里有一笔死者钱秀芬的转账记录，也就是说，嫌疑人把牛大婶的小吃车骑到楼下的时候，在5点1分之前等到了来买烧卖的死者，死者买完烧卖，就扫了牛大婶小吃车上的二维码。随后嫌疑人立即离开。我们调取了附近5点左右的监控，但老街的探头很多都坏了，只有十字路口这里拍到嫌疑人的画面。嫌疑人戴着口罩和帽子，只露出眼睛，看不清楚长相，体形和牛大婶非常相似。"

小张说："你把有牛大婶工服的那张照片找出来我看看，我怎么看着嫌疑人穿的这套跟牛大婶的一模一样呢？"

季凛："厉队也是这么觉得，而且这个颜色的工服市面上不太好买到。厉队让我调查了一下给钢厂生产工服的服装厂，服装厂说，当时那一批工服做出来之后，因为钢厂觉得颜色太浅，就没有续订，服装厂剩了一批橘红色工服，就便宜卖给了新开的电子厂。电子厂给女工买下了这批工服，又给男工定制了深蓝色工服。后来电子厂的女工纷纷反映说工服颜色太浅不耐脏，两年后女工也都换成了统一的深蓝色工服。给电子厂的那批工服，标志是印在领子里面的，外面看不见。"

小张放大了监控照片，嫌疑人穿的橘红色工服，胸前确实没有标志。

云开打开车门坐上了副驾，回身把烤串递给厉落，一身的湿气潮乎乎的，车厢里很快被他身上洗衣液的香味充满了。

厉风："电子厂，橘红色工服，建厂初期老员工，女性，南方人，这么一来，我们的排查范围就缩小了许多。"

季凛："嗯，目前看来只有王元和钱秀芬中毒身亡，凶手是有针对性地投毒。我们走访了王元和钱秀芬所有的亲友邻居，都说他们两夫妻做买卖，交友广泛，近期也没和什么人交恶。倒是牛大婶的口碑不太好，之前就因为把小吃车放在胡同口，阻碍邻居通行被举报，后来和邻居吵了一架。"

厉风突然看向云开："云开，你有什么看法？"

云开拧开一瓶饮料，仰头痛饮，喉结上下滚动，喝完，他拧上瓶盖，瓶子没两下就被他有力地拧死了。

"他还没说完，你一打断，他该忘了。"云开说。

季凛作为警队新人，被另一个新人小法医看透了智商，有点儿不高兴，嘴硬道："我就是不喜欢别人打断而已。"

云开的尸检报告，云开自己可以随时随地、一字不落地背出来。季凛不行，活一多脑子就乱，好在他知道好记性不如烂笔头，记录做得勤，兜里有本，遇事不慌。

季凛一拍脑门儿，对厉风说："那天你不是说，让我把死者家门口的鲜奶送检吗？结果也出来了，没毒。"

厉风皱起眉，很头疼的样子："如果我和王元家有仇，想给他夫妻投毒，为什么不选择在他家门口的鲜奶里下毒呢？这样不是更方便？王元家住宅楼那么简陋，连楼道的单元门都拆了，而且还是一楼，嫌疑人明显来盯过梢，又怎么会不知道死者家每天早上都有鲜奶送到门口呢？只要打开鲜奶瓶，放进无色无味的毒鼠强，事就成了，何苦大费周章又偷车又假扮烧卖摊主的？"

厉落插上一句："那说不定人家两夫妻都不爱喝鲜奶呢！"

厉风："不爱喝干吗要订？"

厉落："你订奶你不也不喝吗？不是天天逼我喝吗？"

厉风："那不是为了让你长个儿吗？"

季凛又拍大腿："对，我刚想说死者家小孩的事。"

厉风："你快说，狗脑子。"

这时，一直沉默的云开开口了：

"钱秀芬的腹腔里，没有子宫。"

此话一出，厉落赶紧堵住耳朵，她知道，云开一开口就是五脏六腑、尸虫大蛆。

厉落似乎觉得堵耳朵效果还不够，用摇头晃脑增强耳部噪声，小辫也跟着一颤一颤的。

032

上课时间的教学楼，从外面看去，恬静得像个吃饱睡着了的孩子。

每个班都有几十个学生，唯独一楼的某间办公室内，坐着5个外貌出众的少年，一个老师正在给他们单独辅导课业。少年们目光呆滞，神色游离，老师想把这些复杂的方程式输入他们的脑子，实在有点儿难。

偶像偶像，这下真成了泥胎偶像。

经纪人成艺和娱乐公司的合伙人Andy就站在办公室旁边的厕所里，一起吸烟。

Andy："这5个孩子，你最看好谁？"

成艺："辛渡长得好，人气也最高，但训练不刻苦，总偷懒抱怨。白烬野倒是从来不喊累，舞跳得也不错，但长相不够精致，也不够出色，我不看好。"

Andy："我不要他们太出色，不好控制，捧起来不放心。练习生是可以复制的，艺人最好可以流水线生产。"

成艺："我知道，我也尽量在让他们少接触学校，少接触社会，越单纯越好，最好变成漂亮的空壳，这样才比较听话，不会叛逃……"

白烬野趴在窗台上，斑驳的树荫散落在他清澈的眸子里，年少的脸上本该充满活泼，此刻却毫无生气。

"白烬野同学？"辅导老师轻声唤了唤他，白烬野没反应，固执地望向窗外，无心课业。

"阿烬，听课！"坐得最近的辛渡把手放在白烬野的腿上，推了推他。

"别动我！"白烬野轻声发起脾气，推开了辛渡的手。

辛渡不怒反笑，在桌子底下踹了白烬野一脚，一双妩媚的眼睛恣意发狠，锐利中带着几分娇媚。真是一个漂亮的少年，让人移不开眼。

"阿烬，你还不退团啊？留在这里也是给我解闷儿，你根本不适合做明星。"

白烬野回头，恶狠狠地瞪着辛渡。辛渡做了一个投降的手势，撇撇嘴。

老师不去理会两个学生，继续自顾自地讲着课。

糯糯的风吹过，拂过白烬野柔细的肌肤，悄悄地把他身上的清新和纯真卷走了一缕。

窗台上爬过一只小蚂蚁，正举着食物残渣，身手麻利地往白烬野这边爬，白烬野的眸子里忽然有了灵气，闪闪溜溜，目光紧紧锁定住小蚂蚁的轨迹。

忽然，几根手指头扒上窗台，吓了他一跳，那是一双女孩的手，指甲盖上贴着花花绿绿的五角星贴纸。

白烬野的好奇心从蚂蚁身上转移到这只手上，然而手的主人一直趴在窗户下面，没有露头。

很快，那只手捏着一条绿油油蠕动的东西，递上了窗台。

白烬野定睛一看，吓得魂飞魄散，不由得大叫一声：

"啊——"

那只花花绿绿的手立刻缩了回去！

辛渡懒懒地问："又怎么了？"

"虫子！"白烬野大惊失色地拽着椅子，屁股往后挪，挪离窗台好远。

辛渡翻了个白眼，无奈地摇摇头："白烬野你是小孩吗？怕虫？"

其他几个练习生也跟着笑话他。

辛渡站起来，找张纸把肥硕的绿色虫子铲起来，扔到了外面去。

白烬野黑着脸，瞪了大家一眼，硬着头皮把椅子搬回窗台边上去，跟全世界赌气！

经纪人突然出现在办公室门口，敲了敲门："老师，打断您一下，白烬野，你出来一下。"

白烬野从椅子上站起来，走到门口，一出门，目光正撞上一张熟悉的脸。

年级主任拍了拍颜昭的肩膀，向经纪人介绍说："这是我们学校最优秀的孩子，明天的国庆节主席台讲话，就由她来带领白烬野同学一起完成。"

经纪人很会跟这个年纪的孩子沟通，满眼和蔼地问："同学请问怎么称呼？"

女孩礼貌微笑，落落大方地回答："您好，我叫颜昭。"

经纪人满眼欣赏，这女孩不仅生得漂亮，小小年纪就举止得体、气场十足，一定是出自有涵养的高知家庭，让人甚至有想挖她当练习生的冲动。

经纪人很尊重地伸出手，颜昭也伸出了一只贴着花花绿绿贴纸的手，和他握了握。

经纪人和老师都满意地看着颜昭。这样的好孩子谁能不喜欢呢？让她跟白烬野搭档，上台演讲，立学霸人设，事半功倍。

和长辈打过招呼，颜昭转而面向白烬野，笑容仿佛是焊在脸上一般，嘴在笑，眼睛却是寒冷的："同学，你好。"

白烬野低头看着她伸过来的那只手，发呆，没应。

"白烬野？"经纪人唤了一声，见他不动，又推了他一下，"你还不快谢谢老师？老师特意为你写的演讲稿子。"

白烬野还是没回答，他漆黑的瞳仁一眨不眨地盯着颜昭的指甲，两道浓眉微微拧起。

颜昭不动声色地把手缩了回去。

033

偶像团体组合 XFOX 上热搜了，这是这个新生代组合第一次上热搜，却是因为丑闻。

XFOX 的新成员白烬野，在学校的国庆演讲上出了丑，把"莘莘学子"念成了"辛辛学子"，一时间视频疯传，白烬野也因为没文化被全网群嘲，黑粉迅速集结，竟然比粉丝还要多，白烬野在机场被激光笔射眼睛，在彩排的时候被扔鸡蛋。

"强烈要求白烬野退出 XFOX，XFOX 是高颜值组合，他长那么丑，干吗要来拉低颜值！"

"说长得丑的嘴下留情，白烬野跟我一个学校的，我在学校小卖部见过真人，挺白的，比普通人好看一点儿吧，舞跳得还是蛮好看的哦！"

"舞跳得好顶什么用？白烬野真是文化沙漠，字写得也难看，根本就是学校里的差等生。"

很快 XFOX 又被曝出，几位成员根本不在本班级上课，大部分时间都用来进行舞蹈训练。

一天连上两个负面热搜，舆论甚嚣尘上，这个少年团体引起了社会广泛的讨论。

午餐后，闹哄哄的教室里，一个高个子女生带领五六个小跟班，气势汹汹地冲进了高三 1 班。

"颜昭！出来！"

"谁是颜昭？快点儿出来！"

整个教室顿时鸦雀无声，同学们的目光纷纷担心地投向颜昭的座位。

颜昭闻声抬头，站了起来，眼神不安。

高二的王梦妮在学校很出名，大家都传她是某集团老总的女儿，学校的塑胶操场都是她爸修建的，加上作风张扬，脾气火暴，在走廊里多看她一眼，搞不好都要被她打。

顾一柠觉得势头不妙，赶紧偷偷溜出去找老师。

"我就是颜昭，找我有什么事？"

王梦妮挑挑眉，朝她勾了勾手："你出来，来。"

颜昭在众目睽睽之下走出了教室。

王梦妮背靠着走廊的墙壁，抱起臂膀，一脸嚣张地望着颜昭。

"白烬野的国庆演讲稿，是你带着练的吧？"

王梦妮是 XFOX 的粉丝，白烬野让组合出了这么大的洋相，她觉得身为搭档的颜昭难辞其咎，毕竟演讲前，颜昭和白烬野单独在教室里练习了两个多小时，难道颜昭都没发现搭档念错字吗？

"你为什么不纠正他？！"

颜昭冷然回答："他念他的，我念我的，我没有义务纠正他。"

王梦妮气得瞪圆了眼，眼白大过了黑眼仁，很吓人："你排练的时候难道就没听出来他念的是'辛辛学子'吗？！你不纠正他！你不会是故意的吧？啊？故意让他出糗！故意让 XFOX 出糗？"

颜昭："你想多了，什么 X 不 X 的，我根本不关注。"

王梦妮的小跟班忽然孥毛了，冲上来就扇了颜昭一巴掌！

颜昭错愕，捂住火辣辣的脸，没想到她们嚣张到会动手打人。

小跟班像发疯了一样，被同伴拉住了，却还又踢又蹿，指着颜昭的鼻子破口大骂："谁允许你这样轻视哥哥们的！谁允许你对 XFOX 这么不敬！我今天不抽你我麻薇薇的名字就倒着写！"

太可怕了，这是追星追成失心疯了吗？颜昭像看外星人一样看着眼前的女孩，她很生气，但是她不能还手，还了手就要打起来，而且是被群殴，更难看。得罪了王梦妮，妈妈在学校的工作也就没了。

正在这时，一声口哨响起，众人循声回头，只见厉落双手插着口袋气定神闲地走了上来。

"倒着写多难听，薇薇麻？"

王梦妮沉着脸，鼻腔里发出一声冷哼："厉落，你一边去！"

"我往哪儿去啊？"厉落用鼻孔看她，"你去蛇窝鼠洞欺凌弱小我不管，你上我班门口，就、不、行！"

"我给你脸了厉落！你不要觉得你哥是个什么破刑警就了不起……"

"就了不起怎么着？你还敢带上我哥？不怕我抽得你假体满天飞？"

麻薇薇作为王梦妮的小跟班，登时就蹿上来了，破口大骂，张牙舞爪。

厉落从小就练摔跤，轻轻松松一个过肩摔就把麻薇薇摔地上了！

厉落骑在麻薇薇身上，麻薇薇嘴里还在骂，厉落啪啪两个嘴巴抽上去！麻薇薇顿时眼冒金星，发不出声。

王梦妮向后退了一步，她失算了。

她虽然名声在外，可高三 1 班的摔跤手厉落也是出了名的，这一脚她算是踢在钢板上了。

"都给我住手！"

一声怒喝熄灭了这锅乱粥，所有人都停下了动作，扒着门口看热闹的同学也赶紧溜回了教室。

是教导主任。

教导主任的身边，跟着白烬野。

白烬野的脸色很不好，冷眼看着这群乱糟糟的女孩子，最终，视线停在了颜昭身上，她的脸上有鲜红肿起的掌印，但情绪却是所有人中最冷静的一个。

厉落眼疾手快地从麻薇薇身上翻下来，踹了麻薇薇一脚，疼得麻薇薇嗷嗷叫。

"还打！"教导主任喝住厉落，转而看向王梦妮。

王梦妮吊儿郎当地摊了摊手："我没动手！"

教导主任的气势弱了几分："王梦妮同学，请你带着你的同学，回到你的班级。"

王梦妮指了指颜昭，一脸嫌弃地问："老师，这种女生你们都给评了个校级三好学生？她是不是给你们送礼了？刚刚她跟我承认了啊，她，颜昭，校庆演讲时故意忽视白烬野的错误，故意让他出错，给我们学校丢了个大人，这种学生怎么能是三好呢？太坏了呀！"

教导主任满眼责备地看向颜昭："这里边怎么还有你的事呢？"

颜昭没吭声，不太情愿，但还是低下头。

班主任远远跑过来，迅速看了一眼这场面，气得鼻孔都圆了，卷起教材照着厉落的脑袋来了两下子！

"又打架！又打架！"

厉落也低下头，不服气地朝额前垂下来的刘海吹了口气。

班主任见厉落不服软，转而用书敲了颜昭肩膀一下："连你也给我惹事？你妈妈工作的事老师帮你跑了多少腿？"

颜昭先前还冷漠的眼睛，顷刻间泛起红血丝。

老师还要说，颜昭赶紧沉声道歉："老师，我错了。"

主任轻咳一声，转身对白烬野说："白烬野同学，你和颜昭之间，是不是存在什么误会？"

误会？

白烬野一言不发。

误会可能不足以形容他们之间的纠葛。

她在老师面前对自己很热情，可是两人单独排练演讲稿的时候，她一关上门就冷冰冰地对他说："你自己读自己的，不要打扰我。"

两人就这样互不交流地在教室里共处了两个小时，时间一到，颜昭便一刻也不多留，招呼都不打就离开了。

白烬野沉默片刻后回答主任："我想是的。"

主任说："小孩子之间打打闹闹都是难免的，既然都说是误会了，说开了就好了，行了，都回班里上课吧！"

034

处理完高三的小插曲，教导主任把白烬野领到高一4班门口，把他交给班主任。

4班的班主任领着白烬野进了教室，同学们都坐得规规矩矩的，班主任朝白烬野指了指最角落的一个位置。

"你坐那里。"

白烬野没说话，径直走向自己的位置。

几个女生忍不住回头看他，班主任呵斥一声："都把脑袋转回来！以后谁敢往后看，我就让谁骑着椅子倒着坐！"

女同学们的脖子都像上锁了一样，谁也不敢回头。

放学铃声响起，学生们蜂拥般涌出教室。颜昭走进班主任的办公室，班主任正在整理刚发下来的奖状，奖状金灿灿鲜亮亮，还散发着幽幽墨香，颜昭远远就看见那一张张喜悦的橙色，嘴角浮起一丝期待的笑。

班主任把她叫过来，刻意忽略她尚还红肿的脸颊，说："这是你的奖状，奥数一等奖、辩论赛最佳辩手、机器人大赛一等奖、卫生标兵。颜昭啊，你这么好的学生，千万别跟那些坏孩子掺和，听见没？"

颜昭乖巧点头，老师说什么都不重要，重要的是那些奖状，她已经迫不及待地伸手要去拿了。

从老师的办公室出来，颜昭低头看奖状上写的字，完全没注意到前方，没走两步就撞上了人。

抬头一看，撞上的竟然是麻薇薇。

颜昭眉毛一挑，细细打量起麻薇薇，她深眼窝，高颧骨，长相不错，就是法令纹太深，两侧的嘴角习惯向下耷拉，看起来就不好惹，从她凹陷的脸颊和校服上泛黄的白色布料来看，她的生活并没有被父母打理得很好。按理说麻薇薇这样清瘦的小身板，不至于这样作威作福，就连她身后的两个跟班在体形上都能胜过她。

可是她扇颜昭一耳光时所呈现出的凶猛，绝不是一个女孩该有的力度，那是一个男人的爆发力，一个常年殴打自己老婆孩子的男人所投射在麻薇薇身上的影子，她在学那个男人，耳濡目染并继承了他的暴力。

颜昭收敛好表情，向后退了一步，低下头，给麻薇薇让道。

麻薇薇身后跟着两个小跟班，威风八面，此时正满脸假笑地望着她："又得奖啦？"

没等颜昭反应过来，她原本握在手里的三张奖状就被麻薇薇抽了出去！

颜昭一急，说："还我！"

她的目光陡然冰冷，目光直逼麻薇薇的眼睛。

麻薇薇满不在乎地看看奖状，语气略带讥讽："机器人大赛？你得奖上瘾啊？这种破比赛你也要搞个奖状？还卫生标兵，你们班是不是所有奖状都让你一个人拿了呀？你怎么那么贪啊？"

"再说一遍，还给我。"

麻薇薇吐了口唾沫，嘴里射出一块口香糖，"啪"的一声粘在了奖状上面。

颜昭的瞳孔陡然放大，剧烈地战栗着，脸色刹那间死灰一片。

麻薇薇把奖状递给她："喏，给你呀，别这么凶地看着我嘛，交个朋友。"

她上来就钩住颜昭的脖子，颜昭一动不动，像块木头，麻薇薇凑近她耳边说："大家都是朋友了，借我点儿钱呗？"

颜昭没言语，一呼一吸都在抖动。

好半天，她才开口："借多少？"

麻薇薇万万没想到她会这么大方，以为她起码会推托一下，立刻高兴地说："200？追星很费钱的，等我下个月拿到生活费就还给你，怎么样？"

颜昭唯唯诺诺，有点儿迟疑地说："我过年收到的红包有1000多，不过都在我的储钱罐里，没带出来，能不能下次再说？"

麻薇薇两眼放光："没带回家取啊！你借我1000也行！我下个月肯定还你！好姐妹！"

颜昭闭上眼，叹息一声："借给你，你就能保证不再找我麻烦吗？"

"我保证呀！咱俩都是好姐妹了，以后你的事就是我的事！我一定会跟王梦妮说好话的，这点你放心！"

颜昭考虑了一下，说："我妈不喜欢我带同学回家，你们这么多人跟着我，我妈以为我被挟持了。"

麻薇薇立刻支走两名小跟班，笑着说："我跟你去取呀！"

035

颜昭家的老房子原本是火车道附近的一处带院平房，父亲在她初中的时候过世后，父亲的朋友覃叔叔看上了她家的小院，就把自己在市中心的一室一厅置换给了颜昭母女。

这样一来，覃叔叔能用院子搞养殖，颜昭母女生活在楼房也方便，两家都受益。

今天是星期日，是覃叔叔去前妻家陪女儿的日子，他不住在平房。

高三放学晚，此时已是晚上 8 点，满天寒星。

颜昭走在前头，麻薇薇紧随其后，拐进一条小路，路上一个人影也没有，再拐了一个弯，视线开阔起来，火车道对面，是黑森森的树林，再后来的道路，就是没铺沥青和石砖的小径了，由于刚下过雨，路上还有畜蹄留下的一列深窝。

一辆火车冲撞进这夜色，逃命般飞驰而过，颜昭忽然驻足回头，吓得麻薇薇一个激灵。

"要不……"颜昭的双眼隐没在黑暗中，"你还是别跟我进去了吧，我想起来了，我妈今天没在家。"

"没在家不是正好吗？"

"我……我不确定里面是不是有 1000 块，也可能我记错了。"

麻薇薇眼珠子一转："没事，我帮你数啊！"

颜昭转身，双手攥紧书包带，继续往前走。

身后响起麻薇薇的声音："好朋友，你放心，钱我是一定要还你的，你是好学生，我不会欺负你的，只是我真的急需用钱，明天粉丝会就要给我的爱豆打投了，我拿不出钱很丢面子的，毕竟我在粉丝圈也是有点儿地位的。"

颜昭"嗯"了一声，没再说话。

两人一前一后来到了院门口，麻薇薇抬头看看院墙，砌得很高。

哗啦啦，是颜昭给大门开锁的声响，院门是用粗重的铁链拴着的，铁链上挂着大锁。

很快，大门被艰涩地推开，薄薄的铁门片在框架里抖动着，发出类似病人夜里骨痛所发出的哼哼声。麻薇薇东张西望地迈进门槛，一下子就闻到了一股说不清道不明的味。

这味道不像是鸡粪鸭粪的臭味，有点儿类似腐乳盖子上的味道，麻薇薇使劲抽气嗅着，脑子里搜寻着味道记忆库，一边用眼睛扫视着院内，可是院子里黑咕隆咚，看不清。

她身后的门被关上，铁链沉重的声音迟迟未消，是颜昭正在锁门，她把铁链在大门的把手上缠了好几圈，锁头一挂，扣上锁梁，钥匙抽拔出来。

院子里没开灯，阴森森的，有什么窸窸窣窣的声音在四周的墙根处错落响起。

麻薇薇开始心生胆怯，抓着颜昭的胳膊，故作镇定地说："你不用锁门，我拿了钱就走。"

颜昭清冷的声音自耳边传来："这地儿偏，什么人都有。"

麻薇薇倒抽一口气，颜昭把她的手掰开，走在了她的前面。

麻薇薇看着颜昭书包侧兜卷插着的奖状，心里暗骂自己胆小，偷偷缓了口气。

颜昭仿佛长了一双夜视眼，在没有灯光的情况下，一进门就轻车熟路地走到院子的一角去，拿起一根半米长的、类似于镊子的东西，身子一晃，就蹲下去了，她的头顶响起挖土的声音，又响起金属剐蹭转头的声音，不知道在做什么。

麻薇薇盯着她诡异的背影，突然心里发毛，问："怎么不开灯？"

一个声音闷闷的，从颜昭的方向传出来，闷得好像从洞里传出来的："有些东西，见不得光……"

"什……什么？"麻薇薇大骇，不自觉地向后退了一步，手一下子就摸到了门上冰冷的链条！

突然，颜昭的黑影站了起来！她猛一转身，惨白的牙暴露在月光下，形成一抹狞笑！

空中飞来一团黑影，紧接着，麻薇薇只觉得脚面上砸了一块肉乎乎的东西，她双肩向后缩，脖子上的筋暴起，嘴巴张到了人类的极限，尖叫起来：

"啊——"

一只长尾巴的耗子一动不动地蜷缩在她的脚上！死了！

凄厉的尖叫声划破寂静的夜空，麻薇薇恢复神志时，惊恐化为愤怒，她本能地冲着颜昭破口大骂，咒骂的内容无比恶毒。

"咔嗒"，一声清脆的开关后，一盏院灯寂然点亮，灯光冷白，不比月光亮多少，颜昭的影子趴在灯下的水泥地上，一动也不动。

有了灯光，麻薇薇这才看见，院子里的墙根下摆放了一排排方形的东西，也不知是盒子还是笼子，上面都蒙着黑布，里面发出窸窸窣窣的声响，一见光，里面的东西似乎苏醒了一样，开始蠢蠢欲动。

麻薇薇突然不骂了，声音卡在喉咙里发出怪异的咕噜声。

颜昭的嘴唇一搐，笑容轻蔑。

她走到一个方形黑布前，黑布一拽，她的背影在那盒子前晃动了几下，一条蛇就从笼子里钻了出来。

那蛇头长得丑陋古怪，扭动的姿势让人头皮发麻，麻薇薇顿觉翻肠倒胃，一股强烈的厌恶与恐惧窜遍四肢百骸，她哆嗦着叫了声"妈"，紧接着跟疯了一样拔腿就往外跑！

那条黑白花的蛇比麻绳粗不了多少，竖直脖子在原地盘桓了一下，很快就发现了那只老鼠，径直就向它爬来，昏暗的灯光下，只见那条蛇的舌头箭一样俯下去，叼住老鼠一口吞下，老鼠在蛇脖子里缓缓下滑，最终落进蛇腹。

吃了鼠，那蛇又竖起脖子，冲着麻薇薇的方向，吐起鲜红的芯子。

麻薇薇疯狂地摇晃起门上的锁链，晃了几下，忽然绝望地转过身，不可置信地望着颜昭，嘴里的脏话喷薄而出，一团唾沫星仿佛在灯下兴奋飞舞的小虫。

颜昭慢慢走上来，在不远处停下，她的目光锋利如刀，声音却柔软似水："好朋友，你脚上沾了老鼠的味道，它把你当成了食物。"

"你不要让它过来！别让它过来！"麻薇薇被吓得泪流满面，抖若筛糠，却是避无可避。

"不要跑哦，跑，你也跑不过它，它是宠物蛇，不咬人的，咬人的我没放出来呢，你不是要来我家玩？我把我最喜欢的东西分享给你呀？"

那条蛇直立着上半身，在空中微微晃动，眼睛里放射出邪恶的光，嘴里发出"咝咝咝"的声响，仿佛一根弦上的箭，只等着一声令下就直直射向麻薇薇。

"不要了！我求你！我错了！我不该打你还不行吗？你快点儿让它走开！啊！"

颜昭露出很为难的神情："怎么办呢？我这人记仇，从小到大都没挨过打……"

麻薇薇眼见着蛇就要爬上她的脚面，赶紧说："我让你也打我一下，行吗？"

"我可不打人。"颜昭弯起眼睛，一双明眸勾魂摄魄。

"那我自己打我自己，你消消气行不行？"麻薇薇毫不犹豫就给了自己一个大嘴巴！

然而她这样一个响动，却惊动了面前的蛇，蛇顺着她的脚面爬上腿，所过之处留下冰冷黏稠的液体。麻薇薇再也不敢动了，打着哆嗦哇哇大哭起来。

"出人命啦！救命啊！颜昭！我要报警！我要是让蛇咬死了你就等着坐牢吧你！"

颜昭耸耸肩："都说了是你要来跟我看蛇，看了你又害怕，宠物蛇的牙都拔了，又不咬你又不吃你，它最厉害不过吞个死老鼠，你怕什么？报警？又不是我把你绑来的。"

麻薇薇几乎快崩溃了，一动也不敢动，蛇已经爬上了她的腰。她疯了似的尖叫："我错啦我错啦！你让我干什么都行！你把它弄走，求求你了！"

颜昭突然冷却笑眼，双眉之间陡然隆起狠厉之色！

"以后在学校里碰到我，绕着走！听到了吗？"

"听到了听到了！学姐，学姐！求求你放过我吧！"

颜昭睥睨着她，若有所思。见她真的在发抖，便走过去，厉声喝道："玉米！回窝！"

这一嗓子，蛇是听不见，倒把麻薇薇吓得一抖！

颜昭说罢，手里的大镊子一挥，丢进蛇窝里一只死老鼠。那条蛇缓缓地从麻薇薇身上爬下来，饥不可耐地朝窝里蹿去。

颜昭走到瘫坐在地的麻薇薇面前，俯下身，慢声说："麻薇薇，我在老师的办公室找到了你的信息，你家住在碧桂花园，对吧？"

麻薇薇倒吸一口凉气，惊愕地看着她。

颜昭可惜地摇摇头："唉！你爸妈怎么买个一楼啊？蛇一爬不就爬进屋了？你晚上睡觉可要小心，夏天别开窗哦！"

说完，她轻蔑地嗤笑一声，拍了拍麻薇薇浸满汗水的头，薅着她的衣领将人提了起来！

第八章

可疑的聋人母亲

036

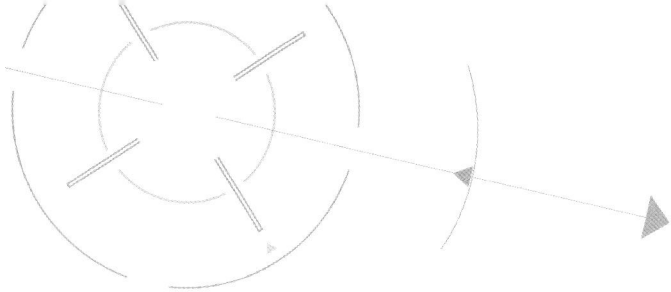

麻薇薇把颜昭用蛇吓唬她的事捅给了老师。

老师把颜昭叫去了高二教导主任的办公室，颜昭用沉默应对着麻薇薇的委屈号叫。

最后高三的老师给出的说辞和颜昭挨打那天几乎一样："同学之间有误会，说开了就好了。"

"颜昭就是想杀了我！"

麻薇薇不甘心地敲桌子，站得离颜昭远远的，至今看到她仍心有余悸。

高三的老师吓了一跳，赶紧提醒这个平时就胡作非为的问题学生："你这可不能瞎说啊，杀人是要负法律责任的，我们学校刚被评为全国文明校园，你倒好，给我整出一个杀人犯来，那是随便说的吗？你这不仅是对颜昭同学的诬蔑，也是在给学校抹黑！"

见麻薇薇不服，高二的老师瞪了她一眼，又说："哦，你去管人家要钱，跟人家回家，人家也没绑着你去，是你自己非要跟着去的。麻薇薇，你父母不管你吗？你怎么一天给我闹出一个节目来呢？"

同样让老师们头疼的特殊学生还有白烬野。

经过了"莘莘学子事件"后，16岁的白烬野受舆论影响，被公司停掉通告，专心来学校上学。

由于比其他高一新生晚来了半个学期，白烬野没有校服，只能穿自己的衣服，他的衣品时髦，个子又高，所以在学生堆里很扎眼。

老师们特地为他开了个会，帮他安排了一个成绩很好的男生坐一桌，但白烬野话少，同桌的男生又腼腆，两个人好几天都没说上一句话。

过了几天，男生被老师调到别的座位了，据说是家长来闹，不想让自己的孩子跟一个小明星一桌，怕受影响。

从此班主任就再没给白烬野安排过任何同桌。

过了没多久，本来就没有什么名气的 XFOX 组合彻底糊了，学校里再无人问津。

见到帅哥就扑上去，那是偶像剧里的夸张情节，真实生活中，班级里若是有个鹤立鸡群的男生，很多女生是会刻意避嫌的。

篮球队队长打球时也不会叫上他，因为自己刚买了一双白烬野的同款鞋，他可不想被人拿来比较。

高一的上学期，白烬野是后来的，性格内向，又跟不上学习进度，于是就成了一个孤僻又惹眼的奇怪存在。

但还是有一个勇敢大胆的女生，靠近了白烬野的书桌。

这位女生见白烬野中午没吃饭，就在他的桌上放了块蛋糕。她站在他的书桌旁，目光热烈地注视着他，她很漂亮，笑容自信。

"谢谢。"白烬野有点儿害羞，他很小就做练习生，每天跟男生封闭式培训，很少跟女孩子接触。

尤其女孩还简单明了地说："我很喜欢你。"

白烬野仍是说了句"谢谢"，手里捏着蛋糕，有点儿不知所措，更不知该如何回应。

曾经在团体里，他是一个不起眼的存在，每个人都有人设，而他的人设是努力。多么抽象又虚无的特点啊，组合的成员在签售会上潇洒地签下自己的名字，可他的对面总是空空如也，没人找他签名，也没有粉丝，后台更是没收到过任何礼物。

"能给我签个名吗？我一直都很支持你。"女孩真诚地说。

"啊……行！"白烬野很爽快就答应了。

女孩拿出自己的日记本，翻到扉页，递给他。

"在哪儿签？"

"在这儿。"

"哦，好。"

漂亮的签名落在纸上，白烬野匆促地抬头看一眼女孩，女孩眼里闪着光，白烬野又低头，笔放在签名旁边，想再写句祝福什么的，但一想自己除了签名，字写得太难看，就把本子还给女孩了。

等到过了一周，白烬野偶然在下楼时碰见了那个女生，那女生却一脸惊恐，慌忙低下头，躲着他跑上了楼。

白烬野搞不懂了。

终于，全班所有女生都不敢跟他说话了。

037

那个夏末的午后，蝉声聒噪，白烬野又在校园的西南角遇见了颜昭。

她坐在栅栏旁看书，偶尔朝栅栏外张望。

他远远地望着她，把无线耳机里的音乐打开，无声地练了一段舞。

颜昭朝他的方向看了一眼，白烬野立刻拔掉耳机，不跳了。

他把矿泉水、手机装进背包里，走了。

没走出两步，他突然停下，脚步退回到颜昭的身边。

"你在等人？"他主动开口。

颜昭抬眼，看了看他，眸色暗了一瞬，又低下了头，像没听见一样。

梅香已经好久没来找颜昭了，发视频也没人接，颜昭下了课就在操场西南角等。

"花花绿绿，有五角星，有爱心，各种颜色的幼稚贴纸……"白烬野突然没头没尾地这样说，"我好像见到过。"

颜昭突然抬起头："见到什么？"

白烬野眉毛一皱，像在回忆："在什么东西上见过。"

颜昭霍地站了起来，脸近在他嘴边。白烬野的头向后仰，吓了一跳。

颜昭："你刚刚说的是什么意思？"

白烬野："没什么意思。"

颜昭："你怎么知道梅香有很多贴纸？"

白烬野："我哪知道谁是梅香。"

颜昭："你看见过。"

白烬野："我是看见过。"

颜昭："所以你找我想说什么？"

白烬野："鬼才知道。"

白烬野见她这么凶，也板起了脸。

颜昭瞪了他一眼，重新坐下，抖了抖书，重新埋头。

白烬野有点儿尴尬，有点儿生气，跟自己。

这不是他第一次在她这里碰一鼻子灰了。上次在教室里练习国庆演讲稿，颜昭对他也是冷若冰霜。那真是漫长难熬的两个小时。

白烬野忽然觉得自己像个小姑娘，扭扭捏捏，说话细声细气，主动跟人家说话，人家居然都不爱搭理。想着想着，他的耳朵红了，牙床紧咬，扭头就走！

颜昭合上书，望着他负气的背影，目光渐渐失了焦。

晚上 6 点钟，第八中学高一的学生陆续放学。

两名警察向楼下的保安出示了证件，保安核实后放他们进了学校。

颜昭背着沉重的书包下楼，她没有往出口走，反而朝走廊最深处的水房走去。

水房里传出几个妇女的笑声。

颜昭走近，悄悄探进头去，水房里发出欢笑声的，是学校里的几个清洁工人。

清洁工在打扫校园的时候捡到了一顶鸭舌帽，鸭舌帽是毛绒玩偶造型，一看就是学生戴的，几个大婶找不到失主，就在各自的头上试戴，这个笑那个是老黄瓜刷绿漆，那个笑这个土不土洋不洋，一顶帽子被传来传去，最后扣在了一位短发妇女的头上。

那短发妇女个头不高，面容清瘦，虽然 40 多岁，但皮肤细腻，只是她的头发黑白参半，令她看起来显得沧桑许多。

她被她们扣上帽子时挣扎了几下，但又碍于礼貌，只能任由几个人摆弄戏耍，她的手拄在拖布上，嘴里发出"呃呃呃"的笑声。

"小琴，你戴着好看，你就戴吧！"

"你别摘呀！你不戴，回家给你女儿戴。"

那个叫小琴的妇女笑着，笑得质朴，原本严肃的脸被众人闹得绯红。

看得出，她是由衷地欢喜，并且心甘情愿地被大家玩闹。

颜昭不由自主地跟着扬起了嘴角，已经很多年了，她没有见到母亲这样笑过。

看来，她已经融入了新工作，融入了健全人的圈子。

真好……

众人陆续从水房里出来，颜昭的母亲走在最后，一出门就撞见了女儿。颜昭的嘴边酒窝浮动着，用一种欣慰、祝福的眼神望着她，眼里对母亲充满了宠爱。

她一生要强的母亲，艰难的母亲，卑微的母亲，今天也有了工作和朋友。

可母亲一看见她，笑容却瞬间消失了。

母亲左顾右盼地把她拉进角落，四下张望，恐怕被人看见。

颜昭赶紧用手语对母亲说：没关系的，我的同学都下课了。

母亲焦急地打起手语：我告诉过你，不要让同学看见你妈妈在扫厕所！

颜昭眉头一皱，母亲就好像做错事的孩子，嗫起了干燥的嘴唇。颜昭从兜里摸出透明唇膏给母亲涂上，用手语说：妈，和朋友相处，也要注意形象。

母亲见她没生气，就轻轻推推女儿：你自己走吧，我们分开走！

颜昭伸手想帮母亲拎水桶，却被母亲躲了；想帮母亲拿拖布，母亲干脆不理她，转身就走。

母女俩正追逐着，迎面走来两个警察。

走在前头的颜昭认识，是厉落的哥哥厉风，开家长会时见过。

他来学校干什么？查案吗？

038

两名警察拦住了母亲的去路，出示证件，说要对母亲问话。颜昭冲上前去，挡在了母亲身前。

"我是她女儿，请问你们有什么事吗？"

厉风说："不必紧张，我们想就最近发生的一起命案，向你母亲了解相关情况。简单地了解一下我们就走。"

颜昭打量着厉风，他真人比在厉落手机相册里的更显严肃、凌厉。

和在影视剧里见过的刑警不太一样，30 岁左右的警察，大多是穿着 polo 衫或者速干 T 恤的大叔模样。

十几岁的颜昭以为人到了 30 岁就已经很老了，但厉风打破了她的这个认知。厉风不仅不老，反而丰神俊朗、英气挺拔，穿着也很入时，他上身穿一件简单宽松白 T 恤，下搭一条浅蓝色直筒牛仔裤，宽阔的胸膛上背着耐克的白色斜挎包，乍一看还以为是大学生。

听同学们私下讨论起厉落，好像她亲妈在她刚出生的时候就过世了，父亲另娶了妻，组建了新家庭。厉落她哥大她 14 岁，一成年就出来自己租房子，怕妹妹受后妈的气，就把妹妹接到了自己的身边。

厉风在家是"宠妹狂魔"，在外是警界新星，曾破获数起大案要案，年纪轻轻就当上了支队长。

因为厉风的师父赵峰曾被尊为神探，外号"峰神"，赵峰去公安厅后，厉风继承了师父的办案才能，人送外号"小风神"。

颜昭礼貌回话："您有什么话可以跟我说，我妈妈是聋人，我可以帮你们做翻译。"

厉风说："我们带了手语翻译。"

颜昭见他眼神冷漠，就赶紧表示："我见过您的照片，您是厉落的哥哥，我是她的前座，我叫颜昭。"

厉风一怔，在她的脸上打量了一会儿，紧绷着的英俊的脸变得和缓起来，声音里多了几分亲切："原来是你，前座的那个三好学生，对不对？"

至于厉落在家时对颜昭另一方面的形容词，像是"荣誉饥渴症""爱慕虚荣""好胜心太强""不近人情""假清高""心机重"等，厉风自然不敢提。

颜昭乖巧地改了口："厉风哥哥，我妈妈用的是自然手语，有方言，您的手语翻译可能学的是国家手语，交流上不一定顺畅。"

厉风想了想："那可能还真需要你的帮忙。"

颜昭："我们可不可以找一个僻静的地方询问，如果被我妈妈的同事看到她被警察问话，您知道这对一个聋哑人来说意味着什么。"

厉风还真没想到这一层，赶紧点点头："你放心，我不会让你妈妈单位的其他人知道这次问话的。我们借一步说话。"

颜昭点点头，厉风忽然像想起什么似的，说："哦对了，你帮我给厉落落带个东西。"

厉风从兜里掏出一个阿童木的公仔，上面印着麦当劳的 M，他说："上源的麦当劳都被抢光了，我去外地出差碰见了，"厉风掂掂手里的公仔，无奈又宠溺地笑，"明天是她生日，我还有工作，怕是见不着了。"

颜昭收下说："一会儿我回教室帮您放到她书桌上。你们是不是好多天都没回家了？"

厉风点点头："是啊！"

"警察真辛苦。"

"这小孩儿真会说话。"

039

警方的询问在校园最角落的一间教室开始了。

颜昭的母亲江琴坐在厉风对面，一脸惶惑。颜昭摸摸母亲的手，安抚她的情绪。

厉风旁边坐着一个记笔录的小警察，叫季凛，寸头，精神，眉眼上挑，看起来蛮凶，他二十几岁的年纪，眼神却比厉风还要锐利，但他那份威严还稍显稚嫩，倒像是一种武装。

颜昭站在母亲身边，那个手语翻译就站在母亲的对面，等候着询问的开始。

厉风："你是哪里人？"

江琴比画着手语，颜昭帮忙翻译："祖籍是江城，20 年前搬来上源市。"

厉风："7 月 15 日凌晨 4 点到 6 点你在做什么？"

颜昭："她说她那天刚来学校报到。"

厉风："4 点就来报到？"

颜昭："因为是我女儿的班主任帮我找的这份校园保洁的工作，我很珍惜，第一天上工，我害怕迟到，4 点就到了，一直在校门口坐着，等到学校开门。"

厉风："4 点钟，有人看见你吗？"

颜昭："当值的保安看见我了，我就坐在他的岗亭不远处，学校也有监控。警察同志，我是犯了什么错吗？"

厉风："没有，我们调查发现，电子厂的第一批工人里，只有你和另一位叫梅芳芳的女工是南方户口，是这样吗？"

颜昭："是的。"

厉风："你是天生聋哑吗？"

颜昭："是的。"

厉风："那么请问，你认识梅芳芳吗？"

颜昭与母亲对视了一眼，回答："认识。是以前的工友，我们两家也常有来往。"

厉风："梅芳芳听不见，但会说话，对吗？"

江琴老老实实地用手语回答：是的，她是后天失聪的，会说话，就是不常说。

厉风："梅芳芳平时和谁有过节吗？"

颜昭的心头蓦地一震。

芳芳姨这是犯了什么事吗？

江琴比比画画了好一阵，说了很多。厉风期待地望向颜昭，等待她的翻译。

等了一会儿，颜昭没说话。

厉风急了："她说了什么？"

颜昭正在发愣，厉风叫了她两声都没应。厉风狐疑地看向这个女孩，她的嘴唇抿得发白，双手紧握在一起，一双怯生生的眼转来转去，全没了刚才的那一派成熟冷静。

厉风看向自带的手语翻译，手语翻译不好意思地挠挠头，说："厉队，她用的真是方言手语，我看不大懂。"

厉风温和地望着颜昭："同学，请你帮忙翻译一下。"

颜昭的眼波颤了颤，深吸一口气，声音颤抖地说："梅芳芳是个可怜人。梅芳芳的大儿子 7 岁的时候在游戏厅被人贩子给拐跑了，夫妻俩四处找也找不到。后来要了个老二，是个女儿，梅芳芳的老公对这个女儿不怎么上心，女儿 1 岁的时候发烧，梅芳芳去看店，她老公没当回事，结果耽误了病情，女儿也聋了。说起这个女孩，也真是可怜，长得那么漂亮，不该是个聋哑人。"

厉风："梅芳芳的女儿叫什么，多大了？"

颜昭："梅香，17。"

厉风："梅香？叶梅香吗？"

颜昭："不是，梅香随母姓。"

"为什么？"厉风问颜昭。

颜昭："梅香的哥哥被拐走后，梅香的爸爸叶小舟一直在寻子，而芳芳姨在孩子走丢第三年的时候意外怀孕，有了梅香。她当时想把孩子生下来，但小舟叔不同意，大概是因为他想把所有精力都用在寻找儿子上面。小舟叔说，要是芳芳姨非要生，就不准随他姓。"

厉风："你和梅香关系很好吧？"

颜昭点点头："我们从小一起长大。"

厉风："梅芳芳和她丈夫叶小舟夫妻关系怎么样？"

颜昭："小舟叔对芳芳姨很好。"

厉风："具体怎么个好法可以讲讲吗？"

颜昭："芳芳姨眼睛不怎么好，小舟叔每天都亲自帮她滴眼药，在厂里食堂里拿的酸奶、小零食，小舟叔也会揣回来，给芳芳姨吃。"

厉风："你观察人很仔细。那他们就没有争吵的时候吗？"

颜昭："以前没有，近两年总能听见他们吵。"

厉风："缘由是什么？"

颜昭："他们这些年一直住的是工厂的员工宿舍，芳芳姨想买一套聋校附近的房子，梅香上学也方便，可那是个新楼盘，她几乎拿出了所有积蓄。小舟叔不同意，想留着钱继续寻找儿子，两个人总因为这件事吵，听说今年那个楼盘烂尾了，两个人吵得就更凶了。"

厉风若有所思，问："颜昭，你和梅香这么好，经常去她家吃饭吧？"

颜昭："经常。"

厉风："那梅芳芳包过烧卖给你们吃吗？"

颜昭："经常包。"

厉风："烧卖是糯米馅还是肉馅？"

颜昭："糯米馅。"

040

一周后。

市局刑侦支队，厉风正带着专案组成员做 9·19 小吃车投毒案的案情分析。

小张汇报说："我们查到，整个电子厂拥有最早一批橘色工服的南方女工，只有两名。排除了有不在场证明的女工江琴，剩下的就是聋人梅芳芳。据梅芳芳的亲戚说，梅芳芳在电子厂工作了 5 年，后来赶上下岗潮，就失业了，经人介绍，嫁给一名打鱼工人叶小舟。2000 年，叶小舟通过梅芳芳介绍进了电子厂做工。梅芳芳下岗后跟一位聋哑老师傅学了开锁的手艺，在街边开了个修锁小店，局里很多片警认识她，因为是特殊人群所以格外照顾，接到开锁的报案基本都派给她去。

"后来梅芳芳因为性格问题，经常跟客户发生矛盾，就不干修锁了，开了家打字复印社。两夫妻的生活原本还算不错，直到他们的大儿子叶平生在 7 岁的时候被人贩子拐走，至今下落不明。很多人都知道夫妻俩丢了儿子的事，她的复印社到现在还张贴着走失孩子的信息和照片。"

小张说着，将一张照片投放到大屏幕，那是一间不足 10 平方米的打字复印社，外围墙上贴满了红底白字的寻人启事和一张放大的男童照片，启事上写：

重金寻子！爱子叶平生，7 岁，身高 120 厘米，于本月 3 号在康健路 444 号游戏厅被一名穿着花衬衣的男子带走，走失时身穿红色小熊外套、萝卜裤、红色运动鞋。如有知情人请联系电话……

季凛说："梅芳芳会开锁，完全有能力打开牛大婶的小吃车的车锁，然后骑走，来到死者家楼下，等待死者出来买早餐。死者如往常一样出现，她将事先做好的有毒的烧卖给死者打包好。死者一走，梅芳芳就骑车逃离现场，再把车扔回原来的胡同，上好锁。只不过那几条胡同看起来都差不多，凶手还车的时候停错了位置。"

小张："如此有针对性的投毒，一定是为了报复某个人而不是报复社会，可是排查梅芳芳的社会关系，她与死者一家不认识，也没有作案动机。"

所有人都陷入了沉默。

厉风："电子厂的老员工还有复印社附近的商户都问了吗？"

小张："问了，厂里的老员工形容梅芳芳，说她比一般人心狠。"

厉风问："为什么这么说？"

小张："梅芳芳丈夫的工友说，梅芳芳前几天还扬言，说拐孩子的、买孩子的，都应该扒了皮扔到大街上去，还要把人贩子的舌头割下来扔出去喂狗。"

厉风问："扬言？怎么个扬言法？跟你反映这一情况的，是健全工人还是聋哑工人？"

小张说："是一名健全工人。"

厉风："男的？"

小张："对，男的。"

厉风："你继续。"

小张："我还走访了梅芳芳复印社附近的商户，商户们对梅芳芳的印象大多是性格强势，不好沟通。有个多年的老商户说：别看梅芳芳是个聋人，但是性格一点儿也不弱，总是凶巴巴的，客户经常跟她沟通不畅，都要被她凶，有时急了还推搡人，要不是派出所照顾她，她一般也没什么生意。"

厉风忽然打断他："说说叶小舟。"

小张："工友和邻居们对叶小舟的评价都是文质彬彬，虽然他是打鱼工人出身，但是爱好诗词，自己作的诗还被刊登在厂里的报刊上，说话也是温文尔雅，从没跟谁发生过矛盾。"

厉风："季凛，你说说你那边的情况。"

季凛："我走访了死者王元和钱秀芬的亲友，得知二人2岁的儿子其实是从哥哥那里过继来的，钱秀芬因病做过子宫摘除手术，所以不能生育。因为不是亲生骨肉，王元脾气又暴躁，所以经常打骂孩子，邻居看到过好几次。由此就生出了许多传言，有人说王元的孩子是买来的，也有人说是小三的孩子。因为王元住的是回迁楼，有很多邻居都是同一个村的，大家互相都认识，所以流言传得特别快，版本也多。"

云开面向季凛，问："那天在现场，我听你说，王元以前是开游戏厅的，对吧？"

季凛赶紧去翻材料，厉风突然一怔，有如醍醐灌顶，立刻走到屏幕前，把寻人启事放大，圈出了寻人启事上的一句话——在康健路444号游戏厅被一名穿着花衬衣的男子带走。

厉风在游戏厅处画了个圈，对季凛交代："立刻查一下王元涉赌的那个游戏厅！"

"是！"

没多久，季凛就快步回来了："王元以前开的那个游戏厅，就在康健路444号！"

所有人都震惊了，紧接着就是振奋！

一个突破性的线索浮出了水面！

季凛推测："梅芳芳的大儿子在被拐当天，偷偷去了王元的游戏厅，在游戏厅里被人贩子拐走，这足以让梅芳芳仇恨王元。在寻子多年未果后，梅芳芳放弃了寻找，有了第二个孩子梅香，然而对儿子的思念仍然不减，而多年后梅芳芳得知王元老来得子，听闻王元的小孩可能是买来的之后，多年的压抑加上恨意使她起了杀心。"

小张接了个电话。

厉风搓搓下巴，琢磨道："可是，有一点很可疑，梅芳芳是聋人，她是怎么得知王元买小孩的传闻呢？"

话音未落，小张忽然大喊一声："厉队！"

季凛正在思考，被小张的喊声吓得虎躯一震，当即发火怒吼："你直接说行不行？"

小张慌张地说："刚刚派出所接到报案，说梅芳芳自杀了！"

季凛"噌"就蹿起来了。

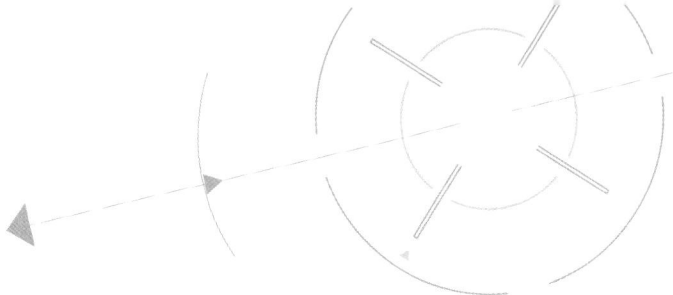

第九章

尸体的内裤

041

颜昭联系不上梅香了，手机打不通，天天去梅香家里找，房门紧闭，连芳芳姨也不见了。

45分钟的课、乱哄哄的课间操、排长队的食堂，颜昭的心思完全不在学校里。

一得自由，她就去校园西南角的栅栏处站着，有时连午饭都顾不上吃，整个中午都在那里坐着，远远地张望，祈盼梅香哪时能钻出来，告诉她芳芳姨出了什么事。

晚自习，没精打采的颜昭又来到高一4班，找学妹柴秀秀吃饭。

颜昭和柴秀秀认识有半个学期了，柴秀秀是家里领低保的贫困生，蘑菇头，兜兜齿，戴一副厚厚的瓶底眼镜，身上又总有股难闻的味道，她的同学都传言说她喜欢偷东西，还给她取外号。班级里没人肯和她坐一桌。

有次在操场上她被两个女生推搡，被颜昭撞见，替她出头解围，从此颜昭就经常到柴秀秀班里来找她，把自己饭盒里的菜分一些给柴秀秀吃。

久而久之，高一4班都知道柴秀秀有个高三的学姐罩着。

这天中午，颜昭再来找柴秀秀的时候，突然发现她头顶有块位置秃了，破了皮。

"你是不是挨打了？谁打你了？"

柴秀秀窄小的眼睛陷落在那一圈圈的瓶底眼镜里，像夕阳见到了月亮一样，慢吞吞地落下去。

柴秀秀低头吃着山楂片，不吭声。

"为什么不说话？是你们班的还是别的班的？"颜昭急了，抓着柴秀秀的肩膀强迫她面对自己。

柴秀秀不喜欢被人触碰，不小心一推，把颜昭揉了出去，颜昭就向后踉跄了两步，腰撞在了不知谁的书桌上！

颜昭一回头，就看见了趴在桌子上的白烬野。

白烬野不耐烦地坐了起来，脸上印着两条压出来的红印子，他看一眼颜昭，又看一眼柴秀秀，露出烦躁的表情。

然而颜昭并未道歉。

他看似心情很不好，周身的气压极低。

颜昭突然烦躁地把筷子重重地撂在桌子上，不吃了。

她擦擦嘴，对柴秀秀说："我一会儿要去梅香家找找她，你先吃吧！还有，有人欺负你的事不能就这么算了，回头我联系你，你等我！"

042

某居民楼外拉起了警戒线，一楼一户的窗户大开，两辆警车鸣着警笛开到楼下。

厉风带着队员们赶到的时候，消防员已经断气通风，排除了险情。

"谁报的警？"厉风问。

颜昭跑过来，厉风一见，略显错愕。

"是你？你这个时间，不应该在学校上课吗？"

"我是来找梅香的……"

厉风眼前的颜昭，脸色苍白，迷惘失神的双眼被红血丝覆盖，悲恸的泪水滚滚落下。她见到厉风，似乎有一肚子的话要说，她不断用手背截断脸上的小溪流，竭力想开口，可鼻腔里、喉咙里都像是被覆上了一层膜，令她连呼吸都不能维持。

跟她一样悲痛的还有坐在门口的死者丈夫叶小舟，他弓着腰坐在石墩上，低沉地哀号，如同旷野里的兽。

厉风朝小张使了个眼色，小张点点头，厉风越过泣不成声的两个人，带着云开和季凛等人进了现场。

这间房子只有四十几平方米，却被隔出了两室一厅一卫一厨，客厅放了张饭桌，进出都不方便。往里走，房间里很洁净，左手边的卧室里仰躺着一具中年女尸，死者身穿家居睡衣，面容安详，没有任何打斗痕迹，明显的开煤气自杀现场。

云开走到尸体前，戴上橡胶手套，开始工作。

厉风吩咐手下："找一下家里有没有遗书，存折等贵重物品都还在不在。"

不久后，云开简明扼要地说："初步判断死亡时间 7 小时左右，睑结膜点状片状出血，嘴唇边少量白色泡沫，面部颈部尸斑呈樱桃红色，尸体表面无可见致命的机械性损伤……"云开说着，忽然眉头紧锁，音量陡然提高，"尸体是不是被动过……谁动了尸体？"

云开向来话少，用厉落的形容就是：云开的严肃是半永久。

此时的云开给人的感觉就像是动了怒，派出所的民警听到后，跑过来，尽管资历比云开老，但在云开的冷气压下，还是显得有点儿紧张。

"没……没人动啊！我比 120 先来的，来的时候人已经死透了，我特意嘱咐医护人员保护好现场，我们就掀开被子看了一下。"

"死者始终处于仰卧姿势吗？"云开大声问。

"对啊，一直就这么仰躺着。"

云开的眉毛压得很低，两只墨黑的眼仁在眼眶里疑惑地转动着。

不对劲……

不可能一直仰躺着……

厉风在另一间卧室里的写字台前驻足。

季凛跑上来，说："找到了一张存折，里面也没多少钱了，一条金项链、一份购房合同，抽屉柜子里都没有明显的被翻动痕迹。"

厉风挥挥手，表示知道了，就又聚精会神地打量起这个写字台。

这是一张 90 年代风格的实木桌子，桌面压着透明玻璃。

过去的年代，许多家庭的桌子上都压一张玻璃，因为以前还没有密度板，所以大多是实木，天然实木坑坑洼洼，写字不方便，玻璃防水、平整，家里的桌子上压玻璃，是文化人的象征。

玻璃下压着一些手抄诗，还有几张照片，是家庭成员的合影。有男主人年轻时在某个景区石碑前的留影，照片背面写有："毅文于 2009 年于天涯海角留念"的字样；另有死去的女主人头戴塑料花和西服不合身的男主人的结婚照，甜蜜幸福；有他们两个抱着女婴的合影，女婴穿着小裙子，眉心点了个红点儿，恰好点在她的观音痣上，虽然父母二人都没什么笑容，她却笑得露出两颗小牙……

厉风的目光落在一张照片上，那是两个十三四岁的女孩，你搂着我，我搂着你，戴着生日帽吹蜡烛的瞬间。

厉风一眼就认出，其中一个女孩正是颜昭。他把玻璃抬开，将这张合影拿在手上端详。

侦查员跑进来，向厉风汇报："厉队，报警人叫颜昭，是八中的高三学生，和这家的女儿梅香是好朋友，颜昭找不到梅香，就在学校午休的时候跑到梅香家里来找人。敲门无应答，颜昭见卧室的窗帘拉着，就往缝隙里看，看见死者躺在床上，以为睡着了。颜昭说，因为多日与梅香失联，情急之下就敲窗，敲了有10多分钟，死者仍然一动不动，觉得不太对劲，就给死者的丈夫叶小舟打电话。叶小舟凌晨4点就去厂里上班，颜昭中午给他打电话的时候他正在厂里，接了电话就往回赶。颜昭给叶小舟打完电话就报了120，紧接着又报了警。"

厉风听着汇报，眼睛不自觉地被照片里的女孩所吸引。

她眉清目秀，小头小脸，五官舒展，精致秀气，笑起来甜美可爱，又带着一丝青涩。

厉风把照片转过去，发现背面写着一句话，字体幼稚，歪歪扭扭：颜昭，等我有了助听器，带我去听演唱会吧！

侦查员接着说："邻居都说没有听到任何异常。"

厉风把照片放回桌面，沉思片刻，对侦查员说："你们马上搜查一下，看看房间里有没有梅芳芳儿子叶平生的照片！"

侦查员往书桌附近扫视一圈，突然惊讶道："对呀！怎么没有梅芳芳儿子的照片？按理说，梅芳芳夫妇一直在寻找失踪的儿子，照片贴得满世界都是，怎么家里一张都没有？难道是怕触景生情，全都收起来了？"

厉风冷笑："我看未必。"

厉风说完，抬头见云开正朝自己招手，便大步走了过去。

云开把厉风拽到墙根处，压低声音："控制住梅芳芳的丈夫！"

厉风默契点头："嗯！我早交代好了！"

二人心照不宣。

云开走到尸体旁，用只有他们两人能听到的声音说："你看，尸斑形成于身体右侧大腿处，右侧肋下，说明死者处于向右侧卧的姿势入睡，直到死亡依旧是侧卧的姿势。人死后的4~5小时，尸斑会随着体位变更而转移，但如果死亡7~8小时后，尸斑固定，不再随着体位的变更发生改变。死者被发现时却是仰卧的姿势，按理说仰卧死去，尸斑应该积于后背，而不是积于侧面，这就说明死者死亡后的6~7小时，尸体被翻动过。"

厉风不禁感到后背一阵发凉。

云开继续说："尸体的腰间没有内裤的松紧带形成的勒痕，内裤应该是死后才穿上去的。"

人死后，从侧卧的姿势变成了仰躺，而且还给自己穿上内裤……

厉风的大脑高速运转着，握着拳抵在唇边，在房间里踱步，视线落在屋子里的每一样东西上，洁净的屋子，窗子是在里面反锁的，如同睡着了一样安详的女主人，多么完美的自杀现场。

单凭尸体由侧卧变成仰卧这一点，不足以证明什么，万一真的是有医护人员记错了，动了尸体呢？

可是不对，就算是有现场人员动了尸体，那么死后穿上内裤，这又怎么解释呢？

043

一天后，午后，破碎的云团匆匆奔逃，没跑多远，就撞上了前面的大片乌云，黑云把云团堵得无路可退，黑云压城，暴雨将至。

操场上人影全无，鸟叫声停了，风也蛰伏起来，静待时机成熟，翻云弄雨。

西南角，一个女孩抱膝蜷缩在栅栏边上，头埋在膝间。

那是失魂落魄的颜昭。

颜昭做了一晚上噩梦，梦到那双脚。

她没见过死人，昨天在梅香家，远远看见芳芳姨躺在床上，芳芳姨的身体被挡住，颜昭只能看见床尾的一双脚，静止的、向外翻的脚，不知为什么，就觉得很恐怖，头皮发麻。

她越想越头痛，胃里翻江倒海，头晕目眩。

叶小舟逃走的一瞬间，推了颜昭一下，致使她的头重重地撞在了警车上。

她想不通，明明只是带回公安局配合调查，可小舟叔突然像发了疯一样拼命逃跑。几个警察在后面追他，他跑上了梧升大桥，毫不犹豫就翻跳下去！

警察说，人没了，就像跳进大海的鱼一样，不见了。

他为什么要跑呢？

颜昭捂住肚子，难受地死死闭上眼。

芳芳姨死了，小舟叔跑了，梅香的行踪成了谜。

西南角的双杠旁，白烬野的耳机里放着动感电音，燃血的节奏如钢珠般砸着他紧张的神经。

不远处，那团蜷缩在角落的身影开始绞动。

白烬野摘下耳机，担心地望过去，下一秒，颜昭的身体再也支撑不住，倒靠在栅栏上。

白烬野犹豫着，试探着前进，一手把耳机都摘了，揣进兜里。

"你怎么了？喂！醒醒！"他蹲下来扶着她，用膝盖给她虚弱的身体做支撑。

颜昭面色惨白，双眼紧闭，口中发出难受的喘息。

白烬野拿出手机，拨了120，挂断电话后就把她扶起来。那时他还在长身体，吃得少，胳膊、腿都像麻秆，好在常年练舞，腰间还算有力量，勉强把她瘫软的四肢抡到背上去，他摇晃了两下，背着她站了起来！

从操场西南角跑到大门口，并不是一段短途。

闪电撕扯乌云，一串闷雷如击鼓一样在头顶炸开，雨水紧随其后，狂风大作，暴雨突临。

"该死！"白烬野咒骂了一声，雨水很快就打湿了他薄薄的唇。

天地万物都笼罩在水雾里，他牙关发抖，背着她奔跑起来，耳边只有雨声、心跳声和运动鞋急促而连贯地踩在水坑里的"噼噼啪啪"声。

一个微弱的声音传入耳朵，很快就被淹没在嘈杂的雨声中。

"什么？！你说什么？"白烬野听不清，急得大吼。

"卡片……卡片……"

"什么卡片？"

"内衣里……"

"啊？"白烬野觉得自己一定是听错了！

"同学……内衣里……有……有卡片……"

救护车终于到了，白烬野和背上的人全给浇成了一坨。

他也跟着上了救护车，顾不上湿答答的自己，一上车就跟医生汇报："她说卡片，内……内衣什么的，您快给看看。"

医护人员露出疑惑的神情，她拉开颜昭的校服拉锁，把她的T恤掀了上去。

白烬野痴痴地看着，突然就转过头去，视线避开她的身体，低下头，手撑住头，剧烈运动后的急促呼吸使他感到肺腔像撕裂了一样疼。

他再次抬起头，看到医生从颜昭的内衣里拿出了一张卡片。

还真有一张卡片！

医生拿起卡片看了看，拿出笔在本子上记录了一下，又拿出手机拍了张照，最后把卡片递给白烬野。

"她的情况我们了解了，这个你替她收好。"

白烬野接过卡片，用袖子胡乱地抹了一把正在淌水的眼睛，视线慢慢清晰。

卡片上写："医生护士您好，我是一名药物性耳聋基因携带患儿，请您救治我时务必禁用以下抗生素：链霉素、卡那霉素、地贝卡星、妥布霉素（抗普霉素）、巴龙霉素、庆大霉素、大观霉素、西索米星……"

密密麻麻的药物名称，写满了这张名片大的卡。

白烬野捏着卡片，看了好久，神色复杂。

044

医生给颜昭上了呼吸罩，颜昭慢慢睁开眼，呼吸罩里喷薄出一层雾。医生知道她在说话，安慰道："看到了你的卡片，放心吧！"

颜昭这才安心地闭上了眼。

穿越漆黑的梦境，她又回到了警察局，坐在昏暗的询问室里，厉风的脸冷若冰霜："你觉得梅芳芳是一个什么样的人？"

芳芳姨，是个什么样的人？

芳芳姨是个会说话的聋人。

健全人将聋人称作"聋哑人"，聋人叫健全人为"听人"。很多听人觉得聋人就是哑巴，嘴巴和耳朵都是坏的，可事实并非如此。

大多数聋人只是听力有障碍，声带跟正常人一样，只不过有人从婴儿起就没听见过声音，加上没有经过训练，所以自然不会说话。就像从小生活在狼群里的人类狼孩，虽然听力和声带全都健康，但也不会说人类的语言，这是一样的道理。

芳芳姨是后天失聪的，听不见，但是能说话，只是语言能力逐年退化后，说话的语调有点儿像老外说汉语，没有声调变化。

颜昭在很小的时候被妈妈带到工厂时，就注意到了芳芳姨。

电子厂是福利工厂，四分之一都是残疾人，他们被称为"自强人"。

厂里有一条鄙视链，健全人歧视那些胳膊腿不全的残疾人，胳膊腿不全的人歧视聋人。因为如果你肢体残缺，起码还可以跟人打一句招呼，起码能给外界了解你的机会，善良的健全人往往会因为你是他熟悉的残疾人而对你格外帮助。可如果是个聋人，连和正常人的基本交流都做不到，只能和会手语的同类抱团取暖，和其他人就像不在同一个世界。

芳芳姨在这座福利工厂中是一个特别的存在。

她能对健全人招呼一句："老赵下班啦？"也能挥舞着手语，跟聋人小团体宣布新厂规。

颜昭的父母都是这个小团体的成员。母亲是先天耳聋，父亲是1岁时打了链霉素，丧失了听力。他们很怕刚出生的颜昭也听不见，经常用盆啊碗啊在她耳边敲，小颜昭一被吓哭，父母亲就高兴得不得了。

谁能想到两个聋人的孩子，一出生就唱唱跳跳，要多机灵就有多机灵。

颜昭4岁的时候，父母听说了基因检测，就带着她去检查，很遗憾，颜昭还是遗传了药物性耳聋基因。但是爸爸告诉她，只要避免使用致聋药物，她就会一直是个听人，是健全的孩子。

父亲不让她接触致聋药物，也不准她接触聋人。

颜昭和梅香在厂里的幼儿园里相识，很快就玩到了一块，两个小孩形影不离，连午睡都要挤在一张小床上。

颜昭的父亲下了工就偷偷溜到幼儿园来看她，透过幼儿园门上圆圆的小窗，父亲看到颜昭只和梅香玩，脸上就一片忧愁。

回到家，父亲蹲在小颜昭面前，把一个奥特曼和一个小怪兽摆在小桌上，又指了指颜昭幼儿园里的合照，把梅香和颜昭用彩笔给圈了出来，朝颜昭郑重地摇摇头。

父亲不允许颜昭学手语，颜昭与父母亲的交流都靠颜昭聪明的小脑袋瓜去猜。

颜昭很快明白了父亲的意思，他把颜昭比作奥特曼，把梅香比作小怪兽，奥特曼和小怪兽是不能成为朋友的。

颜昭说："人们都不愿意跟小怪兽玩，就奥特曼愿意陪小怪兽打打闹闹，他们为什么不能成为朋友？"

父亲听不到她说什么，固执地摇摇头，又拿出两只小狗玩具和一只蝴蝶玩具，他把小狗和小狗摆在一起，把蝴蝶丢得很远，朝颜昭摆摆手。

颜昭不高兴地嘟起嘴："蝴蝶也经常落在小狗的鼻尖上呀！是不是同类有那么重要吗？"

父亲再次摇摇头，而且是闭着眼，表示无论她说什么，父亲的想法才是对的，聋人和聋人做朋友，听人只能和听人交朋友。

幼儿园里那么多小朋友，颜昭一个都不交流，只找梅香，这是不对的。

颜昭说："爸，你相信吗？我和梅香不用说话，用眼睛就能联系，我们俩才是同类。"

父亲被她欢喜的笑容激怒，一把抓起那只蝴蝶玩具，狠狠丢出窗外！

颜昭抱着手臂"哼"了一声，跑开了。

整个幼儿园时期，她还是只跟梅香玩，对其他小朋友一概不理。

小学一年级，颜昭不好好听课，逃课跑去梅香家，被父亲揪着领子拎回家打了一顿。

小学二年级，颜昭写作业的时候从家里溜出去，和梅香到厂区里用吸铁石捡废铁，蹬着腿被爸爸扛回了家。

从那之后，颜昭去梅香家找她，芳芳姨就堵着门不让她进了。梅香躲在芳芳姨腿后，怯生生地望着颜昭。

"你去找别的孩子玩吧！你回家告诉你爸，我们家梅香不缺小伙伴！自己人瞧不起自己人！愚蠢！"

芳芳姨的嗓门儿很大，全因为她听不见自己的声音，控制不住音调，所以就会给人很凶的感觉。

颜昭不怕她，叫了声"芳芳姨"，接着用笔写在纸上，展示给她看："愚蠢用手语怎么说？"

芳芳姨没懂她的意思，她又用手语比画："这个词用手语怎么说？"

芳芳姨一怔。

所有人都知道颜昭的爸爸不允许她学手语，要是在工厂里看见哪个聋人教她手语，还会摆脸色给人家看。

可是所有人都不知道的是，芳芳姨在教梅香的时候，颜昭就已经偷偷学会了好多。

芳芳姨"砰"地关上了门，梅香恐惧的眼神被切断。

第一天，颜昭一放学就来到梅香家敲门，芳芳姨一开门，颜昭又问："愚蠢的手语怎么说？"

第二天、第三天、第四天、第五天、第六天她还来，把芳芳姨问烦了，芳芳姨就用拳头在脑门儿上磕了一下，接着双手像是抱着一个鸵鸟蛋一样，比画出一个圆形，表情凶凶的。

这是"笨蛋"的手语，那么形象，那么生动。

晚上颜昭猫在被窝里，用手磕着脑门儿，"笨，"又比画个圆，"这是蛋，嘻嘻。"从此以后，小颜昭爱上了研究聋人的语言。

在聋人的世界里，只能用具象的词语交流，比如你可以跟他们说"一个杯子，一个蛋"，他们都懂，可你要跟他们说"法律"，说"理想"，对他们来说可就太难懂了。

这也是很多聋人不懂法、不守法的根本原因。

颜昭的爸爸去找过芳芳姨，也不知道他对芳芳姨说了什么冒犯的话，往后的很多年，芳芳姨都没有再跟颜昭爸说过一句话。只要颜昭去梅香家，芳芳姨就没有好脸色，但门还是让进的，包了烧卖也会留她一起吃。

颜昭和梅香一起看电视，电视里演的出车祸、爆炸的意外情节，总能引起颜昭的焦虑。

她总是幻想这些意外会发生在自己身上，总有一天她会因意外而被推进急诊室，接着医生就会不小心打错了药，她也会变成聋人。

未雨绸缪，她告诉梅香，她必须学手语，她得能和同类交流。

于是，会说话的芳芳姨，成了她天赐的老师。

梅香拉着她去拜芳芳姨为师，两个小孩身披床单，一人脑瓜顶一个烧卖，当束发冠，模仿贾宝玉下跪磕头，终于给芳芳姨逗笑了。

有时候颜昭放学晚了，还没来，芳芳姨就会在窗边织毛衣，望啊望，等颜昭，比等梅香还要心切。

她那胆小孤独的小女儿，自从有了颜昭，活泼得像个小皮猴！

芳芳姨的打印社开张的那一天，颜昭和梅香跑去闹腾。颜昭看见芳芳姨在电脑前忙活半天，查资料，排版，打印，塑封。醒目的红字从打印机里缓缓而出，张姨把纸裁成名片大小，贴在一张废名片上，再压上膜，递给她。

颜昭把卡片拿在手里一看，上面密密麻麻写着致聋的药物名称。

芳芳姨的脸色还是凶巴巴的："随身带着！"

"哦。"颜昭很喜欢她的小卡片，粉色的，小心翼翼揣进外衣口袋。

芳芳姨赶紧摇摇头，拿出卡片往她的内衣里塞。颜昭本能地反抗，可芳芳姨手劲大、野蛮，卡片的塑料边缘刮得她稚嫩的小胸脯一阵发疼。

芳芳姨把手捂在她的胸口上，像是托付了秘籍似的，轻轻地拍了拍："医生检查，先听心跳，看胸口。"

审讯室里，颜昭对上厉风的眼睛，泪水不停在眼眶里晃动："好人。芳芳姨是个很好的人。"

045

晚上 8 点，厉落正在房间里给六六喂食，夹一根红虫丢进水里。六六粉红色的小脑袋凑过去，张开小嘴，"啵"地将虫吞进去，在水里欢快地摇头摆尾，6 根像龙角一样的鳃缓缓展开，像海底的普通珊瑚。

顾一柠给她打来电话，两个人聊了一会儿，就聊到了颜昭被救护车拉走的校园新闻。

"她怎么搞的？"厉落问。

"据说是低血糖加上发烧，挺吓人的。"

"谁送她去的医院啊？"

"不知道，医生说是个男生，颜昭醒了他就走了。"

"深藏功与名啊。"厉落撇撇嘴。

顾一柠说："颜昭托我问问你，你哥能不能借到偷拍设备，就是那种偷拍眼镜，眼镜上面有摄像头的。"

厉落懒洋洋地说："她怎么不直接找我啊？"

"她知道你不喜欢她。"

厉落无奈："我也不是不想帮忙，我跟我哥说了，我哥说用这种东西是违法的，他不借我。"

"什么违法啊！"顾一柠连忙解释，"颜昭这不是想帮助高一那个学妹吗？她让人给欺负成那样，颜昭说想帮她取证，只能想到这种方法了。"

厉落硬着头皮叹了口气："那行，我再试试，但是我得说在前头，我可不是为了帮她啊，我这是为了正义。"

"知道啦！你赶紧帮我借吧！谢谢你啦！"

厉落刚挂电话，就听见厉风身上的钥匙串响了。

她眼疾手快地把电视关掉，迅速溜进卧室关上了门，假装埋头写作业，实则支起耳朵听动静。

她听见厉风带着警队的几个同事进了门，一群人正讨论着案情。

厉落把门悄悄打开一个缝，向外观望。

烧卖投毒案的两个嫌疑犯，一个自杀，一个跳江失踪，让刑侦队成了笑话，今天的气氛很压抑。

厉风临时把兄弟几个请到家里，点了一桌外卖，慰劳他们的泡面胃。

"今天不聊案子啊，兄弟们好好吃个饭。"厉风安抚大家。

连续的加班熬夜让几条汉子看起来更糙了，季凛瘦削的下巴上长满了胡楂。

一屋子烟雾缭绕中，只有云开不抽烟。

小张烟抽得最狠，梅芳芳的丈夫叶小舟是小张负责看着的，厉风在现场一再叮嘱，一定要盯紧了叶小舟，还说他有重大作案嫌疑，可还是让人给跑了，而且是在警察堆里跑的，真丢人！

厉风对云开说了声："你去把厉落落叫出来吃饭。"

"我去的话，估计她连胃口都没有了。"

自从云开当法医后，厉落就特害怕他，这小孩爱看鬼片，对法医这个职业有许多误解。

季凛叹一口气，说："我去吧，云开今天挺累的。"

云开默默站起来，帮着把外卖盒一个一个打开，把饭桌上的桌布撤下去，将每一盒外卖底下都垫上纸巾，又把外卖送的勺子拿到厨房冲洗一遍，都弄干净了，才分发到大家手中。

大家都埋头吃饭，菜味很香，可都没什么胃口。

季凛站起来，走到厉落卧室门口，敲了敲门。

厉落一开门就故意找碴儿："你们能不能小点儿声啊，这云山雾罩的，请神呢？"

厉风给她盛了一碗香喷喷的米饭，问："还跟我赌气呢？"

厉落趿拉着拖鞋走出来，挨个叫过了哥，就在饭桌前坐下了，气鼓鼓的样子。

季凛问厉风："你又怎么招惹猕猴桃了？"

猕猴桃是季凛给厉落起的新外号，笑她嘴边长毛。

厉落冲上来用胳膊锁住季凛的脖子，咬牙切齿："你想要啥颜色的麻袋？嗯？！"

"喀喀！"季凛快不能呼吸了，猛拍她胳膊，厉落才放开他。季凛也不怜香惜玉，狠狠勾了她一把，把厉落弄得一趔趄。

厉风扶额，太阳穴一跳一跳的："她让我给她借偷拍设备。"

季凛："哎哟，小崽子，你又要干什么违法犯罪的勾当啊？"

厉落又要锁他的喉，季凛胆战心惊地问厉风："哥，你家这玩意儿吃人吗？"

厉落剜了他一眼："设备我是帮我同桌借的，我有一个学妹，最近总让人欺负，又不敢吭声，我们就想帮她取证，把欺负她的那些人给录下来，曝光他们。你上次不是说有那种偷拍眼镜吗？又不是什么贵重物品，就借给我用一用呗？"

厉风耐着性子解释："我还有手枪呢，借你打鸟呗？"

厉落急了："我又不是借着玩的！我也是想帮同学。"

小张有点烦躁，没好气："你让她报警不就行了？"

"大哥！校园暴力没证据去报警有用吗？"厉落说，"也对，你们是天天办大案子的警察，哪会关心学生的事儿！"

一屋子警察都沉着脸，谁也不说话。

厉落越说越气："人家美剧里那刑警，那多酷啊，西装革履的，一到犯罪现场，各种化学试剂查验血迹，拿那个什么什么多波段光源找找指纹，多高大上。怎么你们几个天天病虎睡鹰、灰头土脸的，一点儿神探的影子都没有呢？"

季凛懒洋洋地说："你来干刑警试试？没有下班，没有周末，没有节假日，停车即 rush，走访摸排全靠腿，三餐不定时，胃出血那都是小 case，车座一放就是床，天天在地下室翻案卷，你行，你来干？"

"我可不干！"厉落使劲摇摇小辫，"我才不当警察。"

厉风怕自家妹妹再说下去犯了众怒，赶紧把一块牛肉塞进厉落嘴里。

厉落咬了一口，嗞嗞哈哈："辣，哥。"

厉风皱眉："我吃不辣呀，"转头问云开，"云开，你觉得菜辣吗？"

"还行。"云开光噎米饭，没动菜。

厉落说："我是小孩儿啊，你们大人重口味，我可吃不了。"

厉风突然收起笑意，面容严肃起来。

厉落吓一跳，其他人也都不解地看着厉风。

这是怎么闹的？怎么突然间地板起脸了呢？

半晌，厉风才眯起眼，缓缓开口："我明白了。"

他打了个响指："凶手当初选择伪装成小吃车摊主下毒，却没有选择在被害人订的鲜奶里下毒，是因为害怕牛奶被小孩子喝掉。而被害人刚收养的小孩才两岁，一般大人是不会把烧卖这种不好消化的食物给小孩子吃的，所以凶手的目的只是为了毒死大人，对那个小孩，是心存怜悯的。"

季凛问："那为什么就断定凶手不是梅芳芳，而是梅芳芳的丈夫叶小舟呢？"

厉风说："首先，叶小舟在电子厂的工友称：梅芳芳曾扬言，说拐孩子的、买孩子的，都应该扒了皮扔到大街上去，还要把人贩子的舌头割下来扔出去喂狗。梅芳芳语言能力弱，怎么可能说出这样的话，完全有可能是叶小舟借着梅芳芳的名义宣扬出去的，给周围人造成梅芳芳仇恨人贩子的假象。

"其实真正仇视人贩子的是叶小舟，连同买孩子的人，叶小舟也一样仇视。

"作案之后，由于心虚，他把妻子和女儿送回乡下的母亲家，女儿的同学颜昭联系不上梅香，就给叶小舟打电话询问，无意间透露了警察曾去找她妈妈问梅芳芳的事。叶小舟知道要露馅，就心生杀妻栽赃计谋，让投毒案死无对证。于是趁梅芳芳熟睡的时候，关上了家中窗户，打开了煤气。"

厉风又把尸体被翻动过、尸斑有变化的事情说了一遍。

"梅芳芳本来是侧着睡的，也是侧着死的，叶小舟把这一切都做完后，回到厂里上班，突然想起来妻子有裸睡的习惯，思前想后，还是决定赶回家给妻子穿上内衣裤和睡衣。在给尸体穿衣服的过程中，梅芳芳由原本的侧卧变成了仰卧。"

厉落忍不住问："死都死了，还给穿上裤衩？有意义吗？"

"有意义。"一直没说话的云开突然开口了，看着她的眼睛，"如果是我的女人，即使杀了她，我也不希望所有人都看到她的身体。"

厉落怔了怔，脖子一缩，赶紧把凳子搬到季凛身边去，离云开远一点儿，笑道："那就算穿上了，到你们法医手里不还是要给脱个精光，不一样吗？"

"不一样。"云开的声音轻柔，却透着权威，"围观妻子尸体的，可能是隔壁老王、五金店的光棍、修鞋的瘸子，而我，是医生，是警察。"

小张恍然大悟："啊！所以我们在他们家里并没有找到他们儿子的照片，却在叶小舟厂里的储物柜里找到了一沓，也就是说，叶小舟在决定杀死妻子后，害怕家里会爆炸失火，于是把家里所有儿子的照片都带走了。"

季凛："连存折和金项链都没拿，却只拿了儿子的照片。看来这叶小舟，对儿子的感情的确很深。"

厉风："他家买了烂尾楼，贷款还在还，家里哪还有存款。"

厉落问："那梅香呢？梅香的下落有什么眉目吗？"

所有人都不说话，摇摇头。

厉落听了半天，云里雾里的，觉得没意思，就拍拍屁股回房间了。

第十章

帮我借一具干尸

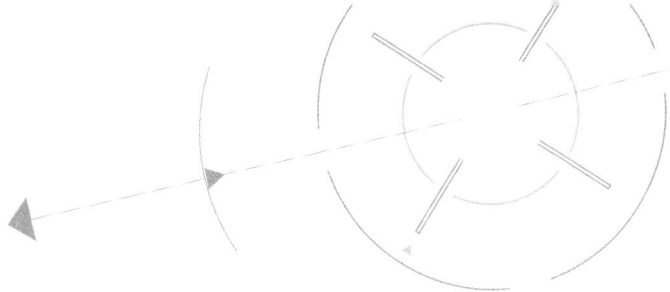

046

说好了不聊案情，好好吃顿饭，这顿饭又没吃好，大家撂了筷子就要回局里开会。

临走前，云开沉默着起身，走到厉落的卧室门边，敲了敲门。

门开了一个小缝，露出一双黑黢黢的眼睛，一见是他，她头上两根小刷子吓得一颤，赶紧关上了门！

云开似乎早就猜到了她是这样的反应，也不恼，镇定地走到台历前，指尖一捻，扯下一张纸，又从牛仔裤后兜抽出一支笔，按在墙上写了一句话。

厉落听见门缝底下有动静，回头一看，只见门缝下蹿进一张字条。

厉落好奇地走过去，捡起字条，打开一瞅，是一行瘦劲隽秀的字——偷拍眼镜的事，我能帮你。

厉落眼睛一亮，立刻开门！

云开白皙的脸出现在头顶，厉落吓得一抖，赶紧又关上了门！

云开面无表情地站在门口等，不出所料，门缝里吐出来一张字条……

云开俯身拾起，展开，一个简笔画笑脸画在开头——差点儿忘了，哥哥的妈妈是电视台的领导，哈哈哈哈哈，有救了有救了！哥哥帮帮忙，可以吗？

云开的唇角不易察觉地勾起一抹微笑，将那张纸按在墙上，唰唰几笔写完，折得工工整整，又塞回门底。

门缝那头很快就把纸条抢了进去，像一条饿极了的蜥蜴看到飞虫。

厉落兴奋地打开字条，还是那个优雅的字体，优雅地写着一句话：那好，麻烦你帮我借一具干尸，谢谢。

厉落收到字条一看，吓得立刻扔掉！

麻烦你帮我借一具干尸？谢谢？

这是阳间的对话吗？！

她听过有人借支笔、借个手机、借点儿钱，什么叫借一具干尸？

门缝下慢慢送出一张字条，云开屈膝蹲下，拾起打开。

哥哥，你别逗我。

云开回：小孩儿，说正事，只有你能帮我。

047

餐厅里放着舒缓的音乐，桌上的饭菜已凉，白烬野坐在厉落和季凛的对面，讲完了他和颜昭的所有交集。

餐桌旁的落地窗外，是白雪皑皑的滑雪场。

颜昭和顾一柠坐在餐厅一角，顾一柠滔滔不绝地八卦着，但颜昭心不在焉，她向远处张望着白烬野的那一桌，白烬野正和厉落、季凛聊着什么，由于距离太远，听不清，而季凛和厉落也并未看到她。

季凛问："听你的叙述，你和颜昭不仅没什么关系，反而还有一些隔阂对吗？"

白烬野不置可否。

厉落好奇地问："你们之间到底有什么误会呀？"

白烬野摊手耸肩："鬼知道。当年我出事之前，老师说让她带我排练国庆演讲稿，她在老师面前对我笑得像天使一样。"白烬野模仿记忆中颜昭的模样，做了个虚假的眯眼笑，但很快，他的笑容就像收伞一样迅速收回，"我们俩刚一进教室，她就把脸一沉，警告我说：不许打扰我，各练各的！"

厉落狂点头，心里想，对对对，这就是颜昭！特别狂！

终于有人跟她一样，看透颜昭这个人的本质了！

季凛若有所思，瞟了一眼铃声不断的手机，"噌"地站了起来。

厉落跟着紧张起来："怎么了？"

季凛赶忙站起来，跟白烬野说了声"抱歉"，终止了这场谈话，拉着厉落片刻不留地离开了。

追凶7年，叶小舟，终于出现了！

叶小舟的落网还要感谢那具被割舌的无名女尸。

因为云开在女尸的下体发现了爽身粉，季凛推测其可能从事性服务行业，于是让小张带人去夜店、KTV等娱乐场所摸排走访，在一家KTV里，小张意外在宾客名单上看到了一个奇怪的名字：叶縠文。

这个名字不禁让小张想到了 7 年前他在梅芳芳家里整理证据时看到的一张照片，是叶小舟去海南寻找儿子时，在天涯海角留下的一张纪念照，照片背后，是他的一句签名：縠文于 2009 年于天涯海角留念。

当时小张很好奇这个"縠"字到底怎么念，于是上网查了一下，发现诗句中确有"縠纹"一词，意为水上的波纹。

由于叶小舟当年是在小张手底下跑掉的，所以这个案子就成了小张的一个心结，对于此案的细枝末节，他的记忆尤为深刻。

"这位叫叶縠文的客人，在哪个包房？"小张问 KTV 前台。

前台把小张带到包房前，小张从门上的窗子向内扫视一圈，发现角落里坐着一名蓄着胡子的长发男子，眉眼与叶小舟极为相似！

小张越看越像，一联想到这个名字，不禁激动万分！原来叶小舟没死，而且就在本市，还在他们眼皮子底下！

由于包房人多，他未敢轻举妄动，给季凛打电话叫增援后，连忙询问负责人。

负责人说，包房里的这群人是 KTV 的常客，是一群孩子被拐卖的家长成立的互助会，每个月都定期来 KTV 唱歌。互助会带头的是一个 40 多岁的商人，叶縠文就跟在这人左右，给人家拎包点烟。

难怪警方 7 年都找不到叶小舟，他不仅乔装改名，还有一群"志同道合"的会友包庇他，给他做掩护，甚至还敢出现在公共场所。

此时是下午两点多钟，白天来唱歌的人很少，KTV 二楼的房间全都是安静的，只有走廊尽头的一个包房里传出洪亮的歌声。

季凛和厉落赶到后，队里的其他 3 名增援也赶到了，由于是在逃要犯，谁也不敢掉以轻心。

鉴于厉落是新面孔，而 7 年前叶小舟曾见过队里的人，所以季凛派厉落先进包房。

进去之前，季凛一再嘱咐："到里面了，你就送果盘，挡住他的视线，别关门，我们趁机进来，听明白了吗？"

"嗯！听明白了季队！"厉落热血上涌，郑重受命。

这个叶小舟，当年害她哥记了个大过，今天一定要逮着这家伙！

厉落端着果盘进入了包房，开门声音不大，完全被音乐声掩盖住了，但还是有人抬起头，注意到了门口的动静。

抬头的人，正是叶小舟，厉落心头一惊，不免紧张起来。

"这是赠送的果盘，祝各位玩得尽兴！"

房间里有六七个中年男女，女的穿着都很朴素，看样子是成对的夫妻，唱歌的是一个衣着不俗的男人，不管不顾地嘶吼着"有多少爱可以重来"，坐在沙发上的观众全都在抹眼泪，有的甚至掩面痛哭。

厉落慢慢走向叶小舟的位置，用身子挡住他的视线。

叶小舟骨瘦如柴、面容清癯，两只凹陷的眼睛里透出机警的光。

紧要关头，厉落却突然手一抖，托盘里的水果向叶小舟裤子撒去！

叶小舟身手敏捷地跳起来，这一跳让厉落更紧张了，生怕他给跑了，二话不说就扑了上去！

叶小舟也不知从哪里掏出一把弹簧刀，直直地朝厉落刺过来！厉落闪身一躲，余光瞥见季凛飞豹一样冲了上来，三两下交手便拧掉了叶小舟手里的刀！他擒住叶小舟的双手，膝盖顶住他的脊柱，迅速将人控制在地面！

面对突如其来的闯入者，众人都吓了一跳，连忙往外逃。

叶小舟的手上落下手铐，其他人也冲进来，一开门，小张指了指桌儿，惊呼一声：

"谁的血啊？"

厉落低头一看自己的右手，心脏猛然抽搐，一阵剧痛侵袭而来……

048

副支队长办公室，门被一脚踢开，穿着防护服的云开冲进来，把一沓资料摔在季凛的办公桌上！

"警队没男人了吗，让女的去抓人？！"

云开的防护服上还沾着血迹，看样子是一听到消息就从解剖台上跑出来了。

季凛心虚地喝了口水，把病理报告拿起来一看：厉落的右手被刀划了一下，缝了3针。

面对云开的兴师问罪，季凛哑巴了，只能挠挠脑袋："哎呀，这个厉落落，真让人头疼，包房外面那么多人呢，叶小舟是瓮中捉鳖，跑也跑不了的，她跟着瞎捣什么乱呢！哎呀！"

"这一刀要是刺到身上怎么办？"云开敲桌质问。

"对呀，这要是扎身上可怎么办？万幸没划着筋，要不以后枪都拿不了了。"

云开怒瞪着他，胸口微微起伏，季凛从没见他发过这么大的火，一时有点儿不知所措。

办公室的敲门声响起，厉落慢吞吞地走进来，小张扶着她没受伤的那只手，厉落像老佛爷一样昂着脖子，脸上的血色还没恢复，"嘚瑟"就已经挂满了脸。

"呸，张儿，你慢点儿走，我现在失血过多，不能走太快。"

小张白了她一眼，手上还得尽心伺候着，说："厉落落，哥也劝你一句，你一个女孩儿，就老老实实待在家做内勤，帮我们擦擦桌子查查资料就行了，别老往外跑，啊！"

其实厉落是真的疼，手刚被划的时候是毫无察觉的，隔了几分钟后，手上传来幽幽的隐痛，等到去医院包扎完，伤口就始终肿痛，火辣辣地疼，她唯有不停地找人聊天转移注意力。

厉落白了小张一眼："一个优秀的侦查员什么都要经历，怎么能拘泥于性别！小张同志，你大名叫啥我都不知道，怎么就成我哥了呢？"

小张猛地撒开她的胳膊，厉落的身子歪了一下，小张戳戳她的脑门儿说："没人管你！"之后就走了。

厉落进了门，把绑成猪蹄的手举得老高，跟季凛和云开打招呼，笑着说："哎呀，两位领导都在呢哈，我刚刚抓了个逃犯，受了点儿小伤，差点儿以为要告别江东父老了！惭愧！惭愧！"

云开走上前，扳着她的脑袋左看右看：嗯，毛色顺滑，眼神正常。

验货完毕，他退回去一步，抱起手臂，冷着脸，怒视着她的手，那表情，仿佛是厉落弄坏了他的东西。

季凛站起来，看见厉落那个嘚瑟样真想给她后脑勺儿一掌，但碍于云开还在，不方便下手。

"你手怎么样啊？还疼不疼？"季凛问。

厉落抖抖精神，用那只没受伤的手敬了个礼："人民警察，绝不喊疼！"说完嘿嘿一笑，"你去给我打个申请，立个一等功啥的。"

"立个一等功你人就没了！"季凛还是忍不住想冲上去给她一巴掌，可是手还没在她的后脑勺儿上落下，就被云开锋利的目光给逼停在半空。

季凛干咳一声，把手落在厉落的肩上，重重地拍了拍："你是立了功，说吧，还有什么要求。"

厉落说："医生说了，我得喝小米粥，你给我买点儿小米粥和茶叶蛋，我一天没吃饭了，天天查案子饭都吃不上！"

"门口卖小米粥的不是让你给撵跑了吗？"

"我没撵她呀！上次我就想买两个茶叶蛋！"

"你买茶叶蛋你开警车去追？你还用扩音器对人家喊：前面的小吃车请停车，前面的小吃车请靠边停车……人家能不跑吗？！"

厉落开着警车吓跑卖茶叶蛋的这事，也是她在队里不受待见的重要原因之一。

厉落琢磨一番，又提了其他要求："那你得让我跟着审叶小舟。"

"你一边凉快去！冒充什么骨干！"

厉落一回头，云开不知什么时候走了。

厉落趴桌上问："老季，他来干什么？"

"他"指的是云开。

季凛无奈地说："兴师问罪。"

"问谁的罪？我也没闯祸呀，我这不是立功了吗？而且还是头功。"

"立你个大头功！"

049

审讯室里，坐着一个瘦削的男人，他脸上的胡子被刮净，露出一张凹陷的面孔。

墙上的电子钟分分秒秒地闪烁着，而他眼中却一片灰败，流露出茫然无边的荒凉。

季凛和小张走进审讯室，叶小舟的眼神并没有一丝一毫的变化。

小张："跟你一起唱歌那几个人已经供认了，你这边还是不开口吗？"

叶小舟："他们都是好心人，他们没有罪。"

小张："没有罪？《刑法》第三百一十条，窝藏、包庇罪，明知是犯罪的人而为其提供隐藏住所、财物，帮助其逃匿或者作假证明包庇的，处三年以下有期徒刑、拘役或者管制；情节严重的，处三年以上十年以下有期徒刑。你们这个走失儿童互助会的成员，来来去去串通帮你逃匿！说不定在行凶前就跟你串通杀人，那时候就要以共同犯罪论处了！"

叶小舟的脸上闪过一丝不甘，淡淡地冷笑一声："你们警察别乱抓好人，那些人都是失去孩子的父母，可怜得只剩下躯壳了，你们还要为难他们。"

"有罪与否不是你们来决定的，是由法律来决定的！"

"那就拿出证据来证明我有罪！"叶小舟再次紧紧闭上嘴，鼻腔里发出一声闷哼，不说话了。

小张："我们不必向你证明，法庭上你自会看到证据。"

叶小舟："我没有杀人。你们过了时间，就得把我放了。"

叶小舟往后一靠，摆出一副"有本事你零口供办了我"的态度。

眼前的这个人，很精明，不好对付。

季凛始终没有开口，一直低头在吹保温杯里漂着的茶叶。叶小舟时不时地偷偷瞄季凛一眼，对他的姿态嗤之以鼻。

审讯室里的时间一分一秒地流逝，眼看他茶水喝得差不多了，季凛扣上了盖，不慌不忙地开口："7 年了，你算是我追捕名单上的一位老朋友了。我今天不跟你讲坦白从宽，因为你我都清楚，你的罪孽太深。"

叶小舟的嘴唇刚蠕动了一下，季凛竖了竖掌，打落了他还未成形的诡辩："我们做警察的，跟你以前做捕鱼的没什么分别。你们不停地捞鱼，我们不停地抓犯人，都是一份工作。你存心耗着，我们也就跟你耗着，工作嘛，免不了麻烦，但总得交差。你今天坐在这里，就别想出去了，早晚都得交代，但我希望你有尊严地交代，也别拖累这么多年帮助过你的可怜人。"

季凛说罢，给小张递了个眼色，小张端了杯泡好的茶放到了叶小舟前的桌子上。

叶小舟用那只苍白瘦削的手拿起了茶杯，很有风范地抿了一口。

季凛盯着叶小舟渐渐舒缓的眉峰看。

"孙万臣家的咖啡喝不惯吧？"

孙万臣就是走失儿童互助会的牵头人，叶小舟在他家的别墅地下室藏匿了7 年。

叶小舟万万没想到他会这么说。

季凛紧接着发问："孙万臣留过洋，习惯应该偏西式，你爱好茶艺，家里最贵的东西就是茶盘了，这么些年都跟着孙万臣喝洋咖啡，喝不惯吧？"

叶小舟啜饮杯茶，合目不言，以不变应万变。

季凛也不急，信手拿起一柄圆形塑料扇，扇子是大街上发的，印着某某妇产医院的广告，硬是让他摇出一派朗逸出尘来。

"听说你对诗词有研究，喜欢苏轼吗？"

审讯室外，厉落张大嘴巴做了个夸张的惊讶表情："哟！季队还有内秀？"

张局长轻笑一声："你们季队年节的时候给我写了副对联，还被我邻居给看上了，死活给要走了。"

厉落的下巴快要惊掉了！

菜菜说："张局，季队就送您一副对联啊？他过年还送我一幅字儿呢！"

"是吗？！"张局长拧起眉头。

厉落忽然像想起什么似的："啊！原来云开家墙上挂着的那幅书法，真是季队写的呀？落款我看了半天，写得龙飞凤舞的，我研究半天，以为是哪个姓季的大书法家呢！"

张局的脸色更不悦了，阴阳怪气地问："是吗？是什么书法作品？"

厉落答："苏轼的《记承天寺夜游》。"

张局横眉立目，甩袖负手，从鼻孔里哼了一声！

说话间，监控里的叶小舟哂笑起来，说："东坡乃旷世文星，倾荡磊落，人间难能有二。"

季凛摇着塑料扇子，抑扬顿挫地吟出苏轼的诗："长恨此身非我有，何时忘却营营。夜阑风静縠纹平。小舟从此逝，江海寄余生。"

叶小舟的脸上呈现出错愕。

外面的厉落也有点儿服气，她开始相信云开家里那幅字真是季凛写的，因为他吟诗的时候，还真有几分潇洒。

季凛："你后来给自己取名叫縠文。縠文，水面上的波纹，苏轼写过那么多辉煌的词，你偏偏取了这么不起眼的一个。"

叶小舟道："水本无忧，因风皱面。"

季凛笑了笑："我想知道小舟是从什么时候消逝的，此身又经历了什么痛苦？"

叶小舟闻言，明显吸了一口气，脸上有了波澜。

良久，他哀怨一声："从我儿子丢了的那天，小舟就已经不在了。"他停顿半响，意味深长地说，"我经历的痛苦，没人能懂。"

季凛却说："惊起却回头，有恨无人省。"

审讯室外，厉落对菜菜感慨："看来这文化人还得整文化人那一套哈？"

菜菜连连称是："季队这叫对症下药，这咱可整不了。"

厉落啧啧摇头："整不了整不了。"

审讯室内，气氛轻松了许多。

季凛闲逸地说："其实我最喜欢的是这首词里的这一句：归来仿佛三更，家童鼻息已雷鸣，敲门都不应。一个诗人，怎么用这么白的话，轻飘飘就写出这么戳人心窝的句子呢？我就想起我小时候，我爸每天下夜班，我都睡着了，但我总能感觉到他来床边看我。你是不是也这样？"

叶小舟的眼圈红了，嘴上却是甜笑着的："唉！我那大夜班连上了多少年！我儿子淘气，上床睡觉老是不脱袜子，那个小味儿，酸得我到现在都印象深刻，我老是大半夜回家去他那屋帮他脱袜子！"

季凛放下扇子，叹一口气："我前两天办的一个案子，一伙人贩子，把小孩拐来，专门弄去县城要饭。"

叶小舟语气森冷地说："这些人其实都应该判死刑才对，您说是不是？"

叶小舟的仇恨不经意间表露，季凛趁热打铁："王元的孩子是买来的还是抱养的，我们已经调查清楚了。"

叶小舟笃定地说："他一定是拐来的！那女的不能生育！"

"但他们都不是该死的人。"季凛冷静地盯住他的眼睛。

叶小舟的声调扭曲古怪，仿佛拨弄一把陈年生锈的琴弦："他们不是该死的人？"

"他们不该死。"

"他们该死！他们……"

季凛突然打断他，不让他倾诉出来，叶小舟整个人像是被噎住了一样，呼吸都急促起来，眼见季凛又掉转话头，叶小舟没反应过来，脑子都不够转了。

季凛："王元夫妇的孩子，是从人家哥哥那里抱养过来的，某种程度来讲，他们是善人，做善事。"

叶小舟忽然仰头轻笑起来，仿佛听到了天大的笑话，转瞬间，他又一派轻松姿态。

"看来你们警察也没调查出什么有用的。你们就没去调查一下，王元对我做过什么？"

"调查过，但王元亲友的供述一定对王元有利，我更想听听你的版本，这样不仅可以在法庭上帮你获得法官的同情，也对那些帮你藏匿的人，对他们的处罚和量刑都有帮助。你也说了，那些人还得找孩子，我也不想让你的案子把他们也搭进来。"

季凛站起来，把一封信展开，送到叶小舟面前："这是你在走失儿童互助会的这些朋友联名给你写的信，他们之所以帮助你藏匿这么多年，是因为不知道事实真相。或许你杀了你自认为买孩子的王元夫妇，你就觉得你在他们中间成了英雄，可是他们一旦知道了王元并没有买孩子，而你只是因为私人恩怨去杀人，他们还会把你当英雄吗？"

叶小舟拿着信的手微微颤抖，抿紧了嘴唇坚守自己的防线。

季凛又说："小平生走失后，你人生唯一的支撑，就是在互助会这个群体里的存在感了吧？你们有相同的苦难，有相似的仇怨，聚在一起力量强悍。你永远也不会放弃寻找小平生，你甚至有点儿享受在这个群体里的存在感。他们不把你当成一个打鱼的，也不把你当成一个工人，他们都把你看成文化人，甚至把你当成杀死恶人的英雄，在这个团体里你变成了另外一个你。而梅芳芳有了梅香，她早就不和你在同一条苦难的船上了。"

见叶小舟开始舔嘴唇，季凛停顿了一会儿，陷入了等待的沉默。

叶小舟依旧不肯开口，季凛也不急，又说："长恨此身非我有，何时忘却营营。你当真参透了这句话的含义吗？你就算现在出去了，还有什么意思？互助会不接纳你，梅芳芳也死了，你家的老房子被拆迁队铲平，梅香也失去踪影。物是人非，早已是另外一番光景。"

叶小舟忽然抬起头，轻声问："我想让梅香来见我，行吗？"

"我也正要和你聊聊梅香的事。"季凛说，"6 年前，也就是在你逃匿的一年后，我们在一次反诈行动中捣毁了一个犯罪窝点，在一处民房里找到了你女儿梅香。

"她是怎么落入这个窝点的呢？案发之后，你把她送去了乡下，第二天，村口来了一伙人，以招聘为由把梅香带走了。那是一个组织残疾人乞讨的犯罪团伙。"

叶小舟焦急地问："她怎么就能跟人家走了呢？！"

季凛摇摇头："这孩子很好骗。人家说，想招一个会手语的翻译，日薪 300 元，当日结算，上下班专车接送，提供午饭，她就信了。"

叶小舟紧紧地闭上眼睛，睫毛抖动的缝隙有泪水涌出来，双手在桌子上狠狠捶着："都怪她妈！都怪她妈！我当初说不让买房不让买房！她非不听我的！买了砦达的那个烂尾楼！一辈子的积蓄都搭进去了！我们省吃俭用，连块肉都舍不得买，梅香才会奔着钱去的呀！"

季凛："我们发现她的时候，她正在给一群人烧饭，这些男人打她，拿她发泄欲望，她的胸口、乳房处布满烟头烫痕，满身是伤……"

"别说了！"叶小舟恼怒地大吼，面目扭曲，"你骗我！你就想刺激我！你是什么警察！"

"你知道吗？他们没有拴着她、绑着她，他们只是威胁她，说知道她爸妈住在哪儿，如果她敢跑，就杀光她全家。梅香信了，一次都没敢逃，就在那魔窟里受罪、做奴隶，谁知道你们一个死了、一个跳了江。"

叶小舟的哭声变得软弱，身子开始发抖："求你了，别说了，你还是人吗……你们还是人吗……"

厉落在外头听着，已经感觉喉咙顶上来一股痛意，身体的每一个毛孔都在产生厌恶，更别提身为梅香亲生父亲的叶小舟了。

季凛说："不是我有心刺激你，而是命运就是这么残酷。我已经尽量用最简洁平实的语言来给你描述了，可这就像苏东坡的诗一样，平实才最残忍。"

过了一会儿，两个人都沉默一番之后，叶小舟自知失态，逐渐平静下来：
"梅香现在在哪里？"

季凛答："我以前的队长，也是我的好兄弟，把梅香从窝点里解救出来后，给她介绍了一份工作。后来我的这位兄弟殉职了，梅香也联系不上了。"

叶小舟身心俱疲："我可以交代，现在我活着也没什么意思了，但你必须让我见见梅香。"

季凛认真地说："我答应你，我帮你找。"

叶小舟搓了搓脸，喝了几口茶，才娓娓道来："我儿子是在王元的游戏厅被人拐走的，我儿子才 7 岁啊，那个王八蛋！孩子的钢镚他也赚，要不是他，我儿子就不能被拐！我老婆去游戏厅找他理论，他欺负我老婆是个聋人，欺负她听不见，欺负她说话不利索，还戳她的眼，我老婆回来在床上捂着眼睛发烧半宿，后来一直看东西模糊，眼睛总是发炎，修锁也干不了了。他太欺负人了！"一说起可怜的妻子，叶小舟再一次掩面痛哭起来。

小张走上前，递了张纸巾给他。

叶小舟擦了擦泪，声音平缓了许多，和刚开始刻意表现出的精明做派判若两人，他说话细声细气的，低声下气起来，显得懦弱又窝囊。

"我气不过，就去找王元理论，被他一脚……一脚踢爆了一颗睾丸……"

审讯室里异常安静。

室外听审的几个人也都不作声了，大家的拳头都悄悄攥紧，恨得牙根痒痒。

"他是道上混的，说我再来找他，就打断我的腿。我害怕，就再不敢去了，我不能得罪他，我还要留着我的腿去找儿子呢！"

话头打开了，叶小舟也释然了，状态是前所未有的放松。

"再碰到王元，是在一家茶楼，我正参加走失儿童互助会……

"我看见王元和他老婆也在喝茶，怀里抱一个小婴儿，正逗着玩，那小孩长得虎头虎脑，又白又漂亮，一点儿也不像他那个熊样。

"以前在修锁店，我听人说，王元的老婆早年间得了妇科病，切除了子宫，那孩子是哪儿来的？我们互助会上刚刚分享了一个案例，说有一对夫妻，因为不能生育就买了人贩子的小孩当儿子，我当时心里就只有一个念头：王元这个王八蛋一定是买来的孩子！我也不知道我怎么就这么肯定，当时鬼使神差就跟着他们回家了。

"到了王元家的小区，看着他们抱着孩子进了家，我就在他们小区打听，越打听越觉得孩子来历不明。我回到家后睡不着觉，一直在想这个事。没过几天，我老婆从医院回来，拿着病历单，医生说是青光眼，已经不可逆了，视神经开始萎缩，最终的结果就是失明。老婆一直哭，她这一辈子，听不见声音，遭了多少罪只有我知道，以后再看不见，这样的人生还有什么意思？"

叶小舟的语速陡然加快，痛快地讲述起他是如何投毒杀死王元夫妇的："最初有想法杀他是我发现王元订牛奶，牛奶每天早晨放在他们家门口，我当时就想买包老鼠药放奶里，神不知鬼不觉，他们那个小区又没有监控。我和他的恩怨在十几年前，那都是老皇历了，没人会把这笔账翻到我头上来。"

季凛目光锐利："后来你想到了家里还有小孩，怕小孩也喝到牛奶，是吗？"

叶小舟点点头："孩子是无辜的，我不得不选择了另外一种愚蠢的方式。我发现王元每天早晨都到烧卖摊买早点，几乎天天如此。我就开始了我的计划。我跟踪烧卖摊老板，提前踩好了点，又回家把我老婆那件橘红色的工服找了出来，和烧卖摊老板穿的一样，戴着口罩谁也看不出是谁。前一天晚上，我骗我老婆包了烧卖，把毒鼠强放了进去。当天天还没亮，我就偷了烧卖摊的小吃车，来到王元家楼下，他果然一早就出来买烧卖，一切都很顺利，我卖完了就骑车跑了。

"投毒的事第二天就上了新闻，我有点儿害怕。过了两天，梅香的好朋友给我打电话，就是那个小颜昭，她问出了什么事，说有警察上门问我老婆的情况。我当时就知道早晚要查到我头上，非常害怕。当晚我跟我老婆又因为烂尾楼的事吵了起来，家里一点儿积蓄都没有了，我想借点儿钱跟着互助会去山西找儿子，顺便躲一躲，可是她不同意我去。当晚我就想，反正她也要瞎了，还不如替我死了算了。"

叶小舟全都招了，最后才缓了缓，像是刚刚与猛兽搏斗过的羚羊，疲倦地问："警察同志，你真能帮我找到梅香吗？你可不能骗我。"

050

水汽缭绕的浴室，沐浴露的泡沫飞溅在玻璃隔断上，破坏了完美的水雾。

少女仰头冲着蓬头狠憋一口气，水在她张开的嘴巴里形成一个小水潭，没挺多久，她的嘴一闭，水潭里的水便顺着她白皙的脖颈倾泻而下，流过她空旷的乳沟，让那些烟头烫下的圆形伤疤舞动起来，如同池塘里密密麻麻的粉红色浮萍。

她仔细清洗全身，巨大的水流让她产生洁净的满足感，冲刷掉了生理上的腌臜。

这世界上的实体，再没有一样比此刻的她更洁净了。她薄薄白白的脸皮儿上没有一星半点儿的雀斑痘痘，光滑如鸡蛋，爹妈没有给她精致的五官，却给了她遮百丑的通体雪白，加上那一堆小模小样的眼睛鼻子嘴巴，更显得她可人、可爱。

头发还湿着，发尾在 T 恤上留下一道道水渍，她就已迫不及待地赶到体育场，跟着粉丝们排起长队。天很热，可她却穿了一身长袖长裤，是队伍中最老实的一个，翘起的小嘴无比生动，额头上的观音痣分外显眼。

说她老实，是因为她绷着脸，两眼放光，蠢圆的鼻尖上冒着汗珠，表情中带着一种古怪的庄严，这在供人娱乐的演唱会门口是极其不协调的。她的身子站得似一棵小白杨，队伍往前时，她就跟着重重地迈出两步，手里紧紧地攥着身份证。

终于排到了她，她把身份证往桌上一放，把检票的工作人员给弄蒙了。

那张身份证是崭新的，还带着薄薄的膜，证的左侧闪耀着一座长城的防伪，中间是她的名字梅香，右侧是她素净到仿佛过度曝光了的脸，只能看到淡棕色的瞳仁和微翘的小嘴。

验票的保安歪戴着帽子，拿起她的身份证扫了一眼，屈指一弹，那卡片险些被弹到地上去。

"票呢？！"

梅香打起手语，保安没看懂。

"我问你票呢？"

"她好像听不见。"

"看见了吗？"保安提高嗓门儿，指了指她身后的人手里的票，"得要票！"

梅香又打起手语，摇头晃脑的。

后面有人催，保安烦躁地挥手撵她："聋子也听演唱会，多新鲜哪！"

梅香这才明白，一拍自己脑门儿，那一下子很使劲，吓了保安一跳，她拍完脑门儿就忙不迭地从包里掏出一张长条门票。保安接过来端详，眉毛眼儿带着明察秋毫的骄傲："黄牛手里买的吧？又一张假票。"保安边说边把票递给身后的人，用作证物，身后的人把票攒起来，用橡皮筋扎成捆。

梅香以为他们收了，就要往里进，被一只毛茸茸的大粗胳膊挡住了，粗胳膊上散发着酸臭的汗味，蹭到了梅香洁白的衣服上。梅香下意识地向后退，掏出湿巾狠狠蹭了蹭衣服上沾染的汗渍，这样嫌弃的动作激怒了保安。

"去去去！耳朵不好，脑子也不好！"

今天下了小雨，细雨银丝，像是谁在筛糖霜。

会场门外，颜昭带着一个十六七岁的小女孩插到排队的粉丝前面，给工作人员看了一条短信，工作人员向对讲机里说了句什么，就放她们俩进去了，惹得后面的粉丝好一阵羡慕。

场馆里正在举办一场明星大咖云集的颁奖典礼，后台纷繁杂乱，人们手里抱着各种道具跑来跑去，仿佛地上烫脚似的。颜昭嘱咐着女孩不要乱跑，女孩兴奋地钻进人群，像一条钻进羊群的小狼，寻找着自己心仪的爱豆身影。

女孩是钱律师的女儿钱湘湘，利用颜昭的职务之便，扒火车一样非跟着来凑热闹。

颜昭跟白烬野的商务谈完公事，从工作间里出来，一开门，就看见钱湘湘站在另外一间屋子门口悄悄向里望，里面正是白烬野的化妆间。

"你干吗呢？"颜昭怕她惹事，想赶紧带她回去。

"姐，我爸说你和白烬野认识，你能给我要到他的签名吗？"

颜昭冷笑："如果你自己跟他要，说不定能要到，但你找我去要，那你就倒霉了，我跟他关系不好。"

"不好？你糊弄小孩呢？我爸可说了，白烬野可喜欢你了！"

"你爸眼镜度数不够了，该换了。"

颜昭话音未落，钱湘湘就推开了半掩着的门，假装跌了一跤，莽莽撞撞地进了化妆间。

化妆间不大，坐在外圈的是保镖，再往里是团队的工作人员，白烬野被里三层外三层地围在中间，正叉着两条长腿坐着卸妆。

钱湘湘也不认生，嘿嘿笑着，在门口稍稍弯了个腰，问："请问，能给我签名吗？我是您的粉丝。"

有两个保镖当时就站了起来，走到钱湘湘的位置，用健壮的胸膛挡住了她的视线。

保镖身后有个女工作人员不乐意地咕噜了几句。白烬野又像是被荷叶簇拥的莲蓬一样，被围了起来。

正当钱湘湘以为没戏了的时候，屋子里传来一个磁性清澈的男声："没关系，让她们进来吧！"

钱湘湘一惊，回头看看颜昭，美滋滋地拉起颜昭就进了屋。

一进门，扑面而来一股香精味，那是定型胶、香水以及化妆用品的混合气味，很震惊一个男人要用这么多香味去包装自己。

尽管是为白烬野专门准备的化妆间，但四五面化妆镜全都亮着，无数的灯光都照着他一个人，把他照得几乎快要透明。

细细闪闪的香奈儿外套穿在他薄瘦的身上，拉弱了他的男子气，而他侧颜下颌线的锋利又扳回一局。

屋子里挤着十来个人，各司其职，有的弄手机，有的拍照，有的给他熨衣服，有的帮他化妆，还有对着墙角打电话吵架的。

人们像是沙鸥围着水源盘桓一样围在他身边，倚仗着他，吸取着他，借他的魅力谋生。

穿过层层忙碌的工作人员，钱湘湘终于近距离看见了白烬野，像做梦一样，他刚从颁奖典礼上下来，一身华服，头上还沾着金色亮片，原来香奈儿的外套穿男人身上能够这么帅，外套细细闪闪的，衬得他骄矜显贵。

白烬野低头给她签名的时候，钱湘湘全程都不知该看哪里好，印象最深的是他高挺的鼻梁和会发光的鼻尖，真的会发光哎！

"您给写句祝福吧？行吗？"钱湘湘双拳放在嘴边，用星星眼看着他。

白烬野手里的笔在他的签名后点了点，紧接着在她的本子上写下三行祝福。

没错！足足有三行！

钱湘湘心满意足地拿着本子蹦跶出来的时候，颜昭看见白烬野在人群之后看自己一眼，又很快收回了目光。

二人从化妆间出来，钱湘湘兴奋极了，抱着本子转圈，转得发晕后才猛然想起要去看祝福，于是打开本子，一看，白烬野的字一定特意练过，也太飘逸太隽雅了！

"祝脾气越来越好。"

"祝善良。"

"——白烬野。"

钱湘湘蹙起眉头，这下搞不懂了。她反复念着，拆文解字，像在破译。

"祝脾气越来越好？啊？怎么祝我脾气越来越好呢？"

"祝善良？祝善良是啥流行词吗？啊？颜昭姐姐？"

钱湘湘满脸问号地回头看颜昭，就见颜昭黑着脸，翻了个白眼。

"啥意思啊？"

"不懂！"

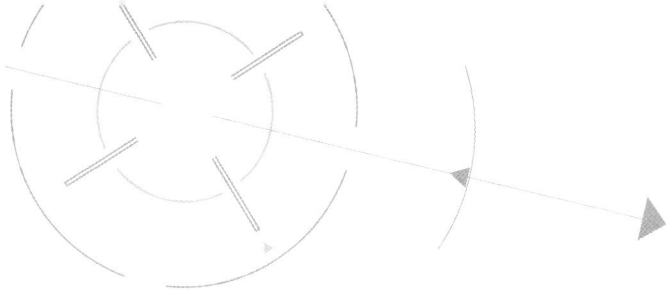

第十一章

颜昭的蓄意

051

颜昭刚把钱律师的千金送回家，就接到钱律师的电话，让她赶去派出所。

今天也不知道是什么"黄道吉日"，派出所里人满为患，颜昭刚推开门，就看见当事人被铐在暖气片上，正和另一名被铐住的男人对着吐唾沫，互相问候着祖宗。

当事人叫黄罡，立刻认出了颜昭，见不是钱律师来，脸上有点儿失望，但还是狐假虎威地说："老子的律师来了！看我怎么弄你！"

颜昭在黄罡身边站住，淡定地问："黄先生，请问发生了什么事？"

黄罡把事情的前因后果讲了一遍，因为情绪激动，时不时地要跟对方对骂几个回合，所以讲得乱七八糟，好在颜昭理解能力强，大致弄懂了。

"黄先生，就是说，您因为风水问题，觉得张先生家门口的空地是你的'龙脉'，所以把祖先的坟墓修在了张先生家附近，而张先生一气之下，将您祖先给挖了出来，对吗？"

"对对对！那个位置，就是我家的龙脉！旺我财运亨通！"

"呸！"张先生委屈炸了，实在听不下去，"你把坟修我们家门口，就不管人家害怕不害怕，硌不硌硬？律师小姐，我请问您，这天底下有没有这么不讲理的事？"

"你说谁不讲理？我最讲理了我告诉你！你挖我们家祖坟，我让我律师告到你倾家荡产！"

"律师也得讲良心吧？律师也不能当有钱人的工具啊！太欺负人了吧！"

尽管黄罡的做法十分荒谬，也不占理，但颜昭仍然选择站在客户这一边，用极为平静的话语打断了两个男人的争吵：《治安管理处罚法》第六十五条，故意破坏、污损他人坟墓或者毁坏、丢弃他人尸骨、骨灰的，处 5 日以上 10 日以下拘留，情节严重的，处 10 日以上 15 日以下拘留，可以并处 1000 元罚款，《刑法》第三百零二条，盗窃、侮辱尸体的，处 3 年以下有期徒刑、拘役或管制。"

黄罡露出颇为得意的神情："听见了吗，乡巴佬？律师是不是有钱人的工具？哈哈！恨自己穷吧白痴！"

颜昭的眼角闪过一丝微不可察的反感。

两个人又开始了口水战，派出所里哭声、嚷叫声、催促声不绝于耳，民警们忙乱奔走。颜昭放眼看去，只见前台有一个熟悉的身影，正跟民警交流着。

厉落来派出所拿嫌犯的户籍证明，一回身，也看见了颜昭。颜昭朝厉落摆了摆手，嘴角露出一个友善的微笑。

厉落也回应了一个干笑。

颜昭走到厉落面前，指了指她被绷带裹成熊掌的手，问："怎么受伤了？"

"小伤。"厉落只答，也不提问，让颜昭有上句没下句，很尴尬。

颜昭淡淡一笑："我看新闻说，叶小舟抓到了？"

"嗯，案子还在审。"

"那……叶小舟的女儿梅香，有消息了吗？"

对于颜昭，厉落自认跟她没那么熟，更不愿意有人来跟她打听案子。

自从她干了警察这一行，从前的亲戚同学，关系远的近的，说过话的没说过话的，都找她办事、托关系，就好像派出所刑警队是她家开的。

厉落只好摆出很匆忙的样子："哎呀，这个我也不方便透露。"

她说完就要走，颜昭忽然挪了一大步，挡住了她的去路。

厉落皱眉看她，颜昭平静的面具渐渐融化，眼里写满了焦虑："我来过派出所很多次，给梅香报人口失踪，但都没有消息。"

厉落指着这一屋子的忙乱，说："你看，这人，这案子，每天忙得我们连吃饭的时间都没有，你得理解。"

说罢，厉落拿着文件推门出去，留给颜昭一抹匆匆的背影。颜昭微微眯起眼，轻轻地提上一口气。

厉落没有想到的是，午夜 12 点，竟然接到了颜昭打来的电话。

电话里的声音很严肃，听起来阴森森的：

"厉落……

"杀警察的，有几个人姓江？"

052

厉落还在警队的办公桌上趴着补觉，想都没想就接起电话，听筒里传来颜昭鬼魅的声音，那个声音像魔音，不停地回荡在她胶着的脑子里重复着，颤抖着，变幻着……

"杀警察的，有几个人姓江？"

"杀警察的，有几个人姓江？"

"杀警察的，有几个人姓江？"

尚在梦中的厉落有如被雷劈了一道，猛地从椅子上挺起来！

她一看来电备注，是颜昭。

厉落怀疑自己听错了，又以为是谁的恶作剧，就把耳朵凑到听筒去，小声说了句："喂？"

"我，颜昭。"颜昭那头的声音平静如水，在午夜里显得越发诡异阴森。

厉落环顾四周，办公室里的灯只开了角落的几盏，光线很暗。季凛躺在沙发上呼噜打得震天响。小张睡眠浅，听见有声音，趴在桌子上的身体换个方向睡。老李靠在椅子上，头仰着，嘴巴大张，喉咙里发出咕咕的声响。

案子压身，警员们耗费心神，东奔西走，已经有人大半个月都没回家了。

厉落以为刚刚听到的那些话都是自己的梦境和幻觉，听颜昭的语气又十分平静，于是有点不耐烦地问："这么晚了，你有事吗？"

颜昭那头答："我有很重要的东西要给你听，你看微信。"

电话刚被挂断，厉落就收到一条微信：你先看看这个，把音量调到最大，听。

接着，颜昭发来一段视频。厉落把手机音量调到最大，一点开视频，暧昧的喘息声就从喇叭里传出来，一个男人正拿着手机自拍，身前正顶着一个女人，背景是在厕所的隔间里！

办公室里传来队友的呼噜声，厉落忙不迭地捂住手机，不停地把音量下调，左顾右盼，看看有没有被人听到。

还好，季凛的呼噜声盖过了视频声音，虚惊一场……

这要是让同事听见她在看这种东西，不用老张撵人，她自己就从刑警队辞职！

厉落关掉视频，火噌地就冒上来了，咬牙切齿地对颜昭低声说："你疯了吗？"

颜昭很快回："不要看内容，你放大音量，听声音。"

"屁！"厉落立即回复一个表情包：我信你个鬼。

"我没跟你开玩笑，你是不方便听吗？你在加班吗？"

"对！"

"那你直接跳到 1 分 31 秒，隔壁有个女人在哭着打电话，她说的内容大致是：'江瀚，别以为你了不起，我这些年真是眼瞎了跟了你！'以及 3 分 20 秒那句：'对，你了不起，你的命都是你爸杀警察换来的！'"

厉落望着手机屏幕上的字，蒙了一会儿，瞳孔失去焦距……反应过来后，她动作忙乱地翻出无线耳机，连接，手都在发抖。她按照颜昭的指示听，这回，戴耳机就听得格外真切了，厕所里除了男女的喘息声，还有一个女人在打电话。

女人似乎是喝醉了，声音含混不清，前言不搭后语。到了 1 分 31 秒时，女人的音调陡然提高，失控地低吼出颜昭打字的内容！

颜昭又重复了一遍最开始的那句话："姓江的，杀警察，有几个？"

当年轰动全国的 2·18 重大袭警杀人案，主犯就姓江，厉落到死也不会忘记这个人，江坤龙，就是这个人，杀了她哥。

只要一回想起这件往事，厉落的世界就像末日般海啸山崩。

那是叶小舟跳桥失踪的 5 个月后，厉风在 2 月 18 日深夜归家途中，路遇一伙流氓欺负高中生，厉风上前劝阻，流氓江坤龙辱骂厉风，并从后备厢里拿出一把砍刀，疯狂地朝厉风砍去。厉风没有防备，身中数刀，当场身亡。

行凶过程，被小区附近的监控拍得清清楚楚。

活生生的一个人啊，一位出色的刑警队长。

更残忍的是，这伙人又将厉风的尸体装进后备厢，带到郊外企图用火烧，毁尸灭迹，烧了一半发现烟雾太大，害怕引起人注意，江坤龙又将尸体拉到附近的水库，命令手下将厉风烧焦的尸体抬出来，扔进了水库。

厉风曾在阻止江坤龙欺负高中生时，亮出过自己警察的身份，可由于事发前江坤龙刚在酒吧大量饮酒，猖狂的他没把厉风放进眼里，将厉风疯狂砍杀后，害怕 3 个手下举报，就命令手下在尸体上继续捅刺，每个人的手上都沾满厉风的血后，江坤龙又命令手下帮忙烧尸、抛尸。

上源市赫赫有名的刑警，就这样死于一群小混混的乱刀之下。

053

案发后，警界震怒，经过全力部署，很快就抓到了江坤龙一伙人。江坤龙认罪伏法，被判了死刑。

这样重大的刑事案件，公安机关是经过彻查的。

包括江坤龙的作案动机、社会关系、作案细节全都没有放过，厉落记得，江坤龙确实有一个儿子，事发时在国外读书，当时媒体新闻对江坤龙的身世都做过很详细的专题报道。

不过厉落转念一想：这条视频万一是经过处理的呢？如果找一个人录下这段话，再将视频和音频叠加，也会达到这样的效果吧？

可是颜昭为什么要拿一段处理过的伪造视频来找她呢？

厉落不禁想起今天在派出所里，颜昭跟自己套近乎询问梅香的事，心里忽然生出一丝寒意。

颜昭这个人，一直令她生畏，因为她的目的性总是那么强。

厉落回复颜昭："这个视频是哪里来的？"

颜昭说："一个客户的案子，她和前男友的不雅视频被发到了色情网站。我在整理证据的时候，无意中听到了这段对话，两人录制视频的时候是在一间 KTV 厕所内，哭着说话的是厕所里的一名女子。"

厉落回复："你的客户？你的客户在厕所里拍不雅视频，叫得那么大声，另一个人嚷嚷着杀警察的事，难道这三个人都不知道彼此的存在吗？"

颜昭说："首先，他们没有叫，是喘。因为距离手机近，你又把音量调到最大，所以喘息声也被放大，在 KTV 厕所里的其他人未必听得这么清楚。其次，打电话的女子虽然也在厕所，但听声音就知道，她可能是醉酒状态，对周围环境感知不敏感，所以没听到厕所里还有一对男女在偷偷做不雅的事，这也很正常。至于拍摄不雅视频的这对男女，据我客户说，她男朋友当时听到了厕所里还有别人，更兴奋了。"

厉落又发问："你是什么时候发现这条视频里录下的声音的？"

颜昭说："大概一个月前。"

"那为什么今天才找我？"

一直显示"对方正在输入"，却迟迟没有消息回复过来。

厉落又问："为什么偏偏赶上叶小舟落网了，你拿着视频来找我？"

厉落发完这条就很想撤回，因为她想到之前和颜昭在咖啡厅见面的时候，颜昭多次欲言又止的样子，说不定那时候她就想说，但是自己当时对颜昭的态度实在太差，颜昭更是会看脸色的人。

颜昭过了好久才回："你觉得这个视频是我伪造的？"

厉落想了想，没回。

颜昭："那好，那我证明给你看。"

厉落盯着屏幕上颜昭的头像，闭上眼，眼前猩红一片，脑子里混浆浆的，尤其是在熬夜后供血不足的情况下，她感觉自己的灵魂都要出窍了。

虽然困，却再也睡不着了。

054

第二天清晨，天光大亮。

可刑警队办公室里一片暗蓝色，百叶窗还关着，阳光被切成微弱的小条，透进室内，安抚着仍在睡梦中的刑警们。

一只白皙修长的手托着盒饭，推门进了办公室，动作轻柔地将饭盒放在厉落的桌边。

男人有力的指节放在热腾腾的盒饭盖子上，又抬起，食指勾起椅子靠背上的一件外套，双手将外套展开，轻轻地、慢慢地盖在厉落的身上。

头还埋在臂弯里的厉落，声音胶着沙哑，梦呓了一声："哥……"

男人的手一滞，缓缓地收回，沉默地站了一会儿，转身，踏着一片香甜的鼾声走出了办公室。

时钟快速转动一圈，最终停在了上午9点。

季凛把调好的钟挂回墙上，从椅子上跳下来，拍了拍沾了灰的手。

椅子也忘了擦，季凛一屁股坐到办公桌前开始在电脑前看报告，余光瞥见还趴在桌子上呼呼大睡的厉落，季凛狠狠咳嗽一声，吓得她后背震颤，屁股挪了挪，但还是没醒，继续睡着。

季凛故意大声对走过来接水的老李说："刑警这一行啊，真不是谁都能干的，非得有不怕苦不怕累的精神才能胜任。老李，你说是不是？"

老李看了眼厉落，心疼地说："今晚放厉落落回家睡吧，毕竟是个女孩子，当大老爷们一样使唤，给孩子累坏了，你怎么跟老张交代！"

小张说："让厉落落这么下去，可真不行。"

季凛点点头："要不给她弄窗口去吧！别干了！"

话音未落，厉落弹簧似的坐起来，狠狠瞥了一眼季凛，大写的"不服"！

三个男人都笑了。

一抹颀长的身影在办公室门口一晃而过，隔着透明的玻璃门，季凛一眼就盯住了云开。

季凛立刻笑逐颜开，朝云开招招手。云开推开门，走了进来。

云开今天着便服，白衬衫黑长裤，路过厉落的时候，厉落闻到一股淡淡的香味。

他喷香水了？

厉落盯着云开的背影看，见云开手里拿着一沓资料。

季凛眼睛放着光，期待地问："小云，是不是无舌女尸身上的精液检验结果出来了？"

云开没直接回答，视线被季凛办公桌上的盒饭吸引，盒饭的盖子倒扣在饭盒上，饭盒里只剩几粒米，汤里还漂着烟蒂……

云开皱眉，看着季凛，目光中透着寒意。

"干吗瞪我啊……怪吓人的……"季凛后退了一步，瞬间觉得浑身的毛孔都冒出寒气。

云开没说话，瞥一眼被吃光的盒饭，不疾不徐地从口袋里拔出一支笔，按出笔尖，把资料放到季凛的办公桌上，从众多纸张中抽出一张空白的验尸报告，笔尖落在纸上，"唰唰唰唰"，行云流水地写下几行字，然后"啪"一下，把笔重重地搁在桌子上，大手按在桌子上，一双狭长的眼睛死死盯住季凛的眼，漆黑的瞳仁色泽冰冷，压迫感十足。

云开逼视着季凛，俊脸近在咫尺，季凛觉得自己的鼻尖噌噌冒冷汗，屁股一沉，敦实地坐到了椅子上！

季凛拿起报告，用一副认真办案的严肃表情武装自己。

"这检验结果……我看看啊……"

季凛刚一开口，云开转身就走。

季凛赶紧挽留："小云，你留下跟着分析分析呗？"

可云开还是走了，衣袂的香气飘散在办公室，表明他曾经来过。

厉落走到季凛办公桌前，刚刚被季凛奚落的仇还热乎着，这会儿她看热闹一样拿起云开留下的那张尸检报告，清了清嗓，高声念了出来："季凛，男，胃内容物：红烧猪蹄、胡萝卜炒西蓝花、山药排骨汤、苦瓜炒木耳、大米饭。死因：撑死！撑死？"

"哈哈哈哈哈！"老李捡了个笑话，毫不留情地大笑起来！

季凛抓耳挠腮，浓眉蹙起。

小张帮季凛破解疑惑："那盒饭，是人家云开给厉落买的，一大早就放桌上了，你给吃了可还行？"

厉落赶紧大咧咧一挥手，说："嘁！谁先起来谁吃呗！"她说着，把那只被绷带裹得像熊掌一样的手又举得高高的，动情地说，"你们看看人家云法医，连云法医都被我因公负伤、敬业爱岗的精神所感动，再瞧瞧你们！整天挤对警队新生骨干！你们的良心不会痛吗？"

老李掐着下巴分析："红烧猪蹄、苦瓜山药，那可都是促进伤口愈合的食物呀！啧啧，这事要我看，不简单。"

小张摇头晃脑地说："季队，你是真敢吃呀！"

季凛连忙拍拍胸脯大包大揽："厉落落，你这一个月的饭我都包了！你吃啥随便点！"

老李："你给买的能一样吗？"

季凛一脸蒙："一盒饭换一个月的饭，这还亏吗？"

小张摇摇头，仰头哀叹："唉！找不着对象的人都不冤，都不冤哪！"

055

傍晚，警车开进一个小区里，在一栋楼下停了。厉落从车上下来，和一名侦查员一起上了楼。

被割舌的无名女尸身上的精液检测结果出来了，嫌疑人竟然是一名刑满释放人员，3年前出狱。

嫌疑人叫陶大勇，已经被找到，季凛正在进行审讯。

陶大勇32岁，高大威猛，但说话声音很细，态度十分卑微，那种卑微是服刑过的人身上常见的姿态，他坐在审讯室里，情绪很激动，脚下不停地踩来踩去，但又不敢发作，只能不停地重复着一句话：

"警察同志！你们要相信我，真的不是我！我已经改造好了！我……我哪里敢杀人啊！"

季凛干了这么多年刑警，这人杀没杀过人，多少也能看出来，他望着怯懦的陶大勇，心里也泛起了疑虑。

季凛："现在的情况就是，死者身上的精液就是你的，这一点你怎么解释？"

陶大勇低头搓脑门儿，额头上的死皮在空气中飞舞，簌簌地落在桌子上："我不可能强……奸的……我……我很尊重女性的。"

季凛逼视着他："你尊不尊重女性只有你自己清楚。"

审讯室的门被敲了几下，云开开门，把季凛叫了出去。

"还是没审出来吗？"云开问。

季凛摇摇头："总感觉不对劲。"

"不对劲就对了。"云开说，"这正坐实了我们当初的疑虑，为什么凶手要在死者死后再将其捆绑，为什么阴道里没有精液，精液都在大腿上？如果凶手蓄意伪造强奸捆绑的犯罪现场，那么又为何会留下精液这么重要的证据？只有一种可能。"

季凛笃定地说："精液不是凶手的。"

云开以手抵唇，陷入思考："关键是这精液是怎么获得的？"

良久，季凛突然意味深长地拍拍他的肩，喜出望外地说："小云，看哥教你。"

云开额角显黑线。

云开站在审讯室外看着，皱起了眉头。

季凛朝陶大勇招了招手，把他涣散的眼神吸引到自己的身上。陶大勇看着季凛，一副担惊受怕的样子，生怕自己再给关进监狱。

季凛说："喂喂喂，你精神点儿，如果你真冤枉，就配合我的问话，我保证会给你公道，OK？"

陶大勇抹了把眼睛，嘴巴瘪着："领导，您问吧，我绝对实话实说！"

"你有没有去过精子库这种机构？"

"没有。"

"医院做男科检查呢？"

"也没有。"

云开在外面看着，眉头锁得更深。

"最近一次和别人发生关系是在哪里？"

陶大勇被季凛问得愣住了。

他没有成家，一直单身，被问到这个问题时，显然犹豫了一下，吞吞吐吐。

季凛一拍桌子："涉及要案！我现在是在帮你！"

"是是是！我说我说！在……在爱琴海快捷宾馆，我从出狱到现在，3年，一年十几次，都是在这个宾馆。"

云开瞬间明白季凛的意思了，嘴角泛起一丝放松的笑。

假设陶大勇真的是被嫁祸的，他既没有捐过精，也没有做过男科检查，那么只剩下两种可能：

第一，和他发生性关系的女伴拿到了他的精液。

第二，有人蓄意去翻宾馆的垃圾桶，随机找到了一只装有精液的避孕套，并将精液洒在尸体上伪装强奸。

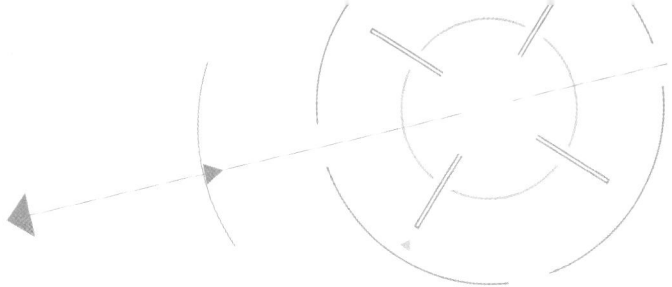

第十二章

被颜昭盯上的男人

056

厉落的手被绷带裹着，上楼的姿势很僵硬，像举着一棵仙人掌。

她一口气爬上 6 楼，累得呼哧带喘，但心里是高兴的。这个凶手，步步为营，竭力伪装，千算万算没有算到他在宾馆门口捡到的那只避孕套，主人是个有前科的人，并且很快就被警方从库里筛查出来了。

如果陶大勇真的是那个人，那么起码可以调取到爱琴海宾馆附近的监控，这就大大缩小了调查范围！

厉落似乎已经看到了破案的曙光，满怀期待地敲开了佟琪家的门。

佟琪，就是陶大勇的那位长期性伴侣。

爱琴海宾馆的监控里显示，3 年以来她一直跟陶大勇在这家宾馆开房。

而陶大勇之所以吞吞吐吐，是因为佟琪已经有家，有老公，有儿子。

佟琪家是新小区，一梯一户，私密性很高，家里的一些杂物通通都在门口摆着。有落了灰的婴儿车、儿童扭扭车等闲置的儿童大件玩具，看来佟琪的孩子至少 3 岁了。

紧靠门口的是定制的鞋架，上面摆着许多年轻女士的凉鞋，杂乱无章，而男士的那几双皮鞋却码放得整整齐齐，且锃光瓦亮。

有孩子的家庭通常会有老人经常来帮带孩子，鞋架上也摆着两双老年鞋。

这样一个有老有小、生活富足的家庭，相对来说应该是很幸福的，也是很稳定的，但佟琪的出轨行为，却给这个家埋下了一颗定时炸弹。

为了不泄露佟琪的秘密，厉落在开门之前，就跟另一名侦查员商量好，把佟琪拎出来单独问话，别惊动了其家人，尤其是她丈夫。

也算是佟琪运气好，是她亲自开的门。

门被打开，一屋子温暖明亮的光泻出来，菜香扑鼻。

"公安局的，找你了解点儿情况。"

佟琪比厉落还矮一头，看起来非常娇小，她愣了一下。厉落趁她发愣的空隙打量着这个家，装修温馨，整洁干净，小孩正背对着他们在地上玩玩具，厨房里传来烧菜的声响，一个男人的声音从厨房传来：

"老婆，谁来了？"

男人的声音听起来洪亮喜庆，暖烘烘的。

佟琪看着厉落的警官证，警惕地说："找我了解什么情况？"

厉落见周围没人，低声说："您先跟我出来一趟，这里说不方便。"

佟琪手里正拿着一个儿童用的玩具风扇，听厉落这么说，就穿鞋出了门。

3 人来到楼梯间，佟琪一眼就看见厉落包扎的手，关切地说："警察同志，你这个手怎么了？"

"哦，执行任务的时候受伤了。"

佟琪见她满头大汗，把小风扇递给她："这个你拿去吧，现在天热，用这个多吹吹伤口，别让汗水感染了。"

厉落接过哆啦 A 梦造型的小风扇，一股凉风吹得人舒服极了。

"可别让我儿子知道，这是他最喜欢的玩具。"

"那我怎么好夺人所爱呢？"

"没事没事，你拿着吧，你们找我什么事？"

厉落小声说："陶大勇你认识吧？"

佟琪听到这个名字，张了张嘴，眼波剧烈地颤动起来，刚才的和善荡然无存。

正在这时，她丈夫的声音从头顶响起："老婆，谁来啦？"

佟琪打了个哆嗦，下一秒，她猛地扯开嗓子，语气强势，烦躁地嚷："炒你的菜吧！我出去一趟！"接着，她贼眉鼠眼地小声对警察说："我们出去说吧！"

侦查员暗中给了她一个白眼，无语，出轨了还这么凶！

3 个人站在楼道里，佟琪端着肩膀，歪头看着他们，若有所思的样子。

佟琪二十六七岁，虽然已经是一个 4 岁孩子的妈妈，但看起来也就二十一二岁的样子，虽然在家，脸上也化着淡妆，身上的睡衣是粉嫩的凯蒂猫套装，手上是新做的指甲，指甲上镶嵌着钻石和星星，在灯光下反射出靓丽的光。

看来，家务事都是她老公和长辈承担，这个女人保养得不错。

没等厉落开口，季凛的电话就打了过来。

季凛在电话里说："查到了佟琪和陶大勇的开房记录，宾馆的监控里查到了佟琪和陶大勇出入的视频。"

"收到。"厉落挂了电话，看向佟琪，问："你和陶大勇什么关系？"

佟琪的嘴唇都白了："我跟他一点儿关系都没有。有又怎么样？你们想干什么？"

"爱琴海宾馆你熟悉吧？"

佟琪怔了怔，眼神中流露出复杂的神情："宾馆怎么了？"

佟琪完全不配合，厉落态度强硬："宾馆的开房记录和监控记录我们都查到了，陶大勇从出狱到现在，你跟他经常到宾馆开房，你跟我说你俩一点儿关系没有？"

佟琪的脸上流露出惊恐的神色。

侦查员说："如果不想让你家人知道，那么请你配合我们调查。你跟陶大勇到底是什么关系？"

"都开房了你说是什么关系？！"佟琪突然发作，叫喊声回荡在楼道里。

厉落有点儿尴尬："那……陶大勇是个什么样的人？"

"你这不是废话吗？！蹲过监狱能有好人吗？啊？！"

佟琪突然怒吼，吓得厉落后退了两步，看疯子一样看她，这女人，好嚣张啊……

厉落干警察之前，觉得警察特别威风，当了警察之后才发现，警察真憋屈！

这要是脱了这身警服，有人敢跟厉落这么说话，厉落非一脚把她踢飞！

可是……

于是厉落开始暗暗反思自己的工作态度问题，换上一副僵硬的微笑，说："佟小姐，请您配合一下，我们正在办一桩谋杀案，可能跟陶大勇有关。"

佟琪在刚才吼叫之后，一直在颤抖，抖得很吓人。侦查员悄悄碰了碰厉落的肩膀，两人面面相觑，心说别再当场犯个病什么的。

谁承想怕什么来什么，只见佟琪眼白一翻，扑通一声就跪倒在地！厉落和侦查员都吓了一跳，也不敢乱动乱扶，赶紧叫了120，又把佟琪的丈夫叫出来帮忙，场面一度失控……

057

颜昭的朋友圈最近发生了翻天覆地的变化。

以前的朋友圈要么几个月都不发，要么就是因工作需要转发一些跟律所相关的宣传，可是这几天的朋友圈发得频繁又高调。

她先是拍了一张律所同事 Lucy 家的宝宝，又晒出去城内出了名奢侈的高级餐厅吃饭的定位，还秀出了自己在画室学油画的背影，以及插花课上的一些对女性温柔性格养成的感悟。总之，分享欲异常强烈。

这变化让 Moonquakes 吓得连发来好几个问号。

Moonquakes："你不是说过最讨厌小孩子，学插花的女人最无聊吗？"

颜昭回："月亮，你有私人飞机吗，或者游艇？"

Moonquakes："为什么我会有？"

颜昭："你说过，你曾经捐过一座希望小学。"

Moonquakes："腚腚，一艘游艇要上亿。"

颜昭赶紧说："哦，那你继续努力。"

Moonquakes："游艇我没有，但我可以帮你联络。不过我怀疑你被盗号了，你才不喜欢那些东西。"

颜昭："说得你好像多了解我的样子。"

Moonquakes："你发条语音给我。"

颜昭笑了，犹豫了一下。

她和月亮认识以来，始终用文字沟通，从没见过面，也没有见过彼此照片，甚至连对方的声音都没有听过。

不过，颜昭还是发了条语音过去："你好，月亮，记住我的声音。"

Moonquakes 好半天才回："记住了，很难忘记。"

颜昭对着手机，轻轻地笑了。

颜昭通过月亮的介绍，加了 Simon 的微信。

其实很多富豪买游艇，一年也用不上一两次。有些为了虚荣而买游艇的有钱人，买得起游艇却养不起。

上源市现在只有两个停泊码头，而且还要停泊公务船、海监船，接待各种外事，可用的私人泊位屈指可数，自然价格高昂，一艘十几米的游艇，一年的泊位费加上维修费就要几十万元，另外还要配备游艇管家，负责日常接待和游艇打理，所以相对于一年出海一次玩玩的富豪来说，游艇管家更像是游艇的主人。

Simon 就是一艘造浪艇的管家，他的主人爱玩尾波冲浪，所以买下了这艘造浪艇。但由于主人很忙，所以大部分时间都是 Simon 在打理。

Simon 很爽快、很热情，一听颜昭是月亮的朋友，当即就答应了带她去船上拍照的事。

第二天中午，颜昭坐了一个小时的车到达海边，Simon 大老远就热情相迎。

颜昭这时才知道，微信里操着一口地道方言的人，竟然是个外国人。

此时正是周末，海滩上到处都是人，Simon 开车载她绕过这片人满为患的沙滩，来到附近的码头。两人下了车，又上了船，开到了一座小岛。来这座岛游玩的游客颇多，Simon 找了一艘小艇载着颜昭又绕岛航行，行至岛的另一侧，远离喧嚣，见到一排私人别墅，别墅旁停着一排游艇，四下无人，碧海蓝天，仿若来到了三亚。

Simon 在众多雪白耀眼的游艇里，指向一艘 Tiffany 蓝的艇，说："您请。"

颜昭道了谢，小心翼翼地上了艇，这艘艇比她想象的要小，却比她在外面看起来的要宽敞，漂亮的沙发、顶级的音响，每一个细节都透出奢华与时尚，冲浪板整齐地架在高处，板上都有英文签名，纤尘不染。

颜昭开始琢磨在船上的哪一个位置拍照更显气派，最后锁定了船尾的沙发，拍了几张照片。

照片拍完，颜昭又考虑到，最好有真人出镜才有说服力，不然跟网络下载的图片有什么区别呢？

想到这里，她转身去找 Simon，想让他帮忙拍两张，可是一回头，却发现 Simon 正站在船头，朝自己摊摊手，撇起了嘴，一副为难样子。

"怎么了 Simon？"颜昭抬起手遮住刺眼的海边光线，朝船头看去。

Simon 指了指岸边一个戴墨镜的男人，用口型说："我老板来了！"

天哪！不会这么尴尬吧？

颜昭忽然脸上发烫，感觉自己这个来蹭艇拍照的被抓了个现行，最重要的是还给 Simon 添了麻烦。

颜昭心一横！算了！豁出去了，反正也不认识，谁怎么看她不重要，最重要的是不影响 Simon 的工作。

这么想着，她从船尾走到船头，准备上岸，却不想那个墨镜男人直接上了船，堵住了她的去路。

颜昭攥着手机，大方走到男人面前，语气带着客气的歉意说："不好意思，冒昧打扰，我路过看见这艘艇的颜色特别好看，就不顾管家的劝阻溜上来了，实在抱歉，我这就走。"

颜昭闻到一股熟悉的香水味，但又一时想不起在哪里闻到过，直到对方开口，她才大为震惊。

对方在她面前摘掉墨镜，露出一张熟悉的脸。

颜昭瞳孔骤缩，错愕的表情无法掩饰。

白烬野？

Simon 的老板？这是他的艇？怎么可能？月亮怎么会把他的艇介绍给她？

颜昭的脑子里飞快地闪过一种解释，但随即就被自己否定了。

她又一想，可能月亮只认识Simon呢？但月亮并不知道这是谁的艇。

"这么巧？路过……还穿了泳衣？"

白烬野上下打量着她，目光在她的身上做危险的研判，好像她是个犯了规的选手。

颜昭把泳衣外面罩着的长外套裹紧，把自己遮得密不透风。

"这是你的艇？"

"你都不关注我的爱好吗？"白烬野边说边走近冲浪板，拿下来，宝贝似的摸了摸。

没有粉丝不知道白烬野冲浪有多帅。

"我又不是你粉丝。"颜昭暗中翻了个白眼，说了句"抱歉"，就欲下艇，可是手腕却被一只温暖而柔软的手扣住了！

白烬野将她的身子拽回来，很快松开手。

"不是说喜欢吗？带你兜一圈？"

"没兴趣。"

白烬野重新戴上墨镜，走到驾驶位上坐下，声音平静，却透着一股不可抗拒的威胁："没兴趣？刚刚不还说颜色很喜欢？你是怎么买通了我的管家？"

"跟Simon没关系。"颜昭三步两步走到驾驶位，站到他身后。

白烬野嘴角勾起一抹得逞的笑，话不多说，也不给她下船的机会，猝不及防地启动了游艇。

058

颜昭还在思量着这件事的前因后果，Simon走了过来，端了两杯鸡尾酒，小声说：

"看来你们认识。"

"我也没想到这会是他的船，希望没有影响你的工作。"

Simon满不在乎地说："是挺尴尬的，不过老板他人很好，也很绅士，就是从不让女孩子上他的艇，你是第一个。"

他说着，把鸡尾酒递给她。

颜昭撇撇嘴，嘴上都能挂瓶子了。

是不是油腻的男管家见到女生都是这套说辞？

老板从没带过女生回家，你是第一个；老板从没让女生坐过他的艇，你是第一个。

呕！

好荣幸呢！

颜昭从不喝陌生人给的饮品，尤其在这种四下无人的环境里，于是摆摆手，问："让我跟你联系的那位朋友，我平时都叫他月亮，你们关系很熟吗？"

Simon 答："哦，月亮，这个称呼很符合他。我们非常熟，他让我竭力帮你的忙，不过他不让我透露给你太多关于他的信息，他是个很注重隐私的人。"

颜昭冷笑："真神秘。"

说罢，她也不问了，脸色不怎么好看地坐到沙发上去了。

真是诡异的巧合，万万没想到月亮给她联系的游艇，主人居然是白烬野，早知道她宁可去菜市场拍照也不来这里拍什么游艇照！

此时临近正午，阳光灼热，颜昭坐在游艇的沙发上，就像铁板上的烤肉，连手机也烫得几乎爆炸，她忙不迭地拍了几张自拍，由于缺乏经验，感觉怎么拍都不满意。

不远处驾艇的白烬野跟 Simon 耳语了几句，Simon 点点头，走过来，彬彬有礼地对颜昭说："需要我帮忙吗？"

颜昭正需要，双手把手机递给 Simon，Simon 给她前后左右各个角度都拍了许多张，把手机还给了她。颜昭一张张地看，觉得够用了，很满意，竖起大拇指，Simon 就转身往驾驶位走去，把白烬野换了下来。

此时船已经开到了海中央，离岸很远，天地之间，仿佛只剩下船上的三人，天空湛蓝，海风拂来，没有刚才那么灼热了。颜昭趴在船侧的沙发靠背上看着白烬野，用一种毫不掩饰的直白目光打量着他。

白烬野被 Simon 从驾驶位上换下来，径直走向夹板架，拿下冲浪板，往船尾走，路过颜昭的时候，顺手往她头上扣了顶鸭舌帽。

他的力气有点儿大，帽子也有点儿大，帽檐遮住了她被太阳烫红的脸。颜昭调了调脑后的长短，系紧了，压低帽檐，舒服。

艇停住，白烬野把冲浪板一丢，跳进海里，艇再开起来的时候，他已经牵着绳子从浪板上站了起来。

造浪艇制造出漂亮的白卷浪，白烬野驰骋在浪尖之上，身姿敏捷，动作灵巧，双脚仿佛站在鲨鱼鳍上游走一般，乘风破浪，游刃有余。

船上的音响放出动感的音乐，造浪艇每每变换方向，浪都会变得大而阔，白烬野身姿跳跃，扭转、摇摆，无数的浪花拍打在他的身上，都被他结实的肌肉撞碎，飞入海中。

难怪他的粉丝都感叹："年少不知阿烬帅。"

在他少年组合时期，流行的是五官精致的花美男，而白烬野的五官不算精致，只能勉强算得上干净立体、线条流畅，算是"淡颜系帅哥"。

而多年之后的现在，恰恰流行起他这样的长相，粉丝们又把这种帅形容为清冷高级脸。

他的丹凤眼锐利细长，眼尾上扬，天然给人一种疏离感，下颌一扬，仿佛在对每一个女人说：别爱我，没结果。

的确，这些年来粉丝最为骄傲的就是自家爱豆从没和任何女星传出过绯闻，这更加让粉丝们珍视他、钟情于他，把他当作娱乐圈的一股清流，对他充满无尽幻想。

他冷淡耿直的性格也是圈内少有，同时又在极限运动中散发着荷尔蒙，这种独一无二的反差萌也是千万女性沉迷于他的重要原因。

白烬野刺激的呼喊声尽情地从浪花中迸发出来，也感染了船上的颜昭。

颜昭不由自主地站起来，走到白烬野的面前去，审视着他每一个动作，对他腿的位置、腰的弯曲程度、手臂的动作，都好奇地观摩，享受着这场独家视角里的冲浪表演。

她本就热衷运动，肾上腺素也随着白烬野的好身手而旺盛地澎湃起来，身体各个部位的肌肉都绷紧了，跃跃欲试。

白烬野朝 Simon 做了个手势，船停了，白烬野上了船，一身湿答答的，不停有水流从他的脸上流下，滑过他漂亮整齐的牙齿。他用毛巾擦擦脸，把绳子递给她，眼睛却不看她，问："你来啊？"

颜昭无法拒绝，她承认自己有点儿想玩。

白烬野又问："以前玩过没有？"

颜昭摇摇头。

白烬野低头擦浪板，不看她，只伸出一只手，把绳子递给她。

她也不扭捏、不推托，接过绳子，把外套脱了，露出一副好身材。

白烬野随手拿起救生衣，很自然地披在了她的身上，然后一颗一颗帮她系好扣子。

颜昭伸展双臂，方便他系扣，他自始至终都把视线紧紧落在扣子上，没有在她身上乱看，这让颜昭第一次对他生出了些许好感。

穿好救生衣，颜昭双臂往前一伸，鱼一样蹿入了水中。

白烬野把绳子丢给她，她一把抓住，双脚脚跟踏住浪板，下腰，坐在水里，艇上的白烬野攥住绳子中间，给她做教练。

造浪艇重新发动，颜昭在水里挺直了腰，双脚用力一蹬，顶着浪劈过来的力道，缓缓站了起来！

她的身体冲开了极速的海风，脚下竭力掌握住平衡，仍觉得冲浪板摇晃，不好控制，没有看起来那么惬意简单。

白烬野大声鼓励着她："别紧张，挺直腰，把绳子放在腰的位置！"

颜昭听话照做，果然平稳了不少。

乘风、御浪，这感觉前所未有的爽，她酷爱极限运动，蹦过极，跳过伞，玩过滑翔伞，但都没有冲浪让她觉得刺激。颜昭不由得在浪花飞舞中笑逐颜开，玩得不亦乐乎。

"我可以松绳吗？"颜昭高声问白烬野。

白烬野的眼里有不加掩饰的欣赏，好像老师在看自己的得意门生。

"你敢吗？"

"有什么不敢！"

"那就试试看，如果落水了，不会看着你死的！"

"用不着！"颜昭自信一笑，瞅准时机就甩开了绳子，"嗯！"颜昭欣喜若狂地尖叫，"爽！"

她驰骋浪尖，纤巧的上肢灵活摆动，玲珑的腰线在蔚蓝色中显得越发完美，一双白得发光的长腿健美漂亮，俨然海面上一道靓丽的风景。

Simon喝了一口可乐，赏心悦目地感叹："她真的是第一次冲浪吗？"

白烬野看着她全然放松的样子，深邃的眼底也浸满了复杂的情绪，这种情绪他无法解开、无法控制，只能任由其在自己的身体里来回冲撞，打乱他的一切秩序。

她竟然在冲他挥手，还朝他笑。

毒辣的太阳晃得人眼睛生疼。

白烬野像烫了眼睛一样收回目光，低下头去，抬手抢过Simon手中的可乐，猛喝一口，好像这可乐能救他的命一样。

Simon还没反应过来，就见白烬野又夹着一块冲浪板跳下了水。颜昭见状，吓了一跳，一时间有些乱了阵脚，赶紧伸直手臂寻找平衡。

转眼间，白烬野也从浪板上站了起来，仿佛破水而出的海神，与颜昭并肩站在浪里。

造浪艇将巨大的白浪分成左右两半，白烬野和颜昭各占一边，他把手里的绳子潇洒甩掉，身体下蹲，腰部一扭，便飞身站到了她这一侧。

这下颜昭慌了，知道他在自己身后，怕他会撞到自己，便总忍不住回头看，这一分神就破坏了全身平衡，颜昭感觉不妙。

艇转了个弯，尾浪变换方向，她的浪板被剧烈地冲撞，一股不可对抗的力量席卷而来，浪头突然变成一条巨舌，瞬间将渺小的她卷入浪底！

颜昭是坐着掉进海里的，呛了好几口水。

被打入水底的一刹那，她透过幽蓝的海水，看见水面上白烬野的身影几乎与她同时跳入海里。

白烬野的身姿像只海豚，在水里打了个弯儿后朝她游来，颜昭感觉后背被一只大手托了一下，她抗拒地抬手推了他一下，二人一同浮出水面。

颜昭揩去眼上的水，海面上泛起粼粼白光，刺得她眼痛。

白烬野正往自己身边游，颜昭赶紧摆摆手说："不用管我！我会游泳。"

谁知白烬野已经游到她的身旁，仅瞥了她一眼，就拾起他的宝贝浪板，往艇上游去。

颜昭紧随其后上了艇，难掩生气神色，玩乐的兴致被一扫而空，她沉着脸默默脱下救生衣，开始穿外套。

Simon 却大叫起来："老板，你受伤了？"

颜昭顺着 Simon 的指向看，只见白烬野的右侧额角有小手指甲那么大一块破皮，鲜红鲜红的，好像很深的样子。

颜昭抬手看看自己的手腕，她的腕上绑着一串钥匙，由于今天没带包，她就用扎头发的橡皮筋拴在了手上，大概刚才在水里推开他的时候这串钥匙不小心刮到了他的脸……

出于职业病，颜昭最先想到的竟然是合同啊、保险啊这一类的事，听说很多明星都给自己的身体上了保险，白烬野是靠脸吃饭的，会不会也上了保险？

心里毛毛的，有种闯祸了的不安感升腾起来。

白烬野用指腹碰了碰那块破皮的地方，嘴里发出"嘶"的一声痛呼，应该是海水的咸刺激了伤口。颜昭见他吃痛，也跟着戴起了痛苦面具。

Simon 拿来一个医药箱，递给颜昭，颜昭刚要推托，Simon 一个猛子就钻进了水里，大喊："你们俩玩爽了，现在该轮到我了！"

说罢，Simon 就像只海豹一样在海里撒起了欢儿。

船停在海上，岸边变成了一条线，水面静得像有谁在偷听。

白烬野看着她，他的眼仁是琥珀色的，仿佛一杯酒里透过阳光。

额角的破皮处渗出血珠，似乎在控诉，颜昭开始后悔上了这条船。

她叹了口气，打开了医药箱，不情愿地对他命令："坐下。"

白烬野坐在她面前，再抬起眼，竟有点儿像小狗。

颜昭有点儿愧疚，语气当即柔缓了几分："我本来玩得好好的。"

他仰着头，仿佛把自己的一切都交给她处置。

颜昭拿起棉签蘸了碘伏，轻轻在他的伤口上按压："这下可坏了，你接下来有什么重要的活动吗？"

她说话的气息轻轻地扑打在他的鼻尖，他一伸手就能搂住她的腰。

白烬野的目光中有粼粼波光，用眼睛描摹着她的唇。

"有场戏。"

"什么戏？"

要是战争戏、打斗戏、警匪题材，脸上挂点儿彩应该问题不大吧……

"亲热戏。"

颜昭停住手上的动作，低头看他，就见他的唇上有水泽，形状好看，鲜艳欲滴。

他的眼里缭绕着不清白的欲望，颜昭手上的力道又加重了几分："谁亲谁？"

"她亲我。"

她？女演员吗？

"不能改一下吗？你想亲，对方不愿意，结果把你给挠了。"

白烬野的眼里泛起笑意，狗狗眼变成了狼的眼睛，他把舌尖吐出一点儿，带着水泽，舔了舔唇："怎么可能！"

海风轻轻，海水耀眼，船轻轻晃，他一笑太甜。

颜昭的脑海里突然冒出他冲浪时的帅气身影，又闪过白烬野压在一个女人身上吻着的画面，胃里顿时狠狠顶了一下，她瘪瘪嘴不说话了。

白烬野的目光好奇地朝她眼睛里探了探，颜昭就像是被他看到了脑海里的画面似的，躲开了，看海面。

Simon终于回来了，船缓缓启动，向岸边行驶。

颜昭沉思片刻，觉得终究是自己欠了礼貌，便敷衍地说："今天谢谢你，艇还是挺好玩的。"

白烬野闭上眼，仰起头，靠在沙发上，他白皙的喉结滚动了一下，完美的下颌线紧绷着，说不清是难受还是舒服。

"人呢？"他问。

"人……"颜昭淡淡扫了他一眼，"有点儿倒胃口。"

"我是问你人怎么办？"白烬野还是闭着眼，指了指自己额上的伤。

颜昭不说话，觉得这个问题很无聊。

"要不私了吧。"他这样提议。

颜昭立刻梗着脖子去瞧 Simon，大声喊："Simon，麻烦开快点儿！"

Simon："哎呀！怎么加速不了啦？是不是漏油啦？"

颜昭："……"

白烬野唇角勾起笑意，他朝她伸手，手掌勾了勾。

颜昭摘下头上的帽子，还给他。他接过帽子扣在自己的脸上，慵懒的声音闷闷地从帽子里传来："为什么上游艇拍照？"

颜昭敷衍他："大概是为了虚荣。"

"为了虚荣应该找我合影，点赞不是更多？"

颜昭："你放心，我在船上拍的照片不会发到公开的社交平台，我只发朋友圈，而且仅限一人可见。"

白烬野漫不经心地问："仅对一人，男的女的？"

颜昭又不理他，低头看手机。

不知什么时候，白烬野已经摘下帽子，凑到她的手机边。

颜昭正翻看着某个男人的社交账号，聚精会神。

那个男人长相不错，看起来是个摄影师，相册里有许多摄影作品。颜昭还把照片截屏保存。

白烬野眉毛一压："这人谁？"

"你是不是问题有点儿多？"

白烬野脸一黑，拍拍 Simon 的座椅，冷冷地说："Simon，开快点儿，我要上岸。"

"好的！坐稳了老板！"

059

傍晚，江边，柳树低垂，长椅上的背影在夕阳下变成了剪影，男人手里的烟袅袅升腾，宛若一幅孤独沙画。

颜昭远远看着这画面，掏出手机，用口红将摄像头涂抹，身姿款款地走了上去。

"打扰一下，能帮我拍张照片吗？"

颜昭把手机递给男人，眸色清明地望着他。

男人沉默着接过手机，把烟掐了。

他打开照相机功能，蹙眉看着一片暗红屏幕。

"你这摄像头好像坏了。"

颜昭赶紧拿过手机左瞧右看，继而满脸歉意地问："怎么搞的，真是不好意思，你能帮我用你的手机拍一张吗？"

男人皱皱眉，有点儿蒙，犹豫。

颜昭柔顺的长发随风舞动，声音低柔惆怅："今天是我生日，这棵树是10年前我爸跟我合影的地方。"

男人这才打量她一番，思忖片刻，默默掏出手机，给她拍了张照片。

看得出来，他为女孩子拍照是有经验的，特意选了一个很低的视角，使画面里的颜昭显得更加高挑。

她的紧身牛仔裤包裹住笔直纤细的腿，高腰的排扣将她的腰身束得盈盈一握，白色的薄纱衬衫垂感很好，柔和地勾勒出她胸部的曲线，杨柳惊风，拂过她素净的脸庞。

柳尖撩拨江面，她对他的方向轻颦浅笑。

"好了，"男人问，"我是微信传给你？"

颜昭露出歉意："可以隔空投送吗？我不加陌生人微信。"

"哦哦，可以。"

颜昭礼貌道谢后，沿着江岸离去了，只留一抹背影。

男人望着她离去的方向，低头看看手机，照片想点删除，可手指停在半空，却迟迟没有落下。

再次遇见她，是在篮球馆里，男人跟着队友打比赛，中场休息正喝水，听见周围响起口哨声，口哨声很快变成喝倒彩的声音，男人拧上瓶盖，只觉得头顶有球飞过，他抬起头，篮球在高空划出一道漂亮的抛物线，精准地落进了篮筐！

原本起哄声一片的场馆内突然鸦雀无声，所有人都看着一个身穿篮球服的高挑女孩，她仰着下巴，冷傲地看着篮筐，睥睨着她刚刚投出的那颗球，球弹跳在地上，一下比一下低，仿佛在对她顶礼膜拜。

3分！

男人的目光露出惊讶之色，缓缓从座位上站起来，下巴都要掉下来。

她也认出了他，高傲的脸上霎时绽放出一个甜美的笑，她越过一道道倾慕的目光，娴熟地运着球朝他走过来。

"是你？"她微微蹙眉，似乎对命运感到无奈。

"啊，这么巧……"

男人上下打量着她，她修长的身躯罩在宽松的球衣里，小腿纤细，大腿紧实，乌黑的长发束成高高的马尾，额头一圈发带将她的眉毛紧紧地提上去，更显英气，和上次在江边见到的温婉气质截然不同。

女孩朝他伸出手："你好，我叫颜昭，很高兴认识你。"

围观的队友们都羡慕疯了，口哨声此起彼伏。

男人被弄得有点儿害羞了，挠挠脖子，把手在球衣上抹抹，才伸出手，与她的纤纤玉手握在一起。

"你好，我叫江瀚。"

篮球馆更衣室里，几个浑身臭汗的小伙子，也顾不上洗澡，纷纷围在江瀚身边，挤破头去看他的手机。

"你行啊！要到人家微信了！"

"快快快！打开她朋友圈看一下！有没有闺密什么的给我也介绍一个！"

有个手劲大的，一把抢过江瀚的手机，江瀚紧张地想要夺回，却被那人摁着肩膀坐了下去！

"急什么，又不跟你抢！我来帮你看看，这个妹子到底什么来头。"

男人推推眼镜，镜片像柯南的一样发出光来。

"从朋友圈就能分析出一个女孩的方方面面。今儿我给你们开开眼。你们看啊，这张照片，这妹子的生日礼物，是舅舅送的一艘游艇，游艇啊！这家底应该挺殷实。看，经常出入高级餐厅，对面没摆餐具，说明是单身。再看这张，喜欢摆弄花草，有钱有闲，说明工作轻松。喜欢画画，说明性格恬静。喜欢小孩子，说明向往婚姻，宜室宜家。"

"我的天！极品啊！你走狗屎运啊瀚子！咱俩打一架吧？我想抢了！"

江瀚一把夺过手机，被几个拳头揎得差点儿没趴下，嘴上却是笑着的。

060

市局刑侦支队附近的咖啡店里，颜昭把手机推给厉落。

"这个男人叫江瀚，28岁，国内知名杂志社的摄影师，他是江坤龙的独子，有个从高中开始就在一起的女朋友，就是你在视频里听到的那个痛哭流涕的女生，她叫奚婷，两个人于一个月前分手。"

厉落震惊地看着江瀚的照片，看着那张和江坤龙神似的面貌，几乎忘了呼吸。

厉落："你怎么找到他的？"

颜昭："电视台《警察故事》第322期，你哥的那起案件里提到过，凶手江某龙有个非常优秀的儿子，就读于澳大利亚某知名高校，还曾在学校多次获得摄影奖。我们律所有个姐姐就是澳洲留学回来的，我让他在澳洲留学圈帮我打听一位2014到2018年之间在某校就读，姓江的摄影专业的男生，很快就有人提到了他，因为长相出众，获奖无数，还有一位迷妹晒出了他的社交账号。"

现在这个社会，只需一个网名，分分钟就能将一个人扒得底朝天。

颜昭继续说："我找到了他的社交账号、微博，用百度快照找到了他删除过的一些微博，删除的都是一些和前女友的恩爱互动。前女友叫奚婷，微博账号叫猫本的鱼，她在她的微博上写过一段小作文，表达失恋痛苦。"

颜昭找出奚婷的微博，点开长图，递给厉落。厉落仔仔细细地读完，表情变得极为复杂，大口大口喝着咖啡。

奚婷在微博里这样写：我和他高中就在一起了，后来被我爸发现了，嫌他爸是个混子，不同意我们交往，我跟父母闹自杀、绝食，才换来了他们的默许。后来，他家的房子拆迁，有了拆迁款，他说能跟我一起去澳洲留学了，我开心得哭了。在澳洲的那段日子，是我人生最幸福的时光，我们有了自己的公寓，我们研究美食，他搂着我睡觉，一起看电影，我以为我们会一辈子在一起。我对他言听计从，无条件付出，甚至那段时间他跟我借钱，我都什么也没问。在他人生中最穷困潦倒、最担惊受怕的日子里，是我陪着他熬过去的。后来他爸死了，他还上了赌债，回国以后事业也蒸蒸日上，现在他突然又说我们没有共同语言了，说我爸生意失败欠了外债，可能会拖累他，他瞧不上我们家，他想找个白富美结婚。对，没错，我家现在是大不如前了，可是他就不想想，当初他欠一屁股债哭着求我借钱的时候是什么德行？一个人怎么会变得面目全非呢？

厉落指着手机说："疑问一，江坤龙家确实有拆迁款，当时是足够儿子留学用的，江瀚又是个学习成绩优异的留学生，为什么他在国外要不停地向女友借钱？疑问二，江坤龙因故意杀人被判刑，赔了我们家一大笔钱，江瀚当时还没毕业，为什么父亲锒铛入狱自己反而变得富有了？他哪里来的钱还赌债？"

颜昭耸耸肩："那就要问他了。"

厉落浑身的血液都开始倒流，从脚底升起巨大的寒意。

"你找到他了？"

颜昭唇角扬起一丝冷峭："我不仅找到了他，还有可能成为他的下一任女朋友。"

厉落瞠目结舌，像是看一头怪兽。

好半天，厉落才狐疑地问："那……你这么帮我，目的是什么？"

颜昭："目的自然是想让你也帮我。"

厉落沉默片刻，说："梅香的下落，我也不确定有没有这个能力帮你。"

颜昭一听到梅香的名字，方才的镇静瞬间被打碎了，眯起眼盯着厉落。

厉落叹了口气："你可以去派出所报人口失踪嘛！"

"我哪年没去报？"颜昭的语气骤然变得激动，"全国每天失踪人口那么多，我以朋友的身份去报案，就算是受理了也是让我等！"她停顿了一下，敛了敛心神，又恢复了那副清冷理智的样子，"还有一次说什么涉及相关案件不方便透露。既然梅香涉及相关案件，那么警方一定有关于她行踪的资料，是死是活，是好是坏，我都要知道。我想这对你来说并不难。"

厉落为难地说："大姐，真没你想象的那么简单，我级别不够啊，而且……"

她话还没说完，颜昭起身就走，厉落赶紧站起来，冲到她面前去，张开双臂挡住她。

颜昭比她高半头，居高临下地看着她，挑挑眉。

厉落闭了闭眼，像要就义一样，最后只能无奈地点点头说："我试试，我试试行不行？"

第十三章

捡到梅香手机的神秘人

061

厉落推开解剖室的门时，云开正用泡面小铝锅炸东西，一股猪油香弥漫开。厉落凑上去，笑呵呵地问："云法医，开小灶哪？"

云开把筷子夹着的一块薄皮翻个儿，声音平静地说："炸手皮。"

厉落的表情差点儿裂开，忙后退两步，把手放在颤抖的唇边。

"洗手去。"云开盯着她的手说，"下次开解剖室的门，记得戴手套。"

厉落这才反应过来，嗷嗷叫着跑到水池旁猛劲冲手，恨不得搓掉一层皮！

云开的助手小梁法医在一旁偷笑，他对厉落说："我们开门关门都戴手套，手套上又是尸油又是血的，难免蹭门上。厉落落，季队难道没教你，进解剖室不要徒手开门吗？"

厉落洗完手，狠命嗅嗅，总觉得没洗干净，嘴硬道："我师父当然教我了！只是我给忘了！"

说完，心里暗骂季凛这个老混蛋！

小梁问："师父，这真皮层要炸多久啊？"

厉落也好奇地凑到小锅前。

"真皮和表皮剥离后，120度猪油炸两分钟，等软组织皱缩，乳突线凸起，再用乙醚洗掉猪油，晒干，即可提取指纹。"

小梁："这具尸体泡这么烂还能提取到指纹，学到了学到了！"

厉落看着云开给泡水尸体提取指纹的熟练操作，不禁想起念高中的时候，有次他跟她借干尸的事——

"麻烦帮我借具干尸，谢谢。"

"哥哥，你别逗我……"

"没逗你，我刚接了一个案子，一具情况很复杂的干尸，我用软化试剂试了一只手指，指纹被溶毁了，我现在不敢再试了。所以想让阿姨帮我问问，能不能在她的生物医学研究所里借一具没有用的干尸手指试试，以供我的新试剂做实验。"

云开所说的阿姨，就是厉落的姑姑。

厉落犹豫了一下，说："他们生物研究所里确实有个尸体库，但我不确定是不是真的有尸体。"

"有，他们从 1990 年开始从德国学习人体塑化技术，到现在已经发展出成果，并且不断创新。"

"好吧，你这是盯上我了呀，那我帮你问问哈！但你也知道，尸体可不是随便能借的。"

"你先帮我问问阿姨，我好去打申请。"

"那行！作为回报，你不仅要帮我借偷拍眼镜，等这具干尸的案子破了，你还得讲给我听，行吗？"

"好。"

后来，云开的新试剂成功地将干尸的指纹软化，提取出指纹，他在一个深夜给厉落去了电话。

"是我。"

"哥哥，已经这么晚了，你还不睡啊……"

"干尸的案子破了，你想听吗？"

"想！"

"尸体变成了木乃伊，是死者的儿子干的。"

"啊？为什么啊？这么禽兽？"

"他母亲是病死的，犯罪嫌疑人为了冒领养老金，就用猫砂裹住了母亲的尸体，吸取尸液。"

"呃……不讲了不讲了，哥哥，你大半夜的还在解剖室吗？"

"在。"

"那你不害怕吗？我跟你打电话我都觉得害怕。你不怕鬼吗？"

"碰见尸体我是法医，碰见鬼我就是道士。"

"噗！"

"继续睡吧小孩儿，晚安。"

云开将炸好的手皮捞出来，交给小梁法医，接着摘下口罩，露出一张清俊的脸，望着厉落，问："手好点儿了吗？"

厉落看着那张手皮，伤口也跟着抽痛起来："好……好了……"

"公事私事？"

"私事。"

"那出去说。"云开褪下手套，洗手，摘防护服，动作熟稔利索。等他一切都做完，厉落便跟着他往外走，很殷勤地替他开了门，两人来到法医休息室。

休息室虽然不大，也足够让厉落这个睡在办公桌上一个月的小刑警羡慕，这间屋子有一张上下铺、一张桌子、一个衣柜和三张折叠椅，两个人站在里面就显得有些拥挤了。

云开打开衣柜，从里面拿出一件白衬衫扔到椅子上，接着背对着厉落开始解身上的纽扣。

云开修长的手指从上至下一颗颗解开，双臂向后一伸，衣服便从他的身上脱下，霎时间一副精壮的后背便呈现在厉落眼前。

他的背很薄，线条优美，有不厚却精壮的肌肉，阳光照进窗户，照得他后背白得刺眼。

"怎么不叫哥哥了？"他突然发问。

厉落光顾看他的背了，没听清他说什么。

"啊？"

云开抄起衬衫罩在身上，一颗颗纽扣扣好，扣到胸口处才转过来，沉静的眉眼看着她："以前都叫我哥哥的，现在怎么不叫了？"

"啊！"厉落拽了张椅子骑上去，笑着说，"那不是小时候嘛！"她挠挠头，"小时候我管厉风叫哥，管你们大家都叫哥哥，现在长大了，再那么叫多那个啊！"

"多哪个？"

"就让人听着像撒娇似的，多恶心啊！"

云开捻住袖口的扣子，扣了半天，没扣进去。

厉落见状，极有眼力见儿地走上来："我帮你吧！"

她用双手捧住他的手腕，双手的拇指和食指分别揪住扣子和扣眼，都看得对眼了愣是没扣上。她的头越凑越近，眼睛恨不得钻进扣眼里去了。还别说，这扣真是又滑又小。

云开低头看着她，两人第一次距离这么近。

他轻轻地说："我自己来吧。"

"别动！"厉落让这小扣气得胜负欲高涨，"我非要给它系上不可。"

她皱着眉，咬着唇，对一小扣发狠，模样实在憨。云开笑了，抬着胳膊任由她摆弄。

"好啦！"厉落眉头舒展，终于放开了他，一抬头，四目相对。

云开的眼睛很黑，深不见底，仿佛能把人吸进去。

厉落晃了晃神，赶紧说："我找你，是想问问我哥的那个案子。"

云开原本舒展的俊脸突然阴沉下来，转过身，坐下，默不作声地用开水沏了杯茶。

茶叶寥寥，或浮或沉，没见他喝一口，只是低头在吹。

厉落小心翼翼地问："我哥当时已经亮明了警察的身份，为什么江坤龙还敢对警察动手呢？"

云开答："江坤龙在九几年的时候，因为殴打辅警坐过牢。"

"那……那个高中生是怎么说的？"

"高中生说他下了晚自习就往家走，看见江坤龙一伙人的时候就觉得他们不像好人，所以特地绕开了，可是江坤龙却突然冲上来拦住了他，说是想跟他借个手机。男孩说家长不让带手机，江坤龙就说他顶嘴，给了他一巴掌。你哥就是这个时候冲上去的。"

"那不对啊，江坤龙有个差不多大的儿子，身为人父，欺负一个高中男孩，就不会让他联想到自己的儿子吗？"

"一个混混，无法用普通人的原则去设想他。"

"高中生已绕开他们走了，江坤龙突然冲上来拦住他，我哥随后就冲了上去，那么我是不是可以大胆猜测，江坤龙是看见我哥朝这边走过来，随后故意冲上去拦住高中生的？"

"监控里，江坤龙确实在骚扰男孩之前，往你哥走过来的方向看了一眼，但没法证明就是在看你哥，他只是往那个方向看了。"

"怎么就这么巧呢？案发现场的路段，正是我哥下班的必经之路，"

云开细细打量厉落的神情，反驳道："可这段路上也确实有三家 KTV 和一家酒吧。"

"我哥当时都在办什么案子？"

"叶小舟跳江失踪后，你哥一直在寻找梅香的下落。梅香是被叶小舟送到乡下后失踪的，村口有人看见梅香跟着两个外来人走了，一男一女，上了一辆面包车。叶小舟跳江的一年后，厉风才找到梅香，她被人以找工作为由，骗进了一个聋哑人犯罪团伙的窝点。这个团伙是由 5 个健全人控制的，专门非法监禁聋哑人，组织他们上街乞讨。因为梅香是本地人，所以他们没敢让她出去乞讨，就让她负责在窝点帮团伙成员洗衣服烧饭，她也遭受了许多男性成员的侵犯。"

厉落恨得咬牙切齿："梅香没有逃吗？"

云开摇摇头："她甚至会被允许去楼下倒垃圾。因为团伙成员威胁说知道她父母住在哪里，如果她敢跑，他们就会杀了她的家人。"

"她就信了？"

"大部分聋哑人都很好骗，对法律也知之甚少，何况梅香当时才17岁。"

那时的梅香一定没想到，自己一心想要保护的父母，其实已经一死一逃。而她却为了这样一个荒唐的威胁，傻傻地在那人间炼狱里熬了整整一年。

"可恶！组织聋哑人犯罪，这帮人真该死！"

云开对这些人间惨剧早已司空见惯，双眼平静无波澜，静静地答："当你在阳光下发现一只蟑螂时，说明暗处的蟑螂已经多到挤不下了。"他抬眼见厉落愤慨的表情，便决定多和她说说，"这种团伙就像是连锁店一样，在全国各个省份都有联络网，狡兔三窟，侦查困难。加上聋哑人无法配合，沟通有障碍，审讯取证难，责任界定也难。打掉一个，可能上面还有黑手，继续制造魔窟，组织团伙犯案，毕竟比起巨大的利益，进去关上两三年，对他们来说，量刑并不算重。"

"所以说，我哥在死前，刚刚捣毁了一个聋哑人犯罪团伙？"

云开猜到了她的疑惑，解释说："嗯，但这个团伙的成员我们查过了，和江坤龙并没有联系。轰动全国的杀警案，公安机关的重视力度可想而知，江坤龙的所有社会关系、利益团体，我们全都彻查过了。"

厉落沉默不语。

云开又问："怎么突然想到这些？"

厉落又恢复了一贯的懒散姿态："我想问的案子多着呢，有空多向你们这些前辈请教！"

"怎么不去找季凛？"云开低头呷茶，貌似不经心地问。

"这个嘛……"厉落说，"我问他他肯定又会说：'厉落落！我看你一天天就是闲的！地板擦了吗？资料写完了吗？'他巴不得把我踢出警队呢，还能教我学习？"

云开看着厉落惟妙惟肖地学季凛说话的样子，唇角倏地浮现起一丝笑意："就只跟我说了？"

"对啊，跟你不是比跟季凛更熟嘛！"厉落说完，忽然想起二老乱点鸳鸯谱的事儿，怕引起歧义，慌忙解释说，"咱们两家是世交！我有不懂的肯定更愿意问你呀！"

"很好。"云开抱着手臂满意地看她。

厉落突然有点儿小感动："云开，你真是个好人。"她神秘兮兮地说，"以后可能还有许多事要跟你请教，你懂的，我级别不够。"

"叫哥哥。"

"啊？别啊！我都长这么大了，人家也是有警号的人物了……"

云开拿起杯子喝水，杯子挡住了他的脸，没动静。

厉落眼珠子一转，眉飞色舞："叫您哥吧，以后我叫您哥。"

云开把两片薄唇抵在杯口，微微摇头，唇里的风吹皱了水面。

厉落努努嘴，又把嘴抿起来，好像要把嘴唇吃进去一样。

"哥哥。"她短促地叫了一声，像打嗝。

云开的动作停住，喝口茶，唇瓣压抑住笑，不知道的还以为喝了口糖水而不是苦茶。

厉落说："那以后我有新问题，我就来问你……"她环顾一圈休息室，说，"就在这里约吧！这里挺好！"

云开怔了怔，眉头微挑，低头喝茶："好啊……"

062

厉落把笔记本电脑放在咖啡桌上，打开一段监控。颜昭坐在她身边，呼吸稍显紊乱。

颜昭的目光刚一落在视频中的人脸上，身子便弓下来，眼睛都快钻进屏幕里了，仿佛要把人给拽出来一样。

是梅香，审讯室里坐着的人，是梅香。

梅香的脸在监控下失了真，变成了像素块组成的图像，黑黢黢的眼睛像黑洞，有些陌生。

这不是颜昭记忆中的那个 17 岁的梅香。

厉落说："这时候梅香 18 岁，我哥把她从窝点解救出来以后，就给她介绍了一份保洁的工作。"

"可我一直有报案，为什么警方找到了梅香，却没有通知我？"

"我猜，可能是梅香不想见你，毕竟这一年她经历过地狱般的生活，心理上可能发生了很大的变化。"

颜昭有点儿恼，有点儿恨，眼眶通红，责怪着视频里的梅香："十几岁被人骗又不丢人！把那些人当成猪狗，就当是跟猪狗待了一年，人还活着不就行了？为什么不想见我！"

厉落说："也不是所有人都像你内心这么强大吧，可以把男女之事都看成生物学。有些女生会因为丢掉初吻就难过好几天，十几岁的梅香天天被那些男人折磨，精神正常都已经是万幸了。"

颜昭缓缓嘘了口气，刚见到梅香时的激动情绪缓解了许多。她恢复正色道："她怎么了？为什么要把她抓起来审？"

厉落把视频暂停："也不是抓起来，就是……哎，我从头给你讲吧！

"梅香被我哥他们从窝点解救后，我哥帮她介绍了一份工作，在家政公司上班，后来被一户很有钱的女主人选中，做保姆。做了没多久，女主人报案，说是金项链丢了。"

颜昭打断她："不可能，梅香不偷人东西。"

"是，你听我说完。"

颜昭收了声。

厉落继续说："这是警方的审讯资料，因为是聋哑人，我们特地请了手语翻译来配合审讯。"

厉落继续播放视频，画面里，梅香坐在警察面前，低着头，原本用来跟人沟通的两只手互相揪着、抠着，看起来十分紧张。

手语翻译拍拍她的肩膀，示意她抬头配合问话。

警察问："王小姐的金项链你有没有偷？"

梅香打手语。

翻译说："是的，我偷了项链。"

警察低头记录。

颜昭"啪"地按下空格，视频暂停了。

颜昭激动得差点儿摔了鼠标："她明明说她没有看见！你们的翻译怎么乱讲？"

厉落也一愣："啊？是吗？她是这么说的吗？"

颜昭又把梅香的手势打了一遍："这是说没有看见的意思！"

厉落急忙把刚才的部分重放了一遍，果然跟颜昭打出来的手势一样。

视频继续播放，警察又问："你把项链藏在哪里了？"

手语翻译面向梅香，对她打了一番手语，梅香完全呆住。

屏幕前的颜昭也看傻了，不可置信地按下空格键暂停，颤巍巍地说："她……她说，一万块，帮你出去。"

"谁说？什么一万块？"

颜昭如鲠在喉，好半天才发出声音，闭了闭眼，声音森冷地说："翻译说，让梅香给她一万块钱，她能帮她翻译成无罪。"

厉落一拳捶在桌子上："这翻译真敢啊？跑到公安局来敲诈？"

颜昭痛苦地抚额，太阳穴突突地跳。

厉落一时不敢相信，继续放视频。

"梅香又对手语翻译说了什么？"厉落问。

颜昭面如死灰："她说，我没钱，我爸妈也没有钱了。"

手语翻译点点头，轻蔑地看了眼梅香，紧接着对警察说："她说，她不记得了。"

"可恶！"厉落再一次捶桌。颜昭紧紧盯着手语翻译的脸，眼里蹿出冥冥鬼火。

坐在那里的梅香，看看警察，再瞅瞅翻译，完全不知道发生了什么事。

直到警察和翻译都走了，梅香才反应过来，干叫一声，唤住了两人。警察和翻译一回头，梅香便把双手举过头顶，组成一个爱心的形状，冲他们露出了一个苍白的微笑。

颜昭顿觉眼眶灼痛，眼里升腾起水雾。

厉落也是半天没有说话，过了好一会儿，才解释道：

"梅香被当成小偷拘留后，报案的女主人才说找到了项链，是一场误会。但最后还是解雇了她，原因是用聋哑人终归不放心。梅香被家政公司开除后，就像人间蒸发了一样，一直到现在，都查不到与她有关的任何信息。"

一个大活人，在这样的科技时代，没有任何信息，怎么可能呢？

她不用网络支付吗？她不用通信软件吗？

她不使用交通工具吗？她没有银行流水吗？

如果这一切都无迹可循，那么是不是就代表她已经……已经不在人世了？

厉落小心去看颜昭的脸色。

颜昭突然站起来，抹掉眼角盈出的泪，抓起包就往外走。

"你去哪儿啊？"厉落急切地叫住她。

颜昭停下脚步，背对着她，没有回答，也没有回头。

厉落的心，像是从高处一脚踩空。

063

今天是九九重阳节，傍晚忽然飘起细雨。

两个女孩共撑一把伞，说说笑笑地跑来，差点儿撞上失魂落魄的颜昭。

街头熙熙攘攘，只有颜昭没打伞，她走得异常缓慢，耳边总是响起厉落

159

的话——

"梅香像是人间蒸发了，这些年没有任何活动信息。"

她到底是从人间还是地狱蒸发的，颜昭表示怀疑。

颜昭伸出手，一丝雨落在干燥的掌心，瞬间消失不见。

一个街头歌手抱着吉他站在屋檐下，低柔浅唱起民谣，呜呜咽咽，嗓音里透着烘人的暖：

"别来春半，触目柔肠断，砌下落梅如雪乱，拂了一身还满。雁来音信无凭，路遥归梦难成。离恨恰如春草，更行更远还生。"

颜昭驻足听得出神，遥想起十三四岁时，梅香问她：为什么人们喜欢听人唱歌？唱歌真的有那么好听吗？

"好听啊！"颜昭说，"等你有了助听器，我带你去听演唱会！"

记得有次在厂里，健全人工友们让颜昭表演唱歌，五六个叔叔坐在树下，围着颜昭，颜昭羞红了脸，死活不肯表演。父亲觉得没面子，当众踢了她屁股一脚，颜昭气得离家出走。邻居们全都出来帮忙找，胡同和大院，工厂和树林，都没有找到颜昭。

颜昭离家出走的那天，下起了雨，她在电子厂空地上的水泥管里睡了一宿，清晨被一双小手摇醒了。

颜昭一睁眼，就看见梅香狼狈地出现在水泥管外，她的两根小辫乱蓬蓬的，脸上有擦伤，手上粘着泥巴。

颜昭坐在水泥管里朝她勾勾手："快来！这是我的新家！"

梅香钻进水泥管里，颜昭搂着梅香，梅香紧紧地抱住颜昭。

梅香用手语问："大人们都在找你，你什么时候回去？"

"不回去，这是一场革命。"

虽然听不到颜昭的声音，但梅香似乎从眼神里读懂了她的意思，煞有介事地点点头。

颜昭说："我爸那叫虚荣，他的虚荣让我不快乐，谁也不能强迫我做自己不喜欢的事，除非我自己愿意。而且他也没资格打我。谁打了我，我就要让谁知道我的厉害。"

梅香用手语说：你别气了，跟我回去吧！

颜昭也对她打起手语：不，他还不知道自己错了呢！

颜昭在水泥管里寄居的那两天，每次吃饭时，梅香都会偷偷把妈妈包的饺子、烧卖往怀里揣，悄悄带到水泥管里给她吃。

晚上的时候，梅香趁父母睡着偷偷拎着手电溜出来，两个女孩就在水泥管里看星星。

蝉声阵阵，夜风习习，夜空挂满了星星，月亮像捕星的小船，停泊在银河里偷懒，月边绕着一朵云，是它恣意扔下去的一张网。

那时的手电是充电式的，笨重，要用手提，电量也足，把水泥管里照得像宫殿一样堂皇。梅香巴掌大的小脸被光照得近乎透明，她纤长的睫羽垂下，空气里充斥着蒿草的香气，像从她身上散发出来的一样。

梅香如水葱一样鲜嫩的手指在面前飞舞着，眼里有淡淡的疑惑与忧愁：要是有一天我走了，也会有人像这样找我吗？

颜昭默了默，认真地鼓励着她：当然，你爸妈也一样会着急的。

梅香细眉一蹙，聪明的杏核眼里溺毙着些许失望：我妈可能会，但是我爸一定不会。

颜昭说：那我会，我着急，我会找你，一直找一直找。

梅香抬眸望她，嘴唇嗫嚅着，像在说什么似的。

颜昭时常想，如果梅香也会说话，那么她的声音一定是细声细气，一定是字字清晰的，像圆筒上的针拨动梳齿的八音盒一样动听。

梅香的柔软气质，却不妨碍她的眼神很有力量。她的手像翩翩笨拙的幼蝶，但她那双眼睛，却像葡萄、像黑豆，总能给人一种墩墩的踏实感。

梅香指了指她的头发，颜昭会意，把身子转过去，任由梅香摆弄。梅香把她乱蓬蓬的辫子拆了，皱皱眉。颜昭的头发很浓密，像马鬃毛一样粗硬，小孩儿的自来卷绒毛绕在耳后，总不是很听摆弄。

梅香把橡皮筋拆下来送到颜昭的唇上，颜昭张嘴衔住，从兜里掏出一枚水果糖，剥开，抠出糖球塞进梅香嘴里，剩下的糖纸被她捏得窸窣响，三两下便折出一只振翅的纸鹤，放在手心展示一番，再推到梅香眼前去。糖纸鹤在手电光的照耀下折射出斑斓的光，将梅香素净的瞳眸点缀得五光十色。

颜昭捏着糖纸鹤的尾巴，让纸鹤在梅香面前蹁跹飞舞，最后落到梅香的鼻尖上。梅香的双眼竭力往鼻尖上盯，一不小心就成了斗鸡眼，一侧的脸颊鼓起一颗糖球，滑稽憨态逗得颜昭捧腹。梅香见她笑，也跟着哑笑。两个女孩又闹成一团。

064

颜昭婆娑着泪眼，站在人流穿梭的街边，越想那段监控越是难受，心口堵得发胀。

她拿起手机，打开 Moonquakes 的微信界面，拨通了语音电话过去，对方的头像闪烁在屏幕中间，迟迟也没有接。颜昭又打了一遍，这一回，对方给她挂断了。

　　颜昭不禁气血上涌，毫不犹豫地就把他删除好友！手指上的力道很重，屏幕被指甲戳得啪啪响！

　　不到半分钟，Moonquakes 的好友请求一条又一条地发过来：

　　"怎么了？"

　　"我刚刚在酒局，一个很重要的局。"

　　"为什么把我删了？我刚刚真的不方便接。"

　　"腚腚，你别生气……"

　　颜昭心一软，又同意了他的好友请求，对方很快发了一个委屈的表情包过来。颜昭又打了一遍语音电话，他还是没有接。她以前从没给他打过语音电话，主动联系都很少，每次都是对方主动找她。

　　颜昭挂断电话，问："你到底是谁？"

　　"我是月亮啊！"对方回。

　　颜昭抬头望向天空，一片铅灰。

　　"你怎么了？突然这样，心情不好吗？"

　　颜昭很凶："你不是有酒局吗？喝你的酒！"

　　月亮问："感觉你和平时不太一样，你不开心吗？"

　　颜昭不理他。

　　"你现在在哪里？"

　　颜昭还是不回。

　　"说话！"

　　颜昭恼了，手指飞速敲击在屏幕上："在哪儿你能来吗？你敢来吗？"

　　对方不回了。

　　颜昭狠狠戳了戳屏幕，心一横，正要删除好友，月亮的消息就弹了出来："别删我。"

　　"腚腚，别删我。"

　　颜昭看到这个他们之间的专属昵称，给气笑了。

　　"突然觉得没意思。"颜昭说，"我们这样，很没意思。"

　　"你在哪里，我去找你。"

　　来找她？真的假的？这回换颜昭无言以对了，她和 Moonquakes 加好友到现在，从没见过面，没看过对方照片，甚至连语音信息都没发过，两人一直都在用文字沟通。

颜昭不禁想起月亮第一次加她时的情景，那是在高中毕业后的一个下午，当他的好友请求出现在列表里时，颜昭果断拒绝了。颜昭不爱在微信上跟人瞎聊，有事直接打电话。

可他仍然乐此不疲地给她发来请求，这让颜昭自然而然地以为这又是哪个莫名其妙跳出来的追求者，又给拒了。

直到他的好友请求这样显示："我捡到了一部手机，手机的主人叫梅香。"

梅香的手机？那时梅香失踪有半年了，颜昭迫不及待地通过了他的好友！

"请问你是怎么捡到了梅香的手机？你在哪里捡的？你怎么知道是梅香的手机？她在哪儿？拜托了告诉我！"

一连串的问号发射过去，对方正在输入中，正在输入中，正在输入中……

很久后，Moonquakes 回："我在学校附近捡到的，上面贴着花花绿绿的贴纸，屏幕是锁着的，我打不开，你的微信一直跳出来，你一直问梅香梅香你在哪儿之类的，我才猜测她叫梅香。"

"哪个学校附近？"

"八中。"

"那你怎么知道我的微信号？"

"你不停打这个电话，我根据来电号码加的你的微信。"

"请你把手机还给我，我们在哪里见？"

"我不方便，手机给你放在快递站，你自己去取吧！"

后来，颜昭真的在他指定的某一个快递站点拿到了梅香的手机，打开解锁，梅香在这部手机上的所有通讯痕迹全部停留在了她们在八中操场西南角的最后一次见面之前。

颜昭没有把 Moonquakes 删掉，毕竟他曾捡到过梅香的手机，是跟梅香有关联的人。

但是她也没再主动联系过他，直到一年后的某一天。

Moonquakes 的头像旁有两条红色未读标记，颜昭打开一看，是一张书法展上拍的照片，书画上写的正是李煜那句"砌下落梅如雪乱，拂了一身还满"。然后，他问："也不知道你的好朋友找到没有。"

颜昭那时已经是第二年去派出所报失踪，可是都石沉大海。

"没找到。"颜昭回。

Moonquakes 也没了下文，颜昭的好奇心却被勾起，点开他的朋友圈，没有任何照片和心情，只分享了一些歌和电影评分。

又过了几天，Moonquakes 的消息发来，他说他的心情很不好："大家都觉得我长得丑，确实，那些天生就很好看的人，路都比较好走。"

颜昭没回，但也没删他。颜昭想，毕竟他都这么不开心了，如果再发一条发现对方已经不是自己好友了，岂不是太惨了？

又过了大概一个月，他的消息又来了：

"好吧我妥协了，明天飞韩国。"

颜昭当时刚被现在的律所录用为实习生，心情很好，恻隐之心一动，就给他回了：

"好看的人只会被更好看的人所取代，而才华和性情会被一直追随。就像很多流量艺人靠色相吃饭，但巅峰只是一瞬间，就再也没有了。"

Moonquakes 没有回，他就好像压根儿没想跟她交流，只想把她当作一个树洞。颜昭不禁感到疑惑：他是男是女？到底有没有去韩国整容？

又过了大概有半年，Moonquakes 又出现了："我拿到意大利语高级水平证书了！"

巧合的是，那天的颜昭刚刚查到司法考试的成绩，她顺利通过！高兴之下，颜昭没能忍住激动的心情，竟然也给他回了——

满山猴腚我最红："我的司法考试也通过了，成绩刚出来。"

Moonquakes："哇，天下第一考啊，真厉害。"

满山猴腚我最红："你能考过高级水平也是牛人啊！"

Moonquakes："商业互吹，商业互吹！哈哈！"

颜昭竟然对着一个陌生人的账号，发自内心地笑了。

满山猴腚我最红："这个号是你的小号吗？"

Moonquakes："是我的小号！"

065

一来二去，他们成了网友，可以吐露心事，可以开开玩笑。颜昭能感受到Moonquakes 的生活无聊且忙乱，但这不妨碍他是个有趣的人。

时间长了，他叫她"腚腚"，她叫他"月亮"。

Moonquakes："腚腚，鸡胸肉像嚼蜡烛一样。"

满山猴腚我最红："减肥餐啊？你减肥下来有没有变帅啊？"

Moonquakes："也就那么回事吧！等我有钱了，我要把世界上所有的苦瓜都拔光！"

Moonquakes："腚腚，这个圈子好乱啊！"

满山猴腚我最红："除了甜甜圈，哪个圈子不乱？月亮，你还太嫩，太幼稚。"

Moonquakes："以后幼稚的话我还是少说吧，要不显得我太可爱！"

满山猴腚我最红："脸不要了？"

Moonquakes："腚腚，给你看一群小家伙。"

满山猴腚我最红："孩子们很可爱，你是乡村教师吗？"

Moonquakes："我捐的第一所小学。（嘘）"

满山猴腚我最红："大神，请收下我的膝盖！"

…………

颜昭保存过那张月亮在希望小学拍的照片，照片里的孩子们在冲着镜头比心，一张张红扑扑的笑脸天真可爱。距离镜头最近的是一双男人的手，没露脸，是用自拍的角度比给颜昭看的。

仅以拇指来看，指节纤细秀气，皮肤白净细腻，一看就是靠脑力劳动的人养尊处优的手。

颜昭盯了那只手看了好久好久，照片放大，再放大，最后惊讶地发现，她的心跳很快，大脑里充满侦查和推理，她对一只手产生了惊人的兴趣。

后来去学校，去图书馆，去律师事务所，她都忍不住观察周围男性的手，游思妄想，会不会通过这双手找到月亮。

雨悄无声息地停了，湿漉漉的地面变成镜子，反射出夜晚街道的霓虹斑斓。

颜昭在民谣歌手身后的广场椅坐下，她抬头看看天上，等待乌云散开后的月亮，等了半天天空还是如泥沼般乌黑一片。

她从不是个脆弱的人，可是此刻，她真的需要一个人来说说话。

颜昭拿起手机，在网上订了一张电影票，座位上的小方格变成了绿色已选，星寰影城（滨江 IMAX 店），今天 18:10—19:59 普通话 2D，9 排 13 座。她把场次截图下来，没有配文案，发了条朋友圈。

月亮，如果你敢来……

颜昭深吸一口气，盯着安静的屏幕，过了一会儿，她疲倦地放下手机，坐在街头，看熙熙攘攘的人群。

这是市中心最热闹的一条街，十字路口轮播着明星的海报，男明星的脸像一尊高贵的天神，脸上化着惊艳的妆容，将一瓶瓶高档的瓶子摆放在唇边，用引诱人犯罪的目光引诱众生。

月亮会看到她的订票信息吗？他会来吗？

颜昭忽然又开始讨厌起自己的性格，如果真的想让他来，撒泼打滚一定办得到，为什么非要发一条朋友圈，暗戳戳的，等人去发现，等人去猜自己的心思呢？

真是猥琐至极。

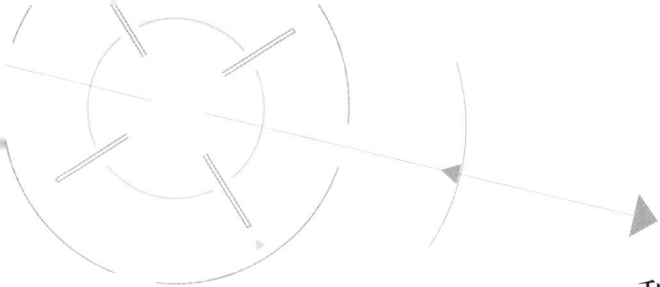

第十四章

和月亮的第一次约会

066

电影马上开场，她强迫自己把视线专心致志地放在票上，像行尸走肉般跟着检票的队伍行进。进了影厅，场次很满，观众多，巨大银幕上开始播放广告。她循着台阶上的指示灯走到了第9排，伏低身子穿过一双双跷着的脚，来到了9排13号，放下折叠椅，默默坐了下去。

音响里的噪声折磨着她的耳膜……

左边的9排12号是个小孩，右边的9排14号，还空着……

广电的龙标跃上银幕，熟悉的片头音乐响起，演员们开始了对白，观众们不时发笑，只有颜昭的大脑一片空白。她僵着脖子，眼睛直勾勾地盯住银幕，好像一条蒸屉里的鱼，漆黑的眼睛里结上一层迷雾。

电影大概进行到三分之一的时候，入口处突然有个人影晃动，颜昭敏感地伸长脖子向下望，只见一个颀长的人影拾级而上，光线太暗，令她看不清楚。颜昭的心剧烈地跳动着，仿佛要冲上嗓子眼儿！

她绷紧了嗓子，生怕一颗心真的会跳出来。

那人走到第9排，停了下来！

他俯身弯腰往里进，颜昭连忙敛回视线，假装在看银幕。

又一阵笑声爆发，银幕上的演员在假哭，颜昭的脸像刚脱了模的果冻，微微颤抖起来。

9排14号，9排14号，9排14号！颜昭在心底默默祈求着！

他居然真的就在9排14号的位置放下了折叠椅！

一瞬间，她感觉这个人仿佛贴在了自己身上一样近！她甚至能感到他的衣服挨到了她的衣服！

颜昭一动都不敢动，耳根有火，鼻里有冰，紧张的情绪让她的生理系统全部紊乱，她的喉咙里像抻着一根橡皮筋，双手揪紧电影票，怕一旦手里没了东西，她的手一定会不可抑制地颤抖。

这种感觉前所未有，她也不清楚自己这是怎么了。

他在她的左侧坐下，柔软的椅子还是发出一下"吱呀"的声响，一瞬间，一股淡淡的男士香水味散发出来，颜昭的余光能够囫囵地看到他的腿，穿的是黑色的裤子，很长，交叠了起来。

她装作完全没有注意到身侧的动静，死死盯住银幕，想要把银幕盯出一个洞，而他那边也没有动静，似乎专注地看起了电影。

一分钟过去，十分钟过去，半个小时过去，他始终在安静地看电影，没说一句话。

直到片尾升起字幕。

颜昭的心头忽然弥漫起巨大的失望。

她怎么会猜想这个人是月亮呢？

这场电影这么满，看的人又那么多，她买完票后，大概过了两分钟，就刷新了一下座位，发现她身边这个 14 号很快就被人订了，然后她再一看自己的这条朋友圈，竟然没有发布成功？

对，她的那条朋友圈根本没有发布，而她发现时，14 号座位就已经被人订了。

尽管她后来重新发送了那条朋友圈，但那张已被订出的 14 号座，绝不可能是月亮。

想到这里，颜昭顿时觉得自己很傻，紧张的心情也放松了许多，取而代之的是巨大的失落，整个人顿时像是泄了气的皮球，软软地摊在椅子上。

电影结束，她迫不及待地离场，从与 14 号座位相反的那侧走了出去，再也没有兴趣回头看一看那个人。

当晚，颜昭的手机搜索词条是"组织聋哑人犯罪""聋哑人失踪""网恋的定义""网恋奔现"，最后在网恋奔现搜索出的一些相关案件中提取了相关法条，翻书翻到后半夜……

就在颜昭在书桌前打瞌睡的时候，厉落的语音通话来了。

颜昭困倦地接起来。

厉落："我明天去找奚婷。"

颜昭："我明天也和江瀚约好了，晚上一起去山顶。"

厉落："山顶？就你们俩？"

颜昭："嗯，怎么了？"

厉落："颜大律师，你是不是从没接触过刑事案件啊？"

颜昭："那有什么，舍不得孩子套不着狼。"

厉落："……"

颜昭："明天我全程跟你通话，你记得录音。"

厉落："好，安全第一，你得发定位给我。"

颜昭："放心吧！"

067

第二天傍晚，厉落处理完警队的工作，独自赶到人民医院，在 ICU 病房外找到了奚婷。

奚婷正拿着食品搅拌机往水房里走，厉落跟了上去。水房的公共水箱闪着红灯，奚婷把热水兑进冷掉的粥里，再用机器打成糊，动作熟练，丝毫没有注意到厉落在身旁。

厉落一只手掏出证件，声音轻柔地说："你是奚婷对吧？我是市局刑侦支队的，想找你了解点儿情况。"

奚婷微微惊讶，左手端着搅拌机，右手拿着米糊："找我？警官，找我能有什么事？"

厉落说："你别担心，我就找你问几个问题，关于江瀚的。"

奚婷脸色一冷："我跟他已经没有关系了。"

说罢，奚婷拿着东西走向护士台，厉落默默地跟在她身后。

ICU 病房不让家属进，奚婷只能把食物交给护士，让护士把米糊用鼻饲喂给病人。

接着，奚婷就当厉落不存在一样，开始给家人打电话。

奚婷的姥爷病了，正躺在 ICU，她整个人的状态就是疲惫、担心、消沉。

这种时候，厉落也确实不好打扰，于是她就在一旁静静等着，看看手机。8点 15 分，颜昭电话突然打了过来，厉落赶紧戴上无线耳机，点开了录音。

颜昭那头能听见轻微的山风，不过好在她和江瀚的对话还算清晰。厉落瞥了眼正在打电话的奚婷，独自找了个没人的角落仔仔细细地监听起来。

颜昭："这是我第一次在山顶看月亮。"

江瀚："小时候我爸总带我来爬山。"

厉落没想到江瀚这么快就谈到了江坤龙，心里扑通扑通狂跳。

颜昭："你爸和你的性格像吗？"

江瀚那头没说话，半天才说："鸡尾酒饮料，你要什么口味？"

颜昭："给我蓝莓吧！"

两个人都缄默半晌。厉落屏住呼吸，有点儿着急，恨不得魂穿颜昭，用她的嘴巴去问话。

颜昭显然比她更稳，既然江瀚避讳聊起父亲，那颜昭就先拿自己做铺垫。预先取之必先予之，如果她上来就问江瀚的私事，会给人一种侵略感。这也是在警校时老师常教厉落的审讯技巧。

颜昭："我爸没带我来过山顶玩，他只会逼我做我不喜欢的事。"

江瀚："哦？逼你做什么？"

颜昭："我小时候不太合群，只和一个人玩，那个小孩听不见，我爸不让我和聋人做朋友，因为我爸也是聋人，他想让我融入健全人的圈子。你知道吗？就咱们以前看的那种报纸，夹缝不是经常登着少儿比赛的广告吗？"

江瀚："对，少儿杯，奥数比赛、歌唱比赛什么的。"

颜昭："嗯，他每天就看那个，找各种少儿比赛，骑着自行车带着我，唱歌跳舞画画，哪怕只有三个人参加，只要我得了奖，他就到处炫耀，还要喝上两杯。"

江瀚："可能他是聋人的关系吧，他一辈子有残缺，你这么聪明漂亮，你是他的骄傲。"

颜昭："可是我不开心啊，我就是不喜欢被当猴耍，我就喜欢和那个聋人小孩玩。我觉得他根本就不是爱我，他是虚荣。"

江瀚或许是在颜昭的讲述中代入了自己，不自觉地说："我老爸也是，把我的教育看得比天还要重，他总说我要好好学习，不要像他一样混社会，没出息。"

颜昭不说话了，她应该是在等，等江瀚吐露心声，可江瀚却没再言语。

两个人又陷入沉默，山风轻而缓。

良久，颜昭的声音再次从听筒里传来："我爸突发脑出血的那一天，我刚中考完，是我把他送到医院的。那天车都堵在了梧升桥上，我抱着他的头，他闭着眼，我喊他他也听不见，我就怕他这么不声不响地死在我怀里。好不容易送到了医院，医生说送晚了，出血量太大，手术后我爸就一直没醒过来，住了一个月的ICU，医生说醒来的机会不大。"

厉落的耳中，颜昭的声音平静无波，仿佛在讲述着别人的故事，可厉落却不由得代入她当时的处境。

颜昭的家庭那么普通，一台脑出血的手术起码三四十万元，再加上住了一个月的ICU，对她的家庭来讲应该有着不小的压力吧？

"是我害死了我爸，换句话说，是我杀了他。"颜昭的声音如死水微澜。

不知电话那头的江瀚听到这句话，是怎样的反应。

厉落是万分惊讶。

终于，江瀚开口了："你怎么会这么说呢？"

颜昭说："我不知道你的父亲什么样，你知道有一个特别懒惰的父亲是一种怎样的体验吗？我爸他就特别懒，从我记事起，我爸在家就什么活都不干，可能是我妈太勤快，把他给惯的，我妈就像他的妈，像他的仆人，就是不像他的妻子。我爸不许我妈笑，不许我妈看自己喜欢的电视节目，偶尔还会动手扇她一巴掌，把她去理发店新烫的头发用剪子剪掉。小孩最大的不幸，就是卷入父母失败的婚姻。"

颜昭停了停，继续说："小时候我家里条件不好，我爸把所有钱都用来买相机了，他爱摄影，当然，跟你这种比不了，他就是业余爱好，人家夸他两句，他就当真了，痴迷，瞎玩。我妈为了贴补家用，下了夜班还要去摆地摊，我爸送我去学画画，我妈就骑着自行车拉着一摞宣纸，在我们补习班门口卖宣纸，卖不掉的就给我用。她每一天都在想办法让日子过好，每一天。有次我爸又突发奇想，让我参加一个什么陶笛比赛，想给我找一个陶笛老师，可他已经把我妈攒的钱偷去买相机了，我妈只能去献血，献血给钱，还发零食。"

江瀚叹息一声："男人应该承担起家庭责任的，怎么能让女人活得这么累呢？我爸虽然混社会，但是他对老婆好，可惜我妈死得早。"

颜昭一听到江瀚提起自己的爸爸，就又不说话了，留给江瀚来倾诉。

可是江瀚又再一次把话头转回颜昭的身上，他似乎对颜昭非常感兴趣："你怎么能说是你杀了你爸爸呢？"

颜昭说："给他拔管的决定，是我做的。"

江瀚轻轻地"啊"了一声，震惊不小，但也能够感同身受。

颜昭说："我不是心疼高昂的治疗费用，我是心疼我妈，我妈床前床后伺候他一年多，守着一个注定醒不过来的植物人，快被他给榨干了。人不该这么活，不是吗？"

江瀚："嗯，但你的心会自责吧？"

颜昭说："放弃治疗的那天，我没有悲伤，反而觉得前所未有的轻松，那时候我就觉得，可能我就是这样一个冷血的人。"

厉落听到这里，不禁想起高中时期的颜昭，近乎病态地痴迷于拼下各种奖状，那时的厉落觉得她是虚荣怪、好胜心强，但现在看，原来人和人表达悲伤的方式，是不一样的。

这些年，她也很累吧？为了完成父亲的心愿，不再逃课，不再叛逆，在健全人里做一个受欢迎的优等生，做得那么完美，那么出色。

可是父亲却已经看不到了。

她说得对，一个人最大的不幸，就是在无助的童年被卷进父母失败的婚姻。

更煎熬的是，父亲对母亲倍加折磨，却对自己恩重如山，这样的分裂让一个孩子怎样去分辨、取舍？

068

厉落这样一晃神的工夫，电话里的江瀚就聊起了鸡尾酒，开始讲什么易拉环的作用。

正在这时，一直在打电话的奚婷已经挂了电话，厉落听见电话那头暂时没什么有用信息，就保持着通话，把手机揣进了兜里。

她准备先和奚婷聊，颜昭那边可以等到后面再去听录音。

厉落收好手机，坐到奚婷身边去，问："你姥爷怎么了？"

奚婷："小脑萎缩，身体一直不好，前两天急性胆管炎，医生一直不给做手术。"

厉落："为什么不给做啊？"

奚婷说起这个有点儿生气，急需找人倾诉，她对厉落说："不知道，医生不肯多说，到现在也没人管我们，就一直插着管。ICU 贵呗，国内这些医生就想着挣钱，根本也不管我们的死活！"

厉落想了想，说："我有个朋友认识这家医院的医生，要不我帮你问问？"

奚婷这才露出了笑模样："您真有认识的人？"

"嗯。我去打个电话。"厉落说着，起身走到角落，拨通了云开的电话。

云开的助手接的电话，一听是厉落，就赶快把电话给了云开。

云开的声音从听筒里传来，沉静如水："我在。"

"人民医院，肝胆外科，你有认识的人吗？"

"有。"

厉落顿一下，开了口："哥哥，我想让你帮我个忙，我现在就在 ICU 门口。"

"嗯，你说。"

厉落挂断电话，走到奚婷旁边。

"我朋友帮你去问了。"

奚婷的表情放松了许多，问："江瀚他……是犯了什么事吗？"从奚婷关切的表情中可以看出，她对江瀚还是余情未了，于是厉落说："哦，他有了点儿麻烦。"

奚婷的表情变得复杂起来，她把拇指的指甲抵在牙齿间，心神紊乱，目光游离。

厉落问："你和他在一起几年了？"

奚婷答："正式在一起是在高中，但是我们初中就认识了。"

厉落先问一些无关痛痒的事："那应该从校服到婚纱啊，怎么就分了？"

奚婷凄然一笑："从校服到婚纱，我当然是这么想的，他可不这么想。我姥爷病重，最后的心愿就是看见我跟江瀚修成正果。那天我跟他说，我说就算你陪我演戏，你来看看姥爷，你就骗他说咱俩领证了，行吗？可是就陪我演一场戏，他都不肯来，这个人，把人的心都伤透了。"

奚婷说着，突然落泪了，不断揩拭着面颊掉落的泪："我这么多年跟着他，到底是为了什么？我给他做饭洗衣，我甚至没给我家人做过一顿饭，没给我姥爷洗过一次脚。姥爷刚得小脑萎缩的时候，下不了床，整天在床上躺着，像个小孩似的哭。我那时候上学，周末总是陪着江瀚上网吧打游戏，一个月也去不了一次姥爷那儿。我每次去看姥爷，姥爷都哭，姥爷说，你们怎么都不来看我呀！我那时候怎么就那么不懂事呢？我可是姥爷带大的呀！我现在分手了，可以陪陪家人了，可是姥爷又不行了，他已经不认识我了……"

奚婷越说情绪越崩溃，捂着脸自责地说："为什么家人最需要我陪的时候，却是我最贪玩的年纪呢？"

厉落也失去过至亲，这种悔恨莫及，她感同身受，她伸手拍拍奚婷的肩，以示安慰。

谈话间，有询问声打断了二人，一个穿着白大褂的医生走到两人面前，奚婷赶紧擦擦眼泪站了起来。

069

医生年纪40来岁，看起来很权威，慈眉善目的样子，说："哪位是厉落？"

"大夫，我是。"

"我是肝胆外科的赵崇。"

三人互相招呼，说了大概情况，赵主任把奚婷姥爷的病历资料仔仔细细看了一遍。

"我看了一下，老人的CT显示是肝内外胆管结石、急性梗阻性化脓性胆管炎，他现在在发烧，并且有腹痛、黄疸、低血压休克、嗜睡的症状，我们叫五连症。老人现在接近70岁，基础疾病多，肾功能衰竭，您看这里，"赵主任耐心地就着病历报告一项项给奚婷解释，"肌酐 700 多，已经达到了血透标准，我们还需要根据肾内科的意见进行治疗。

"另外，老人还有高血压糖尿病病史，这都是手术的高危因素，而且老人还有嗜睡的意识障碍，需要综合支持治疗，所以才一直让你们住在 ICU。"

接着医生又科普了一下胆管结石和急性梗阻化脓性胆管炎，把致死率和风险都解释了一遍。奚婷的态度一点点缓和下来，慢慢理解了医生不给动手术的原因。

最后，赵主任又说："有任何情况你就打我电话，我给你留一个号码，或者去我办公室找我。"

奚婷拿着病历单连连鞠躬："太感谢了赵主任。"

"没事没事。"

医生走后，奚婷看看厉落，眼里充满感激："我们去走廊说吧！"

厉落点点头："那最好了。"

来到走廊尽头，奚婷望着楼下如蝼蚁的行人，转头看向厉落。

厉落问："江瀚是什么时候去的澳洲？"

奚婷："初中毕业他爸就送他去澳洲了，那一年他家得了一笔拆迁款。"

厉落："他在上学的时候一直很优秀，但是好像向你借过钱对吗？"

奚婷："2015 年下半年他念书的时候，总是跟我借钱。"

2015 年，那正是厉风遇害之前。

"后来我才知道，他跟人去了赌场，欠了巨额债务，甚至惹上了澳洲的帮派。他说帮派的人要砍他的手，所以向我借了好多钱。但我那时候也是学生，只能问家里要，没那么多。"

厉落："后来是怎么还上的？"

奚婷："紧接着他爸就出事了，砍死一个警察。江瀚当时在国外，有债务，也回不去，不过没多久，催债的就不上门了，我也不知道他怎么还上的，他跟我说是因为手气好又赌了一次，全赢回来了。我到现在也不知道他究竟赢了多少钱。他说是赢来的钱我是不信的，赌场就是魔窟，只有输钱的人，没见过谁全身而退。"

厉落："那你最后弄明白这笔钱是怎么来的吗？"

奚婷瞥了她一眼，眼神中有警惕。

厉落紧张的心扑通扑通跳个不停，脸也发烫，像是被人把脸按到了火盆边。

奚婷："虽然我们分了，但我也不想害他。"

厉落："你这话是什么意思？"

奚婷提上一口气，嘴唇微微颤抖，摇了摇头。

奚婷不肯开口，厉落就一直等。楼层很高，仿佛有云雾钻进医院的窗，像是缕缕清魂。

"我恨他。"奚婷忽然咬牙切齿地说，"我恨他恨得要死！"

厉落揪紧了问："他对你做了什么？"

奚婷死死咬住唇，就是不肯说话，眼里蓄满了泪水。

厉落真心实意地说："你相信我，我不会想害他，我是警察，我不是坏人。"

奚婷被情绪绊住了，厉落只能干着急，这时，口袋里的手机震动了一下，厉落掏出来一看，惊讶地发现原本保持着的通话竟然被挂断了！

厉落蹙起眉，隐隐有些不安，毕竟这么晚了，颜昭和一个男人在山上，还喝了什么鸡尾酒，该不会真喝酒了吧？

又或许，他们已经走了？

厉落的心里有点儿发毛，她开始后悔没阻止颜昭这么晚跟江瀚出去了。

厉落立刻把电话打过去，心里不停地默念着：颜昭，接电话，快接电话！

而电话那头传来一串冰冷的忙音，再拨过去，已是无法接通的提示音：

"对不起，您所拨打的电话暂时无法接通……"

070

一辆车从盘山公路飞驰而下，巨大的月亮挂在天边，圆得过分，显得异常诡异。

防盗门被打开，一男一女先后进了门。

颜昭站在江瀚家的客厅，环视着很普通的两室一厅。

江瀚拉起她的手，他的手心冰凉，却有汗。

"想不想看看我的暗房？"江瀚问，"不知道你爸爸玩摄影有没有暗房。"

颜昭说："暗房在哪里？"

说话间，江瀚已经把她带到了一扇门外，打开门，下面是阴森幽深的楼梯。

"在地下室。"

颜昭犹豫了几秒，说："好啊……"

暗房的灯光是血红色的，从地下传来，如血雾般浸染了逼仄的楼梯。

颜昭迈步进了通往地下室的门，江瀚在她身后把门关上了，指尖悄悄拧上了反锁。

尽管落锁的声音缓慢，但还是让颜昭听见了，她已经下到了楼梯深处，一回头，江瀚就站在地下室的入口处，像雕塑，像鬼影。

他高大的身影被拉长，眼睛隐没在黑暗中，如同两个黑洞，嘴角斜斜翘起，声音冰冷阴森：

"你，为什么要接近我？"

厉落打不通颜昭的电话，只能挂断，打开微信，发现颜昭在半个小时前曾给她发过一个定位，颜昭给她留了言："江瀚有点儿不对劲。我现在要跟他回家。"

厉落几乎像箭一样冲了出去，边跑边打电话给菜菜。菜菜身手好，口风严，又不爱打听，临时找他帮忙最合适。

"菜菜！天地华苑小区 3 栋 1 单元 101！快来找我！"

第十五章

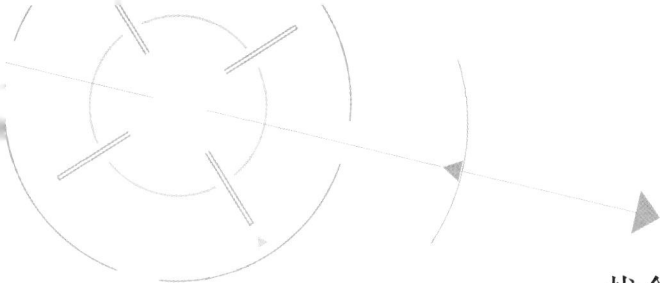

找个理由，踢她出警队

071

江瀚的眼前一片漆黑，他吃力地晃了晃头，眼里渐渐有了微弱的光线，地下室暗红色的光里，晃动着一抹窈窕的身影。那女人在自己的工作台前翻来找去，听闻他这边有动静，立刻停住了动作，扭过头，露出如初见般纯良无害的微笑。

"你醒啦？"

那张清纯美丽的面孔，正居高临下地俯视着他。江瀚的脸贴在地面上，耳朵里嗡嗡响，心脏怦怦跳。

"你到底想干什么！"一股怒火蹿上心头，江瀚怒吼着想爬起来，却发现刚刚恢复知觉的手和脚都已被束缚住了，他抬起被困住的双脚，发现脚上勒着一圈塑料扎带，俗称勒死狗。

看来，这个女人是有备而来的。

好一个螳螂捕蝉，黄雀在后！

颜昭从他的工作台上拿起一根电击棒，跟她另一只手里的电击棒碰了碰，说："你也买了？跟我这个好像是一个牌子的。你给我准备的？想绑了我？你知不知道电击棒是违禁品，犯法的？"

江瀚恶狠狠地瞪着她："我就知道你有问题！"

颜昭很不解，无辜的大眼睛眨了眨："我觉得我没问题啊！"

江瀚不停地扭动着身体，像被捞捕的虾："你是演得挺好！换了别的男人一定觉得自己走了狗屎运！可你这套，我在澳洲就已经领教过一次了！再中了你们的圈套，我就是猪！"

颜昭摇摇头："你说什么我听不懂。"

"别装了，你们能不能换一个新鲜的方法搞我，啊？"江瀚怒吼道，"突然出

177

现的朋友！偶遇！取得我的信任！这次你们打算带我去赌场还是去吸毒？啊？"

颜昭闻言联想起奚婷那篇控诉江瀚的小作文，江瀚在澳洲的时候突然染上赌瘾，还惹上了帮派，难道这一切都是有人引诱他去做的？

颜昭将计就计，模棱两可地说："哦，你先别生气，你冲我发火没用，毕竟我只是个诱饵。"

"那你背后是谁？你告诉我。"江瀚急切地说。

"当然是你惹不起的人。"颜昭冰冷地昂起头。

江瀚倒吸一口气，紧接着，喉咙间发出一串诡异的笑："我以为我爸死了，这事就算完了。"

"死的可不止你爸一个人吧？"颜昭的声音阴沉，"这事儿你一辈子都别想脱身。"

江瀚忽然不出声了，喉咙里发出一串叹息，他疲倦地闭上眼，认命了似的。

颜昭又说："你的事，你女朋友也知道不少吧？"

江瀚突然睁开眼，奋力扭动："我跟她已经分手了！她什么都不知道！你们别碰她！"

颜昭转身在他工作台上拿起一捆绳子，又拿起一把刀，把玩起来："你说你有多蠢啊，你把我一个弱女子引诱进地下室，还准备了这么多违禁工具，我现在做了你，算是正当防卫你知道吗？那我们的事，是不是就不会有人知道了？"

"你？弱女子？"江瀚感觉有点儿窒息，气笑了，"你打篮球打内线，给你喝酒你偷偷倒了！我不准备点儿东西能制住你这个妖精？我现在就后悔，我怎么不随身带上电击棒呢？我让你一个女的给我绑这儿了！"

江瀚嘟嘟囔囔，突然对上颜昭那双眼睛，此刻才发现，她正像毒蛇一样一动不动地盯着他看，眼中有瘆人的阴森杀气。

江瀚突然反应过来，声音颤抖地问："你们不会真想灭了我吧？！"

颜昭悲伤地望着他，举起刀，美丽的脸在暗红色的室内变成了底片，眼睛洞黑，嘴唇灰白："我也没办法，你不死，他们就会弄死我。"

"他们到底是谁啊！"江瀚急了，"他们到底是谁啊！"

颜昭拿着刀慢慢靠近，她蹲下来，凑到他面前，看看他的脖子，又看看他的胸口，似乎在研究往哪里下刀才合适。

"是谁你不清楚吗？"

"你……你……你先别冲动，颜昭！颜昭你听我说！你是受到什么威胁了吗？你跟我说说，你跟我说说！说不定咱俩同病相怜！你不能给别人当杀人工具啊！"

颜昭的呼吸也急促起来，看起来像是失去了理智，她眼神迷乱，口中振振有词："不会的……他们会放过我的……解决了你我就任务完成了……到时候一切就都好了！"

"不会好的！你看我爸！颜昭你看我爸！我爸就是最好的例子！他也是被威胁的，当时说得好好的，说让他做掉那个警察就能放了我！结果呢？我爸杀了人被毙了，他们一样不肯放过我！这么多年了我一直被监视着，年前我去了趟派出所，对，一定是因为年前那次我去了一趟派出所，他们才派人跟踪我的，可是我只是因为电瓶车丢了去报案的啊！这样他们也都怀疑！你现在做了他们的杀人工具，他们一样也不会放过你的！"

颜昭的眼里溢出精光！江瀚终于说出来了！

厉风的死，江坤龙的背后，果然还有凶手！

而且，这伙人到现在还在跟踪江瀚，或者暗中警告过江瀚，就怕他把当年的事情泄露出来。

颜昭的刀慢慢抵上江瀚的喉咙。

她热血沸腾，真相就在眼前了！

072

"砰砰砰！"

地下室的入口处传来一阵急促的撞门声，颜昭猛地抬头，望向那黑漆漆的高处，厉落的声音惊天动地：

"颜昭！颜昭你在不在里面！"

门锁被强大的力道冲击着，一个男人洪亮的声音吼道："警察！里面的人赶紧出来！"

颜昭无奈地翻了个白眼，闪着红光的刀子迅速朝江瀚刺去！手起刀落！江瀚惊恐地尖叫起来！

几秒之后，江瀚忽觉手脚一松，一睁眼才发现，颜昭已把那扎带全都挑开了。

江瀚惊魂未定，连忙扯起脖子狂喊："救命啊——"边吼边连滚带爬往地下室的出口逃。

在门外的厉落一愣，侧耳倾听里面的动静。

嗯？什么情况？

她怎么没听到颜昭的呼救声，却听到了一个男人凄惨的呼喊？

江瀚见到菜菜的第一眼就扑进了他怀里，厉落看他吓尿的样子也是错愕不已。

菜菜把这个180厘米的大个子男人推开，有点嫌弃地掸了掸衣服：

"都是大老爷们，你干什么你！怎么回事啊这是？"

厉落上去就把江瀚拽住、砸肘、背绕、狠踹膝盖，将他牢牢控制住！

"说！颜昭呢！"

江瀚拖着战战兢兢的长调，涕泗横流，鬼哭狼嚎："警察同志！我遇到了女杀手！"

厉落嘴角一抽："啥玩意儿，女杀手？"

话音刚落，一阵清脆的高跟鞋声从黑红幽暗的地下室里传来，颜昭婀娜的身影出现，步履款款，不紧不慢。

她的领口和头发都显得凌乱，面容有得意之色。

她朝厉落使了个眼色，再看向菜菜，说："我就是那个女杀手。我们俩在约会，警察同志。"

菜菜一见颜昭这样子，忽然脸一红："就……就这点儿事？"

厉落一看也没事，加上收到了颜昭的暗示，于是边推开菜菜边说："啊，行了，你回去吧，这女孩是我朋友，我就是不放心让你跟我过来看看。"

江瀚一脸蒙。

菜菜立刻大叫："厉落落，你有病吧！我正跟妹子看电影呢！你就为这点儿破事？"

厉落一边把他往门外推一边道歉："啊行行行，菜哥，回头我请你吃饭！"

菜菜半个身子出了门了，还一脸八卦地问："他俩在地下室干吗呢？结婚了吗就搞这个？"

厉落搡他："你快走吧啊！"

菜菜用腿顶着门，往里瞄颜昭："你那朋友挺好看的，这种有变态怪癖的男的不可靠！劝她趁早分了吧！"

"你能不能走？我还有事呢！"厉落不耐烦地把他往外推。

菜菜呜咽一声，捶胸顿足："啊！真是旱的旱死，涝的涝死啊！"

073

"都给我滚出去！"

颜昭和厉落被气急败坏的江瀚赶出了家门。

厉落不知道颜昭怎么就把一个大老爷们吓成了这样，江瀚情绪非常失控，厉落好说歹说他就是不让她们进门，一场闹剧只能草草收场。

厉落开着车，听着颜昭手机里的录音，听到最后，她把车子停在了路边，歇了一会儿，久久没有说话。

江瀚被颜昭诈出了惊天的秘密，虽然细节尚不明晰，但颜昭已经证明给厉落看，当初她给厉落听的那段关于杀警察的录音，都是真的。

厉风的死，根本不是江坤龙醉酒杀人那么简单，在江坤龙的背后，有人设局谋杀厉风，那个人才是真正的幕后黑手。

厉落止不住地发抖，深深的寒意从脚底蹿上来。

当年，真正的凶手为了让江坤龙做刀，找人引诱他的儿子江瀚进赌窟，再用江瀚的前途和生命威胁江坤龙。江坤龙为了儿子去杀人，到死都对自己杀厉风的事供认不讳。如今看来，江坤龙是在遵守着某种缄默规则。

而多年之后，江瀚再回想起这一切，也自然猜到了当年一定有幕后黑手在操控，可显然他只是其中的一枚棋子，一无所知。

因为偶然去了一次公安局，江瀚被那伙人跟踪，甚至威胁，让他惶惶不可终日。为了不拖累女朋友，江瀚选择跟奚婷分手。

直到颜昭蓄意接近，江瀚再一次想起了当年自己被新朋友引诱涉赌的事，于是他大受刺激，以为幕后黑手又要坑害自己，索性在地下室准备了自保的工具，计划将颜昭骗到家里审问清楚。

江瀚没想到，颜昭动手比他更快。

想到这里，厉落忽然转回头去看后座的颜昭，却发现颜昭竟然窝在车窗旁睡着了。

她居然还能睡得着！

厉落抬腕看看表，已经快 11 点了。

她把车子停好，在路边的超市买了瓶饮料。颜昭没敢喝江瀚给的饮料，估计到现在连口水都没喝。厉落挑了一瓶苏打水，走到车旁，发现后座的车窗开着，颜昭已经醒了，正趴在车窗边吹夜风。

厉落把车门打开，把水递给她，颜昭说了声"谢谢"。厉落扫一眼她黯然的眼眸，忽然觉得她好像很不开心。

是因为梅香，还是别的什么人？这样的疑问一闪而过，厉落的视线不经意间落在颜昭包上挂着的阿童木挂件上。

厉落拧起眉头，大咧咧地说："不是送我的吗？怎么你给挂上了？"

颜昭正仰头痛饮，见厉落直接上手摘下了阿童木，愣了愣。

厉落拿着挂件坐回驾驶位，抬手把阿童木挂到玻璃前，声音透着夜间的慵懒与迷惑："我们俩第一次见面的时候，你吞吞吐吐的，是不是就想说奚婷醉酒录音的事儿？"

颜昭"嗯"了一声，神色淡淡。

厉落的心头泛起一丝愧疚，那时候她还以为颜昭要求她办事呢，想来态度应该非常差吧。

厉落又说："那你怎么不直接说？"

"你那天过生日，我怎么好提起你哥？"

"哦。"厉落点点头，也是。

颜昭疲倦地抵着车窗，望着外面急速后退的霓虹："梅香父母的案子，你哥当年去学校找我问过话，当天，也是你的生日，你哥说他工作忙，让我帮你带一个阿童木公仔，我那天有心事，就……给弄丢了。"

原来如此。

记得那年生日她还跟厉风赌气来着，她在心里暗暗生了哥的气，厉风不仅没给她过生日，答应送她的公仔也没给买。

回忆猝不及防，厉落的胸腔被情绪塞满，眼眶灼痛，手紧紧抓住方向盘。

颜昭从车镜里看去，只能看见厉落湿漉漉的眼睛。

颜昭轻声说："不好意思啊……"

"嘻！一个小玩具！"厉落匆促地笑了笑，豁达地挥挥手，"你放心，你拿命帮我，我也拿命帮你找梅香！"

颜昭那双毫无生机的眼睛忽然变亮，她扒着前座的靠背，头伸到厉落身侧来，像一只小狗。

厉落侧头看她一眼，收回目光，笑了笑："真的！我说帮你找就肯定帮你找。"

颜昭展颜一笑，如释重负地靠了回去，一派充满希望的放松。

厉落问："你爸爸的事是真的吗？"

"假的。"颜昭轻描淡写。

"我去！你可真能演。"

"曾经有人建议我考电影学院。"

"当演员可屈才了！要不你来我们刑警队吧，我发现你化装侦查挺厉害！"

"不去，工资太低。"

"你这人！格局得打开！"

074

市公安局刑侦支队，副支队长办公室。

季凛的桌前摆放着厉落的手机，手机里放着颜昭和江瀚的录音。厉落屏住呼吸，紧紧盯住季凛的表情，他的眉头每皱一下，厉落就跟着紧张一分。

录音全部放完，厉落迫不及待地问："怎么样？"

季凛在听录音的时候，表情很复杂，有惊愕，有愤怒，有惶惑，有不解，但这些此刻已经全都不在他那张棱角分明的脸上了。

"什么怎么样？你想怎么样？"季凛板起脸问。

"我想给我哥翻案。"

"就凭这两段连你哥名字都没提的录音？有一段还是在你们把人绑架了动了刑给唬出来的？厉落落，我看你警察不想干了吧？"

"我们没绑架他，我朋友被那小子给骗进地下室，差点儿被他给绑了，幸亏我朋友多了个心眼儿，随身带了电击器，先把他给电晕了。"

"颜昭？那个律师？你朋友？你们俩不是不熟吗？她陪你这么瞎胡闹？"

"我们现在是利益同盟，你不懂。"

厉落满心期待地来找季凛，原本以为季凛和她哥生前那么要好，听了录音一定会跟她一样同仇敌忾，可是季凛却似乎并没有当回事，厉落有点儿失望。

"幼稚！"季凛一戳她脑门儿，"案子是你说翻就翻的？厉风的案子，当年是全国轰动的大案，挂牌限期破案，方方面面都严丝合缝，证据链完整得不能再完整！如今受害人已死，犯人枪毙，你翻得动吗？"

厉落目光坚毅，望着季凛："录音你听懂了吧？"

"说的是中文我怎么听不懂？"

"听懂了你就告诉我，我哥的死，真就那么简单吗？"

"就那么简单！"季凛指着她的鼻子，用不可反驳的威严逼视着她，"厉落，你不要给我找麻烦。"

厉落的瞳孔颤了颤，鼻子一酸，瞬间升腾起水雾。

季凛敛起目光，别过头去。

过了一会儿，厉落忽然笑了，像是明白了什么似的。

"我不给你找麻烦，我差点儿忘了，队长的位子还一直空着呢，我怎么好挡你升官的路呢？"

季凛猛地转头，怒视着她。厉落也昂起头与他对视，眼里充满冷漠与不屑。

"厉落落，要不是因为你长得像个女的，我非揍死你。"

"你别把我当女的！你打啊！来啊！谁怕谁！"

"我……"季凛气得脸都白了，刚扬起手，手腕却被一股强大的力道攥住了！

厉落一回头，就见云开不知什么时候出现在了办公室，他冲上来，一手攥住季凛的手，另一只手把厉落拽到了自己身后。

季凛抽回手，瞪了云开一眼，转身走到窗户边去了，叉着腰，气得不轻。

云开看看季凛剧烈起伏的背影，再看看厉落红扑扑的脸，抬手放在了厉落头上，拍了拍："有话好好说。"

厉落也觉得自己刚刚说的话有点儿过了，声音低了几分："录音我刚刚给你也听了，你来说句公道话。"

云开没有像季凛一样否定她，可是说出来的话却让厉落更加心寒。

云开避开她的眼睛，低沉无力地说了4个字："逝者已矣。"

厉落一下子笑了，她低下头，手抵在唇边又笑了两声，再抬头看云开时，她的眼神是那样陌生。

"这句话翻译过来，是不是就是死就死了吧？"

她哀伤地望着云开。云开的唇动了动，想说什么，却被她眼里突然涌上来的眼泪弄得愣住。

"那我现在每天在干什么呢？嗯？"厉落走到云开面前，脸几乎要贴上了他的脸，目光尖锐地望进他的眼睛，"你天天在干什么？你给那些死人开膛破肚，你为了什么？那些受害者死了就死了呗！活着的人就好好活着吧！管他们干什么呢！就当他们从没活过不就好了？干吗要申冤？干吗要缉凶？"

云开眼里的痛楚隐现端倪，但很快就敛住，消失不见了。他像平常一样好脾气地想要替她擦眼泪，刚一抬手却被她狠狠打掉了。

厉落用手背一抹眼泪，说："季队，云法医，就当我什么都没跟你们说过。"

说完，她转身就走。云开追了两步，却还是望着她的背影，停了下来。

办公室里，季凛站在窗前，背对着云开，一言不发。

云开走到季凛身侧，并肩站着。

季凛缓了口气，沉声问："怎么办？"

云开闭了闭眼："找个理由，把她踢出警队。"

季凛惊诧地扭脸看他，他万万没想到这句话出自云开之口。

075

季凛永远也忘不了厉风的尸体被送到太平间的那一天。

连云开都向后退了3步，他们入行以来，从没见过这么惨的尸体。

被斧头砍，被火烧，被水泡，全身没一处好地方。

季凛止不住地流泪，他看见云开干呕了起来，手忙脚乱地在兜里摸糖，却什么都没有摸到。

季凛是做了警察认识的厉风，对他有敬佩。

而云开可是从小就跟着厉风的，感情不言而喻。

云开虽然话不多，但厉风说什么他都听。厉风也像待亲弟弟一样惦记着云开，赶上跟云开一起出现场，就会给云开买糖吃。

他们的感情一定是特别深的，这一点季凛都知道。

崔老也知道厉风和云开的关系，就对云开说："你回去休息吧，这次的解剖你不用跟了。"

谁知云开却慢慢靠近那具尸体，他面色苍白，双眼微红，坚定地说："老师，我想亲自……"

"亲自解剖"4个字，他终究不忍说全。

厉风的遗言，要剖开尸身才能看到；厉风的冤屈，要锯开骨头才能揭晓。

云开要亲自动手。

云开有多听厉风的话呢？以前厉风总是开玩笑说，云开不准跟别人谈恋爱，只能给他做妹夫。

云开真就没谈。

厉落进刑警队的那天，一头干净利索的短发，一身英姿飒爽的警服，活泼地朝他们哥几个敬了个礼："哥哥们！我毕业了！今天正式加入你们！"

季凛心想：真是女大十八变啊！这小丫头跟以前那个泼猴可完全不一样了，妥妥的一枝靓丽警花。

而那天，云开的眼睛都直了。

季凛还特意数过，当时云开偷看厉落的次数平均1分钟8次。

季凛考虑了一番，对云开说："把她踢出警队，这样会不会太残忍了？我看她是真的爱干刑警这行。盯梢的时候大伙儿都睡得呼呼的，就这丫头两只眼睛瞪得跟灯泡似的，一宿都没合眼。"

云开沉声道："你没见过真正的残忍。"

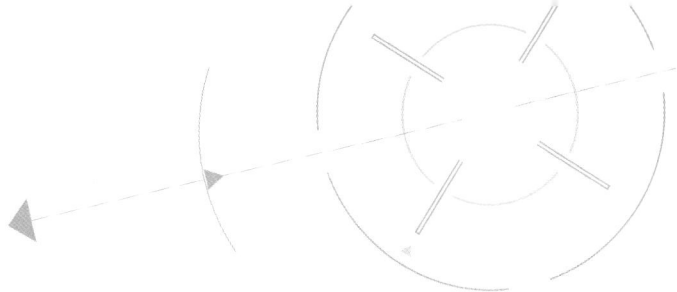

第十六章

站在门口的尸体

076

午夜，十字路口鬼火幽冥，一个单细高挑的身影立在火堆旁，用树枝拨了拨火，火苗渐旺。

身影蹲下来，把手里的一张张纸投进火中。

第一张烧着的，写着"上源市篮球俱乐部劳动奖状"。

第二张烧着的，写着"信诚旺达年度优秀实习律师"的字样。

第三张纸靠近火舌，纸角点燃，很快就烧没了大半。

"最近太忙，堆了好几个奖，一起烧吧，"她用树枝拨动火中的纸，纸上"律师执业证书"几个字被渐次燎燃，"这张是早就发下来的，只能烧复印件了。在下面吹牛，别人要问起，你就说，这张证书我女儿还要用原件，得跟人打官司。

"爸，我给妈买了房，还在备案，房产证下来我再给您烧个复印件看看。

"女儿不孝，最近有要紧事，大概不能来看你，别生我气。"

纸张全部烧成灰烬，身影站了起来。

包里的手机振动，陌生来电，她接起。

"你好，请问是颜昭吗？"

"我是，您哪位？"

"我是前都市晚报的记者，想跟你聊一聊 12 年前白奇的那条新闻。"

"我不认识什么白奇，我想你找错人了。"

"10 年前的白奇，后来改名叫白烬野，你想起来了吗？"

"没印象。"

她果决地挂断。

077

颜昭一大早就到了律所，给 Lucy 姐带了份早点，给钱律师办公室的绿植浇水，招财龟喂粮，登录诉讼平台，查看昨天下午立案的进展程度；10 点钟的时候看了一会儿书；距离午饭还有半个小时，十分不情愿地打开了微博，开始看娱乐圈热搜。

热搜第一是"电影《阿甘正转行》到底好不好笑"。

热搜第二是"星寰影城泄露客户信息"。

颜昭对热搜第二产生了兴趣，因为最近接触的一个案件就是有人订电影票时遭遇诈骗，案件涉及银行和影城，非常复杂，颜昭毫不犹豫地点开了这个热搜。

事件的起由是有一位张女士订了一张星寰影城放映的《阿甘正转行》的电影票，订票半个小时后，突然有通电话打进来，对方说是影城的工作人员，恭喜她中奖 10000 元，要求她拿着电影票到前台兑奖。

张女士一开始以为是骗子，就提前半个小时去前台询问，一位工作人员将她拉到角落，在收回她的票后，真的打到了她支付宝 10000 元。

张女士起初很高兴，钱到手后回家暗喜一晚，后来越想越不对劲，工作人员小心谨慎的样子让她起了疑心，张女士从未听过天上掉馅饼式的中奖，开始担心起自己是不是某些个人信息被泄露，会不会有更大的骗局等着她。她越想越害怕，就发了条微博，晒出自己的购票信息和奖金。

是幸运锦鲤还是新型骗局？

此事引起了众多网友的好奇与讨论。

颜昭点开张女士的晒图，没想到细看之下，猛然发现订票信息显示的座位号，和她看的竟然是同一个场次，是那个 9 排 14 号！

颜昭惊讶地捂住了嘴巴！

怎么会这么巧？

颜昭不敢相信自己的眼睛，她赶紧打开手机核对票务信息，反复看了几遍之后，她十分确定，这位热搜上的女士订的电影票，正是她旁边的 9 排 14 号！

不对……

也就是说，她买到了 9 排 13 号的票后，身旁的 9 排 14 号就被这位张女士订下了，而当她的朋友圈发出去以后，有人想方设法和张女士换了票，换到了她身边这张 9 排 14 号？

那么坐在 14 号的，真的是他吗？想方设法坐到她身边来的，真的是月亮吗？

在颜昭还在震惊中转不过弯来的时候，热搜二竟然和热搜一联动了起来，再一刷新，"白烬野全程都没笑"的热搜超过了前面两条，被顶上了热搜一！

这无疑是电影宣传给热搜加了一把柴。

颜昭激动的心情像坐过山车一样，瞬间从顶峰飞到谷底，颤抖着点开白烬野这条。

"昨晚在电影《阿甘正转行》的电影院里，有人拍到白烬野孤身一人出现在观众席，他看电影时毫无遮挡，仅戴着一顶鸭舌帽，全程冷脸，没有一次被逗笑。"

颜昭放大那张白烬野被偷拍的照片，突然发现，坐在他旁边的那个女的，不就是她自己吗！

"啪"的一声，办公桌被颜昭拍得震天响！同事们闻声抬头看她，颜昭闭眼抚额，伏到桌子上去……

9排14号，白烬野为什么费尽周折去买那个9排14号？

他有病吗？他突发奇想吗？他喜欢这个数字吗？

不对啊，他是双数强迫症，9也不是双数啊！

或者为了给电影炒热度和她碰巧买到了一起？这是一场纯粹的营销行为？

颜昭觉得都说不通，营销为什么不提前留票，要大费周折呢？

她脑中突然闪过一个画面，那晚那个十字路口的广告浮现在她的眼前！

她抓起手机就站起来，离开办公位，推门出了事务所，抬手招了一辆车，直奔十字路口。

车子很快到达，颜昭下车，站在人群中抬头看楼上的巨大屏幕，屏幕上是白烬野的代言照片，他手心朝内，握着一瓶香水放在唇边，表情魅惑迷人。

颜昭拿出手机对着屏幕拍了张照片，赶紧把照片放大，和月亮给她发来的那张山区孩子的照片里的拇指做比对。她的瞳孔渐渐放大，两张照片里的拇指和指甲，居然长得一模一样！

记忆在脑海里汹涌翻滚……

"我捡到了一部手机，手机的主人叫梅香。"

"花花绿绿，有五角星，有爱心，各种颜色的幼稚贴纸……"

"我好像见到过。"

"见到什么？"

"在什么东西上见过。"

颜昭脑子里轰的一声炸响！

白烬野在学校的时候就曾说过看到过梅香的手机，那时候他上高一，她念高三，而 Moonquakes 出现的时候，她已经高中毕业了！

那么白烬野，到底是在什么时候捡到的梅香的手机？究竟在哪里捡到的？是真的捡到还是其他情况？他见过梅香吗？又或者梅香的失踪跟他有关系吗？

一连串的疑问让颜昭想不通，白烬野的照片里表情也越发诡异起来。

他烟黑色的眼线、充满欲望的瞳孔、嘴边斜勾起的狞笑，都与颜昭脑海里的各色变态杀人魔疯狂地重合起来……

他那空白的聊天头像如同一张巨大的裹尸布朝她盖来，他们的每一句对话都在她的脑海里加了魔音。一时间颜昭的脑子快炸了，突然掉进一个巨大的万花筒里面，她捂住耳朵，蜷缩在眼花缭乱的世界里，万花筒在震，令她东摇西晃站不稳，惊恐至极。

倏地，从万花筒的尽头凭空建起了一座桥，大桥高耸威武，底下黑浪翻涌，江水漫过桥面，直淹到颜昭脚下，她恐慌地向上爬，爬到高架上，越爬越高，越爬越高，一回头，桥面上密密麻麻停的全都是车，闪烁着的红灯像是毒虫的眼睛，激起了她一身鸡皮疙瘩，鸣笛声如催命号角，穿云裂石，震耳欲聋。

她多么希望谁能给她打上一针，让她的耳朵失去听觉，这样的话就不会夜夜被这吵人的鸣笛声所纠缠。

突然间，鸣笛声没了，万籁俱寂，有人在喊她的名字……

"颜昭——"

"颜昭——"

颜昭向桥下望去，白烬野站在桥下抬头看着自己，他用手卷成筒状，凄厉地朝她呼喊："江水没盖盖子！"

颜昭拼命地摇头，白烬野迅速爬上桥梁，他的四肢像蜘蛛，又像螳螂，折成不可思议的怪异姿势，他的脸无限地凑近她的脸，狰狞的脸和诡异的笑，逼视着她，目下流出残忍的血，他的声音近在咫尺，却又空灵飘远："江水又没盖盖子！你跳啊！"

颜昭的瞳孔剧烈地收缩，身形一震，从幻境里瞬移出来……

078

一栋居民楼下，拉起了警戒线。闪电如利刃，静谧诡异地舞动在黑压压的天空。

几秒后，一道惊雷轰隆隆响起。原本好奇的围观群众悻悻四散。

厉落抬起警戒线钻了进去，手机里有许多个未接来电，都是颜昭打来的。

可她根本顾不上接，因为此刻正有一个令她终生难忘的自杀现场，需要她来出警。

厉落赶到时，法医、痕检都在做细致的现场勘查。

再次来到佟琪的家，打开门，首先映入眼帘的还是满地的儿童玩具，厉落的心猛地揪了起来，一步一步地走进屋。

那是她一生中走得最慢的一次。

佟琪自杀了。

厉落走了两步，像是走了一天那么漫长，甚至因为忘记穿鞋套这种低级错误，挨了前辈的骂。

这个装修温馨的两室一厅此时到处都是公安人员，几个同事跟厉落打招呼，厉落充耳不闻。

客厅里没见季凛，这才想起季凛出差了，厉落的心揪着，惴惴不安地往卧室的方向走，刚穿过饭厅，就看见卧室的门口站着一个人！再仔细一看，是吊着一具尸体！

厉落没有心理防备，头皮登时就吓麻了！

那是佟琪，她的尸身面色苍白，吐出红色的舌头。

她的脖子上吊着一根尼龙绳，绳子的连接处是门框最上方的放松单杠，那根单杠是免打孔款式，现在很流行把这种单杠吸在门框上给小孩挂秋千，佟琪就在上面拴了根尼龙绳，把自己给吊死了。

由于佟琪身高只有 150 厘米左右，非常娇小，此刻她吊在门框上，脚尖还差 10 厘米就挨到地面了，所以乍一看上去像是一具尸体站在门口，画面相当诡异。

尽管佟琪的尸体是完整的，没有血没有伤口，但厉落从没见过吊死在门框上的死法，仍旧觉得有点儿惊悚，更何况，这个人不久前还跟她交谈过。

透过佟琪的尸体，可以看到云开在卧室里忙着的身影，也不知道他是怎么进去的，难道是从尸体的身侧钻进去的？

菜菜正在给死者的丈夫于凯做笔录，于凯面容清俊，瘦瘦薄薄的，一副善面，身上穿着一件熨烫妥帖的淡粉色衬衫，面颊上的泪痕还没干，悲痛之色尽显。

菜菜："你是什么时候发现死者的尸体的？"

于凯："我在厨房做菜，做完去叫我老婆，就发现了。"

菜菜："做饭做了那么久？"

于凯："我今天炖了鱼，做了酱牛肉，还做了两个素菜小炒。洗洗涮涮，要忙活一个小时还不止。"

菜菜："你做饭期间就没从厨房出来过吗？"

于凯："要是出来看看就好了，说不定我就能救下我老婆了！"他哭了一会儿，平复后继续说，"我家厨房没窗子，油烟机不管用，我平时做饭都要关上厨房门，听会儿有声小说，等做好饭再出来，不然我老婆总嫌油烟大。"

厉落听到这话，立刻回想起上次来佟琪家问话的时候，于凯也是正在厨房烧菜，那时于凯的声音洪亮而幸福，小两口的美好生活还没被打破。

念及此，厉落的心里又是一阵子自责。

不就是出轨了吗？何至于自杀啊？

菜菜："你天天做饭，你老婆不干家务啊？"

于凯："她都给我生孩子了，我哪里舍得让她做家务。"

菜菜："你家小孩多大？"

于凯："4岁。"

菜菜："案发时你家孩子在哪里。"

于凯："我老婆给送到我妈家里了。哎，现在想想，她一定是预备要寻短见了，不然怎么突然要把孩子送走呢！哦，对了，这是我老婆的手机，我发现她在自杀前给家里人发过消息。"

菜菜接过手机，厉落也凑了过来。佟琪的确在自杀前往家族群里发过一条语音，这个群里只有佟琪、于凯和两方双亲4位老人，点开语音，是佟琪如死水微澜的声音，她说："爸爸妈妈，我没脸活了。"

菜菜看了一眼厉落，厉落沉重地吸了一口气，这口气许久也吐不出来，心脏难过发疼。自责、愧疚、惋惜，复杂的情绪鞭打着厉落的良心。

如果没有那次询问，也许，佟琪的出轨就不会败露，她也就不会自杀了。

菜菜："那你和你老婆最近有没有发生什么争执？"

"有，我老婆外面有人，她跟我坦白了一切。"于凯急切地说，"但我并没有打她骂她啊！我就是几天没有跟她说话而已。昨天我想通了，孩子都有了，日子还得照样过，所以我今天买了好多菜准备跟她和好，只要她不再犯错，我就把这篇翻过去。谁知道……谁知道……"

于凯的哭声让厉落的心似乎被凌迟，她再也听不下去，扭头走向了卧室。

079

佟琪的尸身还在卧室挂着，活蹦乱跳的人，现在已经没有了温度和气息。

那个小孩还不知道妈妈已经死了吧？孩子想找妈妈了怎么办？

她的孩子和云晴的小孩一样可爱，没有了妈妈，以后的人生该受多少苦啊？厉落多么希望那一天她没有来找她问话，这样的话悲剧就不会发生。

厉落望着尸体，眼泪无声地滚落下来。

这时，卧室里的云开走过来，他隔着尸体望着默默流泪的她，看了许久，温暖而沉着地唤了她一声："进来。"

厉落看见云开，慌忙抹掉眼泪，声音暗哑地说："尸体挡着呢，我进不去。"

"从空隙钻进来。"

厉落瞪了他一眼，深深地吸了口气，十分不情愿地向尸体靠近。门框只有两人宽，佟琪的尸身悬在中间，只能从左右之间的缝隙钻过去，可是厉落对尸体有生理性的恐惧，要钻过去就得挨着尸体，想想就让她打怵。

尽管知道死尸是不会动的，但靠近还是会腿软。

云开停下手中的动作，专注地望着她，漂亮的眼睛透出复杂的神情。

"魔鬼的欲望都暴露在尸体上，你连尸体都不敢靠近，就无法靠近真相。看来，你真的不适合做警察。"

厉落本就心不痛快，一听云开这话，立刻又想起上次他和季凛沆瀣一气的样子，于是把情绪全都发泄到他身上了，小脸自然拉得老长。

她负气走到尸体边，头慢慢靠近尸体的手臂，一股寒意直逼面门。她咬着牙，硬着头皮，从佟琪的手旁慢慢挤过来，却突然注意到一个奇怪的细节！

奇怪！

佟琪原本镶满钻石和星星的长指甲，此刻已经被剪短了，钻石和星星的美甲配件也被生生地剪成了一半。

厉落疑惑地皱起眉，一股谜团在心头萦绕：

新做的美甲，为什么要剪掉呢？

一道闪电猝不及防地在天空炸裂。

白光骤然打在佟琪脸上，尸面悲凄。

窗外照进来的霓虹灯落在她双颊，如两道血泪落下。

080

带着满脑子疑问，她像条鱼一样快速钻过尸体与门框的缝隙，鼻尖擦到了尸体冰凉的皮肤，令她不寒而栗！

钻进卧室，厉落暗暗松了口气，昂首挺胸走到云开面前，踮起脚尖仰面与他对视，气忖忖地说："我做不做得了警察，不是你说了算的！"

她比云开矮了一大截，即使踮起脚尖，鼻梁也才到他的嘴唇。

他的嘴唇很薄，唇纹很浅，他舔了下唇，目光深深。

云开垂眸看着她，默不作声，又向前凑了一步，他和她几乎就挨上了，鼻息相闻。

厉落气势不减地向后退了一步，眼白瞪得更大了几分："你干吗？你也想揍我吗？"

二人正对峙间，卧室门口进来一个人，是个高个子男生，新面孔，因为瘦，他很灵活地就从尸体边上溜了进来，一口整齐的白牙。

"云法医，现场勘查完了，没发现什么异常，您这边怎么样？"

云开客观冷静地说："初步检验符合自缢身亡。"

男生的表情立刻因为案情的简单而变得轻松起来，他注意到了卧室里还有另外一个同事，十分热情地对着厉落自我介绍："你好，我是新来的，我叫步飞。"

厉落眼前一亮："你就是那个犯罪心理学博士？"

步飞挠挠头："哈哈，我本科学法律的，硕士读的犯罪学和人类学，博士正在考呢，还没考上呢！"

厉落伸手跟他握了握说："我叫厉落，也是新来的。"

"你就是厉落啊！"步飞似乎很兴奋，"你哥是小风神？我的天，我终于见到偶像的家属了！"

厉落低落的心情这才有所缓解，挠挠头，问："你本科在哪里读的法律？"

"政法大学。"

"我有一个朋友也是政法的。"

二人性格都外向，一下子聊到了一起。

步飞说："原来你朋友是颜昭啊，她是我师妹，她在我们学校挺有名的，不过我俩没说过话。听说她进信诚旺达了？"

"对。"

"能进信诚旺达就很厉害了，之前季队总让我找你，我一直以为你是个男孩，没想到是个美女。"

厉落第一次被人叫美女，突然有点儿不适应，她抬手捋了捋短发，故作端庄地笑了："季队让你找我干什么呀？"

她最近是挺努力的，有时为了案子加班到深夜，多少次都错过了食堂的饭点，为的就是不辱使命，成为一名合格的刑警。尽管干的都是一些洒扫采血的小活，那也是一种磨炼嘛！

而且她刚进警队就帮着破获一桩大案子，这证明什么？这就证明她还是有潜力的。

潜龙在渊，见龙在田，想必她的小小名号已经悄悄在整个公安系统传开了……

厉落正把谦虚的话在腹中打草稿，却听见步飞说："季队说，你心理上出了点儿问题，让我帮助你。"

厉落的脸瞬间垮了下来，气鼓鼓地叉起腰："他心理才有问题呢！他脑子也有问题！哼！"

步飞见她这副样子，被逗笑了："你好可爱啊！"

"咯咯！"两声清亮的咳嗽声从身后传来。

云开越过步飞，走到厉落面前，从兜里掏出一只口罩，双手拂过她的脸颊，将口罩挂在她脸上，弹力绳通过他指尖拉扯的力道弹到厉落两只薄软的耳朵上，疼得她"嗞嗞哈哈"乱叫。

他冷冰冰地说：

"忘了自己还在现场吗？越来越没有规矩。"

在现场必须戴口罩，以免破坏证据，厉落进来的时候光顾害怕了，忘了这茬。

而步飞看着云开那张严肃迫人的脸，也老老实实地闭上了嘴。

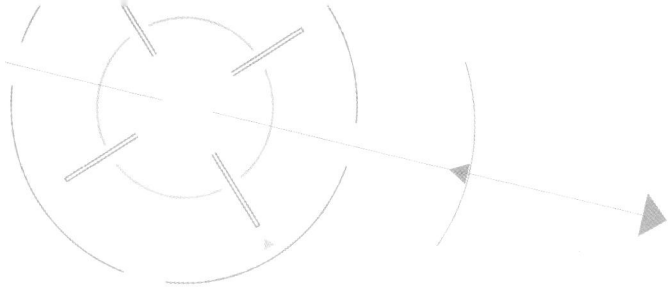

第十七章

"我弄疼你了？"

081

尸体被人从绳子上放下，拉回了太平间。

现场勘查的同事已经走得差不多了，最后一名痕检人员走过来跟云开打了声招呼就回单位了。

佟琪的家里只剩下步飞、云开以及厉落 3 人。

因为云开的助手今天没来，步飞主动请缨给云开打下手，十分细致地帮忙收拾着勘查箱。

云开摘下口罩和手套，走到厉落身边，见她一直仰头望着门框上的绳结，刚要说话，厉落却忽然回身叫了声："步步！"

云开的浓眉一压，步步？

步飞立刻"哎"了一声，赶紧小跑着过来，站到厉落身边："怎么了落落？"

云开的眼角微微抽动，落落？

他抬腕看看表，再次确认两个人才刚刚认识 30 分 7 秒。

厉落就当云开不存在一样，搓着下巴对步飞说："我见过梁上吊死的，楼梯上吊死的，还是第一次见门框内吊死的。普通人家的卧室门，也就两个正常体形的人那么宽，这地方能吊死人吗？人类都是有求生本能的，一旦脖子被绳子勒住，她只要撑开双臂，就差不多可以够到两侧的门框，说不定就死不成了呢？"

步飞问："你不会想要试试吧？这可不行，这是很危险的。"

厉落走到距离门框 1.5 米远的地方停下，那里躺着一张翻过来的儿童塑料凳，佟琪就是踩着它上吊自杀的。

塑料凳被编了号，取证拍照已经完毕，厉落就把那张小凳子搬到了门框之下，踩了上去。

步飞神色不安地问："你要干什么？快下来！"

厉落抬头看看头顶那根绳子，用手拽了拽，把脑袋放进绳圈里。

云开也抬起头，一见她把头已经伸了进去，立刻快步走来。

"喉骨被绳子勒住的一瞬间，容易发生断裂，喉骨骨折的同时，气管也可能会弯折 90 度，人会在短时间内因大脑缺氧而失去意识；接着，四肢抽动，加剧颈动脉的弯折，人无法思考，更无法自救。"

厉落望着这绳子，心惊肉跳地喃喃自语："也就是说，脖子一旦吊上去，腿一蹬，气管就有瞬间断裂的风险，即使手边有可以扶着的东西，也是无法自救的？"

步飞说："上吊没有后悔药啊！"

厉落思忖半晌，又拍拍自己的腰："步步，你来，你扶着我的腰，把我往上抱，让我脚离地就行。我想模拟一下佟琪吊起来的样子，我使劲蹬凳子，看看到底能蹬多远。"

云开闻言，犀利的眼睛瞬间结了层冰，寒意森森地望着厉落。

厉落接收到了他警告的目光，却只当没看见，催促着步飞说："还愣着干吗呀，来呀！"

步飞第一次出现场，以为这就是某种"实践派"推理，兴奋地围上去，按照厉落的指示，抱起了她的腰。

厉落像根萝卜一样被步飞拔了起来，双脚踢凳，模仿着上吊时的晃荡。

小凳子是方形的卡通塑料凳面，四只凳腿下方贴着防滑垫，此刻已经被厉落蹬出了差不多有 20 厘米远。

厉落从步飞怀里下来，把凳子重新归位，又站上去，说："再来。"

步飞甩甩胳膊，撸胳膊挽袖子，又把厉落抱了起来。

其实厉落的体重还好，个子也不算太高，但架不住她在他手臂里拼命扑腾。步飞是个文职，两三次实验下来就累得呼哧带喘，胳膊酸疼。当厉落再次要上凳的时候，步飞连连摆手，扶着腰说："落落，我不行了，你让我缓缓。"

厉落觑了他一眼："步步，你得加强锻炼啊！我们才做了 3 次。"

始终在看热闹的云开，突然压低眉头，脸一黑，沉着脸走到她身边。厉落站在小板凳上，差不多与他那双深透的眼睛持平。

云开问："你在怀疑什么？"

厉落避开他的眼，看着脚下的凳子，说："我就是觉得，这凳子被踢得有点儿远。我踢了 3 次，最远也才踢出 30 厘米，可是这个凳子却被死者踢出有 1.5 米的距离，这实在太奇怪了。"

"死者的瞳孔放大对等，四肢没有外伤，颈部的索沟痕迹、走向和深度都符合自缢特征。我的尸检不会错。"

"我当然不怀疑你的尸检，但我怀疑死者赴死的诚意。"厉落直视着他的眼睛，一改平时的懒散，认真地说，"一个人上吊，选择吊死在自家卧室的门框上，那么她一定知道，第一个发现她死亡的是她丈夫。她用死亡来宣泄自己的情感，是愧疚也好，是愤怒也好，主张对象一定是她的丈夫。也就是说，她是死给她丈夫看的。你是专业的法医，你知道吊死在门框上是危险的，但正常人包括我都不知道这些，谁都会怀疑，吊在这么低矮狭窄的门框上死得了吗？客厅里还有一处打孔在墙上的引体向上架，那是佟琪老公用来健身的，那个位置那么高，是悬挂上吊绳索的最佳选择，为什么佟琪没有选择那里，却选择卧室的门框？"

云开望着她漆黑的眼睛，忽然俊眉一挑，接着绕到她的背后去，双臂伸到她的腰间，紧紧地将她搂住。

"喂！你干吗！"

还没等厉落反应过来，双脚就悬了空。她低头一看，两条白皙的手臂卡在她的肋下，手臂上的肌肉微微偾起，线条清晰，坚硬得硌疼了她的肋骨。

厉落暗暗咬牙，他居然这么强悍！

不过很快，她就琢磨过味来。对啊，云开是法医，不仅是脑力劳动，还要干体力活，哪一具尸体不是死沉死沉的，每天翻动尸体，没有点儿力气能干得了法医吗？

"不是要实践吗？你蹬吧！"云开的气息在她耳边喷薄。

"不对不对，得从前面抱起来。"厉落扑腾两下腿，用手去推他的手，没挣开，"死者是往后踢的凳子，我也要往后踢凳子。你在我后面，你的腿就把凳子给挡住了！"

身后的人点点头，大手一松，厉落瞬间觉得轻松解脱，呼吸重新顺畅起来。

但他很快又绕到她前面来，两人面对面，靠得极近，身体已经紧贴。

他的胸膛阔而硬，将她举起来时擦过她柔软的小腹，裤子的腰扣硌得她咬紧了牙关。

云开表面看起来文质彬彬、瘦削单薄，但臂力实在惊人，他抱着不停扑腾的她好几个回合下来，脸不红气不喘的，顺便还有兴致欣赏她因为他的力量而窘迫的表情。

最后一次的时候，厉落的表情显得越发痛苦。云开见她这副样子，皱了皱眉，问：

"我弄疼你了？"

082

托举之人没被累到，被擎夹之人却已被折腾得没有力气了，她微喘着，平时里铿锵的声音现已不连贯："不来了……不来了，就这样，就这样吧！快把我放下……"

云开并没有马上把她放回地面，而是举着她的腰，薄唇贴在她耳边小声地问："晚上要不要跟我回家？"

厉落像兔子受了惊，浑身一颤，斜睨了他一眼："谁要跟你回家！"

"云晴也邀请了你爸妈，说今晚有很重要的事要宣布。"

原来是云晴邀请。

厉落"哦"了一声："可以放我下来了吗？"

云开的手臂一松，将她置于地面，妥善放稳，才抽回了手。

"晚上你先开车走吧，我约了朋友。"厉落说。

"约了谁？"

"要你管！"

厉落忙完案子的事，第一时间就回复了颜昭的电话，两人约好下班在颜昭家里见面。

颜昭现在和厉落是战略同盟关系，厉落只要一收到颜昭的消息就会有种血液沸腾的感觉。

颜昭的家在二环内的一个新小区，应该是刚刚入户不久。

颜昭开了门，给厉落拿了双干净朴素的拖鞋，拿酒精把钥匙消了毒，挂在了鞋柜上。

厉落刚进门就微微讶然，这两室一厅的房子，居然没有什么家具，崭新的白墙也没有任何装饰，空旷得不像有人住的样子。

玄关处挂着一黑一白两把雨伞，摆着一黑一白两双帆布鞋，就连拖鞋也是一黑一白两双。

"你家好像一间画廊。"厉落说，"怎么不买家具呢？"

"我不喜欢囤积，宽敞的空间让我感到放松。"颜昭说。

厉落点点头，表示能够理解。有些人就是对物质没有那么多要求，追求极简，这样也是一种独特的生活方式。

厉落玩笑着说："我还以为你家得是挂满一墙的奖状那种呢！"

颜昭给厉落倒了杯水，摇摇头，笑了。

"你自己住啊？"厉落又问。

"跟我妈，我们俩一起存钱买的房子。"

"自己买房很厉害了。"

"还着贷呢，"颜昭言归正传，说，"我怀疑，白烬野跟梅香的失踪有关。"

"白烬野？"

"嗯。"颜昭一时不知该怎么跟厉落描述，喝了口水，沉吟半晌，才说，"我有一个在网上一直聊得很好的网友，在我大二的时候他主动加我的。那时候他说他捡到了梅香的手机，在八中附近，一来二去我们两个就认识了，直到今天我才发现，这个网友可能就是白烬野。我不知道这么说你能不能听得懂。"

"你怎么就确定那个人就是白烬野呢？"

"我就是确定。他上次突然出现在游艇上我就应该确定。"

颜昭捋了捋思路，又把上次游艇的事情跟厉落叙述了一遍。

听完，厉落的脑海里突然浮现王雨萱毒杀白烬野助理的那个案子，赶紧说："我们曾经在王雨萱的衣柜找到许多白烬野的照片，里面也有偷拍你的，我那时候找你问话，你说你跟白烬野只是普通的校友关系。"

"对，我说的是事实。"

"但在白烬野那里，可能没那么简单。"厉落说，"王雨萱的家里有一些证物在公安局，不过我最近太忙，还没来得及整理，我相信那里面有你想要的答案。不过你是律师你懂的，我不能泄露案情给你。我只能帮你找梅香，给你一些方向。"

颜昭说："我明白，谢谢。"

083

晚上云家的饭局，厉落不太想去，因为云开对于给厉风翻案的态度，让厉落和他产生了隔阂。

但听说，这一次云晴在家里请客，竟然把吴雪如，也就是厉落的后妈也请来了，厉落觉得事情有点儿微妙。

吴雪如比老厉小 20 岁，老厉刚续弦时，吴雪如跟厉家这些关系走得都挺近，结婚年头多了，地位稳固了，吴雪如也就只和娘家人来往，老厉这边的亲友不太走动。

厉风遇害后，老厉一直没走出来，多次想让吴雪如再给他生个儿子，吴雪如都没同意。

这是一场气氛诡异的饭局。

在饭桌上，云晴的表情很古怪，和她往常说说笑笑的样子不大相同。她数次举起酒杯，想说点儿什么，但每次开口就红了眼圈，一句话都说不出了。

双方老人都在，厉落和云开也都在，一桌子人一头雾水，你看看我，我看看你，气氛尴尬。

又一轮沉默后，云晴重重地吞咽了一下，平复了情绪，再次举起酒杯，说："今天大家都来了，我是有件事想要告诉你们。对不起，我骗了大家。对不起，叔叔阿姨，爸爸妈妈。"

4位长辈更是傻眼了。

上一次见云晴这么脆弱，还是她公布自己怀孕的消息，那时她跟相处了一年的韩国男友意外怀孕，男友不想要这个孩子，云晴和男友分手，跟父母摊牌，执意要生下这个孩子。

记得当时云晴的爸爸气得掀了桌子，搞得大家不欢而散。韩国男友回了国，丢下了云晴。

云晴举着酒杯的手颤抖着，声音沙哑："我出轨了，我当时没有说实话。"

云晴的妈妈着急地说："哎呀云晴啊，你今天怎么了？说的都是什么乱七八糟的呀？"

云开目光担忧地望着姐姐，她生完孩子有一阵得了产后抑郁症，最近一年刚刚见好。

云晴吸了吸鼻子，目光忽然变得坚毅："我和那个韩国人交往的时候，根本没有发生关系。我出轨了。"

云照华眉头倒竖，鼻子里哼了一声："别跟我提那个韩国人！"

厉落坐在云晴的对面，看着她反常的举动，突然有种奇怪的预感。

没发生关系？那孩子哪儿来的呀？

厉落缓缓地站起来，声音颤抖地问："云晴姐，你……你出轨谁了？"

坐在厉落身侧的云开也跟着慢慢站了起来，眉头紧锁，紧张万分。

"我又回头找了厉风。"

所有人都惊掉了下巴！

老厉腾地蹿了起来，语气却与他粗鲁的动作不成正比，他的声音小心又轻柔，生怕吓着云晴似的，问："那你们俩……你和厉风你们俩……"

云晴的妈妈扶着桌子站起来，眼镜掉到了鼻翼处，她颤抖着扶好眼镜，问："雨宝他……不是韩国人的孩子？"

云晴艰涩地点点头。

老厉眨巴几下眼睛，苍老的眼睛里瞬间蓄满泪水。

"孩子，你告诉叔叔，雨宝到底是谁的孩子？"

云晴低下头，轻轻地说："是厉风的。"

4个字，天大的新闻。

老厉"啊"了一声，激动地用拳头捶起桌子：

"雪如！你听见没有？咱们有孙子了！"

吴雪如嘴角抽动，敷衍地配合着擦擦眼睛，没眼泪。

厉落不敢相信自己的耳朵，眼里也瞬间蓄满泪水，簌簌温热滚落脸颊。她扶着云晴单薄的身子，二人抱头痛哭起来。

饭桌上立刻哭作一团，云晴的父母哭，厉落和父亲哭，云晴也跟着哭，只有云开站在这一片失控之间，安静地坐着。

混乱之中，卧室的门被推开，一个胖乎乎的小家伙揉着眼睛走出来，奶声奶气地问：

"妈妈妈妈，我害怕……"

老厉立刻擦干眼泪，快步冲过去，颤巍巍地走到雨宝跟前，一时不知道是抱还是亲。厉落靠近雨宝，使劲在他脸上找哥哥的模样，心里悲喜交缠、五味杂陈，恨不得立刻把这小家伙抱起来狂亲。

吴雪如轻轻地摸了摸雨宝的脸蛋："老厉你看，这孩子脖子上有颗痣，跟厉风脖子上的一模一样。"

"是是是，长得跟厉风小时候也一模一样，难怪我每次来喝酒，看到他都想亲两口，这竟然是我的亲孙子亲骨肉！"

老厉说着，居然捂着脸哭起来。

白发人送黑发人，老年丧子，已经慢慢接受了这个灾难，可是老天爷又跟他开了个玩笑，把儿子的遗腹子送到了他的眼前，他一时间不知道是该哭该笑。

084

长辈们正在客厅里逗雨宝，一片欢声笑语。

云晴坐在卧室里垂泪。厉落坐在她左边，握着她的手。云开坐在姐姐右边，也握着她的手。

"对不起，今天才告诉你们。"

"没事的，我还要谢谢你呢，谢谢你把哥的小孩生下来，我们全家都该感谢你。"

"其实我想过跟你们说的，但我不知道怎么开口。我和那个韩国人没有发生过关系，所以他一知道我怀孕的事，立刻就跟我分手了。"

"那我哥知道吗？"厉落问。

"当初和厉风分手是我提的，他太忙了，我总是跟他吵架。可是我跟韩国人在一起的时候还是忘不了他。你哥出事的前一晚，我去找他，我们就……你哥过世后，我才发现我怀孕的。当时你晕倒在太平间，大病了一场，叔叔阿姨也都悲痛欲绝，那个时候我如果说怀了厉风的孩子，那你说我该怎么面对大家？我如果选择做掉孩子，你们该有多心痛？如果我选择生下来，那么这个孩子归谁？你父母一定会把所有的爱都转移到这个孩子身上，到时候所有人都会围着我，都会关注我肚子里的孩子。我一个女孩子，压力实在太大了。我那时候还没想好到底要不要生下这个孩子，我怕你们大家的意见影响我的决定。"

厉落赶紧说："我懂，姐，我懂，要是我我也不知道该怎么办好。"

云开抽出纸巾，沉默着为云晴擦眼泪。

"我最终决定生下孩子，再找个机会把这件事告诉你们。但是我太爱雨宝了，我没想到我居然会这么爱他，我甚至总是害怕他会被你们带走，虽然我知道你们家人不会这么做，叔叔阿姨也都挺好的。但我那时候就是不想跟别人分享雨宝。直到最近我听我妈说，你爸爸常年失眠，吃安眠药吃得头疼，所以我才突然觉得我很自私……"云晴说完又掩面哭了起来。

厉落攥紧她的手，说："姐，你不自私，你很伟大，你看，你一个人把雨宝养得多好。我跟你保证，不会有人来抢雨宝的，我让我爸控制自己，让他们半年来看一次孩子。"

云开温柔地看着厉落，她所流露出来的体贴，让他有点儿吃惊。

"不用不用，他们疼雨宝就让他们来看吧……"云晴吸吸鼻子。

厉落笑了："不怕不怕，你别觉得有压力，我将来还能给他们生孙子呢，我赶紧找人嫁了，也给他们生一个玩儿。"

云开瞄了她一眼，低下了头，玩云晴的手指。

云晴破涕而笑："那你牺牲可就大了！我可不希望你生小孩，带孩子可累了，你看我的手，这3年洗衣服换尿布都糙成什么样了。"

厉落心疼地搓了搓云晴的手指头。

云晴说："我连美甲都不敢做，化妆品也不用了。"

厉落问："你想做就做呀，以后我陪你去做！"

"拉倒吧，你看哪个带小孩的女人做美甲的？小孩皮肤嫩，抱来抱去的划到孩子不说，洗衣服也不方便。"

厉落忽然想到了第一次找佟琪问话时，她那一手长长的闪亮亮的美甲，又想起了她尸身上被剪得光秃秃的美甲，不由得心头一紧。

厉落把头靠在云晴肩上，撒娇着说："我想想就心疼，你这么瘦，雨宝那么胖，你一个人把他养这么大，多难啊！"

云晴又起了重重的鼻音："反正生小孩很辛苦，你以后就丁克好了。"

云开狠劲捏了捏云晴的手，云晴痛得拍了他一巴掌！

"要死啊！"

云开被姐打了，揉了揉火辣辣的锁骨，牙关动了动，把头别了过去。

085

是会有一些脆弱时刻，月光会乘虚而入。

过去犯的错成了翻不过去的山，接纳是唯一的出路。

颜昭无数次地打开社交账号，想给那个被她亲昵地叫了两年"月亮"的 ID 发点儿什么，可是每每点开输入框，她又不知从何说起。

问月亮你是不是白烬野？万一他说他不是呢？

不可能，如果这样都不是，那是不是也太巧了？颜昭生来就是怀疑巧合的那一类人。

联系了两年的网友忽然变成了一个冰冷的头像，让颜昭忍住数次想要拉黑他的冲动。

巧的是，月亮自从她晒出电影票的那天，就再没有联系她。

颜昭最后还是决定打破砂锅问到底，用最简单直接的方式去解决问题。

于是她主动给月亮发了条消息，直截了当地问："白烬野？"

对方没回，从早上到下午，从傍晚到深夜，月亮都没有回复她。

当然，多数时间也是如此，月亮是个大忙人。

可她心里还是憋闷得很，总感觉月亮已经看见自己的消息了。

这样的冷处理让她越想越慌，越慌越躁，心烦意乱。

颜昭想，如果月亮今天之前不给她答复，她就直接去找白烬野问清楚！

可是白烬野毕竟是明星，明星哪是她一个小律师说见就能见到的呢？

颜昭左思右想，突然想起一个人——顾一柠。

顾一柠听清楚她要见白烬野的诉求时，沉默了半天，紧接着就对她说："我不多问啊，你也别告诉我，如果将来有什么流言蜚语传出去，你要知道跟我绝对没关系就行。你等我电话。"

顾一柠打来电话时，十分兴奋，她为能够帮上颜昭的忙而感到雀跃："你知道吗？你运气太好了！我一个朋友在 SEED.X 杂志做助理，他明天有事，想找两个熟人帮忙顶替一下工作，你知道明天谁要来拍封面吗？就是你要见的人！"

SEED 出现在耳畔的时候，颜昭最先想到的就是江瀚，江瀚就在这家杂志社工作。

第二天早晨，颜昭穿了一身舒服的 T 恤牛仔，梳起马尾，扣着鸭舌帽就跟顾一柠进了 SEED.X 的大楼，还没进电梯，就碰见了白烬野新换的执行经纪人凌丽。

凌丽这个女孩二十七八岁，人如其名，看着就伶俐，因为她来过律所，所以颜昭一眼就认出了她。但凌丽没有认出颜昭，只是看了一眼颜昭的工作牌，说："麻烦你去帮我买杯豆浆，加糖，不能加盐。"

顶流的工作人员就是不一样，眼睛都长在脑瓜顶上。

顾一柠给颜昭使了个眼色，颜昭赶紧把差事应下了，一边往外走一边搜索着附近哪里有卖豆浆的地方，心里犯起嘀咕：豆浆本来就没有加盐的，为什么还要特意强调不加盐呢？

豆浆买回来后，在大厦里一番打听才找到摄影棚，颜昭刚一推门进去，就发现里面黑压压的，各种灯光道具摆得乱糟糟，人也像热锅上的蚂蚁转来转去。顾一柠帮人去拧灯架了，没注意到她这边，颜昭放眼望去寻找白烬野的身影，发现他正坐在一个角落里被两个女化妆师围着，闭着眼正化妆。

颜昭走到白烬野身前，因为被化妆师挡着，她只能蹲下去从空隙中把豆浆放到他的腿上。

"谢谢。"白烬野闭目道了谢，接过纸杯。

然而颜昭却没撒手，故意把杯子向外扯了一下，二人的指尖触碰在了一起，颜昭的视线落在了他的拇指上。

白烬野眉心微蹙，似乎对于这样的接触很不满意，他从化妆师的眼影刷飞舞中把眼睛睁开一道缝，在看到颜昭的脸时，眼睑陡然睁大，手里的杯子由于捏紧而溢出了少许豆浆。

"小心！"颜昭眼疾手快地用手接住溢出的豆浆，迅速掏出纸巾擦拭，这才避免了豆浆洒到衣服上。

凌丽目光凶险，推了颜昭肩膀一下，不悦地说："你忙你的去吧！"

颜昭心中暗想，白烬野的这个执行经纪把他盯得这么死，10 米以内雌性勿近，看来白烬野的私生活也并不自由。

想到这里，她低眉顺目地退了下去，像是清宫剧里的小奴才。她偷瞄他一眼，发现白烬野也正盯她。颜昭一侧的眉毛高挑，白烬野的喉结动了一下，眼神一晃，眸色倏地加深。

颜昭下巴一昂，用舌头顶了顶腮，给了他一个警告的眼神。白烬野的眉毛也挑了起来，转瞬间，他忽然低下头，好像在笑。颜昭皱眉不解，他再抬起头时，一脸的正经严肃，合上了眼。

他那一双眼球隔着薄薄的眼皮在化妆刷下滚来滚去，嘴角不可抑制地勾起……

人群一阵骚动，摄影师来了，颜昭转头一看，来人竟然是江瀚！

江瀚一进门就有工作人员跟他打招呼，他却看起来没什么精神，黑眼圈很重。

白烬野这边也从椅子上站了起来，两个人被簇拥着握了个手。

不得不说，白烬野在社交的时候，笑起来是很真诚的，有种稚气未脱的良善。他见人总要先躬身再握手，过分礼貌谦逊，和私下面对颜昭时的那个他截然不同，仿佛是他分裂出来的一个人格。

怎么这么巧呢？今天给白烬野拍照的居然是江瀚。

颜昭赶紧把帽檐压低，隐到忙碌的现场中去了。

第十八章

月亮的马甲掉了

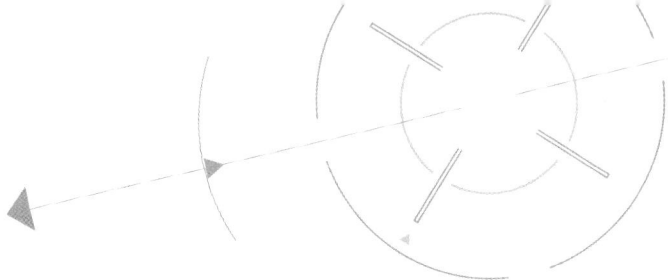

086

不久前，白烬野的粉丝将一位资深摄影师撕上了热搜，在圈内引起了不小的轰动。那位摄影师曾为许多当红明星拍过大片，偏偏把白烬野拍得很一般，被粉丝怒批是"影楼效果"。

江瀚作为新锐摄影师，在这样的情况下为白烬野拍摄，压力一定是有的，所以整个人的状态十分紧绷。

杂志十分重视此次拍摄，力求塑造强氛围、把高级感和故事感发挥到极致，所以道具和场景都布置得逼真复杂。

颜昭和顾一柠就是额外借来的人手，负责举道具。

第一组他们被抓去扯绳子，绳子是红色的，有点儿像小时候翻绳游戏被放大了的样子，白烬野则站在这一堆翻绳后面，摆出各种 pose。

颜昭此时距离白烬野只有不到半米的距离，两个人谁也不看谁，形同陌路。

拍了几张后，江瀚放下相机，表情有点儿为难："白老师，不能笑，不要笑。"

"啊？"白烬野愣了一下，点点头，"好，我知道了。"

颜昭趁机瞟了他一眼，发现他确实低头在笑，但又似乎在认真地压抑着嘴角。

江瀚又拍了几张，放下相机。白烬野闭上眼调整呼吸，正了正神色。

"好了，可以了。"

这一次，白烬野十分严肃地看着江瀚。

江瀚拿起相机，赶紧拍了几张后，看了下效果，不住地摇头。

"白老师，眼神里给我一点儿破碎感。"

"破碎感啊？"白烬野蒙蒙的，似乎不在状态。

颜昭心想，通稿上不是吹白烬野最敬业吗，怎么看起来不太聪明的样子？

"对，破碎感。"江瀚绞尽脑汁地解释着，"破碎感就是……就是想象那种玻璃破碎在你眼里的感觉。"

这是什么比喻？

白烬野歪着头，迷惑地蹙起眉，嘴角刚不受控制地漾起笑容，又迅速地被他给憋了回去。

不可否认，他牙齿的弧度很好看，一笑起来糖分超标。

江瀚赶紧制止："您别再笑了，不能笑。咱们今天这个主题，就是小时候的翻绳游戏，翻绳呢代表无限种可能，代表羁绊和束缚，您作为这绳子游戏里的人呢，要给到我一种固执却无奈的脆弱感哈！"

白烬野连连点头，轻咳一声，嘴角用力地压平，像在给自己下达某种命令。

嘴上是没了笑容，但那笑意又从眼里溢了出来。

江瀚有点儿抓狂，却又不敢发作，只好长长地吐了口气。

凌丽全程在一旁观看，见拍摄并不顺畅，就上去跟江瀚沟通。江瀚的助理也上来跟着解释了一番，说这个主题多么有创意，拍出来效果多么好，一定要这么拍……最后双方竟然辩作一团，虽然脸上都挂着笑，但仍能感受到有一丝对峙的火药味。

眼见争论要持续一阵，白烬野则向助理要了自己的手机和豆浆，独自走到角落的沙发上坐下，仿佛这里的事都与他无关。

他今天穿的是一套黑色西装，胸前口袋插了一枝血红色的玫瑰，胸膛赤裸着，雪白的前胸擦着灿灿金粉，华丽性感，精致完美。

颜昭望着那个男人，实在难以将他和月亮联系在一起。

她幻想中的月亮，应该是朴素的、稳重的、学识渊博的、爱好广泛的，同时又很幽默风趣的一个男性形象，白烬野一点儿都不符合，一点儿一点儿都不符合。

颜昭这样想着，手里扯着的绳子便越发紧了，对面的顾一柠已经露出胳膊酸疼的表情，正在用眼神向她诉苦。

颜昭用眼神安抚了一下顾一柠，便趁乱掏出手机，拨通了 Moonquakes 的语音通话。她一边拨打一边紧盯着白烬野，看他到底会不会接通，可是白烬野只是坐在那里发呆，手里的手机也并未见有什么反应。

颜昭想，那个微信号说不定是他的一个小号而已，说不定……她竟然还存有一丝侥幸，希望有那么一丁点儿的可能，白烬野根本就不是月亮。

助理走到白烬野的身边，弯腰提醒他："豆浆再不喝凉了。"

"啊……"白烬野这才回过神来，低头看看那杯豆浆，豆浆的纸杯被他的手心焐得温热，里面的液体却渐渐冰冷。

他低下头，小心地吸了一口，说："好喝。"

助理疑惑："你不是天天喝这个牌子？"

白烬野盯着杯子看，认真地看着纸杯上的每一个字："我是说，今天的。"

087

摄影团队和经纪团队的争论还在继续，声音也越来越大。顾一柠八卦神经发达，接收了几耳朵信息，回头小声跟颜昭分析："要我看，白烬野这个新换的执行经纪，不太行。"

颜昭正想着怎么接近白烬野，眼下敷衍道："怎么不行？这不挺护着他吗？"

"这是瞎护的好吗？早前，白烬野那个助理朝露没去世的时候，我跟他们团队打过交道。他的团队不是这样的。"

颜昭没想到顾一柠知道朝露的事，一下来了兴趣，问："那个朝露你接触过？"

顾一柠附在她耳边窃窃私语："她好像在白烬野没火的时候就一直给他做助理，算是忠心耿耿的一个姑娘吧，两个人是共同成长的那种朋友关系，在圈里都知道。后来白烬野爆红，签了现在的公司，公司觉得朝露的业务能力配不上白烬野，总想给他换人，但是白烬野念旧情，就是不肯换，还因为这事跟公司闹过。最后公司才把朝露留下，后来没想到朝露却出了意外。"

颜昭问："那为什么说他这个新的执行经纪就不行呢？"

顾一柠答："你看啊，今天明显就是白烬野不配合，不怪人家摄影师，可这个经纪人就知道袒护白烬野，表面上是维护主子，其实是在给白烬野败人缘。这要是朝露估计就不会这么做。记得之前有一次我们跟白烬野的团队打交道，那时候他刚刚红，参加一个商业代言活动，我记得那是个化妆品代言吧好像……反正他不知道什么原因迟到了，朝露在后台跟他大吵一架。白烬野当时也挺生气的，但俩人没过多久就又和好了。我觉得这样的经纪人才是对艺人真的好，艺人做得不对她起码敢说真话，如果艺人身边都是佞臣，那他还能走多远？"

颜昭点点头，顾一柠在这个圈子混久了，看了太多明星的浮浮沉沉，她这番话实属经验之谈。

颜昭听着顾一柠的八卦，突然脑中一闪，不禁心中又生一计。她立刻把绳子交给顾一柠，从包里掏出律所的名片和一支笔来，大大方方地走到白烬野的身边去。

此时白烬野的身边只有一个助理在，助理也在玩手机，对白烬野并不太留心。

白烬野感受到了她的身影靠近，抬起头来，目光迎着她，等颜昭走到面前的时候，白烬野已经缓缓地站了起来。

颜昭把名片的空白面递给他，露出一个温柔的笑容，说："白老师，能帮我签个名吗？"

"好。"白烬野注视着她的眼睛，眼神复杂，同时接过她的名片。

名片的背面写着：我有事要问你，关于梅香。

白烬野从纸上抬眸看了她一眼，他的眼神让颜昭失落又惊喜。

失落的是她期望白烬野不是月亮这个愿望落空了，他就是月亮，他明白她在说什么。

惊喜的是白烬野的眼神告诉她，他知道关于梅香的事。

白烬野接过她的笔，写道：除了这个，还有其他要问吗？

颜昭接过他的笔，笔身还带有他的温度，颜昭在卡片上写：没。

四目相对，电光石火间，白烬野的眼睛像是烧毁的灯丝，闪烁一下，黯淡下来。

他用那双又细又长、骨节分明的手，在卡片上速速写下一行字：承鼎云锦3 栋 1701，密码 201002。

颜昭的眉头像被人触了一下，有点儿反感，速速写下一行字：直接手机上说不行吗？

白烬野似乎料到了她的反应，没接她的卡片，目光定定地望着她，摇摇头，用唇语回：没办法。

颜昭拧眉：没办法？什么叫没办法？

088

执行经纪跑了进来，工作人员也开始忙碌起来，颜昭和白烬野的对话被迫中断。

第一组造型终于顺利完工，接下来是第二组，白烬野又被簇拥着进了化妆室，颜昭和顾一柠开始帮忙布置场景。

江瀚和工作人员在电脑前看成片，颜昭离他很近，可以听见他正小声吐槽着白烬野。

"这张不行，这张也不行，眼神完全不对，这张笑了，这张也笑了，他不是什么影帝吗，怎么理解力这么差？"江瀚压低声音说。

工作人员附和："我朋友之前给他拍过，说还行啊，这次不知道怎么了。"

"明星不是都学过表情管理吗？怎么不让他笑就憋不住呢？我真服了！兰兰，给我买包烟。兰兰？"

江瀚叫了半天，没应答，他竟然径直朝颜昭的背影走了过来，手搭上她的肩膀。颜昭没敢回头，心想他一定是把她认成顶班的那个工作人员了。

"跟你说话呢怎么聋了？"江瀚一肚子气没处撒，语气有些难听。

颜昭立刻压低帽檐，背对着他挥了挥手："您认错人了。"

江瀚的眉头一压，探询地去看她，眼中露出熟悉而复杂的神色。

"颜昭？"他一慌，转而微怒，"你是不是颜昭？"

颜昭淡定地转回身，冷静地望着他，不出所料，撞上了江瀚惊讶的目光。

摄影棚里很嘈杂，空气中弥漫着一股塑胶味。

江瀚拎着相机，向前逼近一步，压低的声音从齿缝间挤出：

"你怎么追我到这儿来了？"

"我没……喂！"

颜昭刚要说什么，江瀚却紧紧抓住她的手，将她往外扯。颜昭不动声色地甩开他的手，装作很从容的样子走了出去。

江瀚跟着她出了摄影棚，找了个僻静角落，把颜昭堵在了墙角里，像看咬人的毒蛇一样警惕地盯住她，小声说："你到底想怎么样？你追到我公司来？"

"你想多了，我不是为你。"颜昭抬起下颌，冷静回答。

江瀚瞪眼："少来了，你可太会演戏了，你和那个女警察真是阴魂不散。别在我身上浪费时间了，我什么都不会说的！"

二人说话间，有人路过，江瀚便收了声。

待人走后，颜昭对江瀚说："我建议你跟警察配合，我想，你也不希望一直在担惊受怕中生活。你有我微信，随时跟我联系。"

颜昭刚要走，江瀚急切地拉住她的手腕，力道之大，直接又将她甩回了角落！

颜昭踉跄了一下，有点儿恼怒地瞪着他。

二人对峙间，化完妆的白烬野从里面走了出来，恰好撞见这一幕，走廊尽头的男女正以暧昧的姿势对视着，从某种角度看甚至已经贴在了一起。

颜昭也看见了白烬野，他的眼神像镇在冰霜里的寒刃，双瞳如锥子，冷森森。

颜昭怔怔松片刻，他便已把目光从他们的身上敛了回去，顾长的身影疾步走过来，往摄影棚的拐角一转，便消失不见了。

江瀚也看见白烬野进了影棚，不敢怠慢，警告了颜昭几句便跑回影棚工作去了。

第二组拍摄场景色彩浓厚，视觉效果冲击力强，白烬野的造型非常魅惑。江瀚也被这色彩弄得兴奋起来，边举着相机边沟通。

"白老师，咱们这组就可以笑了，笑得越甜越好。"

"白老师？可以给我一个笑容吗？"

"呃……我怎么感觉你现在的眼神是想杀了我？"

089

下班晚高峰，公安局门口有人闹事，一对穿着朴素的老年夫妻哭天抢地地拉起了横幅。

公安局门口就是过街天桥，街对过，面容憔悴的大婶把裤腰带拿下来，挂在天桥的楼梯上，作势要上吊，一边哭一边唱。

来往的行人都不敢上前，只能围观、劝说。大婶的老伴指着横幅上的几个大字，"警察草菅人命，还我女儿命来"，笨拙地向人们痛诉着事情原委。

老人说，自己的女儿被办案的民警问话后，就心情压抑，上吊自杀了；老人还说，民警破坏了女儿美满幸福的家庭。可他没提自己女儿出轨在先，不知情的还以为警察队伍里出现了小三，插足了别人婚姻，导致女方上吊自杀的。

婚恋出轨这样的八卦最吸人眼球，围观群众越来越多，纷纷拿出手机拍照。小张和菜菜得知情况，赶紧穿过天桥来劝阻。小张远远就认出了照片上的老夫妇，心里"咯噔"一下，忙对菜菜说："不好，是佟琪的父母！"

厉落在警队办公室的物证柜前翻找着证物，耳朵和肩膀之间夹着电话。

"见到白烬野了？"

"见到了。"颜昭在电话里把今天发生的事对厉落讲了一遍。

厉落回忆了一下档案："承鼎云锦，那是白烬野的新家。"

厉落曾听季凛八卦过，组里都在感叹明星就是豪奢，承鼎云锦是一线江景豪宅，房价高得他们几辈子工资都买不起一套。

"那我更不能去了，"颜昭斩钉截铁地说，"孤男寡女，共处一室……"

"欸？难道是我记忆偏差？某人上次可是跟江瀚直接钻到地下室去了吧？"

厉落戏谑着说，"怎么换成白烬野你就不敢了？"

颜昭那头没有动静了。

"不去就不去吧，作为人民警察，安全系数低的事情我也不提倡。"

"你上次说帮我查白烬野和私生饭的那个案子……"

"我之前不负责这部分，所以很多材料我没看，我上司这两天一直出差，我就只能自己翻证物。"

正说着，厉落的视线落在证物柜里的一个日记本上，她的眼睛一亮，直觉告诉她，这本日记里有她想要的内容。

"找到了！晚点儿打给你！"

厉落匆匆挂断电话，刚要伸手去拿那本日记，菜菜就呼哧带喘地跑了进来，"砰"的一声关上了物证柜！

厉落隔着玻璃望着那个日记本，方才一闪而过的念头被突然斩断，当即大喝一声："让狗撵啊你！干吗这样看着我？"

菜菜神情复杂地凝视着她，小心翼翼地说："厉落落同志，你被停职了。"

"什么？"

090

颜昭本已到家，却又被钱律师叫回了律所，说是有重要的事情同她商议。

推开钱律师办公室的门，最先入耳的永远是清脆的流水声，一座巨大的假山貔貅摆件上流水不息，正像信诚旺达源源不断的客源。

每当有案源的时候，钱律师都会笑眯眯地摸着桌角那只龙头龟的头，以至于龙头龟已经被他摩挲得越来越亮。

钱律师是颜昭见过的律师里最迷信的一位。

钱律师一边抚摸着龙头龟，一边伸出一只手，示意颜昭坐下。

"当初选你做徒弟，我就算过了，你果然旺我。"

"师父，听您安排。"颜昭不敢坐，只规规矩矩站着。

不久前，她实习期满，刚刚拿到律师执业证，就跟着钱律师接了一桩案子，同律师界赫赫有名的唐宣打擂台。当时她还处处小心避嫌，生怕钱律师在她身上动歪心思，才会如此提携她这个没背景没经验的女孩子，但今天她稍微放心了些，原来钱律师青睐自己的理由，居然是算过她的八字！

当真讽刺又荒谬。

钱律师今天异常客气，还给颜昭倒了杯茶，执意请她坐下，热情殷勤如同对待客户。由于已经入夜，律所人少，办公室相对封闭，颜昭没敢喝他给倒的水。

"颜昭啊，带你的这段时间，我发现你真是个潜力无限的女孩子。"

钱律师把她好一顿夸奖，什么自尊又敬人，稳重又机敏，处事不急不缓，绵里藏针，将来必成大器之类。

"师父，绵里藏针不是这么用的吧？"颜昭从容一笑。

"欸？"钱律师摆摆手，用一副"你不懂"的表情看着她，"绵里藏针是咱律师的一种境界，别人想学都学不会呢！你天生具备，很难得。"

戴高帽是钱律师惯用的钓取女性客户的开胃小菜，颜昭不多言语，等他下文。

钱律师噘起嘴，像责备自己女儿一样，用嗔怪的语气说："颜昭啊，你跟白烬野，你得跟师父说实话。"

颜昭万万没想到他会这么说，当即讶然。

"实话就是我们俩的名字不该被提在一起啊，师父。"

钱律师用一种看3岁小孩撒谎的眼神看着她，说："你和白烬野的聊天小号，可都被他的大经纪人发现了。叶晞汶很生气，还朝我发了一顿火，说千防万防，家贼难防，还让我开了你。"

颜昭无语。

白烬野的小号，指的是Moonquakes吗？这下她也不必抱希望了，确定了，白烬野真的就是月亮。

钱律师又说："难怪当初白烬野向我推荐你，现在看来都是有迹可循的。"

颜昭问："白烬野向您推荐我？"

钱律师很惊讶："你不知道吗？"

"不知道。"

"白烬野跟我说，他有个老同学在我们律所实习，让我帮忙照顾。我考察你之后，觉得你确有潜力，所以就把你从梁律师那里要过来了。"

颜昭猛然回想起自己刚到信诚旺达实习的时候，的确告诉过月亮自己被录取的消息。那时候她特意说出了律所的名字，心里暗暗期盼月亮兴许会来找她。

是，没错，他可真是没少来找她……

只是她不知道而已……

还没等颜昭从复杂的情绪中回过神来，钱律师又说："白烬野刚跟我通了电话，说有意跟公司解约。"

颜昭满脸疑惑："上次他不还说和公司无法解约吗？这回怎么又想解约了？"

钱律师说："是人就都有底线，有一个忍耐度，超过这个忍耐度，人就会抵抗搏斗。白烬野与公司理念不合是其一，利益分配不均是其二，这其三，从经纪人控制他与他人通信就能看出，白烬野的私人生活被经纪公司严密监控。这事要放在他十五六岁时还可以说成对他的保护，但他现在已经 24 了，正是精力旺盛的年纪，想谈恋爱也实属正常，公司倒行逆施，闹起来是必然的。"

颜昭不解地问："就算他是顶流，想谈恋爱就让他偷偷谈啊，明星谈恋爱不是也很正常吗？难道当和尚？"

钱律师盯紧了颜昭的眼睛："他说公司之所以阻止他谈恋爱，是欲替他签下一部大制作。你们年轻人可能懂啊，现在的明星都愿意营业炒 CP，越炒越火，如果这期间白烬野被爆出跟女生谈恋爱，势必会得罪 CP 粉和原著粉。他说他不想炒，想正常谈恋爱，而且已经有喜欢的人。"

钱律师刻意把"喜欢的人"4 个字说得一字一顿，探询地看着颜昭。

颜昭的眼睛没有丝毫躲闪。

颜昭说："一个能够跻身顶流的男人，可不会是恋爱脑啊师父。"

听她这样说，钱律师顿时就看不懂眼前这个小姑娘了。

原本听了叶晞汶的一顿抱怨后，他还以为自家徒弟跟白烬野陷入了热恋，但颜昭这一番置身事外的发言，又让钱律师寻不到一点儿蛛丝马迹，难道是白烬野看上了颜昭？

那可就更对他有利了，毕竟男人嘛，吃到嘴里的就不香了，吊着的才更有食欲。

钱律师说："我现在跟他们经纪公司的合作还没到期，所以没办法接受委托。我把白烬野介绍给了钱铎律师，你跟过去，务必把白烬野的案子拿下。"

原来如此，颜昭这下明白了，钱律师误以为白烬野和她有亲密关系，所以想让她帮忙促成这单。

钱铎是谁？钱律师的亲信都知道，那可是他的私生子，酒囊饭袋混世魔王，白烬野要真找他打官司，裤子都能给输没了。

好在有钱律师这个亲爹坐镇，暗中手把手地教，基本就相当于钱律师亲自上阵了，那么钱铎也算是一个不错的选择。

颜昭点点头，问："师父，价怎么开？"

钱律师说："前期基础费用先收 50 万元，后面的风险代理费，等你们看到白烬野的合同再说，我拿 50%，剩下的你和钱铎你俩商量，我不参与。"钱律师又补了一句，"这算熟人价了，颜昭。"

颜昭点点头，心里合计了一下，如果官司打赢了，基础费加风险代理费，这一单她到手怎么说也有几十万元，可是钱律师家的钱可不好赚，她赶紧说：

"师父，我主要历练，辅助小钱律师，钱方面不要紧。"

钱律师对她的回答很满意，连连笑着说："好孩子，师父不会亏待你的。"

最后，颜昭还是假装犹豫了一会儿，合理地表现出了她这个年纪的小女生应该有的左右为难，最后在钱律师的百般劝说下，怯怯答应了。

明天见到白烬野，又是新的立场了。

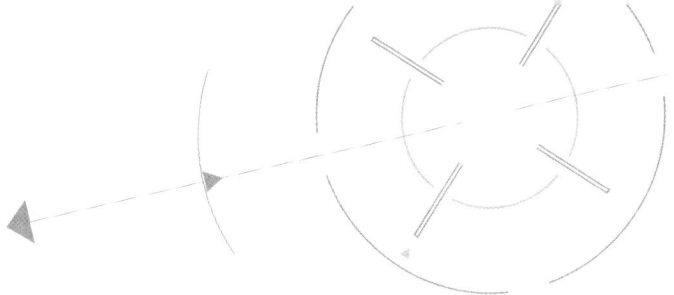

第十九章

厉落被停职

白烬野和钱铎律师的会面约在次日深夜，白烬野还没到，颜昭就已早早地等在钱铎的律所了。

钱铎的办公室简直就是钱律师办公室的复刻版，貔貅、龙头龟、流水摆件，办公桌上也放着妹妹钱湘湘的照片。钱律师叫钱贵，女儿取名钱湘，儿子取名钱铎，听说钱律师还想要老三，这回的名字更霸气，直接叫钱库。

"一听我的名字就是个私生子，对吧？"

小公室里，钱铎的两只皮鞋交叠在一起，搭在办公桌上，手里的烟在烟灰缸里弹了弹，吊儿郎当地笑着，轻蔑地看着眼前这个年轻貌美的女律师，脑子里全是这女孩和自己那个风流老爹不可描述的画面。

反正都是自家人，钱铎无聊地抱怨着："钱柜、钱箱、钱库，钱铎……怎么轮到我就不是装钱的了？"

颜昭心想，没叫你钱包钱夹就知足吧！嘴上却说："小钱律师，明星诉讼的案子本来就很重要，像白烬野这样的案源，钱律师把它给了你，足见他的爱子之心。"

钱铎不屑地哂笑："这么重要的案子，老家伙就把你给了我？"

他的语气，好像颜昭是个没用的丫鬟婢子。

颜昭也不生气，循循善诱："据我所知，铎是古代的一种乐器，状若大铃，专门用来宣布政教法令。"

钱铎目光一滞，随即闪亮起来："真的假的！"

他立刻把脚从桌子上拿下来，低头开始在网上搜索。

颜昭打量着他的惊喜激动，暗暗揣度，其实他对他的父亲并没有像看起来这么满不在乎，便说："铎上有权柄，铎内有灵舌，摇击发声，振聋发聩。钱律师给你起这个名字，我想他是费了一番苦心的。"

"还真是！"钱铎抬起头，指着手机冲她笑。

颜昭脸一沉，不卑不亢地说："麻烦把烟熄了，我闻不了烟味。"

钱铎愣怔半晌："哦哦！好！"

又过了半小时左右，已经是深夜11点，办公室的门被推开了，秘书把一个戴鸭舌帽的高个子男人引了进来，颜昭一抬头，视线正与白烬野的撞上。

白烬野每次出现在她面前，颜昭都要在心里感慨他怎么会那么瘦。

对于颜昭的出现，白烬野大概早已知道，并未有过多的惊讶，然而钱铎并不清楚他们之间的关系，特地客客气气地把颜昭给白烬野吹嘘了一遍。

白烬野向颜昭伸出手，颜昭也伸出手和他交握。他的手骨节宽大，掌心冰凉，让颜昭心头没来由地一颤。

白烬野把合同给钱铎，钱铎和颜昭一起翻看了那一沓异常厚重的合同，二人面面相觑，颜昭的心里有种不祥的预感。

092

合同约定，如果白烬野单方面提出解约，要赔偿经纪公司5000万元违约金。

除此之外，合同期内解约，每提前1年，都要赔偿公司1000万元，按照还有5年的合约期，白烬野现在解约，就要赔偿公司上亿元的违约金。

钱铎收起刚才那副傲慢姿态，很认真地审视着合同，毕竟这么好的案子，他也想在父亲面前证明自己。

"这个合同太霸道，而且违约定价也不符合商业逻辑，这么高的价格，您当初签的时候怎么敢下笔啊？"钱铎感慨道。

白烬野说："我12岁和公司签的那份合约，违约金是10万元。16岁回国重新签订了一份合约，违约金是30万元。我20岁的时候，拍了部文艺电影，原本以为没人看，没想到导演出事，电影被炒起来，我还被提名了影帝，恰好我跟公司有一些意见不合，就提出过解约。后来经协商，公司同意给我成立工作室，就签下了这份合同。"

颜昭问："因为什么事跟公司意见不合？"

白烬野说："因为我的助理朝露，她从我出道开始就跟着我，我出名之后，公司要求换掉她，我不同意。"

颜昭的眼里闪过一丝精明："我看合同里写，谈恋爱、结婚、生子要提前6个月跟公司报备，并且不能因为恋爱影响商业活动，那么你和朝露，是否让公司认为是过于亲密的男女关系？"

她的目光太过犀利，让白烬野淡淡一笑，摇摇头，目光描摹着颜昭的眼睛和唇，诚恳地说："我和朝露算是好伙伴好搭档，这一点从来没人质疑。"

颜昭的眼神轻飘飘，好似并没有将他的话听进心里去。白烬野的脸上立刻浮现出一丝焦躁，他的睫毛乱抖，一时不知该和她如何解释。

白烬野继续说："公司不肯放人，和我协商后，同意让我自己成立工作室。我当时年纪小，太天真，以为有了自己的工作室就有了掌控权，就签了这份合同。当时收入暴增，动辄千万，水涨船高，公司也投入许多资源力捧，便觉得这点儿违约金不算什么。"

颜昭眸色一凛，问："工作室的股东是谁？公章在谁手里？"

"我是唯一股东，叶晞汶是工作室的CEO。"白烬野揉揉眉心，似乎她问到了令他最头疼的问题，音色疲倦，"公章在叶晞汶手里。"

颜昭默然，钱铎急得站起来，双手撑着桌子："你占百分之百的股份，怎么能让她代管公章呢！这样一来，经纪公司给你安排的一切活动就不用跟你对接了，直接和工作室签好了。叶晞汶和公司是一条船上的，想替你盖什么章就盖什么章，将来上了法庭，你也解释不清，因为工作室全权处理相关事宜是你亲自授权的！"

白烬野垂着头不言语了。

有些明星艺人，外貌生得漂亮，脑子却只是空壳，加上常年被人伺候惯了，连基本的生活常识都没有了，哪里还能要求他们懂合同法？

颜昭瞪了一眼钱铎，提醒他失态。

律师本应该想尽办法让客户崩溃抓狂，再趁他们无助之际谈下订单，钱铎可倒好，不仅没给足客户安全感，他自己先乱了阵脚，真是猪队友。

钱铎被颜昭瞪了这么一下，立刻收了声，老老实实地坐回了椅子上。

颜昭稳了稳，对钱铎说："他现在也才24岁，倒退4年，他20岁，未必能真的读懂这份合同。"

见颜昭替客户挽尊，钱铎也赔笑着说："是是是，我20岁的时候还在宿舍打游戏呢！你放心，白先生，这场官司我一定尽力帮你！"

白烬野没理会钱铎，仿佛根本没有将他看在眼里。

毕竟，他是冲着钱律师来的，也深知钱律师不方便代理他的案子，所以与钱律师协商后，由钱铎做木偶，钱律师来提线。

颜昭没有钱铎那么急于求成，她心里还是希望白烬野能不打官司就不打官司，否则，他的职业生涯将会面临极大风险。尽管不喜欢他这个人，但颜昭还是将最坏的后果说与他——

"白烬野。"

"嗯？"原本低下头发呆的他，忽然听到她叫他的名字，便猛地抬起头，视线撞进了她那双深不可测的漂亮眼睛里。

"我想知道你对解约这件事抱有几分坚持。艺人和经纪公司打官司，大多数的结果都是两败俱伤。你是否能接受最坏的后果？你可能会被公司雪藏、冻结收入，甚至抹黑，多年奋斗的事业可能会遭受重创。"

"解约的想法我一直都有，"白烬野盯住一个空虚的方向，迷茫片刻，目光渐渐凝聚，"促使我下定决心的，是我昨天晚上收到的一封来自朝露的邮件。"

颜昭倏然一惊："朝露她……不是过世了吗？"

093

今天的工作例会不同往日，以前刑警队的例会都是季凛主持，现在张局长亲自列席，气氛有点儿不同寻常。

张局长的眼袋厚重，嘴角下耷，面色森然。

而季凛刚从东北出差回来，连家都没来得及回，胡子也没刮，厚重的皮衣与本市温暖的天气极不相符。他这般糙汉坐在云开身边，更显得云开清爽雅致，气质出尘。

云开的眼睛原本如冷月沉璧的镜湖，似乎对即将发生的事早有预料。

但厉落给大家倒水时，路过他身边，云开趁机偷瞄她一眼，发现厉落的小脸冷冰冰的，云开的眼里才有了一丝波动。

张局长："无舌女尸身上的精液的主人陶大勇找到了，那到底是谁把精液从宾馆的垃圾箱里偷出来的？宾馆周边的监控查了吗？"

小张："查了，陶大勇和佟琪开房那天，宾馆住客、工作人员、经过的路人，全都查了一遍，最可疑的是一名拾荒的老太太，监控显示是她把装有精液的避孕套拿出来的。这几天我们也辗转找到了这位老人，但是老太太80多了，耳聋眼瞎，口音还重，根本无法沟通。我们怀疑是凶手躲在暗处，用利益交换，唆使老太太去捡的避孕套。但是老太太真的太糊涂了，根本提供不了有用线索。"

菜菜："凶手非常狡猾，且对宾馆附近的摄像头分布十分熟悉，推测是本地人，且学历不低。"

张局长："你们不仅没查到凶手，还搞出一条人命来。这两天佟琪的父母在公安局门口拉条幅，哭诉是我们警察害死佟琪！季凛，现在怎么解决？"

季凛以手抵拳轻咳一声："张局，我们决定给予厉落同志通报批评、停职检查处理。至于另外一名同去的侦查员，是我从派出所借来的，不好办。"

厉落把水壶一搁，恶狠狠地瞪着季凛。

季凛又咳了一声，摸摸额头，把头低了下去。

"厉落落，你有情绪？"张局长喝了口茶。

厉落咬咬牙，垂目，站直了。

"我接受组织调查，等候组织处理。"

张局长叹一口气，道："现在警民关系本就应该加强，你们破案心切我可以理解，但也要反思自己在工作时的方式方法。"

"散会！"

张局长甩袖一走，会议室里的警员们炸开了锅。菜菜最大声，捋胳膊挽袖子地替厉落鸣不平：

"我们也是破案心切啊！谁知道佟琪那么想不开啊！"

小张说："我就不愿意走访这种两口子的烂糟事，那天要是提前给佟琪打一个电话就好了，说不定她出轨的事就不能暴露，也就不会自杀了。当时我提醒你一下就好了，这事怪我。"

小张的话就像一根针，扎进了厉落的心里。

是啊，那可是一条人命啊，即使厉落再觉得委屈，相比于停职15天，生命的代价也太沉重了。

老李走过来，拍拍厉落的肩："丫头，你别有气，季队也是想让你避避风头。死者家属的情绪现在过于激动，无处发泄丧女之痛，要是真恨上了你，你这辈子就麻烦了。"

菜菜说："是啊，你就当休假了，追追剧，相相亲，你也该找对象了。"

菜菜说完，只觉得右前方射来一道寒光，抬眼一看，云开正目光冷冽地看着自己，吓得浑身发毛，不由得哆嗦了一下。

菜菜慌乱中口不择言道："啊哈哈，我是说，你干脆找个稳定点儿的工作，刑警队太累了，真的不适合你。你要再干下去，我真担心你婚配的问题，没几个男人愿意自己娶个风餐露宿半个月不着家的老婆，女孩子嘛，稳定最重要。"

小张赶紧接过话："对，我姐读了好几年的医，现在在肝肠科，35了还没嫁人。女孩子无论事业多么成功，只要到了年纪没有嫁人，就会被人诟病。真是不公平。"

同事们原本也是好心，谁知厉落却是个脸子小的人，气得往桌子上砸拳头：

"找对象找对象，对象是假肢吗？不配一个就走不了路了怎么着？你们一个个的就是想赶我走……走就走！老子不回来了！"

眼见着厉落负气冲进办公室收拾东西，一群男人也跟了上来，菜菜嬉皮笑脸地说："你就留下也是端个茶倒个水，真有事我们还能让你上啊？"

厉落举起留了疤的手："叶小舟谁抓的？谁第一个冲上去的？"

小张一边帮她收拾东西，一边安抚："是是是，哥哥们都是为你好，你别生气。"

小张话音未落，就被厉落赶苍蝇似的轰开。

厉落一屁股坐在椅子上，捧起脸，气鼓鼓的。

她平日里当作一个团队的同事们，原来都巴不得她离开，根本没有人把她当成好搭档好战友！

咬着牙努力却被人嫌弃的滋味真难受啊！

想到这里，厉落心寒不止，眼泪不争气地流了出来。

几个大老爷们儿一下子慌了——

"别啊，别哭啊……"

"哎哟喂！这是怎么闹的！"

"猛虎落泪啊我去！"

季凛把这几个嘴笨的扒拉开，站到了厉落面前。

他低头瞧瞧她的泪疙瘩，眉头一拧，撇撇嘴："哟，真哭啦？"

厉落一拳撑到他的皮衣上，季凛胸膛坚硬，体魄壮，她没推动。

厉落哑着嗓子咆哮："走开！"

季凛好脾气地笑："谁知道你还会掉眼泪呢。我最怕女人哭，早知道你来这么一出，我把老张停职了也不敢停你的呀。"

厉落用袖子胡乱地抹了把泪，背上包，抱起六六的鱼缸，朝季凛"哼"了一声："装什么好人，现在你满意了吧？我这就走，此处不留爷，自有留爷处！"说完，头也不回地跑出了办公室。

办公室的门传来决绝的巨响。季凛无奈地摇头，回身对云开说："她还会掉金疙瘩，你看见了没？"

云开没说话，从脸色能看出，他在竭力克制着自己的某种情绪。

季凛说："我可是帮你背锅，她在停职期间的思想工作就得靠你了，你得想办法让她转行，厉家的独苗要是再回警界，张局非得杀了我。"

"现在她不是了。"

"不是什么？"

"厉家的独苗。"

"厉家不就厉风和厉落两个孩子吗？"

"我姐给生了一个。"

"啊？"

听完云晴遗腹子的事情，季凛觉得又庆幸又悲凉，万分感慨在胸中翻涌，不禁长叹一声："你姐是厉家的功臣哪！"

"唉！我看，你家也该要求厉落落给你生一个。"

云开抬腿给了季凛一脚。

季凛揉揉屁股："你踹我干吗！这样不就扯平了？"

云开转身，勾唇浅笑，步伐轻快地走了。

<h1 style="text-align:center">094</h1>

华灯初上，三里街烧烤店门口撑起了凉伞，年轻人三五成群喝着酒，空气中弥漫着孜然和焦肉的香气。

厉落已喝得面红耳赤，把空酒瓶往桌上重重一搁，二五八万地催促颜昭："喝啊！你养鱼呢！"

颜昭端起酒杯一饮而尽，又拿起一瓶冰红茶放在嘴边，她精亮的眼珠一转，趁厉落垂眸之际，迅速将嘴里的酒吐到饮料瓶里，这次动作慢了点儿，不慎被厉落逮了个正着。

"颜昭，你使诈！"厉落怒目圆睁，跑上来一把夺过她的饮料瓶，晃了晃，沉甸甸，大着舌头说，"说好的陪我喝，原来你喝一口就吐一口，喝一口就吐一口，你要诈！"

颜昭尴尬地抽了抽嘴角，放下酒杯。

"我不能喝啤酒，我喝多了要出事的……"

"秃噜秃噜秃噜……"厉落像头小驴一样吐噜出一串空气，闭上眼，指着空气，打了个晃，"警察，老子以后不干了！老子在大街上看哪个男的倒霉，逮着他就嫁了！"

周围饭桌的人投来异样的目光，颜昭不慌不忙地站起来扶她，让她安静坐下，温柔地摸摸她的脑袋，笑着说：

"傻瓜，嫁人多不好玩。"

厉落也笑了，一下子来了兴趣："唉？你就没有喜欢的吗？"

"喜欢的什么？喜欢的人吗？"

"喜欢的酒啊！"

厉落激动地拍了拍桌子。

颜昭好笑地摇摇头，见她这么想跟自己喝，就招呼服务员要了两瓶罐装果味酒。

厉落这才不闹了，笑着和她碰杯。

"对不起啊，我被停职了，没帮到你。"

厉落真心实意地感到内疚，毕竟牛皮都吹出去了，关键时刻却被停职了，无语！

颜昭挥了挥手，表示无所谓。

因为喝了酒，厉落的脑子不是很清醒，就轻轻地吐了口气，趴在桌子上，缓缓吐出一些实话：

"你说一个大活人，听不见，也不会说话，好几年都没有行踪，没有刷卡记录、转账记录、就诊记录，现在网络这么发达，她半点音信都没有，说不定……说不定已经……"

她说的是梅香。

颜昭沉默着听厉落的一些醉话，不动声色，手上已经用纸巾折出了一只纸鹤。

纸鹤随着她的手飞舞，落在了厉落的短发上。厉落终于趴在桌上一动不动，睡着了。

颜昭叫了辆网约车，把厉落扶到后座上去。车子开上高架，厉落枕着颜昭纤细的肩膀睡得香甜。

窗外的风灌进车窗，颜昭从包里掏出湿巾，给厉落擦擦嘴角，又擦了擦厉落手上干涸的小龙虾汤汁，一切收拾妥当后，她打开手机，读起了一封邮件。

那是朝露在死前就写好，定时发送到白烬野的——

亲爱的老板，当你看到这封信的时候，我已经不在你身边了。

现在我不是你的小丫鬟了，我坦白了，其实在背后，我一直都叫你奇狗。该昵称充满了我对你的爱意，哈哈！

我当初进入娱乐圈当助理也就是为了追星，祈盼能够见到自己的偶像，但是娱乐圈太大了，我这样的小透明给偶像提鞋都不配。

还记得那时候我兜里穷得就剩下100块钱了，遇到了兜里只剩50块钱的你，我们俩凑了这150，在地摊上给你挑了一身面试的衣服，结果那导演建议你去韩国做个双眼皮再来。

你放下身段去酒吧唱了3小时，赚了300，都塞给我了。你跟我说，回家吧，找个班上。

我当时觉得你挺仗义的，尽管后来迫于生计我还是去了别的艺人那里，但我心里始终记着你。

当我知道曾导筹划那部电影时，第一时间就告诉你了。你也真信我，1年3个月的用功，你居然拿下了意大利语高级水平证书，你就是阿烬，阿烬这个角色就是为你而生。那部片子，我看了十几遍，为那个有自闭症的偷渡男孩流了多少眼泪。相信我，老板，你在演戏方面属于老天爷赏饭的那一类人，一定一定要好好规划自己的表演事业！

你拿了奖有了作品，你带我吃香喝辣，把我偶像请来KTV陪我唱歌，那段时光是我人生中最高光的时刻，真的够我吹一辈子了！老板！抱拳！

现在这样的局面，我不得不替你担心。叶晞汶她何等手段，我不做评价，只把我眼见为实的几件事说与你，希望你引起重视。

《幻天玦》那部剧，其实筹拍第二部的时候，王导还是想找你合作，但是叶晞汶瞒着你开了天价，并且要求让公司的尹彤做女一号，最后谈崩了，还骗你说是制片方早就内定了男主角。

还有年初谈的那个高奢品牌，原本给了很好的价格和title，但是叶晞汶要求把公司新培养的小艺人绑定品牌，品牌方嫌low，没同意，所以换成了另一个高奢品牌，但价格差了很多，也把那个品牌得罪了。她把你当成了商品和筹码。

叶晞汶想让你接的那部双男主剧，已经定下来了，你可能还不知道，炒CP的营销剧本都已经在安排人写了，不知道到时候她又怎么哄骗你。另一位男主是辛渡，你最不想捆绑的一位。

这些我早就知道，为什么不跟你说？因为说了也没用，只会影响你的情绪和工作。

老板，不要找我了，我真的会忍不住回来护驾的。我舒舒服服躺在老家的床上睡懒觉的时候，一定也会替你担心，他们只知道你一跃成为顶流，不知道你经历了多少毁誉得失，你是那么好的一个人，圈子里的人都认可你的人品，但是……哎！

说得我又不想走了，如果我走了，包裹蛋液的那层膜都没了，那你怎么办啊？我想为你拼一拼，我还能拼得动吗？

很显然不行了，叶晞汶已经容不下我。她自私到把乡下种田的侄女都安排到工作室里当差，不是自己人她肯定不会重用的。而我，再不想你因为我和公司发生矛盾了。

老板，我年纪不小了，拼不动了，能力也有限，我回我的小城市也挺好的，那里房价低，物价也低，我妈天天催我相亲，她头发都白了。

老板！记住我们的口号！乾坤未定，永争上游！加油啊！

你一定要平平安安、顺顺利利，我会在远方默默祝福你哒！But，如果你有难，我还是会第一时间飞过来为你挡！

原谅我的不辞而别。

颜昭把厉落安顿回家，便打车赶往信诚旺达律所。

律所没剩几个人，钱律师把她叫上，二人一同来到地下车库。

钱律师的保时捷旁，钱铎早已等候多时，钱律师冷淡地朝他挥挥手，钱铎就像只低眉顺眼的小狗一样替钱律师打开了车门。

颜昭坐上驾驶室，钱律师和钱铎坐在车后。钱律师松松领带，钱铎赶紧毕恭毕敬地帮父亲把西装外套接过来，折叠整齐。

"怎么样？进行到哪一步了？"钱律师问。

钱铎伸长脖子向颜昭求助："小颜律师，你来说。"

挺大个人，话都说不好！

钱律师不露痕迹地翻了个白眼，对这个徒有其表的儿子嗤之以鼻。

颜昭打开空调给钱律师解暑，缓缓将车子开出地库。

"师父，按照小钱律师给出的方案，我们先让白烬野在微博上发布了挂失工作室公章的声明，表示之后工作室的一切盖章都与白烬野本人无关。接着，发布与SCE解约声明，只表示理念不合，并没有解释过多。"

"嗯，"钱律师看向身边的儿子，"是你的部署？"

钱铎感激地偷瞄一眼颜昭，谨小慎微地点点头。

钱律师沉吟半晌，有些许欣慰："不错，干净利落。"

钱铎心虚地笑。

被父亲夸奖，还是生平头一遭。

钱铎有点儿晕乎乎的。

钱律师说："接下来让白烬野找个原因住院，我这边找几个记者帮你们。"

"明白，师父。"

"明白，钱律……"

"钱铎，以后没人的时候，你该怎么叫就怎么叫！"

"是，爸……"

095

昏暗的卧室里，厉落的呼吸渐渐紊乱。

"我们决定给予厉落同志停职处理！"

"刑警队真的不适合你！"

"你留下也是端茶倒水！"

"厉落落，就你这两下子，能干刑警？我看坐收发室都够呛！"

"厉落落，要不你去窗口盖戳吧？"

厉落陷在深不见底的梦里挣扎、愤怒、无措……

她扬起办公室的水壶朝那些声音砸去，黑雾散去，颜昭坐在黑暗处，目光坚定地望向远方。

梅香双手举过头顶，朝她比了个爱心，灿烂地笑着。

厉落想要向她靠近，却一脚踩空，猛地从梦中醒来。

窗外的天已经黑透了，墙上的时钟显示 8 点，客厅外静悄悄，六六用尾巴甩了个水花。

厉落下了床，没走几步又扶住额头，距离她被颜昭送回家才两三个小时，酒醉尚在，还是晕乎乎的。她抓了把鱼粮撒给六六，披上外套就出了家门。

厉落头昏脑涨，脑子里只有一个极端的念头：她要去警队收拾东西，能拿回来的全都拿回来，就当她厉落从没来过一样，这份差她不干了，不稀罕！

从出租车上下来，厉落疾步冲进办公大楼，路过审讯室，里面的灯还亮着，审讯嫌疑人往往像熬鹰，到后半夜也是家常便饭。

厉落推开办公室的门，里面的灯都亮着，电脑机箱发出轻微的声响，大家都不在。厉落看见门口立着的扫帚拖把，再看看地上的纸屑，本能地就想拿起来搞搞卫生，因为这是她每天上班都会做的事，都快成条件反射了。

可是现在这些都和她没有关系了，她决定，明天就去打离职申请！

她找了个纸箱，很快便将自己的桌面横扫一空，抱着纸箱走出了办公室，正欲关门，手上的动作却停滞了。

回头看看这间办公室，刑警的办公室，总是灯火通明。

总有破不完的案子，总有加不完的班，就算不加班，有时晚上情绪低落或者无事可做，厉落也会开车回到警队，一推开办公室的门，要么老李在，要么小张在，要么是季凛，要么是菜菜和老王，反正无论什么时候来，都有人在，气氛总是热闹又紧张，不容一刻空虚。

一群没心没肺的糙汉，有着过命的交情，为了正义聚头，这种归属感和荣誉感怎能让人不眷恋？

厉风曾说过，进了警队，就一辈子都不想出去了，即使一辈子发不了财，落下一身病，也只想干刑警，只能干刑警。

因为破案真的会上瘾。

厉落的喉咙一阵发痛，轻轻地合上了门，心脏某一处剧烈地收缩。

走到自己的储物柜前，她把箱子放地上，打开柜门。

这是她哥生前用过的柜子，她进警队之后，大家自然而然地就把这个柜子给了她。

储物柜有两层，上面放着警服，下面放着花露水和一堆药。厉落拿起自己的警服，指尖摩挲过左边的臂章，捏了捏领带和衬领，厚重纤维织就的威严触感让她的心头像刀割一般。厉落低下头，流下两行热泪。

正在这时，门口传来嘈杂声，厉落忙不迭地抹掉眼泪，揉了把脸，默默地整理柜子。

"厉落落，你还没走啊？"菜菜带着一个女人走进来，着急忙慌地对着厉落招手，"那正好，过来帮我采个血！"

老李也进来了，手里抱着一摞资料，见到厉落，嚷嚷着问："厉落落，相机包放哪儿了？"

厉落赶紧往西南角一指："充电呢，记忆卡在季队的笔筒里。"

"OK."

平日里采集整理血卡都是厉落来做的，她轻车熟路地拿出采血针，准备给女人采血。女人有点儿畏缩，菜菜严厉地呵斥一声："就扎个手你怕什么！"

女人哼哼唧唧："十指连心啊警官，不扎手行不行啊？"

厉落虎着脸，没听她废话，抓过女人的食指刺了一下。女人还来不及反应，指尖就冒出血珠，她似乎没觉疼痛，欣喜道："技术不错啊小妹妹！"

菜菜开玩笑地说："这可是我们队里公认采血技术最好的警察了，采过都说好！"

厉落惊讶地抬起头看着菜菜："真的假的？"

他们从没当她的面夸过这事。

"比金子还真！"

厉落不好意思地挠挠头，一个没忍住，嘴角咧开了一个憨憨的笑。

菜菜带着人走了，走到一半，突然回身冲厉落凶巴巴地说："休完假赶紧滚回来啊，这帮废物把指纹卡和血卡都弄得乱七八糟的！"

厉落笑容一滞，鼻腔里立刻涌上一股酸楚，盈上的泪水在眼圈里打转。

小张抱着纸箱子走进来，嘟嘟囔囔：

"谁把箱子扔储物柜那儿了？"

吐槽完，小张把箱子里的东西一股脑地倒在厉落的办公桌上，最后从一堆东西里面捡出一个小面包，撕开包装塞进嘴里，若无其事地走了。

厉落抹掉眼泪，破涕为笑。

办公室的门被人敲了敲，厉落一看，是步飞。步飞挎着胸包，手上转着车钥匙，一副要下班的轻松样子，露出一口大白牙，笑容温暖地朝她走来。

"我特意来找你的，幸好你还在。"步飞走近她，"我听说你不想干警察了？"

她坐着，他站着，他半蹲下审视着她红红的眼，惊讶地说："呀，你哭啦？"

厉落赶紧把眼往上翻，狂眨："我上眼药水呢！眼睛不舒服！"

步飞把钥匙塞进兜里，直接上手轻轻地扒住她的眼皮，仔仔细细地看："可不是，都红了！是不是进了东西啊？我看看。"

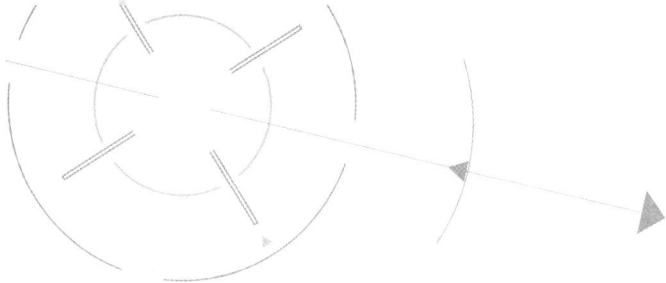

第二十章

云法医的情敌

096

云开从楼梯口上来，走廊里，远远就看见菜菜、老李、小张三个人撅着屁股扒着办公室的门缝，一边往里偷看一边偷着乐。

云开走过去，皱皱眉："干什么呢你们！"

小张"嘘"了一声，生怕云开惊扰了里面的一对。

云开把头一歪，往门内看去，眼前的场景让他的瞳孔倏然放大！

只见厉落坐在椅子上，步飞站在她对面，正用手捧着厉落的脸，两个人的头凑在一起，眼看就要亲上了！

云开把白大褂一掀，抬起长腿朝门踹去！

只听"砰"的一声，办公室的门被重重踢开！三个扒门缝的老哥哥齐刷刷地扑在了地上，顿时哀号声一片！

厉落吓得一哆嗦，步飞也吓得蹦了起来。步飞跳开的时候不小心撞到厉落的转椅，厉落就像个陀螺一样转了起来！

天旋地转间，厉落只觉得头晕脑涨，灯光交织，耳边充斥着惨叫声。这办公椅也不知道是哪家生产，转轴如此顺滑流畅，她严重怀疑这个厂家是做指尖陀螺的！

几秒后，厉落就想吐了，没等椅子停，她就跳了下来，落地时身体不协调险些摔倒，幸好一个白色身影及时冲上来，将她扶在臂弯间。

厉落抬头，正对上云开那张万年不变的冷霜脸，他的脸仿佛刚从停尸间的抽屉里抽出来的，散发着寒气……

097

"你们在干什么？"

云开这句话明明是不带任何情绪的，却让厉落从头冷到脚。

步飞也莫名地心虚，用眼神朝其他几位哥哥求救。

"我……我……"厉落从没见过云开对自己这么凶，心里发毛又不明所以，暗想不会那门是他端的吧。

这时，小张突然大叫起来：

"老云！你这一脚也太猛了！你把我们家门都端掉皮了！你看！"

菜菜凑上去："咱门上的烤漆不是早就掉皮了吗？"

小张挤眉弄眼，小声提醒："你还想不想换新门了？"

"啊啊啊！"菜菜立刻咋咋呼呼地捶胸口，"门啊门！你是多好的门哪！你们部门也太欺负人了！这还有没有王法！"

云开盯住厉落微红的双眼和湿亮的嘴唇：

"不是停职了吗？怎么还不走？"

厉落从惊吓中回过神来，听他这么说，立刻气血上涌，迎上去，仰起下颌与云开对峙。

所有人都希望她留下，而他上来就问她怎么还没走。

云开这人，不能处！

"平时装好人，现在狐狸尾巴露出来了吧？亏我一直信任你，全当我瞎了眼！老狐狸！"

她一想到自己傻兮兮地去法医室找云开商量，他又说出"逝者已矣"这样的话，就觉得他这人没有心。

"老狐狸？"云开愕然抓住她的手腕，"你说谁？"

"我说你！老狐狸老狐狸老狐狸！"

"你！"云开气得脸发白，脚下步子乱了，厉落想甩开他的手，他执拗地用力攥住，"你把'老'字去掉！"

"我不！"厉落推了他一把，跑到自己的办公桌，把小张刚刚倒在桌上的办公用品重新摆放好，一边摆一边说，"你和季凛不就是想把我踢出刑警队吗？我偏不！我位子先占着！休完假，老子立刻归队！"

云开眉头一蹙，凑近她嗅了嗅："你还喝酒了？"

"我停职了干吗不能喝酒？我停职了干吗不能喝酒！我乐意喝！我天天喝！"

"谁让你喝酒的？"

"哈！我都 24 了，喝酒还用跟谁打申请？多新鲜！"

云开的脸色彻底垮了下来，透着一股肃杀之气。

办公室里剩下的几个人见势头不妙，也顾不上讹门的事了，像鼹鼠排成队溜了出去。

"走走走走……"

现在只剩下步飞、云开、厉落三人。

步飞在正式入职前，专门研究过同事们的关系，关于云开和厉落，他了解到的版本就是：云开和季凛都是厉落哥哥的生前好友，对厉落也十分照顾，有点儿像家长。

而云开又是出了名的不苟言笑，所以此番场景，步飞实在觉得再正常不过。

厉落收拾完桌面，径直走到步飞面前，全当云开是空气，说："步步，你开车了吗？"

没等步飞说话，云开的声音强势地插进来：

"我开了。"

步飞也笑笑挠头："啊……我开的是电动车。"

"你电动车开得稳吗？"厉落问。

"稳如老狗！"步飞上一秒还一脸骄傲，下一秒却收到了云开眼里射出的死亡射线，立刻改口，"不过我没载过人，你不会害怕吧？"

"怕什么！走，送我回家。"

厉落把步飞拽了一个趔趄，拉着他的手腕就往外走，独留云开一个人站在安静的办公室里。

云开怒目望着他们离去的方向，周身仿佛引燃了冷蓝色的火焰，温文尔雅的眼波山崩地裂地晃动着，一股不可抑制的邪火在瞳孔里翻腾。

098

厉落被停职后，赋闲在家，不停地往云开家跑，为的就是多陪陪她的小侄子。

雨宝正是可爱蠢萌的年纪，哄得厉落母爱泛滥，常常泡在云家不肯离去。

厉落把六六带来了，雨宝非常喜欢，肉肉手把鱼粮撒进鱼缸，六六一甩尾巴，扁平的大嘴跃出水面叼住了鱼粮，雨宝兴奋得直拍手！

"好玩好玩！小姑姑，我也想要这条壁虎！"

"小笨蛋，这不是壁虎，这是六角恐龙鱼，也叫六角蝾螈。"

"六六爱吃什么呀？"雨宝眨巴着大眼睛天真地问。

"最喜欢吃红虫呀！"

"虫？舅舅的实验室里有好多好多虫！"

"对哈！我才想起来，云开实验室里好多虫子，回头咱们溜进去偷点儿给六六吃。"

云晴正给雨宝的新衣服剪标签，笑着抱怨："你爸妈可真是，孩子的衣服够穿了，还买这么多。"

"哎呀，他们爱买就让他们买吧，自从我哥去世后，我就没见老厉这么开心过。"

"对不起啊落落，我不该瞒着你们的。"

"你再这么说我可又要哭了！你一个人把孩子养这么大，我们感激你还来不及呢！"

姑嫂俩又都眼眶湿润，无语凝噎。

过了会儿，厉落像想起什么似的，忽然发问：

"云晴姐，你平时做美甲吗？"

"带孩子没办法做美甲，孩子总要抱抱，美甲那么长，刮伤他娇嫩的小皮肤怎么办？而且宝宝的衣服一会儿尿了，一会儿弄脏了，经常要洗，做美甲洗东西也不方便呀！"

"那用洗衣机嘛，干吗要用手洗。"

"小孩子的衣服，总会弄上果汁、油啊这种顽固污渍，一旦弄脏了就要立刻给孩子脱下来清洗，否则就洗不掉了，全部依赖洗衣机可不行。"

厉落的脑中闪过佟琪上吊时指甲的画面："那如果一个妈妈刚做了长长的美甲，又突然剪短了，会是什么原因呢？"

云晴笑笑："那就是我说的原因呗，因为要做家务呀！"

要做家务……

厉落倒吸一口凉气，于凯那日在现场不是说，家务都是他独揽，不舍得佟琪做的吗？

况且，那日去佟琪家里询问情况的时候，厉落也曾亲眼看见于凯给佟琪做饭，看样子十分宠老婆，而那天的佟琪光鲜亮丽，看起来也像是被呵护得很好的样子。

那么，佟琪的美甲被剪断的原因到底是什么呢？

厉落一下子从地上蹿起来，拎起六六的鱼缸夺门而出！

"小姑姑！小姑姑你去哪儿？"

"别叫了雨宝，你小姑姑呀，八成又发神经了！"

099

季凛发来微信，头都大了，视频里，佟琪的父母还在公安局门口闹事。

"局里正在商议，可能会给你调整岗位。"

"我不换！"

"放心，不会真的给你调去收发室的。"

"先不说去不去收发室的事，"厉落问，"佟琪的死因定性了吗？"

"快了，于凯刚审过了，也没什么可疑。"

"季队，我跟你说认真的，我觉得这案子很可疑，一个女人，怎么会仅仅因为出轨，就抛弃自己那么可爱的孩子选择轻生呢？"

季凛有些不耐烦："上吊、尸检、痕检都符合自杀死亡。而且，佟琪自杀前，在家庭群里发过一条消息，表明过自己想要自杀。"

厉落不甘心："那条消息可能是别人拿着她的手机发的呢？"

季凛当即发来一条语音文件，正是佟琪在家庭群里发的那条遗言，是她亲口说的——

"爸爸，妈妈，我没脸活了。"

那是有于凯的父母和佟琪的父母在内的家庭群。

佟琪的语气绝望而沉静，像是深思熟虑过，不像是被人胁迫的。

有动因，有遗言，这还能不是自杀吗？

厉落挂断了季凛的视频，心烦意乱，她一边开车一边对六六自言自语：

"哥，你在天有灵，帮帮我，回头我天天带你去看儿子。"

厉落求助的对象不仅是她天上的哥哥，还有地上的颜昭。

颜昭来到市公安局对面的过街天桥下，不远处，佟琪的父母还在哭闹。

她步履沉着地靠近两位老人，对老头说："大爷您好，我是从事传媒相关的，你们这是有什么冤屈，可以和我说说吗？"

老太太一听"媒体"俩字，救命稻草一样抓住了颜昭的手：

"小姑娘，我们女儿被警察给害死了。"

颜昭的目光关切而和善，安抚地拍拍老太的手背：

"这都中午了，我给您二老点几个菜，咱们坐下来慢慢说？"

老太一愣："哦，好的好的。"

颜昭会心一笑，酒窝深深。

颜昭带着老头老太来到餐厅。厉落戴着鸭舌帽和口罩，举着一台 DV，伪装成摄像，坐在了二老对面。

两个老人一边狼吞虎咽吃着饭，一边控诉着，说来说去就是觉得警察办案方式不得当，在知道佟琪出轨的情况下，还当着她老公的面去戳穿，最后才导致佟琪自杀惨剧的发生。

佟父："我们也是实在没有地方说了，女儿没了，总不能去找人家婆家闹吧？毕竟我们女儿出轨在先。"

颜昭问："佟琪是什么样性格的人？"

佟母："她爱说爱笑，很坚强，也孝顺，经常给我们打钱。"

颜昭："她有过自杀的倾向吗？"

佟父："我们不相信她会自杀，她也不像那样的人啊！"

颜昭："她跟你们吐露过生活的压力吗？"

佟母："她有啥压力？她不用上班，有那么可爱的孩子，她老公视她如宝贝一样，还有啥不知足？说起她我也恨！这么好的日子不过，在外头找野男人！自作孽呀！"

颜昭："你们确定佟琪的丈夫对她很好？"

佟母："那还有啥不确定，别看我们是乡下人，我们自己有眼睛，会看！我们每年进城过年，女婿都亲自开车来接，还给我们做一桌子好菜。我女儿说，在家都是他做饭，她婆婆带孩子，她就是享受的命。"

佟父："女子不能惯，惯了就出墙。唉，我这闺女也是糊涂啊！"

颜昭："叔叔阿姨，我认为你们在公安局门口闹下去是没结果的，当务之急，是去跟女婿商量一下女儿的遗产继承问题。"

二老面面相觑。

佟父："这人都没了，我们俩还有脸去分我女婿的钱？"

佟母："这不合适吧？先不说是我女儿出轨在先，就算她没出轨，这么多年我女儿也没工作，钱都是女婿赚的，我女儿哪有什么遗产？"

颜昭："全职太太也是工作，法律规定夫妻双方婚后享有共同财产，不能说您女儿在家带孩子，不上班，离婚的时候就要净身出户呀。再说了，你们怎么知道她不上班就一定没有收入呢？现在是网络时代了，赚钱的方法和你们那个年代不同了，之前您不是还说佟琪经常给你们打钱吗？"

佟父："那不行！没有这么办事的！我女儿被她老公养了这么多年，还给人家戴了绿帽子，我现在去跟人家争财产，哪有这么不讲理的？说出去我在村里还要不要活了？而且我女婿昨天已经把我女儿的遗物给我们了，他特意收拾得妥妥帖帖给我们送来的，他想让我们二老回乡下后，有个念想。"

颜昭："哦？遗物？方便给我看看吗？"

100

颜昭和厉落随二老来到招待所，见到了所谓的佟琪的遗物。

满满的两大纸箱，塞满了女人的衣物、包、鞋子、化妆品，这哪里是遗物，这分明就是把佟琪在那个家里的用品一件不落地丢到这里来了！

中午请客吃饭，颜昭为老人埋单，花了不少的钱。二老觉得颜昭见多识广，说话有理有据，就对她产生了信任。

佟母特意催促老伴去招待所前台买两瓶水给厉落和颜昭。

颜昭和厉落查看着佟琪的衣物，厉落小声说："两个老人也真是实在，还以为女婿好心，其实按照正常人的想法，于凯这个女婿做得实在不厚道。首先，这些破烂儿丢给两位老人，他们如何搬运回乡下？其次，岳父岳母住这么简陋的招待所，女婿不仅没把二老请到家里去住，给换个宾馆也行吧？就这样还叫孝顺女婿？"

颜昭说："说不定，于凯还在为佟琪出轨的事而生气。"

两大箱子遗物整理半天，没一件值钱的，衣服是过时的款式，包也是便宜货，这些佟琪的私人物品，和厉落第一次见到的那个少妇的光鲜亮丽截然不同。

厉落："我现在更加怀疑于凯的宠妻人设了。"

颜昭："如果把我圈在家里带孩子，让我穿这些丑衣服，我也会想不开自杀的。"

"……"

不怪颜昭嫌弃，佟琪真没什么像样的衣服。

厉落很难将这样一个女人同那天问话时的那个精致妻子联系在一起。她甚至都冒出了一个魔幻念头：这两个根本就不是同一个人。

两个女孩帮忙整理了半天，除了丑衣服和丑包，什么有用的线索也没找到。

最后，颜昭从一个破旧的背包里翻出一个卡包，打开一看，里面有7张卡片。

厉落眼前一亮："就从这个卡包查起！"

一个全职宝妈，没有朋友，没有社交，父母是老实的乡下人，一年见不了一次，只有这个卡包，见证了她的生活轨迹。

佟琪的卡包里，共有7张卡，都是在一些店铺里办的会员。

【第一张卡：小区附近母婴店积分卡】

厉落亮出佟琪的照片，××漂亮宝贝的店员接过佟琪的会员卡，在电脑里查了半天，笑着说："佟女士是我们这里的常客，我们都叫她'sorry妈妈'。"

厉落问："为什么叫'sorry'妈妈？"

店员说："她每次都跟她家小孩说sorry，好像已经成了口头禅。她小孩说口渴，她说sorry，妈妈出门忘记给你带水杯了，下次一定记得。她小孩想要玩具，她就说sorry啊宝贝，这个我们家有了。她小孩想喝果泥，她会说sorry，这个太贵了，回家妈妈给你做。总之就是不停地在跟孩子说对不起，蛮温柔的一个妈妈。"

厉落："她老公来过吗？"

店员："没见到过她老公。"

【第二张卡：小区门口的儿童淘气堡年卡】

此时已是下午3点，家长还没下班，一群带孩子的老人坐在休息区，一边看着孩子玩，一边闲聊。

厉落见店员忙，就坐下来听老人们聊天。

还没等问，厉落就发现老人们正在谈论佟琪自杀的事。这件事在这个小区俨然成了大新闻。

"是吊死了，警察都来了。"

"听说是于豆豆的妈妈出轨被老公发现了，她没脸活了，就自杀了。"

"布丁她姥姥，你听谁说的呀？"

"死者她婆婆说的呀！那还能有假？豆豆妈妈亲口承认自己出轨的。"

"琦琦奶奶，听说这桩婚，还是你给介绍的？"

"是我给介绍的，我当初要知道豆豆妈妈这么不要脸，怎么说我也不能把她介绍给于凯呀！豆豆妈妈看起来那么朴实，谁知道她能干出这种事？而且是于凯先相中的她，认识第二天就要跟女方结婚，他自己选的媳妇，怪谁？"

"于凯对她一见钟情？不能够吧？那个女的很一般嘛，土里土气，瘦得像麻秆儿，见人嘛，话都不会说，木讷的嘞，他看上她哪一点哦？"

"可惜了于凯这好的丈夫了，那小伙子和和气气的，长得也帅，还是做编剧的，就咱们看的那些电视剧，好多都是他编的。"

"哎哟，编电视剧的可厉害了！是不是赚不少呀？有才华，还疼老婆，就是个子不高，不过也算条件很不错了。"

【第三张卡：小区附近的鲜奶站会员卡】

一提起佟琪这位客户，老板印象深刻。

"她一直在我家订鲜奶的，她公公有糖尿病，每天都要喝牛奶，这位女士蛮孝顺的，一次给公婆订了一年的鲜奶，让我们每天给送，但是她那个婆婆呀！唉！"

"婆婆怎么了？"

"她婆婆知道后，背着她就来找我们，说要退钱，说我们这儿的牛奶太贵，她想给她老伴买那种便宜的袋装奶。我当时苦口婆心地解释，我说那些成箱的牛奶虽然便宜，但是掺水多，营养也不够呀，不如我家的奶纯，可她不听，非要让我退钱。我就打电话把这位佟琪女士找来了。

"她一来，她婆婆就把她好一顿数落，说她乱花钱，说她儿子赚钱多么不容易，禁不起她这么大手大脚。那个佟琪脾气真的好，要是我我肯定发火了，但她也没吭声，没还嘴。我看她挺可怜的，她婆婆又不讲理，我就把剩下的钱退给她们了。"

【第四张卡：附近按摩店的会员卡】

"我家的会员是她给她老公办的，她老公总来，那个大编剧嘛！

"我这里好多客户，长期坐在电脑前，都有腰椎颈椎肩颈的问题，您要不要也体验体验我们这儿的技师手法？

"这个力度行吗？您这里有结节呀……哦，她老公对她蛮好的，我们都很羡慕，就是感觉这个男的挺保守的。

"有一次他们一起来的，佟女士也想体验一下按摩，我就把她安排在她老公的隔壁床，想着安排两名技师给他俩一起按。按摩得脱衣服嘛，换上我们的按摩服，我们就把房门关上了，让他们俩单独在房间里脱衣服，谁知道过了一会儿，佟女士就出来了，说自己不按了，想回家。我见她脸色不太好，就问她是不是不舒服，她就说，她老公不想让她脱衣服。

"她老公对她占有欲还是挺强的，这样的男人也是有的，我们这边还都是男技师，男人不愿意让技师触碰妻子，再正常不过了。"

【第五张卡：某男装品牌 VIP】

"于太太呀，她经常帮她老公来买衣服。她老公钟爱粉色，所以我印象很深刻。

"因为她老公是编剧嘛，第一部剧是《粉色衬衫》，所以从那以后，她老公就一直把粉色作为他的幸运色。不过话说回来，那个剧的剧情真的够无脑，现在小学没毕业都能做编剧。但是话又说回来，越无脑越有市场不是吗？

"不要觉得粉色只是女生的专利哦！皮肤白皙、气质儒雅的男士穿粉红色的衬衫也很帅气呢！我们家专门做男士衬衫的，各种颜色都有，浅粉色显得很干净，有少年感。玫粉色是精致的都市新贵，还有粉色的袖口。

"于先生很忙的，没时间挑衣服，都是他太太来帮他挑的，她每次来就会问有新款粉色的衬衫吗？"

【第六张卡：美甲店的名片】

"她结婚之前经常来我这里做美甲，老顾客了，手特别漂亮的那位姐姐。

"结婚之后就再也没来过了，前几天她突然又来我们店里做美甲，心情很好的样子，她说她老公要让她放放假，说她带孩子太辛苦了，让她出来刷卡逛街做美甲，好好打扮一下。

"我问她今天是不是结婚纪念日呀？她说是，她老公突然知道疼她了，现在正在家里做大餐，等她回家吃。

"我一看她的手，变得好粗糙啊！我记得她结婚之前那双手好漂亮来着，指节上的纹路很浅，皮肤也嫩，也不知道是不是生了小孩的缘故，她的骨节变粗了，手指的边缘也多出了很多茧子。我当时就想，以后我可不要生小孩，洗尿布洗衣服刷奶瓶，想不粗糙都不行……"

【第七张卡：书店会员卡】

"您好，您的卡里显示，购买的书籍一共有 3 本，分别是《为何家会伤人》《无声告白》《霍乱时期的爱情》。

"购买时间是 4 年前的 8 月 22 号。

"如果您有读书感悟，可以去我们的好书分享角落跟本店读者们一起交流。"

厉落来到书店的读书角，读书便笺贴满了一整面墙，都是书店开业以来读者们的读书心得，密密麻麻，五彩斑斓，也不知道佟琪有没有留下感悟，就算留下了，这一张张地去找，也要耗费一些精力。

于是厉落又打电话把颜昭叫来帮忙，颜昭嘴上抱怨自己还有案子要准备，但还是打车过来了。

两个女生伸长脖子在书店找了一下午，终于在成百上千个便笺中，找到了佟琪的字条。

颜昭站在椅子上，撕下一张便笺，递给厉落，一脸生无可恋的疲倦：

"我这辈子作恶多端，帮你干完这事就算两清了。"

厉落赔笑着接下便笺，连忙替她捏捏肩："您受累，您受累，我这就帮您点杯咖啡。"

两人坐在书店里喝着咖啡，读起佟琪写下的 3 张字条。

第一张是这样写的：

"《为何家会伤人》这本书真的太戳我了，我的原生家庭就很不幸福，我母亲有躁郁症，一点儿鸡毛蒜皮都闹得惊天动地，动不动就要上吊，我爸能跟她过一辈子，我也实在是佩服。小时候我妈就总打击我，我做什么她都不满意，总说我这里不好那里也不好，这本书让我找到了我长大后极度不自信的根本原因，感谢遇见这本书。——佟 Q"

第二张：

"我永远也不要成为我母亲那样的人。——佟 Q，读《无声告白》有感。"

第三张：

"在遇见于先生之前，我一直不敢相信我这么普通的人还能拥有幸福。从没有一个人像于先生这样待我好，我经常怀疑我自己哪里值得他如此喜爱。看完《霍乱时期的爱情》，我又害怕时光洪流无情，他慢慢发现我不过是一个无趣又普通的女人，而后悔爱上我。不过既然幸福已经来临，管他呢！我要好好珍惜呀！工作要辞掉吗？我很纠结，不过我真的渴望拥有一个温暖的家庭，工作和家庭相比，还是家庭更重要吧？谁能告诉我呢？——佟 Q"

第二十一章

一辆等了很久的埃尔法

101

　　看完佟琪的留言，厉落和颜昭的咖啡，全都凉了

　　六角蝾螈趴在鱼缸里沉默着，厉落用指甲敲着缸壁，托腮发呆。

　　厉落的手机一直在响，可她充耳不闻，似乎与鱼缸里的小家伙建立了某种心灵交流，已经完全沉浸其中。

　　屏幕上显示来电是季凛，颜昭帮她按下了接听键，季凛的声音暴躁地从听筒里传来——

　　"厉落落！你居然找人冒充记者去接触佟琪的父母？

　　"你那个律师朋友是法盲吗？啊？"

　　季凛像连珠炮一样的大嗓门儿，震醒了冥想中的厉落，厉落虎躯一震，当即抬头去看颜昭……

　　完了完了，这下尴尬了……

　　季凛应该万万没想到，这个电话就是她这个"律师朋友"接起的。

　　果然，颜昭拿起电话放到耳边，清冷的声音中透着一股肃杀之气：

　　"冒充记者？请问娱乐法律师不算传媒相关从业者吗，季队？"

　　电话那头沉默……

　　随即……

　　"小张！你是不是又用我手机打电话啦？"电话那头，季凛的声音突然变得文质彬彬起来，"喂？喂？你好，我是季凛，麻烦让厉落听电话。"

　　颜昭冷眼递给厉落手机。

　　厉落尴尬地嘴角一抽，从面色阴沉的颜昭手中接过了电话。

　　"喂……老季……"

240

季凛压低嗓音小声威胁："你给我老老实实在家待着！不许再给我惹麻烦！听见没有！"

厉落心力交瘁地哼唧："您吩咐晚了，我都出来蹦跶半天了……老季，这个于凯，很有问题。"

"用你说？但凡老婆自杀的，丈夫都有问题！"

"见面说吧！"

"你一个停职人员，不要掺和我们的工作了，不见！"

"晚上8点，三里街烧烤，爱来不来！"

三里街烧烤，前身是街边一个小吃摊，老板丁西白手起家，从一个扛着炭火炉的街边小贩，到门市旺铺的大老板，一路走来非常辛酸。

如今生意能这么红火，全仰仗回头客攒口碑。

说起这家烧烤店，厉落从高中吃到现在，厉风一说出去吃饭，指定就是这个地儿。而她跟颜昭一提，颜昭居然也认识这里的老板，甚至交情匪浅。

老板丁西的父亲是聋哑人，丁西创业后不忘帮扶弱小，招聘店员伙计，聋哑人优先录取，久而久之，在聋人圈子里便有了美名。颜昭在上大学的时候来这里吃过饭，因为相似的背景和出身，老板和颜昭就成了挚友。

厉落组这个局的时候没想到颜昭也会参加，特意提醒她，警队的几个哥们儿太糙，怕入不了她的眼，但没想到颜昭竟然答应了，其间好几通电话找她，都被颜昭以有事为由推掉了。

刑警队最近忙翻了，无舌女尸的案子断了线索，门口又惹来了群众闹事，季凛头都大了，厉落这个时候居然在小群里张罗要吃烧烤！这个罪魁祸首！

"我看谁敢去！"季队恶狠狠地发话。

群里寂静无声，仿佛全员被禁言。

厉落跟颜昭拍了张合影，发到群里，又拍了一桌子烤串："兄弟们，下班来聚。"

颜昭的照片一出，群里立刻冒了泡。

菜菜："在哪儿啊？"

小张："三里街呗！还能是哪儿？"

老李："看着真香！"

老王："有酒没？"

步飞："落落，给我发个定位，我骑车过去！"

晚上，三里街烧烤店的牌匾明亮。

老板亲自跑进跑出，花生凉菜毛豆小龙虾，能赠的都赠了，菜码也比别桌的大。老板见着颜昭寒暄一阵，见着刑警队的几个哥们儿更是吹天侃地。

今儿两边的好友凑到一桌，不亦乐乎。

老板娘和丁西趴在柜台前悄悄地八卦，给那一桌的男女点起了鸳鸯谱，八卦的对象自然是漂亮却不近男色的颜昭。

坐在颜昭左手边的菜菜最殷勤，但颜昭明显没把他放在眼里；菜菜旁边的小张也总偷瞄颜昭，可小张个头不高，不般配；小张旁边的老李一心都在吃肉上，老王又是二婚；老李旁边那个新来的步飞倒是一表人才，可步飞明显对厉落有意思，桌上的就只剩下季凛了。

丁西摇摇头："老季光顾着喝酒，对美人压根儿就没动心，没戏，不开化！"

老板娘扼腕叹息："季队这相貌、这身材，要真开化了，现在说不定都二婚三婚了！"

厉落把在座的警界精英介绍给颜昭，姓甚名谁，都附带人物小传。兄弟们在颜昭面前个个人模人样的，往日厉落见不着的绅士风度今天都扮上了相。

颜昭也是个场面人，但凡能入她眼的，也能推杯换盏，把酒言欢。

席间上菜的小服务生，白净薄瘦，总是把新菜端到颜昭的位置上去，一来二去就引起了颜昭的注意。

"我们是不是在哪儿见过？"

男生摘下口罩，眼神温柔，比画起手语：姐姐，好久不见。

颜昭定睛一看，果然是那个在咖啡店险些被赶出去的聋人男孩，当即关切道：你妈妈的病好些了吗？

姐姐，我妈已经出院了。小男生摸了把围裙，掏出 100 元来塞给颜昭。

颜昭与他相认可不是这个意思，害怕拉拉扯扯伤了男孩自尊，便单独领着他去了另外一个包间说话。

小男生随着颜昭进了包间，两人开始了无声的对话：

老板对我很好，我现在也挣工资了，想还姐姐钱。

小男生上来一股倔强的劲儿，把颜昭的胳膊推得生疼。

聋人很多都是这样，表达直白，略显执拗。

颜昭把那 100 块钱又塞回男生的围裙。男生见拗不过，就用纸笔写下了自己的名字——谢语。

颜昭问：你现在住在哪里？生活有着落吗？

男孩表示：我加入了一个"聋人互助群"，现在住在一个聋人朋友家里。

"聋人互助群？"颜昭对于这种组织没什么好印象，心里打下一个大大的问号。怕不是骗子吧？

她把男生的手机拿过来，仔细研究起这个微信群，谢语就在一旁解释：这是一位律师设立的群，他专门为聋人打官司。

颜昭想起一人，在纸上写：唐宣？

对，是唐律师，他的手里有成百上千个聋哑人群，能够联络到全国几十万聋人。

颜昭微微讶然，那个唐宣，说的竟然是真的。

颜昭瞬间想到一张巨大的聋哑人联络网，如果一个人在这个群体里如此有威望的话，那么通过他去查一查梅香的下落，是不是更有把握？

颜昭赶紧问：他收你们的钱吗？

谢语答：如果需要法律咨询，是收费的。

这不还是要拿这个庞大的弱势群体赚钱？颜昭心里暗暗冷笑。

她问：如何收费？

谢语在纸上写：好像 1 小时 39.9。

1 小时 39.9？！颜昭惊呆了，人民币吗？还有零有整？律师界什么时候有过这样低廉的团购价？

钱律师的咨询费是 1 小时 3000 元，每天接待一个客户都让他抱怨口干舌燥。这个唐宣，这么收费他不怕把自己累死吗？

谢语又说：不过唐律师最近遇到了麻烦。

什么麻烦？

最近聋人群体流传出一个追杀令，说是要 1000 万元买唐律师的人头。

是谁传的你知道吗？

不清楚，他是好人，帮这么多人打官司，得罪人是肯定的。

颜昭心头微微震颤。

谢语又说：姐姐，今天是我最后一天兼职了。

怎么了？

我在群里听了唐律师的建议，我报考了天津理工大学的聋人工学院，那里有全纳教育，我可以和健全人一起上课。为了这个，我已经准备好久了。

那真的要祝你考试加油！未来可期！

102

颜昭送走谢语后，暗暗决定：一定要厚着脸皮主动联系到唐宣律师。

回到厉落的包间，颜昭把这件事一说，厉落也建议颜昭找一下唐宣，看他能不能利用手中的聋人资源，找到梅香的下落。

季凛几杯啤酒下肚，涨红了脸，听到梅香，蹙起了眉。

"梅香的事，我也在查。"季凛说，"我答应过梅香她爸，只要他肯老实交代，我就帮他找女儿。"

颜昭支起耳朵听着，没想到季凛和叶小舟还有这一层羁绊，心中暗喜。

季凛催促着兄弟们："说好了出来喝酒，你们都养鱼呢？"

季凛好酒，酒量了得，队里人都知道。

厉落要开酒，被季凛捂住了手："你不许喝！"

"我攒的局，为什么我不许喝？"

季凛掏出手机，打开云开的微信亮到她面前，像是亮出了令牌。

"不许她喝酒。"4分钟前，还在加班的云开发来警告。

坐在厉落身旁的步飞也看到了，他低下头，脸色漠然，嘟囔了句："她又不是小孩儿了，想干吗干吗呗！"

颜昭眼观鼻鼻观心，向来滴酒不沾的她，也给自己开了瓶啤酒，说：

"季队，我替小舟叔敬你一杯。"

季凛挑眉，兴趣盎然，美女提酒，哪有不喝之理？

周围人见这桌上两个相貌最登对的青年男女一同举杯，都鼓掌起哄。后来，二人干脆坐到了一起，边喝边聊起了梅香的事。

这也是颜昭参加此次饭局的真正目的。

厉落因为给警队惹麻烦的事，自罚三杯饮料。一桌人喝得起劲，一天的疲惫都烟消云散了。

酒过三巡，菜过五味，季凛的眉眼染上几分微醺，招呼着老板把包间的门关上。待门关上后，季凛点了根烟，问厉落："说吧，折腾了一天，有什么收获啊？"

几位同事也都纷纷看向厉落。

厉落目光炯炯，锐利的眼如荆棘下的火。

厉落剥了个橘子给颜昭解酒，想着这案子本身没立案，几个人茶余饭后聊聊八卦，也不算泄露什么案情，便说："我觉得于凯撒谎，他根本不像他说的那么宠老婆，佟琪在婚后一直负责家务和照顾孩子。"

菜菜一面不动声色地给颜昭抽了几张纸巾递上去，一面回应着厉落："你办案经验少，录口供撒谎的当事人太多了。就算于凯称自己在家做家务，不舍得让老婆做，那充其量也只能说明他想树立自己好男人的形象，这不能证明什么。"

厉落又说："佟琪和婆婆的关系也不好，而且，于凯对她有很强的控制欲。"

老李打断她："我跟我前妻就是因为婆媳关系离的婚，但你也不能说我想杀她吧？"

季凛显然有点儿失望，他并没有听到有用信息，便散漫悠闲地弹弹烟灰，狭长的眼微眯起来：

"是个男的对自己女人都有控制欲。"

厉落打开一张照片，是在书店拍下的佟琪的手写便笺：

"佟琪曾写下这样的感悟：我永远也不要成为我母亲那样的人。佟琪的妈妈是个脾气暴躁的农村妇女，动不动就上吊，把家里闹得鸡犬不宁，这次她在公安局门口上吊闹事，就能证实这一点。就算佟琪想要自杀，也绝不会选择跟她母亲一样的方式，因为上吊这个行为她从小就很反感。"

几个人把佟琪的便笺都看过一遍，步飞说："行啊厉落，这你都能找到！"

季凛坐直了一些："有点儿意思。还有吗？"

厉落挠挠头："再有就是佟琪的老公的幸运色是粉色，这种线索就没什么特别的了。"

小张一听到粉色，立刻摇头晃脑地感慨起来："真讽刺啊，他老婆出轨穿的都是粉色裙子，这回真成了'幸运色'。"

爱琴海宾馆的监控录像是小张查看的，他对此事印象深刻。

厉落闻听此言，脑子里忽然像是过电流了似的麻了一阵，鱼缸里的六六"啵"地甩了个水花，她的目光立刻被六六黑黢黢的小眼睛吸了进去！

"厉落落！"冥冥中，厉风的声音又响了起来。

厉落打了个哆嗦，左右看了一圈，包间里没见有其他人。

"厉落落，给我找件女孩的衣服。"

"哥！你房间里有女人！"

厉风的声音忽然飘得很远："不是什么女人，是你云晴姐……嗯，她昨晚在我这里……衣服……衣服我弄坏的……你快给她找一件！"

他的声音忽然又近在咫尺："不许问，不许看，不许告诉爸妈！听到没？"

"厉落落，你这衣柜里怎么一条像样的裙子都没有呢？"

厉落的瞳孔倏然放大，她双眼空洞地盯着小张身后，像被人贴了符咒一样，一动不动。

小张连忙转头向身后看，身后是白墙，什么都没有。

下一秒，小张忽然头皮发麻，他赶紧把椅子往老李身边挪了挪，说："她又跟那只壁虎在对话！怪吓人的！"

季凛朝厉落打了个响指："喂！厉落落！回魂！"

叫一声，她没听到，仿佛入了定。

"厉落落！"季凛用筷子敲勺，给她叫魂。

厉落猛然惊醒！某种强烈的直觉充斥全身，她转头看向颜昭，刚要开口，却发现颜昭手边已经摆满了空酒瓶……

"颜昭！你这是不声不响地喝了多少啊！"

颜昭托着腮，双眼迷蒙地听他们讨论，用筷子敲了敲瓶嘴，憨憨地笑了：

"没事，你送我回家。"

厉落把手往颜昭面前晃晃："颜昭？颜昭？你别笑了，你快听我说！"

颜昭的身子被厉落扳直，眨巴着大眼睛，被她这么一晃，瞬间清醒许多，点点头：

"呃……你说……"

"我们两个一起整理的佟琪的遗物，你对她的那些衣服还有印象吗？"

颜昭软软地憨笑："有啊……"

厉落问完颜昭，颜昭对答如流，厉落一拍巴掌！

一伙人面面相觑，季凛急脾气等不了："到底什么啊？别卖关子了！"

103

好好的一顿烧烤只吃了一半，季凛、小张、厉落等人发现了重要线索，迫不及待地要赶回局里。

原本在吃饭的时候，几个单身狗还暗中铆足劲，憋着抢着计划着想送颜昭回家的，现在案情有了新的变化，工作当前，大家伙又把美色放一边了。

这就是全员光棍的根本原因哪！

另外，颜昭喝醉的情况下，厉落确实也不可能允许别人送她，就亲自扶着她，准备送她回去。

夜已经深了，外头车流稀疏，一辆豪华霸气的埃尔法无声地停在路边，显得格外突兀。

这辆车，似乎在这里停了好久。薄薄的雨洇湿地面，车下那一块还是干的。

一行人闹哄哄地出了烧烤店的门，颜昭走路不太麻利，尽管被厉落搀扶着，也还是绊了一跤。

季凛身手敏捷，眼见着颜昭绊住了，一个箭步冲上前，扶住了她的胳膊。

软玉温香抱个满怀，这给几个兄弟酸得哟，一个个眼白都翻到天上去了。

季凛却拧着眉头嘱咐了句"小心点儿"，就把颜昭推回厉落的怀里了。

颜昭站稳身子，在酒精的作用下，虽然身体不听使唤，但头脑还算清楚，她附在季凛耳畔耳语："季队一定要记得梅香的事。"

"嗯。"季凛应了声，"我放心上了。"

正在此刻，那辆埃尔法突然开了门，司机从车里走下来，是个金发碧眼的老外，他走到颜昭面前，很恭顺地招呼一声：

"颜小姐。"

"Simon？"颜昭很诧异。

"老板请你上车。"

颜昭反应了好一会儿，才想起 Simon 口中的老板就是白烬野。

颜昭走向车门前，站定，疑惑望进去。

车门缓缓打开，昏暗的车厢里，白烬野戴着帽子和口罩，长腿交叠，坐在最里面看着她。

车厢里传来空调的冷气，扑打在颜昭裙子外的肌肤上，让她起了一层鸡皮疙瘩。

"上车。"

白烬野的声音仿佛在冰窖里镇过。

颜昭没动。

季凛察觉不对劲，走上来，身后的厉落也跟上来。

"颜昭，需要帮忙吗？"季凛问。

"不需要，我认识。"颜昭赶紧示意厉落安心。厉落和季凛退了回去，盯着这边的动静。

"你怎么在这里？"在酒精的熏染下，颜昭的眉眼比往日柔和。

白烬野只说了两个字，轻得几乎听不见，却让颜昭一瞬间醒了酒：

"梅香。"

颜昭像听到了某种召唤，本能地将身子探进车里。白烬野伸手拽住她的胳膊，大力往上一拉，她便顺势坐进了另外一个座椅上。

厉落和季凛都担心地望着她，刚要阻止劝说。

"我先走了各位，回见。"

颜昭没有半分犹豫，主动关上了车门。

车门一关，冷气强势地侵占周身，她的身体，如坠冰窖。

104

颜昭今晚穿的是白色碎花连衣裙，一字肩的设计将她平直的肩膀展现出来，锁骨像一对翅膀，骨窝深深，性感又迷人。

一件外套丢到她的腿上，白烬野摘下口罩和帽子，用手捋一捋浓密的头发，转头盯着她看，浓黑的眉毛皱起来，脸也垮着。

"摄影师，警察，烂桃花可真多。"

颜昭只微笑，像是问他要东西一样，伸出手，只重复俩字："梅香。"

白烬野见她总笑，眉头皱得更深，凝眸打了她手心一巴掌："喝了几瓶？"

颜昭揉揉手，有点儿疼，嘴巴微微嘟起，很委屈的样子，这使白烬野更烦躁了。

"一喝多就笑，喝一瓶就要不停喝，直到把自己喝倒为止。如果我今天没出现，你是不是要在别人面前喝得不省人事？"

颜昭还真就从包里掏出一罐啤酒，葱白一样的食指钩进拉环里，用力一拉，易拉罐发出脆响，啤酒立刻冒了沫，她连忙用唇抿掉不断冒出的酒沫，问："你怎么知道我喝酒的习惯？"

白烬野盯着她樱桃色的唇角挂着的酒沫，喉结一动，他立刻靠回座椅上，闭上眼睛，长睫毛覆盖住淡青色眼底。

"你自己说的。"

"我什么时候？"

他忽然睁开眼，直白地望着她，让颜昭一时间有点儿不能自持。

她把头转向车窗那一侧，脑子里回想，终于想明白了。

对啊，他是月亮，是她曾经无话不谈的那个人，是她的屁大点儿小事分享者。

颜昭只觉得晕乎乎的，心跳加速，不知是酒精的关系还是什么别的原因，她仰头灌了口酒，下一秒，手中的易拉罐却被一股强大的力道给夺了过去！

"你胆子可真大！"白烬野不悦地攥紧酒瓶，"还要喝？你没看见那几个男人的眼睛绿幽幽地盯着你吗？"

"呵。"

"你还笑！"

颜昭掐着眉心，嘴角勾起，那是酒精控制的笑，又不是她想的。

"我笑关你什么事？我被谁盯，关你什么事……"

白烬野咬咬牙，闭了闭眼，点点头，像是窝着一股火，他仰头将她那罐酒一饮而尽，喉结剧烈地起伏着，易拉罐在他手里捏得咔咔响。

正在开车的 Simon 连忙喊了句："老板！你吃了头孢，不能喝酒！"

颜昭醉酒脑子反应慢，Simon 的话在她脑子里过了一遍她也没明白，直到过了第二遍的时候，她才突然明白过来。

吃头孢还喝酒？

他疯了吗？！

颜昭赶紧站起来，扑上去夺他的酒，与此同时，Simon 一脚急刹车，巨大的惯性将站起来的颜昭甩了出去。

"啊！"颜昭尖叫一声，以为自己就要被甩出车外了。

"小心！"白烬野赶紧揽住她的腰，将她扣进怀里，二人抱着摔回了座位里。混乱中她感觉到自己的额头磕到了他的喉结上，白烬野的喉咙里顿时发出一声吃痛的闷哼。

一瞬间倏地抬头，她目之所及都成了慢动作，他白皙修长的脖颈上隆起的喉结，他病态俊容上痛苦的眉心……

有些人生来就是妖孽，一颦一笑，一呼一吸，都具有蛊惑人心的能量。

车子停了，时间又恢复了正常速度，车厢里出奇地安静，只有他和她的心跳声不断喧嚣。

她坐在他的大腿上，蒙蒙地睁大眼睛，柔软温热的躯体紧紧贴着他的胸膛，酒气混杂着女人的香气充斥在车厢。

颜昭就快陷入他炙热的眼神里，残存的理智敲击着她。

她的眼神陡转凌厉，趁他愣怔，一把夺过酒瓶，狠狠推开他，起身，坐回自己的位置上。

白烬野整个人像是被人踩踏的草坪，比先前瑟缩了不少，低下头去似笑非笑，脸上潮红一片。

"你就这么怕我死啊？"他饶有兴趣地望着她。

"我是心疼我的酒。"颜昭说的是实话，她确实想喝酒，这是她的病，她一喝酒就停不下来，就像犯了烟瘾一样，浑身上下都不舒坦，除非喝到醉倒，手脚失去了拿酒的能力才能平息。

"发烧了？"颜昭回忆起方才他滚烫的身体，拧着细眉问。

"不是你说的，宣布解约之前，让我先住院几天，博取大众同情？"

"那我也没让你把自己真弄病了呀？"颜昭看着他苍白的嘴唇，狠狠地喝了口酒，指了指自己的脑子，嗔怪道，"白烬野，你这里是空的吗？你就只会听人摆布吗？"

白烬野又闭上眼睛靠在座位上，疲惫的样子："你说的，我信了。"

颜昭假装没听见，又喝了口酒："你的事放一边，先把梅香的事告诉我。"

白烬野不动声色，似乎根本就没打算说的意思。

颜昭作势开车门要走，却被他抓住了胳膊！

"得先陪我去个地方。"

他的手很烫，尤其在冷气十足的车厢里，仿佛一个温暖的小火炉。

颜昭掰开他的手指，冷淡地说："去干吗？"

"看那场没看完的电影。"

105

车子一路开出了城，沿着海边公路疾驰，莽撞地冲进了夜色里。

颜昭下车的时候，四下眺望，认出了这是上次冲浪时的那个岛，岛上有一排私人别墅，别墅旁停着一排游艇，海浪弱弱地拍打着岸边，空气温暖舒适。

这是白烬野在海边的一处居所，僻静隐蔽。

颜昭记不清自己是怎么走进房子的，也不记得自己是怎么和他肩并肩坐进私人影院里的。

只记得……她路过玄关酒柜时，顺了一瓶琥珀色的酒。

家庭影院里关着灯，大屏幕上放着电影，她和他的位置早已放上两份爆米花和饮料，似乎早就有精心准备。

放的还是《阿甘正转行》，那部他冒着风险换了她邻座的电影。

白烬野英俊的侧脸映着屏幕上的光，看得认真，表情纹丝不动。

颜昭把饮料一口气喝完，趁他不注意，偷偷换成酒，享受着酒精的味道。

"看完这场电影，你就必须告诉我梅香的事。"

"看电影，别说话。"

"这又不是在电影院……"

电影过半，剧情实在烂俗无聊，白烬野最先挺不住了，一头栽下去，直接躺倒在她的腿上。

"嗯……"他舒服地哼了声。

"喂！"颜昭举着"饮料"，像个投降的士兵，无措地望着腿上突然多出来的一颗脑袋。

他的脑袋很热，头发丝又硬又扎腿，颜昭使劲抖腿，企图把他的脑袋颠下去，可他的身体实在太沉，又铁了心地要整她，所以无论她怎么反抗，都无济于事。

"你起来！"

"让我睡会儿好不好？你先看。"

他语气很软，像在撒娇。

颜昭看着他潮红的脸，心里做着巨大的挣扎，想霍然站起把他推到地上去，又觉得这样破坏了和谐的气氛，既然气氛这么和谐，何不趁机哄骗他说出梅香的事？

"白烬野，你到底是怎么弄到梅香的手机的？告诉我。"

他很安静，没说话。

"我知道你能听得到，你就告诉我吧，嗯？"

他又不作声，嘴角动了动，似乎是想笑，又抑制住了。

颜昭看出来了，他死咬着秘密，吃定了她。

"你不说话我走了。"

她气得心怦怦跳。

"你看完电影，叫我，头疼，先睡会儿。"他说完，抱着肩膀合目而眠，头也没乱动，保持一个僵硬的姿势。

腿上躺着一个男人，颜昭哪里还能看得进去电影，脑子在酒精的作用下有点儿短路。

"看完就告诉我吗？"

"嗯。"

"好，你最好说话算数，我等着。"

"好。"

白烬野说完这句，就没动静了，渐渐地，他的睫毛不再抖动，呼吸也开始均匀起来。

荧幕一闪一闪的光，打在白烬野棱角分明的脸上，让颜昭看得晃了神。

每次聊天的结尾，月亮也总爱简单地说一句"好"，刚才白烬野的那声"好"，和她记忆中的文字重合上了，像是一柄精巧的小锤，锤在了她的心尖上。

白烬野，月亮，白烬野怎么会是月亮……

月亮那么成熟，那么稳重，那么上进，那么……

反正都是优点，怎么会是眼前这个幼稚鬼呢？

"腚腚，我今天发烧了。"

她又回忆起一年前，曾有一次，月亮告诉她自己生病的事。

"腚腚，你发烧的时候要敷毛巾吗？"

"我不用呀，我经常运动，很少发烧。"

"我身体不好，一发烧就必须打针吃药敷退热贴。"

颜昭看着他的额头，发呆。他的额头宽阔光滑，发际浓密，眉毛不适地皱起来，尽管与他的脸有几十厘米的距离，她依然能感受到他的病热。

颜昭缓缓伸出手，犹豫再三，终究还是将手背轻轻地贴在了他的额头上。

他的额头滚烫，双目紧闭。

颜昭用吸管蘸取一些酒滴在手心，又用指尖沾湿，轻柔地擦抹到他的额头上去。

酒精挥发，带来凉凉的感受。白烬野难受地皱皱眉，却没睁眼。

她的指尖轻柔地滑过他的皮肤，一寸一寸，抹匀，浅薄的酒水像是抹在盛夏骄阳晒过的石头上一样，很快就蒸发掉了。

舒服的感觉让白烬野在迷乱中安然享受，不知过了多久，他迷迷糊糊睡着了。

再次醒来时，是被额头上干裂的感觉弄醒的，迷离中，他迫切地想要再多一些梦中那样的清凉，可是那种舒服的感觉却再也没能来到。

下一秒，一个温软潮湿的唇轻轻地覆盖在他的唇上。

白烬野猛然睁开眼睛，一瞬间睡意全无！

颜昭不知什么时候已经睡着了。因为头垂下来，她的嘴唇不小心碰上了他的唇。

她的呼吸带着浓浓的酒精的味道，一小簇一小簇，是女孩子特有的轻柔呼吸。

她睡着了又好像在极力挣扎，但却抵抗不过酒精，细眉痛苦地皱着，像坐在公交车上睡着的人那样，小鸡啄米般点头，嘴唇刚碰到他的唇，就又抬起头，脑袋在脖子上晃了一圈，又垂落下来，挨上他的唇……

如此反复，白烬野没有动，甚至于后来，他预判到她的唇快要落下时，微微抬起头去迎合。

她陷入醉意梦境，而他，仰着头，如同口渴的人趴在滴水的水龙头下等水喝。

亲了记不得有几下，白烬野忽然像发狂了似的，猛地翻身滚到地上去了！

"要死……"

他低声咒骂道！

他又把手插到浓密的头发里，胡乱揉搓一通，利落地站了起来。

做了十几个夸张的表情，搓搓脸皮，就像每次演戏前无法进入状态一样。

虽然没下狠手，但好歹把自己给弄清醒了。

白烬野抬头看看颜昭，赶紧将她一字肩的衣服往领口处提了提，手指胡乱抓起旁边的空调毯围在她身上，蹲下来，小心翼翼地仰头望着她。

"喂……"

"你听得到吗？"他微弱的音量很矛盾，明明这里就他们两个人，明明这么安静，明明是想叫醒她，却又像是怕她醒。

"醒醒……"他又用手轻轻拍了拍她的脸蛋。

见她没反应，白烬野又把另一条空调毯垫在了她的大腿上，将她拦腰抱起，她像一块被包了一层糯米纸的小甜点，香热软糯地伏在他的怀里。

白烬野抱着她往门外走，走出门前的一刹那，他忽然驻足，低头看了看她安宁的睡颜，小声在她耳边唤了声："腚腚啊……酒醒可别翻脸。"

第二十二章

强吻的证据

106

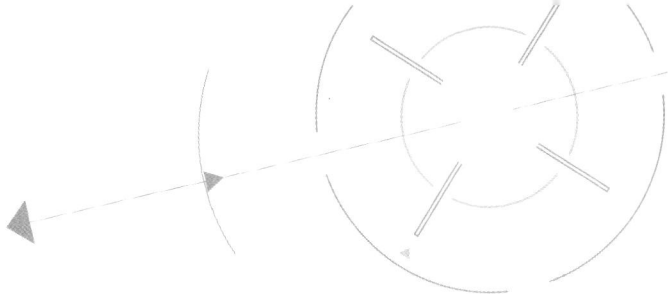

清晨鸟叫声清脆。

颜昭是被一阵敲锣声吵醒的。

她这一觉睡得昏天暗地，一睁眼天已经亮了。

"镗镗镗镗！"

锣声还在聒噪地响着。

她扶着沉重的头从床上坐起来，一脸不耐地望向窗外寻找锣声，却发现眼前是一扇巨大的、陌生的落地窗。

昨晚的记忆像失去信号的电视机，布满麻木的雪花。

这就是喝断片了，她熟悉这种感觉。

已经记不起自己为什么会出现在这个陌生的房间了。

这恼人的锣声居然不在窗外，就在床头。

颜昭转头一看，就看见一个铜锣造型的搞怪闹钟，这个闹钟上站着一个上身光溜溜的肌肉猛男，正机械地挥舞着一个红绸子粗木棒的锣锤。

锣声每捶一下，颜昭的脑血管就突突跳两下，她咬牙切齿地抄起闹钟摔在地上！

猛男背后的电池散落，不再动了。

她有起床气，很严重。

尤其像现在这样，深度睡眠时被吵醒，浑身的血液都在沸腾，四肢僵麻，血液不畅，难受至极。

她是躺在一间很大的卧室里，隐隐可以听见海潮声，近处传来鸟鸣。

这是一张白色的大床，床单洁白异常，熨烫整齐，跟新的一样。

她的衣裙都还完整，身上被人盖上了毯子，就这么老老实实、安安稳稳地睡了一宿。

这房间，装修设计都很豪华，只是无聊的摆件太多，有点儿不伦不类。

光是床头柜摆着的小玩意儿就有四五个：快餐店的可达鸭玩具，一只小猫身段妖娆地举着托盘，一只长腿青蛙正跷着二郎腿坐在台灯下读书，兔子扛着麻袋正要把一盆多肉植物偷走，蜡笔小新的四肢都攀在风扇上，风扇正在吹他的……小丁丁？

小摆件们神态各异，惟妙惟肖，表情生动，憨态可掬。

欣赏完这些搞怪物件，颜昭的嘴角已不知不觉上扬了起来。

这是谁的房间？

她拿起手机，许多未读短信，都是厉落发来的：

"你今天喝太多了。"

"到家了吗？"

"颜昭，你到家了吗？"

"到家了吗？"

"颜昭你起床回我电话。"

颜昭赶紧回复一条安慰的短信：

"我很好，就是有点儿断片。"

回想起他们昨天在烧烤店喝酒，季凛说要帮忙找梅香的事，颜昭为了拉近关系，就开了瓶酒，喝着喝着就停不下来了。

恍然又记起他们好像在谈论佟琪自杀的事，好像最后讨论出了结果，颜昭怎么也想不起来细节，于是正要给厉落打个电话问问昨天什么情况，可手机才刚放到耳边，忽然听见"哗啦啦"一声响，那是塑料滑轮滑动的声音！

颜昭倏地抬眸，只见衣柜门开了个缝，里面伸出一只森白的手……

颜昭大骇！

本就是一个陌生的环境，衣柜里竟然还有人！她本能地从床上爬起来，随手抄起床头的一个尖锐摆件，双手举在身前，不断退后，随时准备自卫！

那双手骨节分明，十指修长，手上浮动着清晰的血管，扒着衣柜门慢慢拉开，直至柜门完全打开，一个男人穿着黑色短袖开衫睡衣，盘腿坐在衣柜里，蓬头乱发地捂着脸，一副没睡醒的倦懒姿态。

男人捂着脸一动不动，仿佛又睡过去了，颜昭皱眉打量，竟发现这衣柜里宛若一个小型睡眠舱室，柜地铺着定制的床垫和被子，柜壁有贴画和夜灯，柜上居然也挂着衣服，不过都是短款，足以容留一人舒舒服服地睡在里面。

颜昭眼角闪过一抹精光，试探地问："白……白烬野？"

"嗯……"他的闷哼拖得很长，声音黏腻胶着，"睡得好吗？"

107

白烬野的眼睛从指缝里露出来，半梦半醒间，无意间瞥见地上摔倒的闹钟，他瞬间清醒过来，当即急切地冲到她的脚边！

颜昭吓得后退几步，警惕地望着他。

白烬野捧起猛男捶锣闹钟，心疼地唤了一声——

"志强！"然后恶狠狠地抬头瞪着她！

志强？

"你干吗摔人家东西？"他的语气焦急又心疼，令颜昭忽然觉得有点儿好笑。

颜昭自知理亏，便转移话题："我怎么在你家？"

白烬野拿着他的"志强"站起来，高高的个子使她不得不仰头望着他，颜昭的气势顿时低了一截。

白烬野的头发很乱，脸上略有水肿，但样子还是帅的，只是一直在躲避她的目光，似乎很不愿意她见到自己刚起床水肿的样子。

于是他的声音就显得有些冷漠："我路过，你非要上我车，我看你喝醉，笑得那么不值钱，就收留了你。"

"不可能，"颜昭瞄一眼他睡衣领口敞开的一大片雪白的胸膛，避开目光，"我绝对不可能在醉酒之后上别人的车，更不可能跟你回家。"

白烬野忽然拉起她的手，放到她眼前，颜昭挣了一下，没他手劲大。

他示意她看她自己白皙干净的手腕，说："你看，没有伤，我不是绑架犯。"

他松开了她的手，颜昭还是不信，喃喃自语："厉落呢？厉落一定会送我回家的。"

白烬野原本想往卧室外走的，忽然双手插兜倒退两步，背对着她，叹息一声："你真的，什么都不记得了？"

颜昭机敏地向前一步："我记得什么？"

白烬野转回身，两人一下子变得距离很近，面对面，他的眉毛压低，表情像是在细细回味什么，却又不敢回味的样子。

"看来你真的断片了。"

说完，他又转身往外走。

话说一半最讨厌了，颜昭一下子炸了！

她三两步跑上去，堵在了他面前，白烬野因为惯性差点儿撞上她，身子紧急向后仰，勉勉强强站住了，目光中带着惊吓。

"干吗……"

"说清楚。"她冷冷道。

"我先去洗个脸。"

"洗什么脸，说清楚。"

他捂住脸，声音闷闷："那种事哪能说清楚？"

"哪种事啊！你不要在这里故弄玄虚！"

"干吗一大早就凶我……这样我一整天心情都会很差。"

"我管你？快说，我喝多了之后，你对我做了什么？"

"啊，总得让人先洗个脸啊！"白烬野哼哼唧唧直跺脚。

颜昭岿然不动。

白烬野烦躁又无奈："我不好意思说，你自己回忆，到底有没有撒酒疯。"

"那不可能。"

望着他暧昧的眼神，颜昭忽然放松下来，抱着肩膀不屑地盯着他的眼睛："你就是在故弄玄虚。"

白烬野就要往洗手间去，颜昭一拉他的衣服，真丝睡衣的领口就被她扯开了。

他微微侧头，视线落在自己那一大片白皙的肩膀，眉头紧锁。颜昭也有些尴尬，触电般放开了手。

扣子掉落，衣服是扯坏了，颜昭的起床气这才消解大半。

"对不起！"她生硬地说。

白烬野闭了闭眼，仿佛认命一般，修长的指间抚过自己光滑的肩头，动作缓慢地将衣服穿整齐。

颜昭看着他诱惑的眼神，忍不住翻了个白眼。

"你趁我生病强吻我。"

"你放屁。"

"你怎么还骂人呢……"

"骂的就是你！"

白烬野忽然眉眼深深，目光在她的两只眼睛上来回描摹，俯低身子，在她耳边磁性沉着地低语："下次别对我那样就行了，嗯？"

颜昭的身子瞬间过了遍电流，鸡皮疙瘩都起来了，浑身上下的细胞仿佛都在发疯窜动，恨不得疯狂跺脚把这些奇怪的感觉统统甩出体外！

白烬野见她抓狂的样子，笑了笑，往洗手间走去，颜昭也紧随其后。

洗手台上错落有序地摆放着各种精致的化妆品瓶子，精致程度堪比女生。

白烬野撩了两下水搓搓脸，清澈的水流顺着他刀刻般的侧脸落下，他双手撑着洗手台，抬眸从镜子里看她。

"一点儿都想不起来了吗？"

她像是被激惹的小牛，愤恨地瞪着他，脸也红了。

白烬野见她这副样子，低低地笑了，露出甜甜的笑纹："不会是你的初吻吧？"

"无聊。"

颜昭把他拉到一边去，拧开水龙头用凉水扑扑脸。

酒精真是害人精！颜昭心中暗暗发誓，以后她滴酒不沾，再喝酒就揍死自己！

梅香……

一个声音忽然蹿进脑海。

对！梅香，她忽然想起昨晚有一个人仿佛对自己说，梅香。

"我有证据。"身后响起白烬野的声音。

颜昭猛地转回身，白烬野抽出两张洗脸巾递到她面前晃了晃。

颜昭讷讷接过，擦擦脸，就见白烬野拿出了手机划动起来，她眉心微动，心怦怦跳。

证据？关于梅香失踪的吗？

这就对了，她昨晚肯上他的车，一定是因为这个。

颜昭忽觉释然，对自己的智商又找回一点儿信心。

就是说嘛，她活了多年还是不曾这么蠢过，怎么会无益无利就跟着他走了呢？

颜昭伸出手，冷淡地说："拿来。"

"你想看？"

"当然。"

"你这么感兴趣？"

"我当然感兴趣！"

白烬野犹豫了一下："你看了可别心烦意乱。"

一种不安的感觉袭上心头，颜昭等不及跟他磨叽，冲上去夺过他的手机。

抢过来一看，他的手机里正播放着一段监控视频，颜昭热血沸腾，肾上腺素飙升，期待地望着屏幕，眼睛恨不得要钻进去！

画面里，是夜视镜头下的私人影院，白烬野躺在颜昭的腿上睡觉，颜昭摸着他的额头，摸着摸着，忽然就……

低头，吻了下去……

颜昭倒吸一口凉气，眸色一凛!

"这什么鬼东西?"

白烬野眼疾手快，身手敏捷地夺过手机，害怕她一生气就给摔了，毕竟她有前科。

颜昭怒视他几秒，扭头就走!

"喂!"

白烬野赶紧追，拖鞋甩掉一只。

108

颜昭出了别墅的门，到院子门口，一只守门的青蛙雕塑正举着望远镜矗立着，感应到有人来，青蛙的望远镜立刻亮起灯。

她用手机下单了一辆网约车，盯着手机屏幕上的等待时长。

"不想听梅香的事了?"

"你根本就是在耍我。"

"花花绿绿的指甲。"

颜昭转回身，胸口被他气得上下起伏："很好玩吗?"

白烬野表情真诚："很好玩。"

颜昭的眉间闪过一丝痛楚："我再给你 30 秒，你到底要不要告诉我梅香的事?"

"如果我不说呢?"

颜昭吞咽下怒火，强迫自己冷静下来："那你就别怪我缠上你，直到你说为止!"

不过不是今天，今天她状态不好。

"那你缠吧，我高兴了就说。"他笃定地昂起头，仿佛一切尽在掌控。

颜昭忽然缓缓放下手机，认真地打量起眼前的这个男人。

会不会有一种可能，他根本就是在耍她? 他其实根本什么都不知道?

这个念头冒出来的时候，颜昭的心头忽然涌起巨大的失落。

千万别是啊……被耍也行，只要是他知道梅香的事，她就有的是手段撬开他的嘴。

梅香在监控室里被人威胁的画面又浮上脑海。

她迷茫地望着那个丧尽良心的手语翻译，无助地摇头。

她坐在逼仄的审讯室里，世界无声。

她有什么罪？要被关起来，要被审讯，要被全世界遗忘？

颜昭的眼眶里升腾起泪水，目光却狠辣怨毒，她死死盯着白烬野，声音清冷地飘散在空中：

"你要是耽误了我的事，我要你哭着死！"

白烬野望进她潮湿的眼眶，忽然一怔，顿住了脚步。

一辆大众轿车冲进滨海大道，停在了路边。颜昭怒冲冲地打开车门，回头望着白烬野正凝望自己的身影，她的警告不带一丝温度："白烬野，你玩你的游戏，我陪你玩！但我知道你在想什么，送你四个字：痴心妄想。"

门被重重关上，颜昭坐进车里，催促司机赶快开车。

司机一回头，一张金发碧眼的脸映入眼帘。颜昭咬咬牙，开门，退出了车，重重摔上车门！

她走到车尾去看车牌号，却看到大众下面的一行英文字母。

有道是：不怕奥迪和路虎，就怕大众带字母。

这辆大众，根本就不是网约车。

再看手机，系统还在等待中，没人接单。

颜昭很烦，恨不得摔掉手机。

Simon 的脑袋从那辆大众里伸出来，叫了声"老板"。白烬野挥挥手算是打招呼，脸色在朝阳下显得过分苍白。

颜昭回头瞪白烬野，白烬野留给她一个难过的眼神，就插着兜进屋了。

Simon 下车，从后备厢里拎出一袋一袋的餐盒，说："颜小姐，吃完饭再走吧！青记的红油抄手、煌记的麻辣小龙虾、孙老板的麻辣兔头、星辉的麻辣粉都给你加了重麻重辣！"

颜昭光听着这麻辣，口水都分泌出来了。

简单的几样小吃，无一例外都是她的最爱，每一家都是酒香巷深，要跑遍整个上源市才能凑齐。

颜昭拉住 Simon，问："白烬野让你买的？"

Simon 说："当然，老板指东我不敢往西，老板撵狗我不敢抓鸡。"

颜昭额角冒黑线。

"老板他一夜没怎么睡，一直坐在沙发上守着，怕你起夜找不到厕所。"

"你还要帮他说什么？"颜昭不悦地望着 Simon，"你是不是要说，老板从来没带过女孩子回家，我是第一个？"

Simon 很惊讶："你怎么知道！"

颜昭轻蔑笑笑，用英文对 Simon 说："辛苦你了，但我不能与他一同用餐，还请你送我回市区。"

Simon 诧异道："你们不约会了吗？他还病着呢？你这就走吗？"

颜昭敛了敛眸子，再次重复："劳烦你送我回市区，谢谢。"

109

市局刑侦支队会议室里，张局长一进门，见一屋子手下都围坐在桌前，头一个就看见了厉落。

张局一瞪眼："厉落落，谁让你回来的？"

厉落没吭声，季凛为张局拽了凳子，请他老人家入座。

季凛说："张局，厉落同志是我请回来的，您先听她汇报一下案情。"

"哪件案子？"

"就佟琪自杀的那个案子。"

"云开。"

"在，张局。"

"佟琪那个案子，不是定为自杀吗？"

"验尸结果显示，确实符合自杀身亡的特征。"

"那现在是什么情况？"

云开看向厉落，所有人都看向厉落。

厉落翻开笔记本说："报告张局，经过我们的摸排走访，于凯对于佟琪的死亡，有重大作案嫌疑。"

张局见她有备而来，便双手交叉挂在桌子上，打算给她一个机会。

"于凯对警方撒谎，称佟琪在家从不做家务，以此来树立自己好丈夫的形象，又谎称佟琪出轨，为她的自杀制造动机。"

张局问："佟琪和陶大勇在宾馆开房，不是有监控吗？"

"和陶大勇去宾馆开房的，根本就不是佟琪。"

张局一脸疑惑，看向季凛。

季凛自知失职，不太好意思地低下头："那个宾馆的监控吧，拍得不是很清楚。我们当时也没注意。"

张局见季凛这样的反应，更加好奇了。

"不是佟琪？那是谁？"

厉落把监控截图投射在大屏幕，将那个女人的脸放大，音量低沉地说：

"是于凯。"

此话一出，张局平静的面容上有了一丝震动。

"于凯？怎么是于凯？"

"于凯怎么跟陶大勇开房？"

小张说："我们昨晚连夜找陶大勇谈话，他承认了，和他一起开房的，就是于凯。"

张局恨不得眼珠子盯进屏幕里去，指着那个穿着连衣裙的长发女人："这不就是个女的吗？"

菜菜说："昨晚我去问了一下爱琴海宾馆的前台，他们说，由于宾馆资金有限，监控的确不清晰，而且有的女人跟男人来开房，会特意避开摄像头。加上宾馆的操作不规范，只登记了两个人的身份证，没有进行人脸录入。所以于凯每次来都是拿着佟琪的身份证登记的。不管怎么说，我们侦查不够仔细，是我们的失责。"

张局觉得有点儿意思，转头看向厉落："和陶大勇开房的是于凯，你是怎么发现的？"

厉落说："其实一开始我也没往这方面想，我是看到佟琪尸体上剪短的指甲，才怀疑于凯说谎的。一个舍不得让妻子做家务的男人，为什么妻子刚做的指甲要剪掉呢？剪掉只有一个原因，那就是做家务不方便。但是没想到的是，当我走访了佟琪的生活圈后发现，于凯有粉色情结，所以穿衬衫喜欢穿粉色，而我们在爱琴海宾馆监控里看到的陶大勇的'女伴'穿的连衣裙也是粉色。可我帮佟琪收拾遗物的时候发现，佟琪根本就没有一件粉色的衣服，她甚至连裙子都很少，这就引起了我的怀疑。加上按摩店的老板又说他不喜欢看佟琪当着他的面脱衣服，我当时以为是丈夫对妻子的占有欲，后来一想，这也有可能是丈夫对妻子身体的一种排斥心理。"

张局恍然大悟，沉吟半晌："你这么一说，让我想起了佟琪在家族群里发的那条语音。"

张局一边回忆一边琢磨："爸爸妈妈，我没脸活了……没脸活了……说的不是她出轨没脸活了，是在说她丈夫不可告人的秘密。"

季凛在一旁跟着点头，朝张局竖起大拇指："对，张局，就是这个意思。所以我们有理由怀疑，佟琪发的那条语音，其实是在威胁于凯，而于凯害怕自己的性取向被父母知道，恼羞成怒，产生了杀妻的念头。"

厉落接着说："试问，一个发现丈夫背叛自己的妻子，在家族群里留下这么一句意味不明的话，就撇下3岁大的儿子自杀了，这个做法合理吗？她甘心吗？值得吗？"

菜菜说:"估计佟琪大概是想给于凯机会的,心里还是期盼他能回头的,只是想把这件事模棱两可地捅到家族群里,威慑一下于凯,没想到只说了这一句,就死了。"

厉落:"况且,我们有证据表明,佟琪在亲笔写下的书店标签里曾表示,她绝不可能用上吊这种自杀方式。因为这是她母亲常用的行为,是她极其反感的。"

张局长迅速分析了一下案情,说:"这个案子要尽快立案侦查,我们掌握的证据不足,目前这些也只是推测。季凛啊,审讯这方面你得好好下一番功夫了。这案子,不简单哪!"

"明白,张局!就算我们现在证明不了就是于凯杀了佟琪,但起码佟琪父母那边我们有了交代。"

张局长站起来,走到厉落身边,拍了拍她的肩膀:"这件事证明,我们在办案过程中,要发散思维,打破习惯思维和主观偏见。"

列席人员都纷纷点头,对厉落投去欣赏的目光。

厉落的星星眼亮晶晶:"张局,那我是不是可以恢复岗位了?"

张局又在她肩膀重重拍了两下:"什么时候佟琪的父母不闹了,什么时候就回来!"

季凛看了云开一眼,云开的表情复杂。

第二十三章

白烬野的病

110

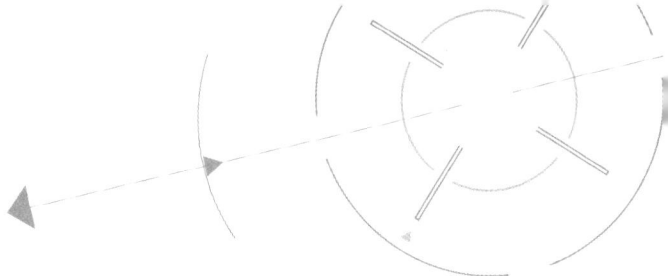

颜昭和厉落最近都忙坏了。

白烬野的解约事件引起了巨大轰动，白烬野不仅是顶流，更是 SCE 的门面担当，解约一经公布，所有人都在唱衰 SCE。

SCE 虽然表面发表声明，与白烬野的合作将会继续履行，同时又对白烬野本人诚恳道歉，实际上，暗中开始控评，散发一些不利于白烬野的言论，并释放一些黑料出来，给白烬野一点儿警告，企图让他继续履行合约。

黑料的开胃菜，就是白烬野年少时曾闹过的一些没文化的笑话，以及是否整过容的一些对比图，对比图基本上都是假的。粉丝力挺白烬野，表示白烬野一直在努力学习提高自己，纷纷控诉经纪公司吸艺人血，多次将白烬野累到住院。

钱律师暗中请出医院的医生匿名发声，证实白烬野患有高钠血症。帖子一出，粉丝更加愤怒，甚至有粉丝阐述合理怀疑，即白烬野就是被经纪公司累出了这种病，毕竟他要长时间练舞，身体脱水、心脏负荷过重都是致病的主要原因。

高钠血症，颜昭特意注意过这种病，不是什么绝症，处理的办法也很简单，及时补充体液，控制身体里的钠含量就好了，尤其他现在这么年轻，很好治疗。

难怪他的执行经纪人连买豆浆都要嘱咐不要放盐，看来工作人员早就知道他有这个病症。

而厉落这边，佟琪的案件被内部的法制审查科驳回，于凯故意杀人的证据不足，警方还需要补充侦查。除了于凯，谁也不知道当时发生了什么。

厉风的案子也没有头绪，唯一的线索江瀚，死活不肯配合，电话拉黑，拒绝拜访，厉落恨不得再把他给绑了！

跟颜昭吐槽江瀚的时候，颜昭很认真地问厉落："还要再绑架一次吗？需要的话 call 我。"

厉落满脸黑线，有时候她也觉得很困惑：颜昭确定是学法律的吗？简直就是蛇蝎美人，法外狂徒！

幼儿园门口，家长们都来接孩子，幼童们乖乖排好队，纷纷在人群中张望着自己的父母。

厉落在门口的围栏处蹲下，招呼着一个虎头虎脑的小男孩。小男孩认出了她手里的风扇，那个哆啦 A 梦是他妈妈买给他的。

大人总觉得小孩子什么都不懂，其实小孩子什么都知道。

小男孩飞快地跑过来，站在了厉落的面前。

"你怎么拿我的玩具？"

厉落的表情很歉疚："对不起，我借用了你的东西，现在是来还给你的。"

小男孩接过风扇，拨了拨扇叶，小嘴嘟起来："妈妈呢？妈妈怎么不来接我呢？"

厉落垂下眼眸："对不起。"

幼儿园老师警惕地走过来问："你谁呀？怎么从没见过你？豆豆，你怎么能随便要别人的东西呢？快还给她！"

豆豆说："我不认识她！她是坏人！"

厉落赶紧站起来，举手投降。

幼儿园老师怒瞪厉落："你是什么人！"

"我是好人嘛，明明是好人……"

"再不走我报警了！"

"别别别，我这就走！"

111

厉落见完佟琪的儿子，从幼儿园回来，收拾乔装一番，就约了颜昭去见于凯。

佟琪的父母通过警方得知自己的女儿并没有出轨，而是女婿出轨在先，二老勃然大怒。

于凯跟二老协商，想拿出 10 万元，打发他们回乡下。二老从没见过这么多钱，有点儿心动。

佟父说："10 万，不少了不少了，如果他们能给这么多，我们也就不说什么了。"

颜昭摇摇头："叔叔阿姨，10 万块钱，够买您女儿一条命吗？"

佟母有点儿不信任眼前这个女孩子，阴阳怪气地问："10 万人家都不见得给呢，难不成要 100 万？"

颜昭喝口茶，讳莫如深地笑了。老两口面面相觑，厉落也惊讶地张大了嘴巴。

"真能要这么多？"

"恐怕不止。"

二老果断跟颜昭签了合同，请她做代理律师。

颜昭从律所的影印室里出来，手机紧急振动起来，接起电话，顾一柠焦急的声音从听筒里传出：

"颜昭！看热搜！"

今日热搜第一名：顶流恋情大瓜！

知名八卦博主爆料，白烬野已有圈外女友，与 SCE 闹解约也不是因为身体状况，生病只是在博同情，真实情况是因为恋情与公司闹不和，更有疑似女主照片流出，正是那天在电影院被拍到同框的 Y 姓女。

颜昭点开自己坐在电影院里的照片，那照片拍得清晰，想必自己很快就会被网友扒个底朝天。

今天签单的美好心情瞬间被浇灭。

颜昭和于凯的会面，定在于凯的工作室附近，于凯以开会为由，让颜昭足足等了 5 个多小时。

"不好意思颜律师，再等我半个小时。"

"实在不好意思，还得一个小时。"

颜昭从上午等到了天黑。

直到会所快要闭店了，于凯才到，一进包间，就优雅地说了句"对不起"，让颜昭恨不得捶死他。

要知道，这一天的时间里，网友已经把她的高考准考证都扒出来了。

"没想到热搜女主这么敬业，在这种情况下还要来见我，十分荣幸。"

于凯个子不高，一米六几，气质却不俗，他穿着一身熨烫工整的淡粉色衬衫，头发也精心打理过，完全看不出有丧妻之痛。

开了一天会是假，吃了一天瓜是真。

颜昭喝了口水，不动声色，眼前的这个男人似乎还想再对自己调侃一番，不如先让他尽兴。

"你是哪个大学的？"

"毕业了吗？是在做法律援助吗？"

"我前岳父母给你多少律师费？"

"他们舍得给律师费吗？您也给老人家打个折，1000，还是 2000？"

颜昭用食指和中指捻出一张名片，放到桌子上，名片黑卡烫金，质感尖锐。

于凯慢悠悠拿起卡片，在看到"信诚旺达"字样后，表情一变，慵懒的眉眼这才大睁，轻咳一声，端正坐姿，神色转为全面戒备。

"于先生，我的委托人对您提出的 10 万元的遗产分割不能接受。"

于凯儒雅地喝了口咖啡："说遗产分割多难听，都是一家人，这 10 万块钱是我孝敬二老的，毕竟是我前妻的父母嘛！"

尸骨未寒，已成前妻，这个男人当真绝情。

颜昭嗤诮道："据我所知，于先生曾担任过《家产告急》这部电视剧的编剧，对于《民法典》继承规定不会不做功课吧？"

于凯冷眼望着她，不屑地耸耸肩。

颜昭继续说："看来被评低分是有原因的，于先生的功课做得不行啊，那就让我来提醒您。"

于凯的脸很臭。

"根据《民法典》第 1153 条规定，夫妻共同所有的财产，除有约定的外，遗产分割时，应当先将共同所有的财产的一半分出为配偶所有，其余的为被继承人的遗产。"

"这点法律常识我还是有的，不用你提醒。"

于凯整了整被发胶打硬的刘海，一脸的不屑。

颜昭打开资料说："您和佟琪小姐结婚之后，购置了南城市值约 500 万元的房产一套，北城市值 200 万元的公寓一套，您爷爷留给您的现金遗产就有 50 万元。"

于凯一听到爷爷的遗产，原本不屑的表情终于有了一丝龟裂："你想钱想疯了吧？他们居然惦记上我爷爷留给我的遗产？疯了不成？"

颜昭不为所动："《民法典》婚姻家庭编规定，夫妻一方婚后继承到的财产，属于夫妻共同财产，归夫妻双方所有，除非在遗嘱中载明，该遗产由夫妻一方继承，不作为夫妻双方的共同财产。据我所知，您祖父在佟琪怀孕那年驾鹤西游，为了奖励佟琪为于家延续香火，您祖父在去世前特意在遗嘱上写明，他的遗产归你们夫妻共同所有。"

于凯觉得可笑，死去的妻子的岳父母要瓜分他爷爷的遗产，凭什么？

112

于凯抬腕看表，表情很不耐烦。

颜昭不慌不忙："于先生，我是律师，给您背的是法条，您上了法庭，法官也要依据法条去判。"

于凯没想到，这对在乡下种了一辈子田、进城连公交车都不会坐的老夫妻，竟然请来了信诚旺达的律师。

于凯从烟盒里抽出一支烟，细细地眯起眼，打量着眼前的这个女人。

颜昭合上资料放在桌子上，温和地笑着："看来于先生并没有足够重视这件事，我建议您去请一个专业的律师来帮助您，这样我在沟通上也方便许多。"

于凯缓缓吐出一个烟圈："10万元还不满足，那你们想要多少？再给你们加5万元成不成？"

"我的委托人很看重这份亲情，也疼爱孩子，遗产这方面，不忍心要太多。您现在说这个数字，我们还是法庭上见吧！虽然诉讼会花费一些时间，但这个时间成本相比于他们最后能够得到的数额，我觉得还是值得的。"

于凯立刻炸了："他们也不想想，他们的女儿这些年除了在家带孩子她还会干什么？"

颜昭收起笑容，目光锐利："于先生，您从事编剧工作，是比佟女士收入高，但如果没有佟女士牺牲时间，照顾孩子，打理您的生活，您会有一个稳定的创作环境吗？据我所知，佟女士为了不花你的钱，自己做微商养活自己，也算自食其力。您呕心沥血的文字能够卖出天价，我想她呕心沥血的爱未必就一文不值吧？"

他把她骗进婚姻，如此耍弄侮辱，区区10万元就想打发一条性命？

"于先生，我真心建议你找个律师。"

"行，就算你说的那些法条都是真的，又能怎么样？你们去告吧，随便告，法官判多少钱我都认，他们狮子大开口，漫天要价，你当我傻？"

于凯嗤笑，猛吸一口烟。

"如果你这么不尊重我的两位委托人，那我想我们没有再对话下去的必要了。"

颜昭说着，便站了起来，居高临下地睥睨着于凯。

"于先生，您这37度的嘴，怎么能说出这么冷的话？"

于凯冷哼一声，气定神闲，刚才的激动情绪荡然无存。

看来，这个小律师就是个花瓶，也不怎么样嘛，这样一激惹就打退堂鼓了？

颜昭的电话响了，来电者是佟琪的父亲。

颜昭把电话外放，放在于凯眼前，只听见佟琪的父亲说："颜律师，我知道一个电视台的记者，不知道他对我们这个事感不感兴趣，我给他打个电话，你看中不中？"

颜昭说："你们这件事，比较敏感。"颜昭瞄了一眼正在抽烟的于凯，"我可以帮您联系网络媒体，他们比较喜欢敏感又有争议的真实事件。"

"中！"

颜昭挂断电话，于凯坐着，她站着，居高临下地看着他，像看一头愚蠢的猪。

"于先生，我对你指责我委托人漫天要价的言论表示谴责，如果我的消息准确的话，近期正有一部 S 级的古装剧在接触您吧？"

于凯一愣，一脸"你怎么会知道"的表情。

颜昭言辞恳切地说："二老年事已高，实在不适合被媒体利用炒作，大张旗鼓地宣扬您的丑闻。"

她话不多说，点到为止，于凯立刻就明白了她的意图。

以眼下的形势，一部投入这么大的制作，从演员到导演，再到编剧，都要求没有劣迹。于凯是挤破了头才接到这个项目，如果在此时被曝出负面新闻，涉及人命，牵扯到方方面面，闹起来必然一发不可收拾。

那到时，于凯可就不止损失钱这么简单了，恐怕连前途和名声也要付之一炬。

对于自己的丑闻，于凯不是不知道后果，他只是欺负佟琪的父母不懂，赌他们闹不成气候就灰溜溜回老家了，却没想到他们会请律师，一请就请了个这么厉害的。

于凯终于收起一副满不在乎的表情，站了起来，客客气气："颜律师，您请坐下来，我们慢慢谈。"

颜昭优雅地抚了抚黑色包臀裙，坐下来，声音淡漠地说："把烟掐了。"

于凯一秒也不敢拖延，连忙把烟摁进烟灰缸里，双手拘谨地握了起来。

113

颜昭从咖啡店里出来，厉落赶紧迎了上去。

"怎么样？"厉落问。

"于凯明天和二老签协议，签后直接转账。"

"多少钱啊？"

"190 万元。"

厉落先是惊讶，后是崇拜地竖起大拇指："你太可以了！谢谢谢谢！"

颜昭不解："我赚钱，你谢什么？"

"这样我心里就好受一点了呀！"

佟琪早逝，希望她的父母能够拿着这笔钱安度晚年吧！

厉落突然好奇地问："颜昭，干你们这行，跟敲诈勒索似的，你能睡得着觉吗？"

颜昭正在用手机计算这个小案子的律师费，头也不抬，语气平平："吾日三省吾身，为人谋而不忠乎？与朋友交而不信乎？传不习乎？都没有，睡觉。"

"啊！"厉落学到了，如醍醐灌顶，"就这么简单？"

"不然呢？"

"好吧咳咳……"

颜昭问："那个佟琪到底是怎么死的？你们警方就这么不了了之了？"

一辆电动车停在马路边，车上下来一个男青年，男青年摘下头盔，是步飞。

厉落跨坐到步飞的后座上，接过头盔。

"那就是季凛的事了。在审讯室一言不发的嫌疑人，季队可不会善罢甘休。"

步飞递给厉落一个头盔："喏，特地给你买的头盔，粉红武士鬼火战神，波普风镭射街头小甜心，炫酷吧？"

厉落对头盔夸赞一番，转而看向颜昭："我走啦！你现在是绯闻女主角，一定多加小心！"

"等会儿。"

颜昭从厉落手里夺过头盔，在手中掂了掂。

"喂！你又不骑车，拿我头盔干吗？"

"正好用得上，谢了！"

114

霓虹初上，街道上车水马龙。

厉落坐在步飞的电动车上，风从他的肩上吹来，掠过她的短发。

夜风舒爽，嘴里灌进的风有桂花香。

厉落的车被送去保养，刚好步飞下班，就顺路送她回家。

步飞跟她年纪相仿，又爱说笑，两人都是警界新人，星座契合，在一起总有聊不完的话题。

"落落，问你个问题，你跟云开，你们俩是有血缘关系吗？"

"没有啊！"

"我就是好奇而已，怎么他们都说你是云开的妹妹？"

"我叫他 20 年哥了，他们误会很正常。云开是我哥的朋友，他很小就跟在我哥屁股后面玩，我哥走后，他对我还挺照顾的，季凛啊小张啊对我都不错。

我有时候没大没小的，他们看在我哥的面子上，也不跟我计较。"

"哦，原来是这样。"步飞沉默一会儿，试探道，"那你跟这几位哥哥，谁更亲近一点啊？"

"季凛，小张，菜菜，都亲啊！老王老李嘛，年龄上有差距，但也没代沟。"厉落想想云开，脑子里再次浮现出云开给厉风的尸体做解剖的画面，顿感一阵森然，不禁搂紧了步飞的腰，说，"跟云开其实接触不多，他很忙，又不识逗，不好玩。"

"原来是这样。"

二人聊着，身后突然传来一阵引擎的震耳轰鸣。

一种危险的预感在身后升起。

厉落还没来得及回头看，余光就瞥见右侧驶来一辆摩托车，那高大流线型的炫酷机车与他们并驾齐驱，和步飞低矮的小爱玛一对比，成了庞然大物。

摩托车发出低沉刚猛的震撼声响，震得厉落耳膜发疼。

她堵住耳朵，祈求这位小爷赶紧加速开走，好让她恢复听觉。

可是这机车丝毫没有开走的意思，竟然亦步亦趋，好似刻意放慢速度，为了与他们保持并排行驶。

步飞也发觉了怪异，试探着加速，摩托车也稍微加速；步飞又减速，摩托车也跟着减速。

这是被流氓缠上了？

厉落觉得不对劲，拍拍步飞的肩，示意他停车。

步飞的电动车停下后，那辆暗蓝色的庞大摩托又冲出十几米远，忽然急刹车，一个炫酷的摆尾，庞大的车身便横亘在两人的前方。

步飞摘下头盔，厉落也越过他的肩膀去看，只见摩托上落下一双长腿，支撑在地面，男子戴着头盔看不清面容，穿一身宽松的深灰色连帽衫，衣服松松垮垮的，却能看出他的骨架很大，肩膀宽阔，黑色的双脚尼龙包软塌塌地伏在他的背上，像只被驯化的小兽。

厉落瞄到他头盔下白皙细长的脖子，觉得这人应该是个年龄不大的男孩子，举手投足都透着一股不羁的野性。

他修长的手指一弹，黑色头盔上的银色镜片就掀了上去，露出他的眉眼，他的刘海被头盔压住，潦草挡住深邃的目光，宽大的双眼皮眨动几下，正盯着他们的方向看。

"哪里来的摩托车小崽子。"步飞有点生气。

那"小崽子"忽然脚下一蹬，车头调转，发动引擎，下一秒便与他俩近在咫尺。

这么一靠近，步飞率先认出了他："云法医？"

"谁？"

厉落惊讶地望着眼前这位令人讨厌的"小崽子"。

"他不是云法医吗？"步飞再次重复道。

也不怪他俩认不出，谁能想到这个坐在摩托车上穿着连帽衫的鬼火少年，竟然会是解剖室里戴着眼镜、穿着白大褂写报告的云法医呢？

厉落一时间震惊得说不出话来，她的眉毛眼睛和小嘴瞬间以鼻子为中心向四周扩散奔逃，表情夸张到变形！

他怎么骑摩托车了？他不是不能再骑了吗？

云开的眉眼在长长的刘海下显得更加严肃，声音从头盔里闷闷传出："你头盔呢？"

厉落"啊？"了一声，摸摸自己的脑袋，瞠目结舌地说："头盔、头盔让颜昭拿走啦！"

"上来。"

云开的头向后一偏，目光落在自己的后座上。

厉落莫名感到压迫，没有动。

云开长腿一迈，从车上下来，走到厉落身前，居高临下地看了她一秒钟，然后像拔萝卜一样将她从步飞的后座上"薅"了起来！

厉落扑腾了两下腿，腋下被他的大手卡得生疼，还没来得及叫疼，就被他种树一样摁在了后座。

云开绕到车后，从背包里拿出一个小号的粉色头盔，套了她的脑袋上。

上车之际，他转头看向全程看呆了的步飞，留给步飞一个凌厉警告的眼神。

那眼神，真叫人通体生寒啊……

步飞脖子一缩，一脸惶惑。

云开敛回目光，脚踩机车，发动了引擎，摩托车风驰电掣地飞驰出去！

厉落没有防备，差点儿人车分离，只得拼命扑在云开后背上，搂紧他的腰身，这才没有飞出去！

115

摩托车在黑夜中呼啸而过。

云开的手扭动油门，在咆哮和震动中提速，如同驾驭着一头凶猛的野兽。

厉落拼命搂住云开的腰，她纤细的胳膊硌在他腰侧硬朗的肌肉上，怎么搂都不舒服。

云开全程一句话都没说，厉落尝试张嘴，却灌了一肚子风，最后放弃。

距离上一次看见云开骑摩托，大概有 10 年了吧？

厉落突然陷入一个被她遗忘很久的回忆……

14 岁那年的某个寻常傍晚，那时的她还住在父亲和继母家里，继母在市中心租了个门市开花店，厉落一下课就在花店里写作业。

印象中，那里装修味很刺鼻，花香都遮不住。

继母吴雪如把小狗塞进她怀里，坐下涂指甲油，那指甲油味道更冲，厉落低头写作业，默默捂住鼻子。

"我今天忙，你带 YoYo 去洗澡。"吴雪如说。

厉落打了个喷嚏，吴雪如眉头紧锁。

一接触猫狗就犯鼻炎，真烦。

"我不想去，我作业还没写完呢……"

"怎么我让你干点什么你都有理由呢？"

厉落用手搓搓头发，死活解不开这道数学题。

吴雪如朝她伸出手："今天的牛奶呢？"

厉落从书包里拿出学校午餐发的牛奶，头也不抬，递给她。

吴雪如剪开包装，将牛奶倒进狗盆里。

另一只叫 Vivi 的小狗凑上来，贪婪地用舌头舔起来。

"我说让你带 YoYo 去洗澡，耳朵不好使了？"

厉落撂下笔，抱起 YoYo 往门外走。

"你真是越来越没小时候听话了。别人家青春期的孩子也像你一样吗？大人说话都不答应一声？"

厉落嘟起嘴，抱紧小狗，小狗急了，从她怀里跳下来，厉落没来得及反应，一脚踩在它的尾巴上，狗发出凄厉的惨叫，厉落也绊了一跤，膝盖磕在了紫砂花盆上。

吴雪如忙不迭地跑过来抱住小狗，又是劈头盖脸一顿数落："你这莽莽撞撞的毛病改不了了是吗？明天我就给你挂个号，去医院看看小脑！"

厉落咬咬牙，攥紧拳头，磕磕绊绊冲出店门，身后响起继母的声音：

"你别扭什么？我对你不好吗？天天给谁脸色看呢？我把你从小不点喂到大就是为了看你脸色的？"

厉落撩开门帘，却撞上了一个人的胸膛，她错愕抬头，云开正站在门外，目光复杂地望着她。

那时的云开也才 20 岁，年轻气盛，显然，看他愤怒的表情，他是听到了她们的对话。

云开一把拽住她往屋里拖，厉落明白他想去找继母理论，赶紧无声反抗，脸上挂着嘻嘻哈哈的假笑，使出全力将他往外拖。云开有些不忿，用他那双锐利的眼睛看着她。

云开从头到脚将她看了一遍，14 岁的她黑瘦矮小，发育迟缓，一看就是营养不太好，膝盖上擦破了那么大一块，淡粉色的伤处，正往外冒黄色的液体。

云开的手劲极大，当天又穿着赛车服，看起来又高又壮，他单手扣住她的手腕，不让她逃跑，另一只手拨通了厉风的电话。

厉落像只被抓住的小鸡，使劲在云开手里扑腾，云开单手就把她钳制妥当，毫不费力。

"我到了，母亲节的礼物我替你放门口了。"云开对厉风说。

电话那头的厉风在说着什么，云开显然已经没有耐心听了。他那个时候很叛逆，除了摩托车，对所有事都是一副不耐烦的样子。

云开一边听着电话一边瞄着厉落，那种生气的眼神让厉落感到害怕。

厉落赶紧对他做噤声的手势，求他不要把这件事告诉厉风。

云开眉头一挑，明白她的意思，却瞪了她一眼，深吸一口气，沉默地听着电话。

她知道云开脾气不好，向来有话直说，最后急得双手合十在他面前搓来搓去地拜托。

云开听了半天电话，嗯嗯啊啊的，最后忽然说："你家小孩儿，借我玩一会儿。"

说完，他挂断了电话。

收起手机，云开把双手放在厉落两腋，一提，将她放到摩托车后座上去。

车子发出骇人的引擎声，云开微微侧头，语气淡漠，声线却极温柔："抱紧我。"

第二十四章

24 岁的约定

116

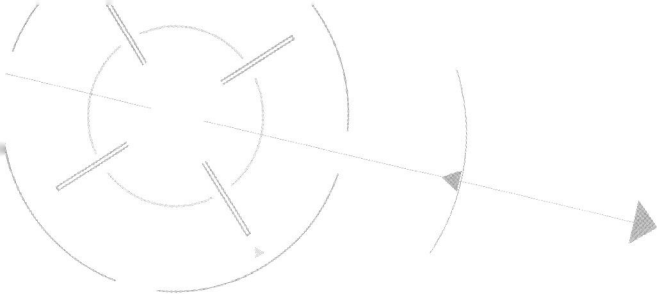

厉落的头太小，头盔在脑袋上晃，不太协调，搞半天也戴不好。

云开的车已经发动引擎，她顾不上头盔，赶紧搂住他精壮的腰身，像虾子一样弓起后背，在疾风中提心吊胆地跟着他驰骋。

穿过一条又一条街道，余光中的人和车全都变成了虚幻的线，刘海搔弄眼睛，痛得她红了眼眶。

糟糕，她忘记扣上头盔镜片，泪已飙出了眼角，飞逝在空气中。

打一出生，从吃奶、走路、学说话开始，那个女人就一直在她身边。

不懂事的时候还以为她就是妈妈。

就算她不好好吃饭，这个女人强行用勺子往她嘴里塞，她也觉得这就是妈妈。

就算这个女人命令她把学校发的牛奶带回来给狗喝，从不关心她这么瘦，晚饭想吃什么，她也觉得这就是妈妈。

人为什么要长心眼儿呢？为什么要懂得那么多？

有时候厉落挺恨老厉的，恨他为什么不瞒着她一辈子，让她干脆就不知道自己还有个亲妈。

自从小时候被告知自己不是那个女人亲生的之后，那个女人做的一切就都变了味道，厉落没有办法说服自己不隔心。

她看似和她别扭着、拧巴着，可是天知道她有多么渴望那个女人真心实意的爱，哪怕去隐忍、去讨好。

这种复杂的情绪，跟谁也说不清楚。

那天云开都带她去了什么地方、说了什么，厉落记不太清了，只记得他把她载到一帮人里，这些人都是骑摩托车的大哥哥大姐姐，聚在一起也不知道在兴奋什么，印象深刻的是，有两个姐姐在对骂，她们穿着清凉，装扮妖艳，发育圆熟的胸部随着指手画脚的动作而颤动，看呆了厉落。

云开抱起双臂靠在摩托车上，默不作声地观望着两个女人的争吵。

"小孩儿，学着点。"他扭头对摩托车上的厉落说，"别人骂你，要骂回去，知道吗？"

"知道了哥哥。"

"喂！"云开突然站直身子，走向两个女孩，做了个中止的手势。

云开走向他们，厉落听见他问两个女孩：

"红药水带了没？"

厉落那时候就觉得，云开跩得不行，对女孩子一点也不绅士。

两个女孩停了一会儿，其中一个女孩从包里掏出一个小包扔给他，完事又投入到口水大战当中。

玩摩托的免不了擦伤摔伤，女孩子包里给男朋友装着药，是关心的表现。

云开蹲下来，一手攥住她的腿，拧开瓶盖，往她的膝盖处倒药，红药水很快便泛滥在她的伤口上，红色的液体分成无数分流，争先恐后地奔向她的腿下，像一条条兴奋的小蛇。云开手忙脚乱地用手掌去揩，去截断，可是药水还是不听话地溜进了她的鞋子里，染红了她的白袜。

他在她的腿上胡乱地擦了几下，动作滑稽又暴躁。

最后他手掌心沾满了红药水，她的小腿也被他弄得惨不忍睹。

厉落扑哧笑出声："哥哥，你这样，我更容易感染吧！"

这句"哥哥"叫的，多少有点无奈服气无语的意思。

云开悻悻拧上瓶盖，站起来："嘴皮子挺溜，刚才人家骂你，怎么不吭声？"

厉落挠挠头，嘴甜地喊着："哥哥？"

"嗯？"

"你回头可千万别把这事跟我哥说，成吗？"

就在这时，好巧不巧，厉风的电话又一次打来。云开掏出不停振动的手机，嫌烦，接都不接就给挂断了。

他眉头一拧："为什么？"

"我哥年初就因为我跟她吵过一架，这阵子刚缓和，你看，我哥把母亲节的礼物不都给她准备好了吗？家和万事兴嘛！"

"我让你哥把你接到身边去住。"

"别别，我哥刚参加工作，正忙呢，可别因为我分心。"

云开揉了揉她的头发："懂事儿。"

厉落满不在乎地荡荡腿。

"没妈的孩子，在哪儿不都一样。"

云开定定看了她一会儿，目光微微摇曳。

117

那天他们很晚才回家，云开骑摩托把她送回来的时候，厉风黑着脸堵在门口。

厉风即使责怪别人，也是温柔地笑着："你小子短打，敢带我妹出去鬼混？"

摩托少年云开，绝对是家长叮嘱小孩敬而远之的角色。

云开还顶嘴："你妹太瘦了，像只酱板鸭，你也不管。"

厉落一听这话头，云开就是想说继母的事，立刻爬到他后背上用小手捂住他的嘴！

云开也不躲，被她缠上，只能肩膀塌下来，一脸的不痛快。

厉风眼见着她从摩托车后面搂着云开，还把手捂在他嘴上，顿时觉得两人的举止太过亲密。

不怪他多心，云开这小子，长太帅了。

云开虽然还没开窍，整天摩托车摩托车还是摩托车，但保不齐哪一天厉落陷入他的魅力里，到时候出事怎么办？

厉风突然收起笑容，横眉立目："厉落落，给我下来。"

"哦。"

"你心虚什么呢？还捂嘴，什么事瞒着我？"

"哥，我哪有心虚啊！"

厉落越解释，厉风就觉得越可疑，用审犯人的眼光打量着两个人。

"厉落落，你现在还太小，不能谈恋爱知道吗？"这句话，厉风是看着云开的眼睛说的。

云开嗤笑一声，别过头去。

"谈恋爱？啥谈恋爱！"

"我没说你现在就谈了，我是说，预防，预防早恋知道吗？"

厉落疑惑地去看云开，云开在一旁憋笑就快把自己憋死了。

"24 岁吧，"厉风看了眼云开，嘟囔着说，"等你到了 24 岁，到时候你们想谈就谈。"

云开一听来了兴趣："为什么是 24 岁？"

云开一脸认真，厉风只好胡乱解释一通，对自己的理论也不太自信的样子：

"这个嘛……女孩子到了 24 岁身心发育才算成熟，综合各个方面吧！"

云开斜睨一眼厉落，那眼神仿佛不太相信，他怀疑眼前这个小不点，即使到了 30 岁，也未必能够发育成女人，就像一颗黑黢黢的干瘪种子。

云开问："这你是怎么算的？"

云开这一问，把厉风搞得哑口无言。

厉落的眼里闪过一道精光，忽然一拍巴掌，抢着说："啊！我知道了！我哥那天和云晴姐在家里玩，睡在一张床上了！云晴姐不就 24 岁了嘛！这样就算成熟了！"

这一番童言无忌，瞬间像个惊雷一样劈中了两个人。云开的笑容逐渐消失，眼睛阴沉地慢慢看向厉风……

"厉落落！看我不拔了你的舌头！"

做了坏事被人家亲弟弟知道了，厉风尴尬又羞愤，追着厉落打。厉落躲到云开身后去，像只猴子一样笑着跳来跳去。

"略略略！来呀你来呀！"

云开护着厉落，双臂伸开，挡住厉风："你把话说清楚，什么叫睡在一张床上了？"

"说不清楚！说了你们两个小屁孩也不懂！"

"你把我姐怎么了？"

"哥！你快跟人家说清楚嘛！"

"啊！哥！你怎么踹伦家女孩子的屁股！"

"厉落落！你给我站住！"

"说清楚！怎么就睡一张床上了！"

118

厉落的回忆随着车子的熄火声消散。

两个人已经到了她家楼下。云开摘下头盔抖抖头发，黑硬的发丝难以恢复原貌，全都背过头去，露出了他宽窄适中的额头。

他和以前相比，更成熟稳重了。即便长相上没什么变化，但是眼神里再也没有那种桀骜。

厉落也摘下头盔，不太自在地说："谢谢你送我回来。"

她觉得云开这阵子有点讨厌她。自从她想给她哥翻案，两个人理念不同闹掰后，云开好像就不怎么喜欢她了。

厉落猜的。

果然，云开下了车，耷拉着眼皮，不理她，转身走进了单元门。

厉落在后面追："喂！我没邀请你上去坐啊！"

一想到要跟他在同一空间相处，她就觉得浑身不自在。

他给厉风解剖时的场景又浮现在眼前，她不想请他上去啊……真心不想。

是不是对他产生了心理阴影呢？

没想到云开压根没把她这个主人当回事，只是淡淡来一句："上去看你哥。"

没错，这是厉风的房子。

啊？看我哥？

厉落打了个冷战，法医不会能通灵吧？

云开所说的"看她哥"，其实指的是去喂六六，这让厉落心里顿时觉得舒服多了。

云开在厉风没有出事时，也常来家里，所以厉落就没跟他假客气。

"饮水机里有水，冰箱里有茶叶，你随意。"她满身大汗，径自走进卧室换衣服去了。

卧室的门被关上，云开在这间屋子里环视一圈，不禁想起厉风还活着的情景，他经常把哥几个叫到家里来吃饭、讨论案情。

一晃许多年，斯人已逝，头一次踏进这个地方。

家里被厉落搞得很乱，衣服随意搭在沙发上，厨房里的碗也没刷。她是个不太懂生活的女孩，自从厉风和吴雪如闹掰，把厉落接到身边带着以后，她就越来越放肆。厉风不得不追在她屁股后面收拾。现在这种状态，已经是独立之后改造的结果了。

云开摇摇头，挽起袖子进了厨房。

不一刻，厨房里便传来了水声。

厉落从房间里出来，左右不见人，隔着透明的隔断，才看见云开在刷碗。

厉落这人欠，嘴上总愿意占点便宜：

"哟，贤惠啊，云法医这是恨嫁了？"

云开转头看她，她换了一件黑色篮球运动背心，是厉风生前的衣服，宽大的衣服罩住她娇小的身体，两条白嫩的腿在背心下晃动。

云开的眼神滚烫，迅速收回了目光，冷肃地说："手心儿痒打手心儿，屁股痒打屁股。"

厉落立刻用手心儿捂住屁股，嘿嘿笑着。

"你家阿姨呢？"他把一个个瓷碗刷得白净透亮，抹干净了罗列在碗架上。

厉落很想告诉他，家里是有洗碗机的，但见他那双手生得实在白净好看，灵活得有种阴柔的美感，忍不住痴痴地看呆了。

"哦，阿姨回老家带孙子去了。"

"那谁给你做饭？"

"叫外卖呗！偶尔跟朋友出去吃。"

"下班我过来给你做。"

"你还会做饭？"

"你手受伤吃的谁的饭？"

"那些都是你做的啊？"

"嗯。"

"这怎么好意思呢！"

"不用跟我客气。"

厉落就当他随口一说，当作客套话，也没放心上。忽然一股香气钻进鼻子，她不停翕动鼻子，慢慢朝云开靠近。

她像狗一样嗅着鼻子凑到云开的胸前，把云开弄得手足无措，他不禁想后退了一步，高举双手，低头看着怀里那只毛茸茸的小脑袋。

"你干吗？"

"你喷香水啦？"她双眼如刚洗过的星子，清澈黑亮。

云开的喉结剧烈地滚动了一下，如同卡住 bug 一样定格。

厉落眨眨眼，又使劲嗅了嗅："你好香啊！"

上次就闻到他身上有香味，这次共处一室，厉落越发觉得好闻，有点想要链接了。

一只修长的手指伸过来，指尖抵在她的脑门中心，强行将她戳远了。

云开压低眉毛，喘息有点紊乱。

"你喜欢，买给你。"

正在这时，厉落的手机响了。

云开瞟了眼她的手机，头像是步飞大大的笑脸。

步飞给她发来视频通话，她接起来的时候，说话的声音立马细软了好几个度：

"哈喽，步步！"

云开的黑眼仁瞬间斜到眼角去，手里的碗重重地搁在大理石台面上。

"哈喽，落落！我确认一下你是不是到家了。"

"到家了到家了，不用担心。"

"这是你家吗？感觉很大的样子。快给我看看！"

步飞在电话里对厉落的家产生兴趣，厉落为家里很乱而感到不好意思，便一手举着电话，另一只手悄悄背过去，把沙发上的乱衣服丢到一边。

镜头每转到一处，厉落的手就会偷偷在底下胡乱收拾一通，以确保镜头里的画面是干净整洁的。

她这一系列的小动作全看在云开的眼里，云开死死盯住客厅里的厉落，手边的杯子也因为刚才用力过猛而摔成了两半，他的注意力全在厉落身上，手指一个不小心就碰到了碎裂的瓷器边缘。白皙的手指上瞬间割出一个小口子，鲜红的血珠冒了出来……

"啊……"云开痛得轻叫一声，而厉落还在跟步飞热聊着。

两人从家居用品聊到阿童木，又从阿童木聊到乐高，聊得正起劲，厉落的余光瞥见云开从厨房里走出来，还没反应过来，一根手指伸过来，云开的中指和拇指紧紧夹住食指，用力一捏，食指上的血珠精准滴落在她的手机镜头上，步飞那边的画面顿时殷红一片……

"落落！你的镜头怎么变成红色了？"

"你……"厉落抬头去看云开，云开却从沙发上抄起包，头也不回地走向门口。

他扶着门框穿鞋，厉落赶紧放下手机追出去，站到他面前。

"你手上怎么有血啊？"

云开一脸冷漠地穿鞋，一句话也不跟她说。

"你着急走吗？有案子了？"

云开扭头出了门。

门"砰"的一声被甩上，把厉落震得目瞪口呆。

她低头望着地面上的滴落状血迹，眉头紧紧地皱了起来。

一股强烈的异样感觉充斥着四肢百骸……

这血，这……

厉落提起裤脚，缓缓蹲下来，看着那血迹，眉心微皱。

"滴落状血迹。"

下一秒，她突然站起来，跑到橱柜里拿出一个卷尺，又飞奔回来。

她像壁虎一样趴下，伏地测量血迹的直径。

"滴落状血迹，根据云开的身高、手臂长度、手指距离地面的高度，直径应该是……

"对，没错。就是这样，书上就是这样。"

步飞还在视频通话里嚷嚷："落落，你搞什么呢？刚才谁在你家？"

厉落正捏着下巴认真研究，听到步飞的声音后重新拿起手机："刚才云开在我家，刚走。"

步飞："云法医还来你家了？他怎么走了？怎么没多待一会儿……"

厉落："他走得挺急的，可能又来活了吧。"

步飞："落落，云法医今天是不是生我们的气了？"

厉落："生气？气什么？气我们不遵守交通规则？"

步飞："哎呀不是！你真的太迟钝，他可能以为我们两个在谈恋爱。"

厉落放下尺子，惊讶地看向镜头："真的假的！太搞笑了吧？"

步飞："这件事很好笑吗？"

厉落："裤衩笑飞！哈哈！"

步飞："……"

厉落："你放心，回头我跟他解释一下就行了。"

步飞："你很在意他的感受吗？"

厉落："我是担心你的人身安全。"

步飞："怎么说？"

厉落："我哥以前给我立过规矩，24 岁以前不准我谈恋爱。"

步飞："所以……你现在几岁？"

厉落恍然迷糊了一下："哎呀，我好像刚过完 24 岁生日……"

步飞："也就是说，你现在，正正好好 24 岁了？"

厉落："有什么问题吗？我应该比你早上两年学。"

步飞："不是问你上学的问题……我问你，云法医他……没谈女朋友吗？"

厉落："从没听说。"

步飞："我好像……有点……明白了。"

厉落："你明白什么？"

步飞："不说这个了，我们俩真是一对小傻子！明天有漫展，下班约你！"

厉落："哈哈，那必须约起！"

119

什么叫"吃瓜吃到自己头上"，颜昭算是领教了。

热搜是一门玄学，一种体质。

多少明星砸高价买热搜不一定有效果，有些人走个路都能火遍全网。

颜昭坐上回律所的出租车上，心惊肉跳地吃着自己的瓜。

网友很快扒出了她的微博小号"满山猴腚我最红"，扒出她曾多次点赞那些骂白烬野的营销号。

博主在微博的点赞都会出现在主页上，她的第一个赞，是赞了辛渡唯粉的一条微博，内容是这样的——

"真搞不懂某些人的粉丝，吹嘘自家哥哥身上有破碎感，我怎么感觉他那股气质，就是无病呻吟矫揉造作呢？"

此条微博，"满山猴腚我最红"赞过。

"现在某些流量明星，唱歌张不开嘴，跳舞迈不开腿，演技仅粉丝可见，难道这就是偶像吗？（附带＃白烬野工作人员进 ICU＃ 话题）"

此条微博，"满山猴腚我最红"赞过。

网友有点看不懂了，不是说绯闻女友吗，怎么看着像黑粉呢？

粉丝想去攻击女主微博，一时间不知道该怎么下嘴。

这人到底是白烬野什么人？

一开始，网友的态度还比较拘谨审慎，直到颜昭的两张高中照片被扒出——

颜昭穿着淡蓝色校服坐在教室里，青涩水灵，清冷淡然，这样貌和明星传绯闻还是够用的，有谱有谱儿！

这女孩模样倒是够清纯，可这照片……这是在对着镜头竖中指？

颜昭放大这张照片，点点头，嗯，脸拍得还不错。

再点开第二张，是颜昭高中时跳课间操的照片。

由于动作幅度过大，起落抓拍的一瞬间，她的动作模糊……

五官变形！

马尾辫直冲云霄，像根皮掸子！

肚皮还露出校服半截，肚脐眼竖成椭圆长条！

"这就过分了啊……"

她蹙眉，遗憾、恼火、不开心。

有了这两张照片，粉丝这下舞开了！

"小太妹！坏学生！学生时代就竖中指！素质低下！哥哥绝不会看上这种女人！"

"也太丑了吧？这又是哪个网红想蹭热度？看着吧！这女的明天就要出来开直播带货！"

颜昭这原本无人问津的小号，一时间堆满了垃圾评论。

也有一群白烬野的粉丝，以保护颜昭的架势出来说"公道话"：

"大家都散了吧，她只是路人而已，根本就不是弟弟的女朋友，有视频已经澄清了。（附上链接）"

有人把原版视频放出来了，电影散场后，白烬野和颜昭仿佛互不认识，各自往相反的方向离去了。

更有网友扒出："根本就不是路人，这位小姐姐是他的律师团队的工作人员好吗？"

"既然是工作人员难道不懂得避嫌吗？让她工作，又不是让她带薪追星。"

"总之要相信他，他说过喜欢健康的，这女的白过头了，皮肤像贫血，他不喜欢这种营养不良的！"

跟着就是各种铺天盖地的洗脑包和通稿：白烬野是如何出道的，经历了怎样的磨难，曾经遭遇过多少不公平的对待，上综艺意外受伤坚持演出结束后被送进医院，在机场被激光笔射眼睛，被公司雪藏，不红时如何努力抓住机遇搏出头，一年挂了多少次点滴，手上针眼多么可怕却从不抱怨，又如何被经纪团队坑害……

120

白烬野目前想解约的公司其实是具备引导粉丝的能力的，只不过触及他个人的一些底线，或是其他什么原因，在颜昭看来，不会是因为朝露那么简单。

被卷进与艺人的绯闻里，作为想要安稳生活努力打拼的普通人来说，颜昭是有事业心的，对自己有宏图规划，这种跟随一辈子的麻烦事她是万万不想尝试的，哪怕是有再大的利益诱惑。

声誉可贵，尤其是女孩子。

临近下车时，已经有网友扒出了颜昭的真实姓名，这场旋涡她无论如何都无法躲开了。

然而真正让颜昭感到窒息的，是网友将她的名字与白烬野的一首单曲联想到了一起。

这首销售总额破亿、粉丝耳熟能详、路人传唱度却不高的歌曲，眼下却因为歌名引起了很大争议。

因为这首歌的名字叫作——

《昭昭星野》。

"就问问那些不相信绯闻的粉丝，这首歌的歌名怎么解释？"

"作词作曲是你家哥哥本人吧？"

"可别再吹你家这位当代唐僧了，明面上不近女色媚粉，私下早已暗度陈仓！"

一时间，颜昭的小号再次收到蜂拥而至的评论攻击，私信更是千奇百怪。

颜昭对人类思想的参差和社会心理研究重新燃起了兴趣。

《昭昭星野》。

音乐软件一搜索，还真是这个名……

戴上耳机，点开音乐软件，会员歌曲，颜昭心疼这 19.9 元好久，最终十分不情愿地充了值。

还没听到副歌，颜昭摘掉耳机，卷起耳机的动作烦躁而潦草。

"辞藻堆砌，无病呻吟，难听。"

给出租车扫码支付，下车关门，颜昭远远就看见律所门口堵着一群粉丝和记者。

颜昭在人群背后伫立半晌，忽然有些畏惧将来。

命运就像一辆洒水车，播着单调诡异的《致爱丽丝》缓缓驶来。

而她处境狭仄，想不被喷溅，亦避无可避。

不容过多优柔，颜昭心一横，抡起手上的头盔罩在头上。

扣好头盔，正了正，她整整衣领，落落大方地朝镜头走去。

第二十五章

前方高能表白现场

121

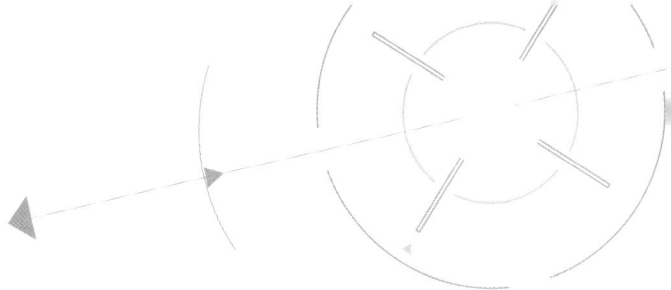

一个头戴粉色猫耳摩托车头盔的职业装女子，头盔镜片是银色电镀镜片，完全看不清她的脸，炫酷的头盔下是纤细的脖子和凹凸有致的身材，黑西装、包臀裙、尖头高跟鞋、蜂腰蚁臀，与硕大可爱的头盔形成鲜明对比。

女子身形亭亭，大步流星地穿过围观，在众目睽睽之下，泰然自若走进信诚旺达律师事务所的大门。两名保安眼疾手快跑过来迎接，而后迅速合上门。

她火了。

绯闻的热度被炒起来之后，白烬野的团队第一时间发布了关于恋爱传闻的声明，宣布白烬野目前是单身状态，否认白烬野谈恋爱。

白烬野的律师团队也第一时间发布了律师函。

一封"休书"否认了颜昭与白烬野的关系，这封"休书"还是自家律所发的，颜昭想想就觉得戏谑。

没过多久，曝出颜昭照片的博主纷纷删除博文，网络上流传的颜昭照片竟然一张都无法查看，另有爆出其他与白烬野有关的女星照片开始流传，但一看就是用来混淆视听的假料，假得不能再假。

路人简直要烦透了，多少大事都上不了热搜，一个明星看场电影都要被讨论出花来！

晚上 8 点，热搜女主在网民热情的声浪中终于发博——

"周一见。"

简简单单的三个字，如汤如沸。

人们都兴奋了，女主要搞事情！

那可是白烬野啊，顶流啊，入行多年除了被迫营业、跟所有合作女演员都保持距离，从没传过绯闻，这下可有故事看了。

管它是爆料还是澄清，是揭发还是诉苦，只要是白烬野的瓜，哪怕女主只爆出他一周不洗澡这样无聊的料来，大家的眼球也满足了。

白烬野处于解约风波，最近很少露面，粉丝对他的私生活知之甚少，物料和花絮也是旧的，现在有人要跟白烬野"周一见"，十足吊人胃口。

颜昭的这条"周一见"一经发出，私信就爆了，媒体记者争相采访，大家都想通过这位话题十足的女主角，拿到第一手爆料。

甚至有人开出高价，要买颜昭手里的"周一见"。

还有人请求为她代笔，书写她与白烬野的恩怨纠葛。

很快，颜昭的手机号就被泄露了，陌生号码如蝗虫般涌出，就算她把手机设置成陌生号码来电静音，手机也因为消息过多而瘫痪。

一个人的信息被泄露得如此容易，让颜昭不禁脊背发凉，即便这已是她提前预料到的结果。

122

地下停车场，钱律师板着脸，面色阴沉。

对于颜昭的擅自炒作，他非常生气。

"白烬野的案子你不用跟了，钱铎，我另外安排人辅助你。"

颜昭没说话，钱律师甚至都已经不拿正眼看她了。

她蓄意炒作的行为让钱律师对她失望透顶。

甚至今天在律所，没有一个同事和她说话，大家都在她的背后指指点点，毕竟，她的行为给律所带来了恶劣影响。

颜昭并没有挂名在白烬野的案子上，只是偷偷给钱铎打辅助而已，但她高调的行为势必会对这桩案子产生影响，甚至会影响钱律师的声誉。

而她做这一切之前，根本没有跟师父商量。

钱铎虽说一直在父亲面前唯唯诺诺，眼下却为她求情："爸……换个人也不一定比颜昭了解白烬野……"

钱律师没说话，推门下了车，沉着脸，连看都没看颜昭一眼。

钱律师一走，钱铎好半天没说话。

钱铎搓搓脸，眼神复杂地盯着颜昭："你到底想干什么？你怎么不跟我爸商量一下呢？现在你们律所管委会正开会要处置你呢，你知道嘛！"

颜昭不发一言。

钱铎叹了口气："我爸也是气话，你要是有什么自己的打算，你跟他好好沟通沟通，不要自作主张。"

"这是我的私事，和谁商量我也要这么做。"颜昭平静地说。

"关键是你到底想干什么呀！炒作？赚流量？博眼球？做网红？你不是吧？你这么聪明，前途无量，干吗要去搞这些呢？

"颜昭，我不知道你有没有把我当朋友，不管有没有，我都想劝你一句，声誉可贵，尤其是女孩子，名声毁了可就完了！"

颜昭无动于衷："对于普通人来说，名声不仅没用，而且还是累赘。"

"你现在是在拿你的事业开玩笑，拿你的前途开玩笑，你想干吗？你和那个白烬野闹别扭了吗？你们俩谈恋爱谈崩了？你要曝光他？"

颜昭打断钱铎："我有那么 low 吗？"

"对啊，我觉得你也不像啊……"

"所以你不要管了，你爸那边，我会搞定的。"

"你最好搞定！"钱铎凶巴巴指着颜昭鼻尖警告，二人眼神交锋，钱铎败下阵来，用头撞方向盘，"啊啊啊我不管！我就要跟你一起做这个案子！"

颜昭打了个激灵，赶紧扫扫胳膊上的鸡皮疙瘩，手指外面："你给我下车！"

"不要嘛……"

"下车！"

钱铎下了车，俯身过来，又换了一副闲逸神态，挂在颜昭这一侧的车窗上，嘻瑟着说：

"白烬野今天签合同了。"

"这么快？"

原来钱律师已经接稳了这桩案子，难怪用不上她了。

颜昭心情很复杂，还有什么比一直器重自己的师父对自己失望更让人难受呢？

钱铎说："白烬野让我从叶晞汶那里要回他的微信小号，我费了好一番工夫才拿到手。"

"为什么要找叶晞汶要？"

"因为是用叶晞汶的手机号注册的，闹掰后叶晞汶把密码给改了。"

是 Moonquakes 吗？

"账号一给他，他就把律师费打过来了。"

123

"腌腌……"

一条未读消息。

"腌腌……"

两条未读消息。

"腌腌……"

熟悉的昵称不断冒出屏幕。

颜昭只是看着手机屏幕，并没急着点开。

他这是一拿回 Moonquakes 的账号就来找她了。

月亮又发来一张图片，颜昭对图片还是蛮感兴趣的，直觉告诉她，说不定和梅香有关。

颜昭犹豫了一下，还是点开了消息栏，还来不及看月亮发来的信息，叶晞汶的消息便吸引了她的目光——

"颜小姐，见个面吧！时间地点你定。"

颜昭沉思片刻，接受了叶晞汶的邀约。

结束了和叶晞汶的对话，颜昭才打开月亮的对话框，定睛一看，他发来的那张照片居然是张动图！

那是一张白烬野跟女演员吻戏的动图！

那张动图很熟悉，好像在哪里见过，颜昭这才想起给她微博发私信的一个账号，那个账号也曾给她发过白烬野的吻戏动图，就是这张！

破案了，原来那个无聊的人就是白烬野的小号，而且已经关注颜昭微博很久了。

大无语事件，颜昭终于忍不住，气急败坏地狂撑："白烬野你有病吧？"

月亮立刻发来一个"长着腿毛的青蛙单手撑在门口耍帅"的油腻表情包。

"我在阳朔，休假的感觉真好！"

他发来一张图片，上面是他拿着筷子的手，手边是一碗热腾腾的米粉。

颜昭不知道该怎么回，她和月亮以前的确是这样，她是他的"屁大点事分享者"。

可是现在那个分享者突然变成了白烬野，她一时有点难以接受。

她也不想跟白烬野说话，可是他顶着月亮的头像啊！

不回的话，颜昭又觉得月亮很可怜……对月亮的喜欢仿佛已经刻在基因里了，以至于她只要看到这个 ID 这个头像就会自动代入另外一个不存在的人。

比如你喜欢一个配音演员，尽管他的爆照不是你喜欢的类型，但只要听到他的声音，还是会自动代入你脑子里幻想的那个人。

比如你喜欢过一个人，很喜欢很喜欢，但你们的关系破裂，也不再联系，甚至他让你很烦，但他当初联系你的那个头像和账号，每每看到还是会有特殊的感觉。

总之形容不出来，就是很奇怪。

颜昭虽然回了，但是回得别别扭扭。

满山猴腚我最红："一点辣椒都没放，跟涮锅水一样，一看就不好吃。"

Moonquakes 很快回复她："现在就放。"

他又发来一张米粉碗里铺满辣料的照片。

他不只加了辣椒油，还加了辣酸豆角，还加了广西野山椒剁椒酱！

Moonquakes："这回呢？想不想吃？"

颜昭的舌根处不自觉地发紧，每次看到辣的东西都会有要分泌口水的感觉，现在又快吃午饭了，被他把馋虫勾出又吃不到，她有点恼火。

满山猴腚我最红："你吃，都吃光！"

过了 5 分钟，他传来一张只剩碗底的照片。

被吃光的面碗旁边摆着 5 瓶汽水空瓶。

满山猴腚我最红："汽水不是越喝越辣？不能吃辣偏要逞英雄……"

Moonquakes："我感觉我要冒火了……（大哭）"

于凯的第二次审讯，正好是厉落被复职的这一天。

办公室的气氛有点沉闷，季凛坐在窗边，掐着腰向外看，这个动作已僵持半天。

厉落走过去打了个响指，切断了季凛的思绪。

他一回头，厉落看到了一张冷冽如刀削般的脸。

好几天不见，季凛瘦了，见到她出现，他的眼里有了细碎光亮。

"你小子，回来啦？"

"嗯，想什么呢老季？站得跟座雕像似的。"

季凛没说话。

厉落问："是不是为了于凯的审讯发愁呢？这一次你怎么不跟云法医商量商量？"

季凛用一副"难道你不知道吗"的表情看着她。

"云开请了病假，两天没见着了。"

"病假？"厉落有点惊讶，不禁回想起前两天云开在她家划破了手的事，心里毛毛的。

不会是破伤风了吧？

"他们干法医这一行，都有点支气管炎这一类的毛病，尸体味道太大了。谁知道他哪根筋不对，前两天还骑摩托车来上班，不犯病才怪。"

支气管炎？那天骑摩托车弄的吗？这么严重啊……

厉落忽然觉得自己挺没有礼貌的，那天人家云开走后，也没发个短信问问。

季凛见厉落低着头不知道在想什么，就说："说吧，想吃什么，中午给你接风。"

解决掉佟琪父母的闹事，厉落回归警队，也算立了小小一功。中午季凛牵头，厉落叫上当天在局里的老王、菜菜、步飞，以及各个科室和她关系不错的几个男女同事，在三里街烧烤订了个包间。

同事们手头都有活，无舌女尸案还没有头绪，大家一忙起来就都忘了时间，等到人齐，到了店，店里一楼已经全都坐满了，一行人热热闹闹地上了二楼。

124

众人吃吃喝喝，唱唱闹闹，把小张给厉落订的庆功蛋糕糟蹋戏耍得不成形。

步飞悄悄出去了一趟，一回来就像变戏法似的，手里突然多出了一束花。

季凛的脸一黑，语气有些古怪："小步同志，你这搞得我们很是被动啊！"

菜菜和老王比较八卦，都把椅子朝步飞靠拢，凑上去用手扒拉那束花。步飞想躲，又不好意思，就用眼神朝厉落求助。

步飞的眉毛生得浓黑，给他的英气加分不少，折成这样委屈的弧度，多少有点可爱。

"哟，这是真花吗？"老王撇着嘴问。

菜菜说："你别给人家扒拉，人家步飞弄这么好看一束，让你这狗爪子给弄残喽！"

厉落坐得离步飞远，也好奇地张望，问："哎呀，那是百合花吗？"

步飞一脸微笑，用指尖轻轻摸摸花瓣，怜爱至极："对，百合花，象征顺顺利利，庆祝你回归警队！"说完又补了一句，"我这就是刚才在楼下花店看见了顺手买的。"

厉落受宠若惊，欢喜开怀："哈哈！谢谢谢谢！这还是我长这么大头一回收到花。"

就算再粗糙，厉落毕竟是个女孩，对花偏爱，免不了俗。

步飞看看大家伙儿，觉得走过去把花递给厉落吧，好像有点肉麻，让大家帮忙传递吧，又多少显得有点刻意。

于是他把花束放在餐桌的转盘上，一点点地往厉落的方向转。

花束刚转到老王的位置时，恰好老王的手机就响了。

老王的大嗓门吓得步飞手一哆嗦，转盘停住了。

"谁？我的花？"老王对着电话吼。

"你确定？"

菜菜问老王："你的花？你有什么花？"

老王说："不知道啊，小哥说让我下楼取花。"

菜菜捶了他一拳："老王！你什么时候搞出第二春了！"

老王一头雾水，脸上却有点期待，难道是前女友被他夜以继日的挽回所打动，决定跟他重修旧好了？

老王一拍巴掌，扭头喜气洋洋下了楼。

接下来，三里街烧烤店出现了这样一幕——

老王哼哧哼哧地背着一大束花，像挑山工一样往楼梯上艰难上行，面如死灰。

那束花有三个大老爷们的腰那么粗，999 朵红玫瑰挤满包装纸，花束巨大，死沉死沉。

"救命啊！老李、菜菜！都下来帮忙！"

正吃饭的众人都闻声下楼，跑到老王身后帮着托一把、扶一把，组成大部队，好容易才把那花搬上楼。

同事们合抱着将玫瑰花抬进包间，厉落一下子傻眼了，一时间都搞不清楚状况。

老王把花重重一放，累得话都说不全乎，扶着老腰擦着脸上热汗，虚喘着说："厉落落，你的！"

"啥？我的？"厉落指着自己，嘴巴张得像只喝西北风的乌龟。

这么大一捧，目测上千朵。

那可是玫瑰呀！玫瑰的意义任谁都懂吧？

跟着上来的几个男女同事都震惊了，巨大的好奇膨胀在包间里，每一个人都好像嗅到了一股……告白现场的味道。

125

什么好像？这就是表白现场！干警察的连这种侦查力都没有？

已经有几个女同事举起手来，激动地开始录像了。这种事在严肃的系统里，难得一见。

季凛趁乱把视频电话拨过去，画面里出现了一张熟悉的面孔。

"小云！花送到了！"

"嗯，把电话给她。"

季凛把电话递给厉落，厉落接过来一看，是穿着病号服的云开。

几个女同事都激动得不知所措，是云开！居然是云开！

全场震惊。

"厉落。"云开低沉磁性的声音从电话里传来，女同事们都雀跃起来，有的已经激动得捂住了嘴巴。

只有厉落"石化"当场，嘴里发出"这这这"的颤抖。

"是云法医送的啊！"

"天哪！这是要表白吗？"

"云法医！您这是多少朵啊？多少朵玫瑰呀？"

云开穿着干净整洁的蓝白纹病号服，面容白皙，双颊有些病态的潮红，他的声音沉稳宁静，精准无误地传进厉落的耳朵里："999朵。"

有两个年轻一点的女警察，激动地彼此握住手，确认了彼此的猜测，同事们纷纷羡慕地看向厉落。

"我的天！真是999朵！！"

"云法医平时不声不响的，没想到这么直白！"

谁碰见表白现场能忍住不围观呢？警察也是普通人嘛！

季凛凑到镜头前，声音高亢地问："小云！这999朵玫瑰是个什么情况啊？"

婚礼得有司仪，表白得靠僚机。

关键时刻，还得是季凛。

云开的声音笃定而轻柔，十分动听：

"天长地久。"

同事们姨母般的笑都已经挂在耳朵上下不来了。

众人背后，步飞把自己的小小花束转回来，悄悄背到后面去……

雀跃和活泼氛围充满了包厢，只有厉落像个被砸蒙的孩子。

她凑到手机前，嗫嚅几句，不知该说什么，所有人都看着女主角，等待着她的回应。

看来，女主角尚不知情，这可就有意思了。

如果是一场心知肚明、精心策划的表白，那就是一场秀，就没意思了，人们爱看的就是奇袭，爱看的就是结局未明、等待答复的刺激。

厉落的嘴唇嗫动很久，才讷讷问了句："你、你是不是发烧了？"

啊？

大伙儿的表情都很惊讶，空调出风口的红丝带静静舞动。

厉落的额头上全是汗，亮晶晶。

视频画面里的云开摸摸自己额头：

"是还没退。"

厉落像是死机般。

云开剧烈地咳嗽起来，他顺手抄起一个做雾化用的呼吸罩扣在脸上，仿佛肺都要咳出来了，还在艰难地说：

"你不用来看我，人民医院人太多，传染……咳咳……"

厉落如梦初醒。

"别！别！哥、哥！人民医院是吧？我下班就去看您！下班就去！"

云开立刻停止咳嗽，把呼吸罩往后一丢，身子也坐直了，像个东道主一般，言简意赅地说：

"诸位尽兴，今天我买单。"

一阵掌声像鞭炮一样突兀地响起，把厉落炸得头皮突突跳。

女同事们围上来问这问那，厉落尴尬地"啊哼哼"，"喔可以可以"……

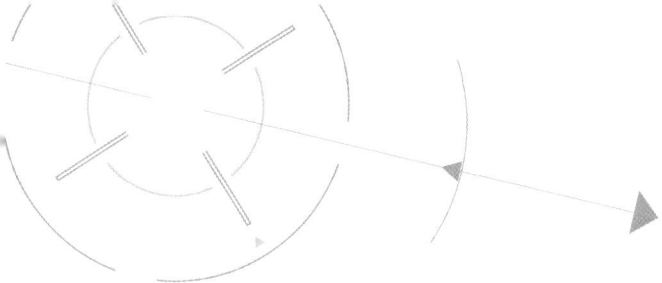

第二十六章

囚徒困境

<u>126</u>

审讯室的空调开得很足，冷飕飕的。

于凯坐在椅子上，目光呆滞。

季凛从外面进来，把本子撂在桌子上，气定神闲。

于凯打了个哈欠，催促道："时间有限，咱们抓紧吧！"

季凛好脾气地笑一声，不慌不忙："第二次进来什么感受啊？又把你找来了！"

于凯表情无辜："很无奈呀，我这最近挺忙的。"

季凛盯住他的眼睛："知道这回为什么又把你找来了吗？"

"我哪里知道啊季队？我不明白总是审我干什么！"

季凛打断他的抱怨，严肃地说："要是没发现新证据，能把你找来吗？"

于凯吞咽一下，不说话了。

季凛认真地看着他："你知道我们研究你那个凳子研究多长时间吗？我跟你说，你小子还让我们绕了个大弯！"

季凛的表情又放松了一些，说："来，我们按照你上次的笔录，我问你，凳子为什么会出现在那个位置？"

审讯室外，厉落和小张正在观看。

这个疑点是厉落在现场发现的。

佟琪上吊用的小凳子是方形的卡通塑料凳面，四只凳腿下方贴着防滑垫，当时距离尸体差不多有一米半，凳子呈翻倒状态。

而当时厉落在现场做过实验，上吊时把凳子踢开 3 次，最远也不过踢出 30 厘米远。

于凯几乎没有丝毫犹豫，回答："我当时在厨房做饭，一出来看见我老婆吊在门框上，我赶紧跑过去想把她给放下来。我围着她转，不知该怎么下手，那个凳子呢，就在我脚下挺碍事的，我就把它给弄走了。"

季凛突然压低声音："弄走？用手还是用脚？"

"我用手！"

季凛又陡然提高声音："那你猜，我们在凳子上有没有找到你的指纹？"

于凯的表情突然没那么轻松了，他的眼珠子一转，一拍脑门："啊！我想起来了！我当时用的是脚！"

季凛点点头："用脚啊？穿鞋了吗？"

这回于凯不马上回答了，而是想了想，说："我穿了，穿的是我家的拖鞋。"

"哪双拖鞋？"

"灰色的塑料拖鞋。"

"哪只脚踢的？"

"右脚。"

"记得这么清楚啊？"

"呃……"

"为什么记得这么清楚啊？"

季凛的追问紧锣密鼓，步步紧逼，于凯的回答开始有些吃力。

"你说你用的右脚，那你猜我们鉴定出来的是左脚还是右脚？"

"我用的好像是左脚。"

"你好好想想。"

于凯忽然肩膀一塌，烦躁地说："哎呀警官，你们不要再逼我了，我老婆死了我已经够难过了，你们还要天天这么提审我，我真的……我真的不用活了！

"我又不是犯人！

"我真没杀人！

"你先别激动，我们用证据说话。"

"那你们就拿出证据证明我杀人了呀！对不对？"

季凛见他情绪激动，笑了笑，安抚着说："鉴定结果马上就会出来，那时候再交代，和你自己坦白，性质是不一样的。我这是在帮你。"

127

999 朵玫瑰花，搞得厉落很是头疼。

这花束这么大，拿着吧？得雇个车拉走。不拿吧？人家烧烤店也没地方放。

最后想起老厉有辆皮卡，叫老爸亲自出马。

老厉的家住在海边，厉落让老厉把花拉走。眼见那么多玫瑰，老厉立刻就起了疑，追问一路是谁送的。

车子到了洋房下，厉落搬完花就要走。

"上去坐坐吧，你妈心情不太好。"

厉落推说忙，正欲走，吴雪如的身影不知什么时候已立在门口。

"原来这花是送你的。"吴雪如说话前总要先抱起肩膀，显出她的百毒不侵、镇定自若，再拿一双老板娘看赊账鬼的眼神盯着厉落，这种眼神经年累月，给厉落造成了应激反应，只要一看见这种眼神，她就想扭头走人。

厉落冷着小脸，向老厉要车钥匙，老厉没给，问："雪如，怎么了？"

吴雪如也不拿好眼色看老厉："昨天，云开从我这里订了999朵玫瑰。"

老厉的眼睛顿时雪亮："落落，这是云开送你的？"

厉落张张嘴，眼里写满无奈，老厉完全忽略她的状态，兴奋得手舞足蹈。

"不错！不错！肥水不流外人田！"

吴雪如瞧着厉落这一身牛仔裤T恤衫，嗤诮道："你能不能买两身裙子？云开那么帅，你没有危机感呀？"

厉落抢过车钥匙，强盗别车一样打开了皮卡的车门，冷哼一声。

"呵，我哪有您会哄男人呢？"

这句话，是厉落在心里说的，她其实只就冷哼了一声，但这一声冷哼，已经是最大反叛了。

吴雪如的笑容一僵，绯颜腻理的眉心突然竖起一道深沟。

老厉厉声道："你跟你妈什么态度！越大越不懂事！"

厉落从小就害怕老厉，即使长大了，老厉吼一嗓子，她本能地就想哭，只不过现在翅膀硬了，敢顶嘴了，但也都是壮着胆说的，底气不足："您还知道我长大了？我跟谁在一起也要管吗？"

"你委屈什么？人家云开配不上你吗？"

"我不喜欢他！不喜欢就是不喜欢！强扭的瓜不甜！"

"那你喜欢谁？"

吴雪如拉了一把老厉，换了一张好面皮，上前好言劝说："我可知道你们单位有个小子跟你走得很近。"

厉落猛然抬头，瞪着她。

"看什么看？你的事我能不关心？那个步飞，他爸爸是个体户，做买卖赔了好几次，他妈妈有尿毒症，是个累赘，还有个聋子弟弟，虽然他自己争气，但家庭条件这么复杂，你别走太近。"

厉落一听就火了，步飞阳光开朗的笑容浮现在脑海。

"实在不行找个班上吧？不然就自个儿生一个，别往我身上使劲。"

吴雪如气得发抖！

"我一口饭一口饭喂你长大，你对我就这个态度？"

您那叫喂饭？您那叫填鸭！

厉落腹诽，话没说出，吴雪如仍旧秒懂。

一场用眼神较量的恶战就此展开。

老厉赶紧摸兜找速效救心丸。

最终是厉落率先切断了对峙的眼神，甩上车门，把油门踩死，绝尘而去。

有时候她也不知道怎么了，明明已经过了青春期，怎么一见到吴雪如，还是浑身不对劲，酸楚、痛苦、渴望、压抑，心底里翻涌出的情绪复杂到她自己都难以理解。

那是一种生理反应，就像看太阳会流泪，溺水会耳鸣。

在医院里，厉落坐在病床边削苹果。削到最后一圈，她也没能想明白这件事。

云开靠坐在病床上看书，窗外天空湛蓝，白云缓动，风撩动窗帘，吹乱他额前刘海。

点滴静静滴落，他的手背青筋突起，血管明显，看起来如此有力，却被一根小针头轻而易举地拴在了床上。

"还要。"

"啊？"

"苹果，还要一个。"

"哦哦，马上削。"

128

"喏，"厉落把光溜溜的苹果递到他面前，"是不是等太久了？无聊吗？"

"无聊。"

云开点点头，拿起苹果啃，他的牙口好，小苹果经不起他三两口就露了核，他转圈把果肉都啃进嘴里后，随手将核丢进垃圾桶里，一边咀嚼一边优雅地擦擦手。

"还要。"

"刚刚不是给你削了两个？"

云开没说话，也没再要，抄起床头柜上的一本书翻了起来。

厉落感觉别扭，无奈地摇摇头，又从塑料袋里拿出一颗苹果，转圈削皮。这一次，她拿出手机，放了一首钢琴曲《友谊地久天长》。

舒缓悠扬的音乐飘散在空气中，云开手里的书迟迟没有翻页。

"是这意思吧？"厉落埋头忙碌在苹果上，声音没什么起伏。

病房的窗台上落了两只麻雀，黑豆眼睛窥探过来，啾啾啾啾。

"不是。"他的回答依然如中午那样笃定。

厉落拿刀的手一滞，半圈苹果皮就这么断了。

可惜了。

云开修长的手指挑起她手边的果皮，扔进垃圾桶里，抽出一张消毒湿巾擦擦手，说：

"爱情地久天长。"

厉落把刀一搁，身子转向他，装傻充愣。

"爱情？谁和谁呀？"

"我和你呀……"云开的这个"呀"字咬得很轻，哄小孩儿睡觉似的。

厉落身子向后一仰："我和你怎么会有爱情呢？不带这么闹的呀哥哥！"

云开突然合上书，仰头望着她："厉落，我认真的。"

厉落又被他的眼神烫了一下，愣怔半晌，哼唧一声，整个人都软了下来，两只胳膊像卡机的风扇一样甩来甩去，一会儿跳脚，一会儿又推搡云开，企图用撒娇耍赖去翻过这一篇。

"啊，我错了我错了，好哥哥，别逗我了！你这样子我没办法跟你做朋友了嘛！"

云开被她推来推去，嘴角露出一丝宠溺的笑。

"做朋友、做恋人、做老婆，总得选三个吧？"

厉落捶头！

"你不会在警校交男朋友了吧？"他眼风一扫。

"我发誓！"厉落朝天望去，仿佛厉风的英魂就盘旋在半空，"我没有早恋！24岁之前一个男朋友都没交！"说完她戳了戳云开的肩膀，耍横道，"你可不要瞎胡说！回头我哥梦里捶死我！"

云开低头翻书，又不说话了。

厉落在他的病床上坐下，拉起他的大手。云开一愣，抬头看她，就看到厉落的脸上忽然生出了一双成熟稳重的眼和一张语重心长的嘴。

"哥哥，我知道，你年纪也不小了，家里催得紧，能理解，我们也没人用异样的眼光看你呀！是不是？男人四十一枝花，男人三十刚发芽！寻找爱情的时间还有的是呢！"

云开也攥住她的小手，低头玩她的手指，放在眼前掰来掰去。

"你有没有听过一句话？"

"嗯哼？"

"谁也不知道明天和意外哪个先来。全世界每年要死5500万人，一秒死两个，我每天都在给死神打下手，但这并不代表我就拿到了免死金牌。要冒多大风险，我才能对一个女人表明我的爱意？"

厉落有点震惊，缓缓抽回手："爱意？你确定？你确定你喜欢我？像男人喜欢女人那样？"

云开点点头，眼里的温柔细碎好看："你可以一遍一遍跟我确认。"

厉落蹦跳起来，像大猩猩一样举起手臂，做出类人猿一样极丑极滑稽的翻白眼嘴巴下垂的表情，声音粗犷地问："你确定？"

云开闭了闭眼，点点头："我喜欢你。"

厉落又找了根笔叼在嘴上，叉腰抖腿，像街头收保护费的二流子一样撇嘴瞪他："你确定？"

云开扯了扯嘴角："我喜欢你。"

厉落又把卫生纸拧成条塞进两个鼻孔里，对他摊开手："你确定？"

云开终于忍不住笑了："我喜欢你。"

厉落有些懊丧，气急败坏地把纸摔进垃圾桶！

"你真不用替我哥照顾我，你是不是没谈过恋爱啊，所以会误以为……"

"我对你的感觉，就像这本书。"云开一歪头，举起手里的书。

厉落一拍巴掌："书是人类的良师益友！是人类进步的阶梯！"

云开的眼神忽然极具侵略性："越看越想睡。"

"啊！"厉落满屋疯跑，抱头鼠窜！

云开继续翻书，动作轻快，神态自若，大有一派尽在掌握的平和姿态。

厉落在病房里跑出了两千米的小圈，头晕脑涨地趴在门上，像一摊被甩在墙上的泥。

她刚想跑，就听见身后的男人冲了上来，后衣领一紧，她被捉住了。

厉落低下头，眼神惊恐。

一条线条紧绷的手臂绕过她的锁骨，手背上的针孔还在冒血珠，他的指甲捏住她胸包上的拉链，拉链发出干涩压抑的声响，那声音叫人难以忍受，她僵硬脖子，咬紧牙关，全面戒备，随时准备逃跑。

"哗啦啦"，清脆的声响掉落在坚硬PU面料的胸包底部，他低沉磁性的声线在她耳边挑衅：

"老厉和老云一起买的婚房，只差软装，不用问我意见，你选的我都喜欢。"

"啊啊啊——"厉落发狂一样冲出病房！

129

厉落张牙舞爪冲出病房，失魂落魄间撞上一个女人。

女人惊呼一声，手里的搅拌机差点掉落。

云开从病房里冲了出来，一脸担心地看向厉落。厉落低头看看洒在地上的热粥，再一抬头，看到的却是一张熟悉的脸。

"厉警官？"

"奚婷？"

"你怎么又来医院了？"

"啊，我……"厉落看向云开，"我来看望病人。"

奚婷的目光在云开身上瞄了瞄，露出一个诚挚的笑容："挺帅的，你男朋友啊？"

云开看着厉落。

厉落赶紧解释："不是不是，这位是我同事。赵主任就是他朋友。"

奚婷立刻和云开亲切地握手：

"真是太感谢您了！真的是帮了我们家一个大忙！"

云开从不和人握手，面无表情点头示意，金色镜框后的一双精明眼，暗暗审视着消瘦的奚婷。

"姥爷怎么样啊？"厉落问。

奚婷的表情不太乐观，但很快又转为勉强的高兴："我正式邀请你们两个来参加我的婚礼！这个月末最后一天！"

"什么？你要结婚？"厉落感觉自己都快被接二连三的突发状况搞得精神失常了。

她和江瀚不是分手了吗？怎么突然要结婚呢？

厉落暂时从云开的惊吓中脱离出来，脑子里飞速地分析着江瀚和奚婷的事。

奚婷表情麻木地微笑着："医生说，姥爷时日不多了，相亲遇到一个合适的，闪婚。"

当厉落把这件事告诉颜昭的时候，颜昭在电话里也是一阵沉默。

过了一会儿，颜昭说："说不定这是让江瀚跟我们联手的一个契机。"

"为什么？"厉落问。

"因为他还爱着她。"

130

看完云开，厉落又赶回市局，来到审讯室门口，观摩季凛对于凯的审讯。

本以为这么晚了，审讯室里会充满疲乏，没想到季凛正热络地跟于凯聊着天，丝毫没现疲色。相比于季凛的轻松热情，于凯显得过于敷衍。

"反正鉴定结果马上就出来了，咱们不聊这个，聊聊你那个项目吧！

"你们一个项目能赚多少啊？"

听见季凛滔滔不绝，于凯回头看看表。

季凛牵起唇角，悠然一笑："没事，时间还早呢，再聊会儿！"

厉落在外面站着，观察里面的情况，低头啃指甲，心里打鼓。

佟琪的死亡现场只有于凯和佟琪两个人，家里又没有监控，现在没有直接证据证明佟琪不是自杀，对于于凯，他们也只是根据调查猜测他有杀人动机，可一旦过了时间，警方就得放人。

当时到底发生了什么？

于凯究竟是不是凶手？

没人知道真相。

季凛必须拼尽最后的全力搞好这次审讯。

寂静的走廊尽头传来脚步声，小张走了过来。

"这么晚了还来听课，挺用功啊？"小张说。

厉落问："佟琪的死可能真和他没有关系吧？他到现在都没有开口。"

"看戏。"

小张对她比了个"嘘"的手势，便站到了审讯室门口，手搭在了门把上，身子微微弓起，仿佛等在升降台下，即将登上舞台的演员。

审讯室内的季凛笑容不减，于凯的身子却越来越僵硬。

"警察同志，能把冷气关了吗？这里太冷了。"于凯疲惫地说。

季凛刚要站起来叫人，审讯室的门就开了，小张的头探进来，眼神复杂，他朝季凛勾勾手，季凛走过去，两人交头接耳，于凯使劲支起耳朵听。

季凛转回身的时候看到于凯的眼神有明显的慌乱，季凛见状，陡然变了张脸，严肃起来，他把文件往桌子上重重一扣，正襟危坐于桌前，用一双鹰隼般锐利的眼睛望着于凯。

于凯是个读书人，没进过警察局，心理素质和那些老油条比，差太多。季凛态度随和，他就打蛇顺杆上，摆出公民姿态；季凛一旦瞪眼，他就显得有些惊慌失措。

于凯打了个激灵，双眼无辜地望着季凛。

"怎、怎么了？"

"还不主动交代吗？"季凛威严的声音回荡在狭窄的房间。

"我、我交代什么？"

季凛打断他："来，先聊聊孩子问题！"

"孩子几岁了？"

于凯面无表情，季凛说什么他就答什么，反正都是一些无关紧要的事。

季凛做出发愁的神色："这么小，将来可怎么办？你对这孩子有感情吗？"

"当然有感情了！那可是我的亲儿子！"

季凛问："孩子以后谁管啊？"

于凯答："当然是我们管了！"

季凛半边眉毛挑高："我们？"

于凯一抖。

季凛身子向后靠去，唇角讥诮："你终于提到他了。"

于凯错愕住，半晌后笑了笑，桌下的脚却轻轻地抖了起来。

"言语"或许会说谎，"脚语"可不会。

人体中越是远离大脑的部位，所流露出的信息往往越可信。因为离大脑中枢越近的部位，大脑的有意识控制越明显。脚部远离大脑，绝大多人忽略了对脚的控制，从而泄露了内心的慌张。

季凛不着痕迹地扫了一眼于凯的脚，沉声问："如果佟琪死了，你就再也不用每天面对这个女人，每天和她睡在一张床上，你和陶大勇，可以以朋友的身份，一起照顾这个孩子，是不是？"

"我还是那句话，别扯别的，你们说我杀人，拿出证据来。"

"陶大勇就在另外一个审讯室，他可比你来的时间长。"季凛喝了口茶。

于凯的脚抖得越发厉害，同时发出不屑的嗤笑。

"陶大勇已经把你的笔记本电脑密码都告诉我们了。"

于凯诧异地抬头。

"囚徒困境。"审讯室外的厉落静静看着这一幕。

"囚徒困境"是审讯常用手段，共同犯罪的嫌疑人被关起来后，警方分别审讯，给出主动坦白的利益诱惑。由于缺乏信息来源，嫌疑人既担心招供会使自己陷入不利状况，又担心同伙在利益诱惑面前背叛自己，自己的利益受到更大的损害，所以即使共同犯罪的两个人在明知道警方掌握证据不足无法定罪的情况下，最终还是会招供，这个结果叫作"非合作均衡"。

那么，于凯会按照这个博弈论的经典模型走下去吗？

审讯室内，于凯明显出现了狂躁不安的情绪。

"你休想离间我们！我和大勇从上高中就认识了，他是什么人我最清楚！没错！我就是不喜欢女人！怎么了？难道我不喜欢女人就是痛恨女人吗？我就非得杀了她吗？我要投诉你！"

"他是什么人你最清楚？"季凛轻蔑一笑，"你陪他一起服过刑吗？士别三日，刮目相看，一个人在监狱里服刑 3 年，你确定你还认得他吗？"

"我当然认得……"

季凛摇摇头，把手机录音放给他听。听筒里传来陶大勇的声音：

"警察同志，这事真跟我一点关系都没有！我不是同谋啊！"

"警察同志，我举报！于凯一直都想谋杀他老婆！我在他的笔记本电脑里看到他搜索过杀人方法！还查过人身意外保险！真的，不信你们去查！"

于凯激动地砸桌子，一时间忘了这是录音，竟对着手机大吼："陶大勇！你放屁！你没有心！你还是人吗！"

小张大喝一声："坐下！"

于凯是个编剧，社交层面上不发达，心理防线相对薄弱，单单是恫吓就能把他吓坏，这是文弱书生的通病。

于凯坐下来，揉头发敲脑袋小声犯恨："你这个贪生怕死的孬种……"

季凛冷声道："就目前的人证物证来看，对你很不利，儿子你是养不成了，放心姥姥姥爷带孩子吗？"

于凯摇摇头，低头掩面，失望透顶。

小张一拍桌子，正义凛然："抬头！"

于凯抬起头，露出一双布满血丝的眼。

季凛说："我现在再给你最后一次机会！你是主动坦白，还是刻意隐瞒，最后在量刑上有很大差别！"

这间狭小的屋子里，压抑的氛围到了极致。

于凯的身子在狭窄的审讯椅上坍缩。

"警察同志，那些记录是陶大勇他用我电脑查的，根本不是我搜索的！

"他出狱之后总是跟我说佟琪碍事，他嫌自己租的房子太破，一直想住进我们家。他还给我洗脑，说他总有一天要让佟琪永远消失。

"佟琪的死是一个意外……"

季凛突然厉声大喝："意外？意外你就不会坐在这儿！于凯我告诉你，不要跟我们绕弯子！"

季凛身上的气场是做了多年警察镀上的一层正义的威严，普通人都禁不住他这一嗓子，更别说心里有鬼的人。

"是她要闹的！她该死！"

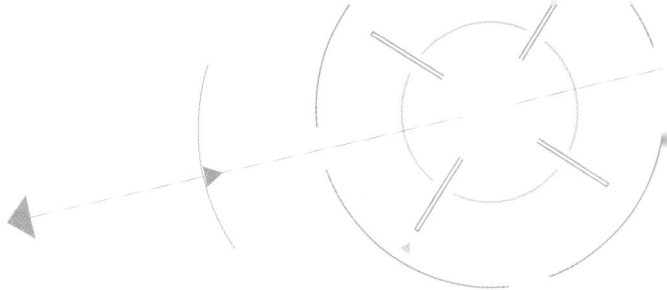

第二十七章

梧升桥

131

"你们来找她之前，其实佟琪就已经发现我和陶大勇的聊天了。她开始对我产生怀疑，对我的态度大变，以前她是很温柔的，对我言听计从，自从怀疑我之后，她就对我很不耐烦。

"结婚纪念日那天，我试图挽回她，毕竟她是孩子的妈妈，我爸妈最近身体也不好，还得她来伺候，我不想破坏这种稳定的生活。我也跟她道歉了啊！我跟她说，你这么多年辛苦了，明天你休息一天，也像其他女人一样美美的，出去做个头发，做个指甲，我在家里替你做饭，看孩子。她看我这么低姿态，本来已经不生气了，状态挺好的，结果碰上了你们来上门问话……"

厉落瞬间明白了，不由得想起当初自己那些刺激到佟琪的问话……

"宾馆的开房记录和监控记录我们都查到了，陶大勇从出狱到现在，你跟他经常到宾馆开房！"

佟琪原本还对丈夫抱有一丝侥幸，可是警察上门后，她彻底震惊、绝望。

这么多年来，不让自己在面前脱衣服的男人，除了生孩子才碰过她的男人，一直让自己觉得自卑的男人，为他努力经营家庭的男人，居然从没爱过她！

"是她要闹的！她说要把我的丑事全都捅出去！要让全世界都知道我骗婚！"

132

"厉落，影山茶楼，我被人缠住了。"

这是颜昭给厉落发来的一条短信。

厉落从单位出来，一刻不停地驱车赶往影山茶楼。

影山茶楼在市区的一个自然景区内，虽然环境贴近自然，交通却不发达，早晚都很难打到车。

厉落的脑海里不停回放着于凯在审讯室里的话——

"我最后悔的就是当初选了一个农村女孩，以为农村出来的贤惠顾家，没想到她骨子里就是个泼妇，一哭二闹三上吊！简直没有素质到极点！我当时看见她那副样子，恨不得立刻让她从我眼前消失！

"我看见她在门框上拴了根绳子，我笑了，我说你去死吧，你不是要上吊吗？去死吧！然后我就进了厨房。她根本就是在吓唬我，在威胁我，我知道她不会真的去死。

"过了很久，她果然也没死。我听到她在我们家庭群里发了条语音，她说她没脸活了！我当时看到就炸了！你有什么问题你找我，你别冲我爸妈去！对吧？我爸妈年纪大了，承受不了打击！

"我从厨房跑了出去，发现她正站在凳子上，把脖子套进绳子里，满眼挑衅地盯着我！我当时觉得她的表情特别狰狞，我讨厌这个女人，一看到她我就觉得恶心！

"我当时不知道怎么，我真不知道怎么了，我冲到她面前，一脚踹飞了她脚下的凳子……

"她的头一下子卡进绳子里了，她的眼神没有防备，她在哭，很快，她的眼神又柔软下来，就像我刚认识她的时候那样……

"我要的……只是有一双那样眼睛的女孩……"

车里的空调开得很冷，厉落抬手关了，打开车窗，山风灌进来，吹拂着她惆怅的面容。

我们对人最大的误解就是，但凡是个人，就有良心。

133

半山腰，影山茶楼，高私密性的包间里，茶案上熏香袅袅。

颜昭不动声色地看着眼前这个陌生男人。

他戴黑框眼镜，单肩挎着一个相机包，一手拿着带盖的圆形保温杯。

来茶楼，自己带保温杯，很奇怪。

男人在她对面坐下："颜小姐您好，我叫陈光，是《都市晚报》的前记者。"

颜昭闻听此言，挑挑眉。

她原本约的是叶晞汶，时间地点都是叶晞汶定的，结果出现的是陈光，被骗了。

颜昭以不变应万变，喝了口茶，不动声色地望着陈光。

陈光开门见山："凭借我对新闻的敏感性，颜小姐所谓的'周一见'，其实指的是这件事吧？"

他说着，从包里拿出一张报纸，推到颜昭面前。

颜昭拿起报纸，表情看不出一丝波澜。

《生死大堵车！少年爬桥造成拥堵，脑出血男子被困车海》

颜昭撂下报纸，给自己倒茶，淡淡地说：

"陈先生从原单位离开，是因为新闻敏感性太差而被辞退的吗？"

陈光错愕了一下，脸一阵红一阵白。

颜昭轻轻笑了，替他倒茶，看似不经意地扫了一眼他摆在桌面上的保温杯，问："来茶楼，还自带水杯啊？"

陈光下意识摸了摸摆在桌面上的水杯，手指上的汗在杯身印出一个指印，很快就蒸发不见了。

这一系列略微慌乱的动作尽收她的眼底。

"陈先生，您第一次用偷拍设备是在什么时候？"

"呃……我 1999 年进报社实习。"

"我第一次用偷拍设备，还在念高中。"

面对颜昭凌厉的目光，陈光只好把水杯收回包里，拉上了拉链。

陈光又把双手交叠放回膝盖上，做出新闻人的采访姿势，看着她。

"没想到当年跳桥的白奇成了如今的顶流偶像，作为那场事故的受害者，这么多年来，您就不觉得很不公平吗？"

陈光在白烬野解约前就曾试图联系过她，当时那个少年跳桥的新闻他可是拿到了第一手资料，无奈没有拍到影像资料。后来白烬野爆红，陈光看见商机，已经私下勒索过白烬野一次，都被经纪公司花钱摆平了。现在白烬野和经纪公司闹掰，经纪公司又把陈光这条吸血虫给放了出来。

颜昭起身就走，陈光立刻追出来，他几经辗转才联系到她，不打算轻易放过。

"颜小姐有没有得到白家的补偿呢？"

"颜小姐，你和白烬野现在还有联系吗？"

"厉落，影山茶楼，我被人缠住了。"

"别怕，我马上就到。"

134

梧升大桥横跨两岸，如同江上纵卧着一张巨大的竖琴，晚高峰，桥上霓虹交织，蜃楼山市。

厉落开着车驶上大桥，车子飞一样疾冲在宽阔的桥面上。

颜昭自上车后就一句话没讲，只是静静地望着窗外。

厉落不时朝倒后镜瞄一眼她，心照不宣地安静着。

补偿？谁又能跟命运要到补偿呢？

命运不会给任何人补偿，命运只会在某个等红绿灯的路口，让人突然反应过来，狠狠抽上自己两耳光。

暴雨侵袭，天阴得像要塌下来，通途变拥堵，大桥上水泄不通，警笛声不绝于耳，桥上密密麻麻的车灯闪烁。

灯光模糊成光斑，视线再次清晰时，已回到 12 年后……

厉落把颜昭送回了家，一进门，颜昭家里扑面而来的空旷感袭击了厉落的内心。厉落本来准备要走的，但一看颜昭家里这么冷清，颜昭妈妈又是聋人，此时说不定已经睡下了，万一颜昭心情不好，连个说话的人都没有。

厉落犹豫着，到底要不要走呢？

颜昭浑身低气压，脸很冷，眼疲倦。厉落不敢跟她讲话，也不敢进门。

颜昭垂着眸兀自进了门，扔给厉落一双拖鞋。

厉落穿上拖鞋，拘谨地坐在沙发上，看着颜昭走向冰箱的背影。

只见颜昭打开冰箱，零食蛋糕冰激凌抱了一捧，一股脑地丢进厉落怀里，在书架上找了两本书扔到沙发上，又从卧室里的一个小窝里抓出来一只小奶猫放到厉落的腿上。

这一系列的举动只表明三个字：不许走。

"放心放心，我就在这儿，你需要就叫我啊！"厉落往沙发上一仰，开始扒拉起零食堆。

颜昭默不作声地点点头，把阳台的门一拉，独自趴到一个小桌上去了。她背对着厉落，看不见是什么表情。

厉落"嘎吱嘎吱"吃了两包薯片，又抠出一瓶养乐多扎进吸管叼在嘴上，坐到地板上玩小猫。

小猫玩腻了，厉落又不爱读书，她百无聊赖地走到阳台，拉开了门，一股热浪扑进空调房，蛐蛐声乱耳。

厉落盯着颜昭的背影，小心翼翼地问：

"喂，奚婷结婚，邀请我了，我是不是该做点什么？"

颜昭趴在小圆桌上没抬头，声音埋在手臂里闷闷的："砸了它。"

"啊？砸谁？"

"婚礼。"

"……"

厉落赶紧拉上拉门，屋里一下子安静了。

现在还不是跟这个女人交流的好时机。

135

不知过了多久，她再去看颜昭，颜昭还是趴在那里一动不动，似乎已经睡着了。

厉落从包里掏出手机，翻出一堆照片。

这是她刚才在局里拍到的王雨萱的日记，一共有 300 多页，厉落一页一页仔细研读起来。

王雨萱这个私生饭很疯狂，中学时因为性格内向被霸凌，曾经有一段时间重度抑郁到不能上学，甚至还自残过。从她的日记来看，父母的溺爱，在她看来是一种愚蠢。

她的一切都很糟糕，直到她遇到了白烬野，他是她人生中第一个喜欢的人。

前线、站姐、粉丝圈……各种专业用语看得厉落头晕脑涨，虽然不知道王雨萱在日记里兴奋个什么劲儿，但一篇篇看下来，她有一种感觉，那就是：王雨萱对白烬野的占有欲越来越强。

她会在日记里痛骂白烬野的女粉丝，她觉得这些女人看的都是她精修过的图，真实的白烬野她们根本没见过。

王雨萱开始不满足于给白烬野接机和拍照，她偷偷跟踪他，当得知白烬野的新住处后，她用自杀威胁父亲给她在白烬野的住处也买了一套房产。

从这一部分开始，王雨萱的行为就从违背常理变成了违法。

潜入他的家，睡他的床，等等，这些看得厉落产生生理性不适，她不得不一目十行跳过这部分，跳到她临死前的记载。

"他有病，真的太开心，他也有病……

"他睡在衣柜里，他原来从不睡那张床……难怪我在床上找了好多次毛发，却一根都没收集到。

"据我长期观察，他心理是有疾病的，和我一样，他也是病人，可怜的阿烬。

"今天医生给我开了药，好想给他也吃一点啊，怎么能让他也跟我吃一样的药呢？可怜。"

厉落瞬间明白了王雨萱给白烬野下药的真正原因。

原来她并不是想杀他，也不是想下毒。王雨萱觉得白烬野和她一样出现了精神疾病，所以把医生给自己开的治疗慢性精神分裂的药物放进了白烬野的水里。

谁也没想到，那水却被朝露喝了。

那王雨萱衣柜里偷拍颜昭的照片，又是怎么回事呢？

"哎呀！真烦！"

厉落又把日记往回翻。王雨萱文笔还行，渲染力十足，尤其真情实感更是容易代入，在看到其中一段王雨萱去收集白烬野毛发的心理阐述时，厉落刚喝进嘴的饮料又"咕噜噜"吐了出来。

警察这份差事也不是谁都能干的，从前季凛他们查一个虐待案时，搜集证据阶段，不得不看完嫌疑人电脑里所有的重口味虐待影片，警队几个兄弟只能轮着来，否则对个人的心理创伤极大。

季凛查完那个案子后，做了一段时间的心理治疗才康复，治疗前见到女的就想吐，见到男的也不舒服，反正不能跟人类触碰，眼神交流过多都不行。

想起兄弟们为了工作受的苦，厉落又把自己的思想高度往上拔了那么一拔。

想做一名合格的刑警，这才哪儿到哪儿呀！

这么一想，就又来劲了，厉落睁大眼睛把日记一字一句地朗读出来，从囫囵吞枣到字斟句酌，从浮光掠影到研精覃思，反正一个字都不放过。

皇天不负苦心人，终于在字里行间找到了颜昭的痕迹——

"6月19日，父亲节，巨热，鬼天气，跟这个鬼节日一样令人讨厌。你今天的行为气得我要吃药，你真的太让我失望了。"

第二十八章

交心

136

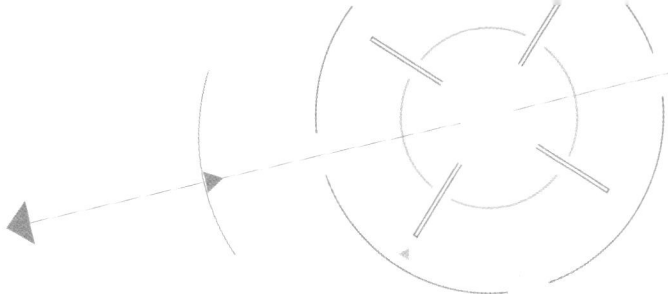

阳台上，空气闷闷的，像是随时要落雨。

颜昭感到身上出了好多汗，黏黏的，可是意识还在梦里，身体无法动弹。

明知道是梦，她还是当了真。

她又来到小时候的家，家门刷着淡蓝色的油漆，门上有个门铃，不会响的，爸妈都是聋人，按了也听不见。

父亲很聪明，想到一个办法。他安了一个灯，连接门铃，按一下门铃的按钮，灯就会亮，屋里的人就知道外面有人来了。

颜昭慢慢靠近那扇蓝色大门，按了下门铃……

父亲从门里急匆匆地跑出来，扶着自行车，蹬开脚撑，她还在发梦，父亲却已经将她抱上车后座。

又是赶往一个新的兴趣班，她讨厌兴趣班。

她噘起小嘴，揪住父亲的白衬衫。

他的后背很宽，很高，布料被汗水浸湿，贴着他的背。他吃力地蹬着自行车，拐进一个巷。

拐弯的一刹那，脚不慎卷进车轮里，颜昭疼得大声喊，可是父亲依旧在吃力地扭动着，蹬踩着。

他是聋的。

颜昭张大嘴，脑袋一歪，狠狠咬上他的腰，自行车这才紧急刹住了闸！

父亲把她抱下来，撂下自行车，车子轰然倒地，车轮还在飞快地转！

颜昭的塑料凉鞋已经歪了，脚踝处擦破了皮。

父亲蹲在她面前，拿起她的小脚看，牛眼一般硕大的眼睛里装满了心疼。

颜昭脚疼，窝了一肚子火，哇哇大哭，边哭边使劲捶父亲。父亲抱头承受着她的小拳头，发出"啊、啊"的惨叫。

下一秒，惨叫声忽然将她拽进了医院，父亲躺在病床上，气管里涌出黏痰。面黄肌瘦的妈妈手忙脚乱地摆弄着护理器械。那呼吸困难的抽气声让人揪心。颜昭的心脏狠狠地疼，猛地从梦境中惊醒！

"啊——"她轻声尖叫，疯狂吸气！

阳台的拉门被拉开，厉落冲了进来，一脸关切。

"怎么了！"

颜昭的胸腔不可抑制地颤抖着，这梦后劲很大，像穿越时空。

她抱住双腿缩在椅子上面，抱住头，声音痛苦低哑：

"梦见我爸爸了……"

"啊……"

厉落松了口气，走到她身边缓缓坐下，这种梦见逝去亲人的感觉，没人比她更懂了。

厉落拍了拍她的肩，问："叔叔是不是在梦里吓你了？"

颜昭摇摇头，不作声，闭上眼。

厉落声音轻柔地问："叔叔是怎么过世的？"

颜昭的躯壳里仍旧没有发出半点声音。

又过了一阵，厉落本以为她不会再说话了，正欲起身回去继续看日记，却没想到颜昭讷讷地开口了：

"我爸脑干手术后成了植物人，医生说苏醒的可能性很小。

"我爸以前爱抽烟，嗓子总有痰，医生切开了他的气管，雾化吸血痰。一开始请了专业的护工，但费用太贵，毕竟一台手术就花了 30 万元，住院 22 天花了 9 万元。后来我妈为了省钱，辞去工作，在医院帮我爸做护理，夏天 30 度的高温要始终戴着手套、口罩，从没睡过一个整觉。后来免疫力下降，我妈还是被同病房的感染了，我中考之前请了一周的假去照顾他们两个，我妈自责，哭了好几个晚上。

"为了少给我添麻烦，我妈病好之后买了一身简易防护服，进医院就穿。三伏天头发和内衣都湿透了，就怕生病。有一回，上厕所脱裤子解不开，她一不小心就尿到了裤子里，出来换衣服的时候血糖低，又摔了一跤。"

厉落听得心里发紧，问："同病房的怎么不帮着搭把手呢？一般都会帮帮忙的。"

颜昭摇摇头："我妈妈是聋人，别人不懂她的意思，她也习惯了不跟健全人

313

求助。"

"啊……"

"给我爸拔管，是我决定的。送他走之前，我跟他说，爸，你走吧，放过我妈吧……"

颜昭忽然泣不成声，说话难以成句，但却强忍着哽咽，坚持说出压抑心底已久的话："我一辈子，一辈子都讨厌自己，我自私、懦弱、冷血！我会有报应的！"

颜昭被梦魇着了，和清醒时判若两人，把厉落给吓坏了。厉落赶紧揽过她，手忙脚乱地拍哄："你不是啊……你不是。"

颜昭哭得更加彻底，更加痛心。

"如果时光、时光能回去，我一定不会让我爸走，就算不考大学，就算出去刷盘子、捡破烂，我也要维持住我爸的命啊……"

厉落也流泪了，感同身受。

她抱着泣不成声的颜昭，轻轻叹了口气，说出了从没跟任何人提起的话："我也有后悔的事，如果当初我没说过那样的话，我哥那天回家，会不会就不去管那个学生的事了？"

从前的话语又回放在脑海："校园暴力没证据去报警有用吗？也对，你们是天天办大案子的警察，哪会关心学生的事儿！"

"你哥在回家途中，路遇一伙流氓欺负高中生，你哥上前劝阻，被流氓给……砍死了。"

137

把颜昭送进卧室哄睡着，厉落又回到客厅，细细读着父亲节的这篇日记。

"白烬野，你能接到今天这个品牌代言，我们粉丝付出了多少努力？可是这么重要的活动，你居然跑出来了！你的那些傻粉丝还以为你身体不舒服，只有我知道，你去找她了！"

午后的步行街，热浪涌动，空气被高温煮得发沸，街上人影稀疏。

蓝得刺眼的天空只剩两列航迹云。

一个女孩坐在商场橱窗前，孤零零垂着头。

一个高大的米老鼠玩偶服装人笨拙地走到她面前。

女孩很沮丧，米老鼠伸手戳了戳她，她缓缓抬头。

白手套对她摆摆手，又虚握着拳在胸前转动几下，那是手语"不要难过"

的意思。

女孩感激地望向面前这位素未谋面的陌生人："谢谢。"

米老鼠朝她张开双臂，女孩愣了愣，真诚地露出一抹疲惫的微笑，侧脸伏进他的怀里，抱住了他蠢憨憨的腰。

米老鼠轻轻地拍了拍她的后背，女孩在他身上贪恋地蹭了蹭。

可能只有几秒钟吧？也可能过了几个小时那么长。她放开了他。

她已经离去，仿佛从没出现过。

无人的转角。

他背靠墙壁，卸下沉重的人偶头套，大口大口吸气，汗顺着发滴落。

他脸上的精致妆容一片糟糕，他内里的西装是锦绣堆成。

炽热火星燃起他瞳孔，心跳剧烈似要炸。

他仰起头，满足笑容在皓齿间乱舞。

口袋里的手机一直在振，急躁的呼吸趋于平缓，须臾之间，无限伤情又跌落进眼底。

他脱下沉重的玩偶服，戴上墨镜鸭舌帽，一转身，寂寂消失在无人处。

138

信诚旺达紧急召开会议，就律师颜昭给律所造成不良影响展开讨论。钱律师作为合伙人，力排众议，保下了颜昭。

这些天最让颜昭感到疑惑的是，为什么热搜上的事情闹那么大，他连问都没问她？

那些账号曝光她的照片，一夕之间全部删除，这自然是白烬野的能量。

可她借机炒作了一个那么博眼球的"周一见"，他也只是用小号给她发了个动图调侃。

难道他不介意吗？他不好奇吗？他不担心吗？他难道没有对她产生一丝丝的看法吗？

颜昭决定直截了当地问他。

满山猴腚我最红："你去阳朔干什么？"

到了晚上，他才回她。

Moonquakes："我来这边攀岩。"

满山猴腚我最红："你什么时候学攀岩了？"

Moonquakes："你第一次跟我说你想去岩馆之后。"

攀岩是颜昭第一眼就喜欢的运动，大四的时候因为误进了一家攀岩馆，从此就成了她的一大向往。但因工作和学业忙碌，平时都只能在室内玩一玩。

满山猴腚我最红："你已经能去野外了？"

Moonquakes："我跟一个英国的攀岩教练的团队，他为了来阳朔开发路线，已经在中国居住半年了。攀岩很有趣，带给我很大收获。"

她在手机上兴致勃勃地编辑了许多问题，都是关于攀岩的。她的眼睛雪亮，有点羡慕，有好多想要请教的问题，可那些话编辑了一半，她的手渐渐停了下来，高涨的情绪也渐渐冷却。

总是忘记他是白烬野而不是月亮的事实。

从来没有月亮，一直都是白烬野。

可是这人一见面怎么就那么让人讨厌呢？网络聊起天来却是可可爱爱……

满山猴腚我最红："你现在喜欢上攀岩了？"

Moonquakes："我现在喜欢捧着手机看你的'对方正在输入'。"

颜昭把手机放到一边去，托着腮在心中打腹稿。

啊……还是想好了这话怎么说再去打字吧，不然显得自己像个白痴。

满山猴腚我最红："山里是 2G 网吗？你不上网吗？"

发完这条，颜昭暗想，如果他问起这件事，或者有任何质问与牢骚，她就主动还击！

被裹挟到这件事当中，被拍到在电影院和他坐在一起，把她卷入这场绯闻里的，难道始作俑者不是他吗？

她也只是借题发挥、借力打力而已！

白烬野过了几分钟才回："看到你在蹭我热度了。"

尽管有心理准备，但颜昭的脸还是唰地一下就红了。

她盯着屏幕，白烬野又回："好奇你搞什么，别告诉我，给我活到周一的动力。"

139

周一的那天早上，网友们一睁开眼，就想起了"周一见"。大家都迫不及待地打开"满山猴腚我最红"的主页去看热闹，生怕自己赶不上热乎。

大家对明星花边早已司空见惯，无非就是正主发声明，发澄清，发律师函，否认也好官宣也罢，这都不是他们想要的。

他们最想看的，越刺激越好。

谁能想到，大家等了一晚上，等来的却是"满山猴腚我最红"的一条……

寻人启事？

"寻人启事，梅香，现年 26 岁，听力障碍者，曾就读于上源市第一小学、上源市特殊教育学校，就职于满溢金牌家政公司，身份证号……"

信息写得十分详细，身份证号，上学时在哪一届，打工时在哪一年，都清清楚楚。

微博贴图一张她与她的合影，那时她俩都还小，梅香头戴生日帽，她搂着她，她搂着她，颜昭的脸被打了码，梅香笑容无邪。

"如有线索，必有重谢。"

此条一出，转发量破万。

当天私信她的所有人都收到了这样一条自动回复：

"本人接受一切关于梅香的书面采访，约采请联系邮箱，与其无关的内容本人概不回答。"

140

无舌女尸专案分析会上，专案组成员对于案情的讨论紧张而严肃。

长条会议桌的末尾，小刑警厉落奋笔疾书，埋头吃力地做着会议记录。

这些日子，无舌女尸案迟迟没有进展，张局的眼袋又沉重了许多。

"这都多长时间了，尸源还没给我查到？"张局问。

季凛道："关于尸源难以确定的原因，一是尸体被长期冷冻过，具体死亡日期无法推断，二是尸身无明显特征记号，虽排查了失踪人口的报案记录，都不符合。我们之前根据尸体敏感部位的痱子粉推断，死者生前患有较重的妇科疾病，我们集中人手走访了大量的 KTV 等服务场所，目前还在调查中。"

小张说："我们排查了爱琴海宾馆附近的监控记录，找到一名跟偷避孕套的老人接头的嫌疑人身影。那是一个小宾馆，位置偏，附近好几个探头都坏了，只拍到一张不太清晰的照片。"

照片投到墙上，一个黑衣人戴着口罩和鸭舌帽，伪装十分严实。

"推测是男性，身高一米八左右，体型健壮，从左手插兜的习惯来看，极有可能是左撇子。"

张局看向云开："云开，你这边有什么新发现？"

云开汇报道："尸体颈椎有挥鞭伤，推测生前发生过车祸。"

大家又都汇报了自己近日的工作成果，会议结束，张局长走出会议室，在走廊停下，看见路过的年轻人纷纷朝他点头示意，唯有厉落耷拉着脑袋，没精打采。

“厉落落！”

“在！”

张局长把她拽到一边，背过手去，小声问：“今天开会怎么不发言哪？你就没看法？”

厉落勉强一笑：“张局，咱计划总结简报能不能缓两天再交？这马上就要战训比武了，我还要写公众号宣传，而且报功材料我还没整理呢。办公室的灯泡坏了，换个新的也不亮，我还得联系一下电工师傅！”

张局一瞪眼：“我说的是你对这案子有没有看法！”

“我有啊……”

“说说。”

“我还是一开始的观点，凶手家里有冷库，而且不小。我们可以从冷库这个方向去排查。”

季凛正好路过，听到这话，忽地想起无舌女尸刚刚被发现时，厉落的那一番冷库冰箱言论——

“如果我是凶手，我有两种方法冻尸，一个是放进冰柜，另一个是我有冷库可用。”

“你快打住！”季凛敲敲她脑袋，生怕她在领导面前又提买小岛买游艇夜夜笙歌的白日梦，破坏队形。

张局长批评季凛：“季凛，你怎么能不让年轻同志发表意见呢？”

厉落噘嘴耸肩：“就是！”

三个人边说边往局长办公室走，陆续进了办公室关上了门。

厉落说：“昨晚我想了一夜，忽然感觉，我们会不会一开始的方向就错了？”

“哦？说说。”

“弃尸者未必就是凶手。”

张局来了兴趣。

季凛说：“你的意思是说，把无舌女尸丢到农田的人，未必与这件谋杀案有关？”

“对，凶手转移尸体，通常是为了掩盖第一现场，力求做到毁尸灭迹、尸骨无寻。他大可找片林子挖个坑，把尸体埋了，让这场杀人案长夜难明。而本案的凶手，却把尸体抛在高速旁边的农田上，先不说农民要下地干活，容易被发现，高速上那么多车，被发现也是迟早的事。”

季凛说："嗯，有点道理。弃尸的人不怕警察找到尸体，也没想过要把尸体处理得天衣无缝，他只想摆脱尸体而已。这只能说明一个问题，这场谋杀与抛尸人无关。"

厉落摇摇头："不不不。"

张局长喝了口茶，用审视的目光打量着眼前的这个小刑警，淡淡道："这个人就算不是凶手，也一定和凶手有密切关系。他费尽心机伪造强奸，又搞来精液给我们警方做烟雾弹，这就是在摆迷魂阵，直白地告诉我们，杀人犯并非我认识的人，你们千万别找到他！"

厉落点点头："张局说得对，掩藏即明显，琐碎即重要。"

这是厉风的手记扉页上写下的一句话，厉落一直牢牢记在心底。

季凛问："那为什么你说，凶手家里有冷库，而不是冰柜呢？"

"按我上述推断，抛尸人很可能是凶手认识的人甚至是家人。云法医也说这具尸体冻了不是一年两年。试问如果你是抛尸人，你家冰柜里放着一具尸体，你会几年都没有发现？"

季凛和张局纷纷点头。

厉落继续说："凶手杀完人后，把尸体藏在了冷库的某一处，抛尸人几年后清理冷库的时候才发现：唉？怎么多了一具尸体？抛尸人害怕惹麻烦上身，就把尸体丢弃野外。他怕警方查到他和凶手，就搞了点小动作给警方摆迷魂阵。"

张局长的大眼袋提了一下，忽然来了精神，吩咐道："季凛，马上增派人手排查城内所有冷库，即将转让出兑的、要动迁的、手续不全的，尤其严查！"

"是！"

张局长扣上笔帽，走到厉落面前，一改平日严肃，笑着问："你手头的琐碎活，我找人替你干，你呀，就负责给我接待赵峰。"

厉落惊讶道："赵老回来了？专门为这个案子来的？"

"嗯，赵峰是你哥哥的恩师，你们在沟通方面会更加顺畅。"

厉落连忙摆手："张局，赵老虽然是我哥的师父，但我跟他老人家也没见过面，没什么好叙旧的。"

从前常听厉风说起赵峰爱骂人，耳濡目染，对哥哥这位恩师多少有点忌惮。

而且，她本身干不惯溜须拍马、点烟倒水的活儿。

季凛明白，让她回去了，转身私下对张局说："张局，是这样，厉风去世对赵老打击很大，他老人家离开上源市这几年，刚从悲痛情绪缓过来，这两年又得了不少的基础病、高血压、糖尿病、甲亢什么的，赵老要是知道厉落是厉风的妹妹，难免触景伤情，血压一高，不仅耽误破案，咱们也要担责任不是？依我看，最好别提厉风的事。"

"嗯，那接待赵老的事，就交给你了。"

但谁也没想到，上源市送给这位赵神探的大礼，竟是第二具无舌女尸。

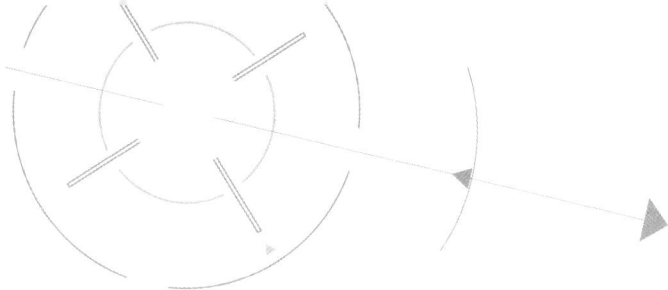

第二十九章

第二具无舌女尸

141

黎明时分，天边渐次泛白。

一声惊恐的尖叫打破早晨的宁静。

城中村门口，警车呼啸而至，一处平房民宅被人群包围。云开拎着勘查箱跨越警戒带，向中心现场走去。

另外两辆警车相继而至，厉落从车上下来，望向这栋阴气森森的房子，面色阴沉地走了进去。

一进门，装修简单，家徒四壁。

厉落隐约感觉到哪里有点不对劲。

屋内阴森森，四周都是白墙，抬头一看，棚顶居然是黑色的。

正纳闷，她的眼睛适应了黑暗后，这才看清棚顶，不禁感到头皮发麻，鸡皮疙瘩全都冒了出来！

那棚顶黑压压一片的，竟然全都是苍蝇！

密集恐惧症发作，她惊得动弹不得，忽听见云开的声音从头顶响起，紧接着一张布料就盖在了她的身上。

"蹲下！"

云开的声音传入耳膜，她立刻蹲了下去，只听见一群苍蝇轰鸣着排着队从她头顶飞过，她闻到布单上陈年油渍的味道，又听见一群苍蝇朝她的方向袭来，很快嗡鸣着离去。

季凛站在门口，捂着口罩，目送苍蝇飞出窗外。菜菜和小张手舞足蹈地驱赶苍蝇，避免身体被污染。

那可是吃了好多天腐尸的苍蝇啊！

厉落抬头看看棚顶，棚顶恢复了焦黄色，她这才把布单拿开，在饭桌上铺好。

"谢谢啊！"

她走到云开身侧。

此刻的云开，正站在一个大水桶前，面色是前所未有的严峻。

大桶是蓝色的塑料桶，差不多一米半高，盖着盖儿，放在厨房的水龙头下，平常是用来存水的，现在里面却装着……

厉落打开便携手电，在桶身上扫了一下，顿感遍体生寒。光束穿过近乎透明的桶，隐约可见一个蜷缩的人形轮廓，浸泡在深色液体中。

是一具尸体！

"戴了几只口罩？"云开突然转头看她。

现场纷乱，光影繁杂，他的声音仿佛有魔力，一瞬将她的所有烦躁与恐惧都抽干。

"我带了俩……"厉落赶紧从兜里又摸出一只口罩。

云开微微侧头，对助手说："京华，给她两只N95。"

梁京华把口罩掏出来，厉落刚要接，小梁法医就绕到她后面去，亲自帮她戴了上去。

"谢谢。"厉落礼貌地说。

小梁挑挑眉，打了个响舌："客气，自己人！"

云法医的"999朵地久天长"可是传遍了整个市局，现在大家全都默认云开追厉落，而且已经追到手了，毕竟以云法医的家世和魅力，追不上的概率几乎为零。

师父的女人那不就是师母了？师母当然是自己人！

厉落里三层外三层地戴好口罩后，云开就抬手揭开了桶盖，顿时，一股恶臭散发出来，迅速冲进众人鼻腔！

尽管戴了4层口罩，那股震撼灵魂的臭味还是冲进了厉落的鼻腔。密密麻麻的蛆喷涌出来，沿着桶边往外爬，大片大片地掉落在地上，爬行、蠕动，发出吱吱咕咕、窸窸窣窣的声响。

厉落穿的是凉鞋，登时就有蛆爬到了她的脚上！

跺脚，跳动，根本阻碍不了三五成群的尸蛆爬上脚趾，让原本出现场就紧张的厉落更加手忙脚乱。

盖子被完全揭开，一具腐烂的尸体蜷缩在桶内。厉落直愣愣地望着桶里。

云开用棍子碰了碰，尸体骤然抬头，面容恐怖狰狞，两只黑窟窿眼里爬出大量的蛆。厉落大骇，她再也承受不住，干呕一声冲了出去！

拍照，勘查，一群人合力将尸体抬出来，进行初步尸检。满地暗黑色血水和蛆蝇，现场简直是灾难，而云开，却眉头都不皱一下。

厉落面色苍白，无力地蹲在窗边。

烈日炎炎，她却浑身发抖。

一盒糖递了过来，她抬头，季凛高大的身躯挡住了日光。

"他让我给你的。"

"谢谢。"厉落接过糖盒，颤抖着拿出几颗，仰头吃下。

酸酸甜甜的味道在味蕾扩散开，欺骗了舌根泛出的酸水，感觉好多了。

平静下来的厉落被自己给气笑了。

"真丢人，我确实是人菜瘾又大。"

"慢慢来。"

季凛俯身拍拍她的肩，转身又进了门，忙碌去了。

厉落也站起来，做了几个深呼吸，硬着头皮进了门。

尸臭的味道，把臭豆腐、厕所、硫化氢、下水道和榴梿放在一起都不能与之匹敌。

难怪季凛说云开有呼吸道疾病，厉落只闻了这么一会儿都觉得气管被呛得发痛。

今天又是对云法医肃然起敬的一天。

屋内，云开蹲在尸体前，用手撑开尸体的嘴巴，抬头看向季凛，眼神复杂。

"没有舌头。"

季凛的眼睛陡然睁大："不是吧？"

云开的瞳孔微微一缩，眸底有道凌厉光芒闪过。

"希望是巧合。"

142

颜昭蹭了白烬野的热度，小号一开始涨粉 20 万，白烬野方发出"休书"后，陆陆续续掉了 5 万，等到梅香的寻人启事发出来，粉丝就只剩下 10 万了。

但毕竟有了流量，又接受了十几家自媒体的音频采访，不少网友夸赞颜昭的声音好听，成了她的粉丝。寻找梅香的事一时间获得了广泛关注。

颜昭一有空闲就查阅私信和邮箱，热心网友发来的信息成千上万，不是在骂她就是在表白，或者干脆把她当树洞，也书写起自己和发小的童年故事。颜昭一条都没看，一条都没回，努力翻找着有用信息，但都以失望收场。

其中，有一条比较怪异的，是一个网友发来的，私信只有三个字："提龙架。"

提龙架……

这是什么东西？什么意思？

网络搜索引擎"提龙架"，搜出来的都是"提笼架鸟"这个词汇，没有任何有用信息。

在地图上搜索，出现神农架，根本没有提龙架这个地方。

颜昭又点进该网友主页，发现是个新号，无动态。

因为总有一些无聊的人会随便发一些乱码或者错别字很多的不知所云的话，颜昭也就没太在意。

在网络上迟迟收不到关于梅香的有用信息，颜昭有些着急，这是一着险棋，现在看来，不仅没有任何收益，反而让她在律所的待遇发生了微妙的变化。

首先是同事关系方面，原本对她特别殷勤的律师们似乎都在刻意疏远她，跟她关系不错的行政姐姐最近也总是因为发票问题为难她。

他们都在看钱律师的脸色行事，颜昭以前有多吃香，现在就有多吃瘪。

钱律师让她暂停接洽白烬野的案子，把她派去跟开发商的法务对接。

被法务折磨了一整天，到了傍晚，颜昭坐在龙升律师事务所对面的餐厅，点了一份轻食沙拉，拨通了厉落的电话。

"我要死了。"

"咋了？"厉落笑着问。

"我被钱律师流放了。"

"哈哈哈，因为微博热搜的事？"

"嗯。"

"把你流放到哪里去了？"

"让跟开发商的法务对接。"

"这算是钱律师给你的小小惩戒吗？"

"小小惩戒吗？"颜昭换了个耳朵听电话，决定好好吐槽一番，"这个开发商资金链断裂，楼盘停工，后来断断续续复工，就盖完了一部分，盖完的这一部分要么墙体脱落，要么道路损坏，来自业主和施工单位的诉讼数不胜数，你想想，做这个公司的法务每天工作量该有多大？今天我问那个法务姐姐要材料，那个姐姐可凶了，跟我吼：'啊！之前不是发你们邮箱了吗？总是找我要要要！自己翻邮箱！'"

"呃……真的好凶……但是你们不是专门给明星打官司的吗，怎么也接这种啊？"

"钱律师是做地产律师起家的，他做这家地产的外聘律师很多年了。"

"那你现在在哪里？吃饭了吗？"

"我在唐宣的律师事务所对面。"

"唐宣？那个给聋哑人打官司的律师？"

"嗯，我真是赔了夫人又折兵啊，自毁名节在网上炒作一通，一点收获都没有，还把工作给搭进去了。"

"所以你想换律所？"

颜昭转头看向落地窗，对面的牌匾上写着"龙升律师事务所"几个大字，事务所在居民区，只有两层，这么热的天楼上还开着窗户，看起来没有中央空调。

整个律所的门脸加起来还没有信诚旺达的一扇自动门大。

"我还没疯，"颜昭说，"我找唐律师问一问梅香的事，他掌握着一个庞大的聋哑人联络网，我想找他问问看。"

"呵呵，那就在我们单位附近，晚上一起撸串啊？"

厉落在电话里和她闲聊着，颜昭的目光不经意间瞥上事务所二楼，两个男人正在窗边挥舞着手语，从他们手势的用力程度来看，两人的对话很激烈。

颜昭的位置看得清清楚楚，窥私欲涌上心头，她还真想听听这两个人对唐宣这位 39.9 元一小时的律师评价如何。

瘦高个聋人说：你不要犹豫，我们没时间了。

矮胖子聋人说：这个律师是个好人，我这么做，要是让其他聋人知道了，我就没办法混了！

瘦高个聋人说：我们在他家里堵他这么久，他一直都没回家，今天好不容易混进律师事务所，你这个时候要打退堂鼓？

矮胖子聋人说：说好了只是吓唬吓唬他，杀人放火我可不干！

瘦高个聋人说：先把人绑走再说！

颜昭猛地从椅子上站起来！

这律所里只有一名律师，那就是唐宣，难道他们要害唐宣？

唐宣是不是得罪了什么人？

她迅速在脑子里反应了一下，立刻对着电话里的厉落说：

"厉落，听着，马上帮我报警，青年路 116 号龙升律师事务所，有人意图非法拘禁！"

厉落那头迅速挂断电话，颜昭再一抬头，二楼的窗边已经没人了。

颜昭抄起手提电脑快步出了餐厅，推开餐厅的大门，与龙升事务所隔了一条马路。这是一条辅路，天色已晚，车辆稀少，门口停了一辆银色面包车，车窗贴了黑膜，完全看不见里面的情况，这更加验证了刚才发生的那场对话的目的——抓走唐宣！

这附近没有派出所，警察出警最快也要 10 分钟，来不及了。

颜昭走向龙升的大门，见一名穿保安制服的人站在门口，她心头燃起了希望。

颜昭小跑着奔向保安，仓促间回头看一眼面包车，黑暗的车窗令她感到脊背发凉。

她敲了敲紧闭的玻璃门，保安站在门内，她站在门外。

"下班了。"保安说。

"您好，我跟唐律师有约。"颜昭掏出名片塞进门缝，微微回头，瞄一眼面包车。

保安从门缝里拽出名片，拿在手里看了看。趁这个空隙，颜昭趴在门缝小声说：

"有人要绑架唐律师！警察马上来，快上楼救人！"

保安倏地抬眸，目露凶光！

颜昭倒吸一口凉气，吓得向后退了一步，就在这时，她注意到保安的领口里隐约可见的文身！

这个人不是保安！

与此同时，身后响起面包车开门的哗啦声，她的眼前一黑，口鼻处被塑料袋糊住了，身子被人拦腰扛起，手提电脑掉落在地，连叫喊的时间都没有，便被人塞进了面包车的后座！

一切都发生得太快，对方明显有备而来，颜昭在车厢里扑腾撕扯都无济于事。两个壮汉并排坐着，将她打横压在手肘和双腿之间，一人按头捂嘴，一人压脚压腿，她就像被固定在跳楼机的安全杆里，怎么用力挣脱都是徒劳。

知道势单力薄，颜昭干脆不挣扎了，她两只手用力抠两个壮汉的胳膊，挠得他们胳膊上血痕累累，但壮汉仍旧死死钳制住她，像摁住小猫一样轻松。

车子还没发动，他们在等楼上的人带唐宣出来。

这伙人准备充分，一看就不是善类，如果唐宣真被绑走，凶多吉少，而她作为目击证人，绝不可能留活口！

这样想着，就听见有人急匆匆地上了副驾，大力地关上门，骂了一句："他俩找不到唐宣了！走！"

是那个保安的声音。

压着她上半身的男人问了一嘴："那不等他俩了？"

"管他们！"

身后有警笛声响起。

面包车像箭一样冲出去。

车太旧，飞驰起来像要散架。

压着她腿的人说："那两个聋子自己会跑吧？可别让警察抓到。把我们供出来就完了！"

司机说："要不要告诉老大？"

"告诉个屁！你不想活了！"

厉落开着警车冲向龙升律师事务所门口，远远看见地上躺着颜昭的电脑包，一辆面包车绝尘而去，她眸色一凛，油门踩到底，紧追上去！

警笛声呼啸，面包车夺命狂奔！

面包车一个急转弯，厉落紧咬牙关，猛打方向盘，以毫厘之差越过前车，差点撞上右侧车辆。

颜昭听到警笛声，强迫自己镇静下来。

"现在警察就在后面追，你们根本跑不掉，被抓住的话至少是非法拘禁未遂。但如果你们现在把我放了，第一我没看到你们的脸，第二你们主动放了我在法律上属于犯罪中止，不会被追究刑事责任。"

她的声音紧迫冷静，掷地有声。

副驾驶的保安说："她是律师。"

车厢里一阵安静。

颜昭厉声催促："时间不多了！你们再不做决定，等警察拦住你们的车，性质就不一样了。你们把我扔下去，警察肯定第一时间救我，你们就有逃跑的时间。"

紧接着，颜昭听见面包车门被打开的声音，风灌进来。

颜昭连忙喊："你们这么把我扔下去，我要是受伤了，你们算故意伤害！"

又是一阵安静，她感觉到身上的两个人在和前面的人安静交涉，能感到他们点头的动作幅度。

保安不耐烦的声音响起："前面路口点一脚！"

几秒后，车子停住，她被推出车外，摔在地上。

面包车开走，警车呼啸而来，停住，一个人的脚步声靠近，厉落的声音在头顶响起：

"颜昭！没事吧？"

"没事。"

"有没有受伤？"

"没有，就是……"

"就是什么？怎么了！"

"就是……差点吓尿了。"

143

面包车冲进黑暗，车厢里气氛慌张。

"那女的是不是忽悠咱们呢？"

"要真按她说的什么中不中止，眼看要被警察抓住了，都直接投降的话，那不就都不追究责任了？"

"对哦！我们就算中途放人了，也算犯罪未遂吧？"

"就算是未遂，但咱们放人了，情节上肯定算比较轻微，量刑应该有照顾……"

"就你们懂法！刚才他妈干啥呢！"

车子又行驶了一段路程，穿保安服的突然阴恻恻地说："她没看到你们，但她看到我了……"

警察把唐宣和颜昭带回派出所做笔录，出来后，唐宣不断地向颜昭拱手作揖，感激之情溢于言表。

做完笔录，唐宣请厉落和颜昭去了附近一家很贵的餐厅吃饭。

唐宣衣着朴素，生就一张四方阔阔国字脸，龙形虎相，给人一种正义凛凛的感觉。

上菜前，他的两手一直搓在胸前，感谢颜昭的话已经说了无数遍。直到菜上桌，三个人才停止谢来谢去，唐律师坐在对面看着她们吃，也不动筷，偶尔给两个女孩递个菜拽张纸巾。

"这伙人真是胆大包天，居然敢到律所来绑人。"颜昭说。

唐宣说："我猜测，他们一定是去过我家踩点，但我好几天没回家了，他们按捺不住，就买通了律所的保安，打算对我下手吧！"

厉落一直在跟警局的同事发微信，颜昭一边给她夹菜，一边问："你都不回家？为什么？"

唐宣现出无奈的神色："一开始他们建了个聋哑人群，把我拉进去了，后来人越来越多，现在这个圈子都知道我专门为聋哑人打官司，所以就有很多人来找我，人一多，就忙不完，干脆就住律所了。"

"你知不知道到底是哪伙人想要害你？"

"我想我大概能猜测到八九不离十吧，我最近接的一个大案子，涉案方是一伙聋哑人，用公益炒作、聋哑人演讲等方式，吸取了全国几万名聋哑人的上亿资金。"

厉落的注意力忽然从手机上转移过来，问："聋哑人骗聋哑人？"

"虽然没判决，这么说不合法，但我认为是这样的。"

厉落忽然想到之前云开给她讲过的事情，厉风在被砍杀之前，就在调查一个聋哑人犯罪团伙。

于是厉落聚精会神地问："唐律师，请您展开说说。"

唐宣虽然面色疲倦，但目光坚毅，娓娓道来："最开始是一个叫龙七的聋哑人，做灯饰起家，因为聪明的头脑，与聋哑人超强的同理心，获得了聋人朋友们的广泛支持。后来这个龙七嗅到了理财商机，创办了龙七理财，鼓动大量的聋人买理财，年收益 400% 的高回报率。这种骗局普通人很难相信，但聋人群体却深信不疑，大部分人都拿出了全部身家投了进去，取钱的时候却联系不上人。最近一年来，找到我的聋人数不胜数，我也在努力搜集证据。"

厉落和颜昭越听越心慌，尤其是颜昭，作为聋人家庭里长大的孩子，深知聋人群体赚钱不易，这真是"麻绳专挑细处断"，骗人骗到弱势群体头上，良心何在？

唐宣接着说："年前我曾接到过一个陌生电话，对方称自己是龙七集团的人，给我开了两个条件：第一，让我去龙七集团做法律顾问，年薪随便开；第二，给我 5000 万元，让我出国玩两年。"

两个女孩都沉默着，面临如此大的诱惑，唐宣会怎样选择？

"我说我要是都不选呢？对方说：你一定活不过年宵。"

"可恶，嚣张！"厉落的拳头硬了。

颜昭静静地问："听说，您父母也都是聋人？"

"对，如果我畏缩了，那么几万聋人的血汗积蓄都将化为龙七的豪车豪宅、赌场赌资，就再也没有人能替他们发声了。"

颜昭的眼中有微微的颤动。

厉落问："那两个绑匪进去没找到你，是怎么回事？"

"群里早就有人传，有人要花 5000 万元买我的人头。"

"真的假的？还有江湖追杀令？"厉落愕然。

"不知真假，也有不少聋人朋友劝我小心。虽然我不怕他们，但一直都保持警惕，我手里掌握着大量的证据，不未雨绸缪不行。我的律所只有我一个律师，却专门请了一名保安，但我没想到他们把保安也买通了，然后自己伪装成求助的聋人来害我。"

厉落问："那你是怎么识破他们的呢？"

唐宣说着，竟然乐观地笑了，看向颜昭："颜昭，你知道的，聋人的眼睛是不会说谎的，他们看东就是在看朝阳，看西就是在看落日。"

颜昭点点头，深有体会。

唐宣说："我一看到他们两个就觉得奇怪，后来他们说去趟卫生间，我就趁机跑掉了，藏在一处储物柜里。后来听到警笛声，我都没敢出来。"

厉落突然打断了他们的交谈，看着手机说："颜昭指甲里的 DNA 结果出来了，查到一名有过前科的男子，叫赵乾，现在在耷达地产当保安！"

"耷达？"颜昭怔了怔，"我现在对接的开发商，就是耷达地产。"

唐宣说："龙七理财的关系网极其复杂，早些年就闹大过一次，都被摆平了，看来这个耷达集团也和他们有着千丝万缕的关系。"

厉落听着两人的对话，忽然像是想起了什么，嘴里反反复复念叨着"耷达地产"，但就是想不起在哪里听过。

"耷达地产……耷达……好熟悉，在哪里听过……"

颜昭说："其实我来拜访您，是有件事请您帮忙。"

"唐某定当鼎力相助。"

"我想您通过聋人关系网，帮我找一个叫梅香的女孩。"

"没问题！"

正说着，颜昭的电话忽然响了，视频通话的界面，Moonquakes 的头像在闪烁。

颜昭有一瞬间愣怔，盯着屏幕上的绿色接听键和红色拒绝键，陷入了莫名的紧张情绪。

"颜昭，我……"厉落抓住颜昭的胳膊正欲说话，颜昭却竖指在唇做了个"嘘"。

由于一直没接通，最终 Moonquakes 的头像缩小了，静静地躺在手机里。

颜昭心里发毛，白烬野从来不给她发视频的，怎么突然这样？

是不是他看到了她的微博，所以要谈梅香的事？这个念头闪过后，颜昭产生了巨大的期待，她几乎是没有半分犹豫，果断回他：

"我回家跟你说。"

看看手机还有 20% 的电量，焦虑感逐渐飙升。

144

告别了唐律师和厉落，颜昭打了个车回家，手机一直提示电量过低，她几乎飞奔上楼，回到家门口，赶紧掏出钥匙开门。

她着急的身影突然从电梯里走出来时，没有注意到，一个漆黑的影子掠过楼梯口，诡异的笑容隐没在黑暗里，露出森白的牙……

关上门，颜昭把钥匙挂在玄关的挂钩处，连拖鞋都没换，直接进了卧室，并没有发视频，而是打字告诉白烬野：

"我到家了。"

他的视频下一秒就打了过来，颜昭捋了捋头发，按下了绿色按键。

白烬野的脸突兀地出现在屏幕上，一开始是撑脸拍，后来他调整了角度，把手机靠在了一个什么东西上，最后在一个桌子前坐了下来。

他的身后是城市夜景，灯光瑰丽。

"嗨。"

他轻轻地打了个招呼。

"嗨。"

颜昭也短促地应了一声。

白烬野在镜头前一直都是带妆的，大型晚会颁奖或者舞台上还要化很艳丽的妆，时而硬朗帅气，时而魅惑阴柔，而此刻的他是素颜，刘海还是湿的，看样子刚卸完妆。

白烬野轻咳一声，没说话，估计是一时之间不知说什么，颜昭就等着，两个人都有些尴尬。

他的房间里好像进来一个人，他一直往门口方向看，冲门口说了一声"放那儿吧"，接着又把视线挪回手机上。

"我去拿一下饭。"他对着镜头说了一声。

"嗯。"

听到她回应，白烬野从椅子上站了起来，从镜头前消失了。

他一走开，她就看见他身后的落地窗上印出他的影子，房间里的摆设，床，都在黑夜的窗上反射得很清楚，是个酒店的房间，很大，装修不错，还有衣柜。

他拎着塑料袋走过来，把餐盒规规矩矩摆开，开盒的时候被汤烫了一下，他把手指伸进嘴里含住。

餐盒摆好，他坐下开吃，筷子戳起一大口米饭，腮帮很鼓，看他吃饭觉得很香。

"你很饿了。"颜昭主动开口，说出了自己的判断。

"嗯，今天请了老师来教表演课，老师中午没吃，我就也没敢吃。"

"哦，晚餐吃的什么啊？"颜昭问。

"炭烤鸡胸、芦笋、蘑菇、苦瓜，这个是什么……"白烬野夹起一个菜放在镜头前给颜昭看看，接着大口塞进嘴里。

"看起来是莴笋。"

"嗯，莴笋，哦，这里还有一份汤。"

他撕开另一个包装，拿起勺子尝了尝，说："这几天可以吃米饭，下个月就要健身了。不能乱吃。"

"多吃点吧，你太瘦了。"

白烬野点点头，很听话的样子。他端起小碗喝口汤，只喝了一小口，就皱眉放下了。

"是不是有香菜？"颜昭问。

"嗯……"他有点不高兴，轻咳了几声。

月亮曾说过，他最讨厌香菜的味道。

"怎么咳嗽了？不会又感冒吧？"

"没，录音太久，嗓子不舒服。"白烬野转身又咳了两下，发了几个气泡音，调整调整。

表达过礼貌和关心，颜昭终于忍不住发问：

"怎么突然要跟我视频？"

她的心在扑通扑通跳。

她的直觉一向很准的，果然，白烬野说：

"我想跟你说说梅香的事。"

尽管她迫不及待，却还是假意礼貌地说："没关系，你先吃饭。"

人心都是肉长的，交心都是相互的。白烬野应该是看到她的寻人启事后，反思了自己，理解了她想寻找梅香的决心。

所以这个时候，颜昭尽量态度好点，哄着他。

白烬野嘴里含着米饭，笑了一下，他一笑起来很甜，喉结也跟着动。

"你今天、你今天突然这么温柔。"

"啊……我……"颜昭把头发掖到耳后，抿了抿唇，"没有啊，还好吧……"

"你的手受伤了？"他指着屏幕。

颜昭看看自己的手背，无力地笑了笑，谁能想到她刚刚经历了一场绑架？

"擦破点皮，不要紧。"

两个人又是一阵沉默，颜昭紧盯屏幕，白烬野却不断轻咳，眼睛不知该往哪儿放。

文字交流无障碍，视频时又突然尴尬起来。

白烬野吃了几口就不吃了，把筷子一撂，仰头喝几口矿泉水，一边盖瓶盖一边说："其实梅香的手机不算是捡到的，是我在一个认识的人那里偶然发现的。"

颜昭蹙眉，紧迫追问："偶然？哪个人？"

白烬野回答："辛渡。"

145

这个名字她工作中经常接触到，但又觉得很陌生。

辛渡，少年时期和白烬野在一个团，后来那个限定团解散之后，两个人各自在娱乐圈发展，白烬野正当红，而辛渡也红，但属于黑红。

作为 SCE 的前法律顾问团队，颜昭处理过一些白烬野跟辛渡的相关纠纷，所以对这两个团队多少有点了解。

不得不承认，辛渡长了一张被上天眷顾的俊脸，刚出生就拍电影，儿童期做童模，颜值在娱乐圈都是数一数二，后来被签进白烬野所在的娱乐公司，原本因为长相突出，公司想重点打造，后来因为一些事情被雪藏了半年。

辛渡和白烬野不一样，白烬野好歹凭着努力和运气拿过一个奖，算是有代表作，又在韩国受过训练，综合实力强悍。而辛渡却空有皮囊，唱歌累死修音师，演技尴尬，情商不高，综艺感差，被雪藏过也不奇怪，但近几年资源突然像开火箭一样直飞冲天，成了资本宠儿，曝光度是有了，却没有像样的作品，可以说是德不配位。

辛渡与白烬野的关系，扑朔迷离。

颜昭万万没想过，梅香的事会和辛渡这个人产生什么关系。

她还沉浸在惊讶当中，好奇心就像石头丢进湖面，漾起层层波纹。

"辛渡？"颜昭又确认一遍。

白烬野喝了口水，表情很复杂："还在念高中的时候，辛渡每天都会收到女生的礼物，回宿舍会把东西乱丢。我在他的一个手提袋里看到了这部手机。"

"辛渡怎么会有梅香的手机？"

"没问。"

颜昭小心翼翼地打听："你们不是朋友啊？"

白烬野垂眸，声音淡淡："春风得意的人，是没有朋友的。"

颜昭沉默，品味他话中意味。

又是一段尴尬的沉默过后，颜昭主动开口：

"那你怎么会注意到这么普通的一个手机呢？"

"因为上面有花花绿绿的贴纸。"

"贴纸？"

"高中的那一次，用虫子吓我，你。"

"我？什么时候用虫子吓你了？"

"你的指甲上贴过那样的贴纸，从练习生教室的墙根伸上来，放了那么大一只虫子，吓我。"

"不可能，我没做过。"

"没做过？"

"这有什么好说谎的，我才没那么无聊。"

颜昭顿了顿，忽然想到梅香的贴纸，她曾经和她贴过同样的贴纸，后来把剩下的贴在了手机上。

接下来，白烬野简短的一句话，却让颜昭的脑子里骤然乱了：

"我以为你是在报复我。"

报复……

他怎么忽然提到报复……

眼前的场景立刻模糊，脑海里的片段飞速变幻，梧升桥、拥堵的车流、小男孩哭泣的面孔、父亲躺在救护车上被抢救的样子、白烬野站在学校的公告栏下眼神复杂地望着她……

那个夏日，校园的西南角，颜昭和梅香，没有秘密。

颜昭的手语激烈地舞动："梅香，他为了一台游戏机就要死要活，可我爸爸他不想死啊！

"你能明白我有多讨厌这个人吗？"

梅香湿亮的眼眸里闪烁着细碎的光，她把手放在太阳穴上，愤怒又同情地看着颜昭，又把手捂在胸口处。

"颜昭，我能明白你的感受。"

梅香从没捉弄过谁，长这么大都没有过。

颜昭不能想象，那天梅香是如何跟着白烬野，偷偷混进学校去，最后捡了一条虫，放到他的窗台上。

她是在替她出气吗？

这个笨蛋……

令颜昭更加心烦意乱的是，白烬野亲口说出了他和她之间从不曾挑明的东西，原来他从一开始就认出了她。

暴雨无声中，她站在桥上与他对视；新学期的校园里，他一眼就认出了她。

不过，他和她之间怎么样，根本就不重要，起码在眼下，不值一提。

"白烬野，我问你，你说梅香的手机是从辛渡那里看见的，那手机怎么又到你手里了？"

"高二，组合解散，搬出宿舍的时候，我看见被辛渡丢掉的一些礼物当中，就有这部手机。"

颜昭这下彻底明白了，白烬野是从辛渡那里捡到的梅香的手机，因为熟悉的贴纸，还以为是颜昭的。开机后才发现，手机的主人叫梅香，梅香的手机没有锁，微信联络人里有无数个颜昭的未接视频，当时颜昭已经高中毕业了，他就加了她的微信。

但是梅香的失踪怎么可能跟辛渡扯上关系呢？颜昭还是想不通。

"白烬野，你……"

"阿烬。"

"啊？"

"大家都叫我阿烬。"

"哦，好，你有没有问过辛渡为什么会有梅香的手机？"

"我讨厌他。"

颜昭心说你可不能讨厌他啊，你得问清楚啊！

"白烬野，那你……"

话音未落，白烬野忽然脸色变了，不再看镜头，他冷下脸的时候真的让人很有距离感。

"又怎么了……"颜昭有点蒙。

这人怎么这么爱生气呢？

见他仍旧板着脸，一副我要气死我自己的样子，颜昭忽然明白了，是不是自己总是这样"白烬野、白烬野"地问人家问题，人家觉得不礼貌？

毕竟是众星捧月的明星，想采访都很难约，而她这样连珠炮似的发问，语气也很生硬，他实在没理由配合。

眼见白烬野明显不悦，颜昭也就没再追问下去。娱乐圈她没什么人脉，如果想靠近辛渡，说不定还要靠白烬野。

他沉默着，她的大脑高速运转，两个人都没话讲，屏幕突然一黑，颜昭猛戳屏幕！她的手机自动关机了！

几乎是与此同时，家里的灯突然熄灭！整个屋子瞬间陷入黑暗。

"怎么这么晚停电？"

真糟糕，手机没办法充电，明天怎么办？

妈妈去照顾外婆了，颜昭从没经历过自己一个人在家的时候停电，一时间有点不知所措。

她像个盲人一样，摸黑进了卫生间，打算洗漱，抬头一看镜子里，自己的影子黑黢黢的，有点吓人。

都说半夜不能照镜子……

脑子里乱七八糟，今天被人掳走的恐惧感忽然在黑暗中膨胀。

窗外可以看见对面的灯，隔壁楼都有电，为什么偏偏她这里停电了？

况且，一般城市里停电都是在白天，怎么会在晚上？难道是自家电闸跳了？

颜昭的第一反应就是找手电筒出去看看，可是她家并没有手电筒，而唯一一部手机已经没电了。

她的视力很快适应了黑暗，借着月光和对面楼房照进来的灯，走到门口去，准备开门。

手搭在门把手上的一刹那，正欲按下门锁，脑子里忽然又冒出一个念头！

以前看过一个帖子，说是如果女孩子一个人在家，遇到突然停电，或者外面有婴儿哭声的情况，千万不要出门查看！要是门外潜伏坏人，那就危险了。

想到这里，颜昭本欲动作的手，忽然停下了。

怎么办？难道真的不出去吗？不出去的话家里停电，手机也没电，难道一直等着吗？

颜昭又想起今天的事，不免有些心惊。犹豫了一会儿，壮着胆子打开猫眼，朝外看去。

楼道间空无一人。

最终，她还是没有开门。

后来的许多时刻，她都因自己现在的这个举动而感到后怕，也无数次地庆幸，庆幸这一晚，她鬼使神差，没有打开这扇门……

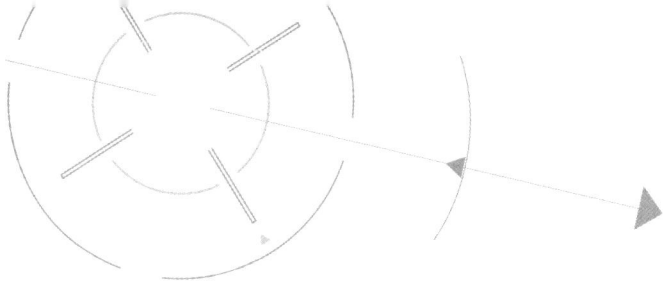

第三十章

绑架

146

把家里的开关都打开，躺回床上翻来覆去，她在黑暗中左思右想。

忽然觉得一切都那么不真实。白烬野说的话未必全部可信，他说手机在辛渡那里捡的就是真的吗？

叶小舟在杀害芳芳姨之前，把梅香送去了乡下奶奶家，那段时间梅香的手机一直处于关机状态，从那之后再没有给颜昭打过视频通话。

也就是说，梅香在去乡下之前，手机就已经丢了。

梅香也不追星，更不认识辛渡，就算是手机出现在辛渡那里，也只可能是辛渡捡的。

接着就是警方说的，梅香被坏人从乡下带走，那么这部手机和她的失踪根本就没有任何关系！

颜昭烦躁地翻了个身，心情低落。

白烬野掌握的线索根本就是无效信息嘛！害她和他纠缠了这么久！

第二天一早起来，天光大亮，颜昭走到门口，从猫眼往外看看，一切如常。

夜晚的恐惧在白天烟消云散，颜昭暗暗嘲讽自己，昨晚想太多了。

她打开门，看看自家电闸，确实跳了。

打开电闸，来电了，她站在门口，抬头看看灯，关上了门。

手机赶紧连接快充，重新开机。

没想到开机之后，消息弹窗让手机"抖如筛糠"。

白烬野的视频电话打来好多次，都是在昨晚突然挂断之后。

"叫我阿烬。"

"我不喜欢你叫我白烬野。"

"我都说了叫阿烬，你就是不记得……"

"对方已取消。"

"对方已取消。"

"对方已取消。"

"我刚刚没生气，就是吃东西噎着了……"

颜昭把手机放到一边，戴上蓝牙耳机，走上跑步机，开启了一天的晨跑和英语练习。

刷牙化妆开电脑，修改顾问单位合同，起草了一份律师函，看看时间，上午9点整。

点了份轻食做早餐，泡了杯麦片，看邮件，翻私信。

做了一套考研套卷练习，查缺补漏，看法硕考研群里大家的备考心得，一刷就到了中午。

下午出门见客户，跟一位前辈师姐喝下午茶，听她分享经验。逛商场时到处都能看到白烬野的代言，烦。

下午回到家继续做真题，又是4个小时过去，找案例的时候忽然刷到了辛渡，之前搜索过白烬野，大数据自然把辛渡也推给了他。

其实直到现在，白烬野这个人对她来说也是无比遥远和陌生，尽管网络上互相熟悉，但私下没见过几面，有时候她仍旧会有那样的错觉，她根本不认识那个叫白烬野的明星，一切只是幻觉，她只是有一个叫月亮的网友而已。

辛渡就更陌生了，简直像是另外一个次元的人。

网站给她推送的视频封面标题是这样的：《我要发出天问：到底是谁在捧他？》

昨天网剧《清梦压星河》路透爆出大瓜！辛渡和女演员卢慈在拍摄吻戏时，辛渡呕吐不止！你们没听错，是女主让男主呕吐不止！

求卢慈的心理阴影面积。

颜昭第一次听见这种新闻，真是匪夷所思，不禁怀疑这个从未听说过的女演员卢慈长得是有多令人作呕。

女演员的照片一直在屏幕里滚动，颜昭忽然有了一种毛骨悚然的感觉。

对，是毛骨悚然。那种由虚无里生出来的错觉让人头皮发麻，没来由地，梅香的模样又浮现在脑海里。

是幻觉，一定是日有所思使她变魔怔了。

但，这女孩耳朵这么小，梅香是招风耳；这女孩是低鼻梁，梅香是高鼻梁；这女孩锁骨那么平直，梅香的锁骨是月牙状的。

不像，不像，哪儿哪儿都不像。

真可笑，她怎么会有这种错觉？

颜昭仔细去看卢慈脸上的三颗痣……

梅香的眉心有颗观音痣，右眼眼底有颗泪痣，下巴右侧有颗小痣，而这个女演员卢慈，脸上也长了三颗痣，巧合的是她这三颗痣和梅香的三颗痣位置分毫不差！

难怪颜昭会有熟悉的感觉。

冥冥之中好像有一根弦弹了一下，就在她的脑海里。

颜昭开始看卢慈的资料，新人，电影学院毕业，第一部剧就是女主角。

最诡异的是，颜昭扒到她的早年照片，脸上干干净净，根本没有观音痣也没有泪痣，什么痣都没有！

难道是化妆技术遮瑕了？可是出道视频都有啊，观音痣是凸起的，是怎么遮都会有痕迹的！

为什么？怎么会这么巧？这世界上真的会有三颗痣的大小、位置都长得一模一样的人？就算有，怎么偏巧又跟辛渡有关系？

颜昭由心底升起一种恐怖的感觉，像小时候藏进父亲的被窝里玩游戏，从父亲的头爬到脚，从脚的位置再出来。直到现在还记得被子里无尽的黑暗和窒息感，仿佛永远也爬不出来。

她好想现在立刻就出现在辛渡面前，当面问清楚他是否见过梅香，当初那个手机又是怎么得来的。

可是世界太大了，人与人之间又分出好几个次元，那个辛渡在镜头里，不在现实生活中。

颜昭又想起了白烬野最后的那条消息，于是立刻拿起手机，思索半晌，编辑了一条回复他——

"我刚看到，你没生气就好。今晚吃饭了吗？"

147

奚婷的婚礼在碧玺酒店举办，门口坐着两位收礼钱的主理人，左边桌收的是娘家的礼，右边桌收的是婆家的礼，娘家宾客不绝，红包塞满箱，婆家宾客寥寥，箱子空空。

厉落把红包塞进新娘的礼金箱，转身看着云开。

云开今天为了参加婚礼特地打扮了一番。这身衣服和他上次骑摩托车穿的那一身，风格完全不同。

这身严肃的正装偏成熟，斜襟的剪裁，前卫与优雅并存，俊朗温润，高冷骄矜。

此时，穿得像个国际男模一样的云开正在打电话，不时有路过的女生朝他频频注目。

云开在电话里聊的是一起碎尸案，尸体的半截大腿被凶手从桥上扔进运煤的火车里，运到了外省，外省的民警今天带着大腿骨来找云开，看看尸块能不能对得上。

考虑到民警同事千里迢迢拿尸块也不方便，外省的法医干脆把骨头剔了出来，用塑料袋包着，打算送到这边往尸骨上一插，便能知道究竟是不是同属一具尸体。

打电话的是云开的同学，两个人聊了半天，厉落就在旁边津津有味地听着这桩案件，不时地把耳朵往云开的电话上凑。云开瞄到她感兴趣，干脆把身子伏低一点，方便她听见。在这喜宴门口，二人头贴着头，俨然是一对热恋中的鸳侣。

"小梁，我在参加婚礼，不太吉利，你去对接一下。"

云开这边电话挂断，厉落俯身拿起笔在礼金簿上写下云开的名字。

红包是他包的，摸着挺厚实。

"你怎么包了这么多礼金啊？"

"不是说，是你朋友？"

"那也不用包这么多啊，意思意思算了。"

厉落没有把奚婷和厉风的案子有关的真相告诉云开，她还是不太信任云开，更何况，即便告诉他，他也绝不会和自己同一战线。

"眼光放长远，很快就能收回来了。"云开朝她伸出手，用眼神示意她挽着自己。

厉落刻意避开他迷人的眼睛，动作很大地缠住了他的手臂，好像抓犯人一样把云开往宴会厅里押，边走边说：

"你要是知道我们是来干吗的，就不会包一个这么大的红包了。"

"所以我们是来干吗的？"

"砸场子。"

"什么？"

云开停住脚步。

旋转门内走出另一对惹眼的男女，正是并肩走进门的颜昭和江瀚。

颜昭戴着口罩，摘下墨镜，紧锁的眉头间有一贯的清冷和疏离，她浓密的头发像丝缎一样披下，没有任何装饰的白色法式连衣裙穿在她纤细优雅的身上，温柔又高级。

厉落呆呆望着她，忍不住喃喃自语："完了完了，她这副装备，又要搞事情……"

颜昭也看见了她，迎面朝她走来。

颜昭在云开和厉落的面前站定，率先跟云开打了声招呼：

"云开。"

"你好，颜昭。"

颜昭淡淡扫了一眼云开，很快便收回了目光，而云开也只是跟她点头示意，再没有多看她一眼。

厉落瞥见颜昭身后站着的江瀚，心里反感。眼前的这个人，正是他的父亲杀死了她的哥哥，这么多年，只要听到有人姓"江"，厉落都恨得牙痒痒，别说仇人之子就在眼前。

江瀚的脸很臭，贼眉鼠眼的，好像随时准备打劫这两箱礼金似的，见到厉落便心虚地扭过头去。

厉落冲着他的背影狠狠瞪穿。

云开见江瀚对厉落的态度，他的脸也跟着沉下来。

厉落凑到颜昭身旁去，闻着香喷喷的颜昭，小声问："你是把他给绑来的？"

颜昭"哧"的一声笑了，像是故意说给江瀚听似的，音量提高了些："青梅竹马共患难的女朋友就要嫁人了，嫁的是人是鬼，有胆来看吧？"

江瀚不耐烦地催促颜昭："少废话，赶紧带我进去！"

颜昭的两只眼睛像两支电击棒冒出冷光："你跟谁说话呢？"

颜昭向他靠近，江瀚吓得后退一步，见她表情不善，语气立刻弱了下来：

"别闹……"

不知内情的，还以为这是一对女强男弱的欢喜冤家正在打情骂俏。

大厅的另一头，一堆人簇拥着穿着秀禾服的新娘子往宴会厅的方向走，走着走着，新娘子忽然停住了，痴痴地望向这边。

江瀚正欲躲颜昭，忽然就与身披红妆的奚婷撞了个四目相对。

眼前的这个女人，在她还是小公主的时候，为了他，和妈妈撒了多少谎，背叛了爱她的父母，义无反顾地和他在澳洲同居，为她的男孩做饭洗衣服，比她的男孩先成熟一步，跟他相依为命整个青春。

在他债台高筑的黑暗岁月，她和他躲在房子的角落，听着窗外黑手党砸碎玻璃的声响，她抱住他的头，捂紧了他的耳朵，流着泪安慰他。

会过去的，你还有我。

本以为一切真的过去了，没想到回了国，还是一样。

当那些人把奚婷的内衣用刀子钉在他的门口时，江瀚就下定决心，再不要让她过回在澳洲那样担惊受怕的生活。

江瀚闪躲转身，背对着奚婷，他从衣服里掏出一个红包，塞进奚婷的礼金箱。

他准备的红包太厚，以至于塞了半天才弄进去。

"厉落。"奚婷远远地跟厉落招了招手，像是没看见江瀚一样。

厉落也朝她招手："你今天好漂亮。"

奚婷还有妆发要做，来不及跟他们多说，就提着衣裙被家人簇拥着离去了。

厉落心里产生一丝愧疚，小声跟颜昭交头接耳："哎，我真不忍心，人家以为我们是来祝福的，谁知道我们要捣乱。"

颜昭的心理素质显然比她要好："不忍心的不止你一个。"

云开耳朵尖，耳朵一动，就听见两个女孩子商量着要捣乱的事，当即诧异地看着厉落。

这时，电话打了过来，云开接起电话，实习法医焦急的声音传来："师父！马上要开会！我走不开，要不我拜托我朋友去取一下腿骨吧！"

云开看看表，说："太耽误时间了，你告诉那边，让他们直接把东西送到碧玺酒店门口，我拿着就行。"

"啊？您不是说您在参加婚礼吗？拿着腿骨参加人家婚礼……会不会不太好啊……"

云开瞄一眼两个正在憋坏事的女孩，淡淡地说：

"无所谓了。"

148

厉落和云开，颜昭和江瀚，四人结伴进了婚礼现场。

一进婚宴厅，狭小的场地，简陋的布置，就触到了江瀚的霉头。

婚礼的服装、喜糖、烟酒都是女方订的，奢华高档，婚礼场地则是男方操办的，拥挤又土气。

男女双方亲戚的穿着与素质也相去甚远，女方亲戚规规矩矩地坐满了一侧，而男方只来了两桌，瓜子皮已经嗑了一地，不知谁家的胖娃娃还尿到了地上，服务员正用拖布在擦，场面乱成一团。

江瀚见此场景，忧心忡忡。他从留学到回国，再到参加工作，这是他参加过的最不像样的婚礼。

江瀚眉头压得很低，颜昭偷瞄一眼他的状态，嘴角悄悄勾起。

四个人在娘家席落了座，坐到了同学那一桌，奚婷的同学就来了一桌，互相也不熟，年轻人不会过多寒暄，大家都低头玩手机。

新郎新娘在激动的音乐声中闪亮登场了，看着都挺开心的，就像是许许多多对新人一样。

一场普通的、喜悦的婚礼，正式开始了。

灯光交织，音乐煽情，司仪讲述着两位新人从相识到相知到相恋的过程。有什么好讲的呢？两个人认识一个月不到。司仪只好把闪婚解释成一见钟情、旷世奇恋，台下听着的江瀚，脸都绿了。

云开出去了一趟，回来的时候手里拎着一个黑色塑料袋，从塑料袋的轮廓来看，里面装的是一根柱状物。有几个和他一起进来的中年妇女眼神狐疑地盯着他，指指点点，因为她们恰好听见了那个外省警察跟云开的对话：

"尸块，腿骨，云法医，鉴定结果，不急，您先参加婚礼。"

这几个字眼在婆家席里很快传开了，人们纷纷带着猎奇的眼光朝云开这边看过来。

典礼很简单，基本就是走个过场，新郎新娘讲话，就结束了。当新娘讲到姥爷的时候，女方家属哭成一片。江瀚也目光深深地盯着台上的奚婷，眼圈泛红。

酒席开始，碗筷声碰撞，新郎新娘去后台换下礼服，准备下一个敬酒环节。

奚婷穿着轻便的服装再次从更衣间里出来，新郎挽着她，在她耳边说：

"我妈都生气了你没看见吗？"

奚婷说："你妈也太迷信了吧？不然你要我怎么办？把人赶走？"

"你这是什么态度？这么大喜的日子请个法医来参加，我妈觉得不吉利也很正常吧？

"哎呀宝宝，你别对我妈这么排斥嘛，你想想，法医天天都干什么呀？解剖尸体，去停尸间，去殡仪馆，没准他就是刚从殡仪馆出来，就来咱们这儿了，多晦气！"

"我姥爷生病就是他给我找的人，法医怎么了？我的婚礼我愿意请谁就请谁！你妈办一场婚礼到底要提出多少意见？"

看着奚婷对自己母亲没有好态度，新郎有点火大，却又不敢发作，只好板着脸跟在她身边，自言自语道：

"这种不自觉的人，我非拿话点点他不可！"

新郎新娘开始敬酒，厉落朝奚婷招招手，奚婷端着酒杯走过来。

"饿不饿？我给你留了吃的。"厉落说。

奚婷从早晨4点到现在，就接亲的时候咬了一小口苹果，现在正饥肠辘辘，厉落拉着她，她便跟着她在饭桌前坐下了。

一坐下，奚婷就注意到坐在对面的江瀚，她的眉心忽然抽动了一下，却见一个美女正坐在他身边给他夹菜，奚婷的眼里又突然间冒起了火。

新郎也没什么好脸色，拽了一张凳子在奚婷旁边坐下，他察言观色，一见奚婷和对面的人眉来眼去，就知道这男人跟她一定有故事。

厉落把一块蛋糕和一盘水果推到新郎面前，和气地说："先垫垫肚子，一会儿敬酒的时候不会太难受。"

新郎没动，阴阳怪气地问奚婷："老婆，你也不介绍介绍？"

奚婷常年在国外，国内同学基本没联系，来了几个本地的，吃了饭打声招呼就走了，这一桌就只剩云开、厉落、江瀚、颜昭四人。

"这位是江瀚，同学。"奚婷冷冰冰地说。

新郎异常热情地站起来，伸出手朝江瀚说："你好你好，您在哪里高就？"

江瀚磨磨蹭蹭站起来，很用力地捏了捏新郎的手，眼神如刀子射出来："江瀚，SEED摄影师。"

"那很厉害！"

颜昭不请自来，也朝新郎摆摆手："你好，我是江瀚的女朋友。"

江瀚慌了，猛地转头瞪向颜昭，颜昭也瞪他！

搞什么？！江瀚的脸上是一副"这女人又要搞我"的警惕，但在奚婷眼里却成了"她想示威他在警告"的情侣把戏。

颜昭被江瀚瞪了一眼，立刻不开心了，霸道地质问："你这是什么眼神？"

江瀚仓促地看一眼奚婷，厉声反驳："你又搞什么？你什么时候成我女朋友了？"

明明说好了她带他来婚礼，好好地给奚婷送上祝福。

颜昭抄起手包照着江瀚的后脑勺猛击一下，这一野蛮举动把桌前的几个人都吓得愣住了！

"你又不认账！"

奚婷狠狠瞪着颜昭，拳头硬了。

江瀚恼怒地瞪颜昭，颜昭举起包又要打他，厉落赶紧上前制止。

新郎一副暗爽的表情，恨不得高声欢呼打得好，但还是装作一副和事佬的样子，缓解尴尬气氛：

"哈哈打是亲骂是爱，奚婷，这位美女又是谁？介绍一下呗！"

奚婷这才收回气愤的目光，转而看向厉落："这位是我朋友，她是市局的刑警。"

厉落对新郎摆摆手，露出一个甜美的笑，没有握手。

"幸会幸会，那这位是？"

站在厉落身边的云开可没介绍说自己是谁的男朋友，他怕挨揍。

"云开。"

这新郎就是冲着云开来的，当即不怀好意地问："您是做什么的？"

"法医。"

"法医啊？"新郎做出震惊的表情，"我是没关系哈，就是纯好奇，您经常参加别人的婚礼吗？您跟死人打交道，别人不会觉得触霉头吗？"

这话说得够直白，不在成年人的话术范围内，桌上的几个人一时间都措手不及，纷纷愕然。

149

奚婷尤其尴尬，皱眉拧了新郎一下。

新郎说完话，刚才的气也出了，若无其事地坐下来吃饭。

云开还是没什么表情，但也没心情吃饭了，只能给自己倒了杯水，仰头喝了下去。

一见云开这样忍气吞声，厉落一下子就火了！

"法医怎么就不能参加婚礼了？你这是职业歧视！"

新郎也是个好口才，当即撑回去："他是法医也就算了，但是带着尸体来参加婚礼，没有这么办事的吧？"

说罢，新郎指了指云开脚边的黑色塑料袋。

他转头向奚婷发问："我刚说什么来着？我妈他们没听错吧？你这朋友就是把法医带进来了，而且还带了尸体的大腿骨进来。"

新郎把凳子搬得离黑色塑料袋远一点，满脸嫌弃：

"你说我妈迷信，但咱们也得讲究一个公序良俗吧？"

奚婷一时间被他的话噎得无话可说。

确实，这不仅仅是对法医职业歧视的问题，如果这个法医真的带着部分尸体来参加婚礼，确实有很多人忌讳，更别说老人家。

几个人都不说话了，新郎占据绝对道德高点。

新郎颇为得意，占了上风就得趁机给另一半先上一课，摆出姿态，最好让她长长记性，以后在婆媳问题上也要对婆婆的明察秋毫心服口服。

新郎把叉子戳进蛋糕里搅了搅，又把汽水倒进另一个他吃过的盘子里，搞得一片狼藉后，站起身，优雅地微笑："大家吃好喝好，我先去换衣服了。"

新郎刚要站起来，突然听见哐的一声，定睛一看，一个黑色塑料袋被抡到了桌子上！

150

厉落的手劲儿大，没把玻璃转桌敲碎已经是手下留情了，她指着塑料袋冲着新郎厉声质问："你别走！把袋子给我打开！"

云开也吓了一跳，手里的水差点洒了，厉落毕竟是警察，动起怒来还是有一定震慑力的！

江瀚赶紧把奚婷拉到一边，颜昭在一旁不动声色地看热闹。

新郎紧张地吞咽了一下，伸了伸手，没敢碰。

"害怕是吧？"厉落抄起塑料袋倒扣在桌子上，"没关系，我帮你！"

塑料袋里的东西哗啦啦掉落，几桶金骏眉茶叶在桌子上滚来滚去。

云开怕给厉落添麻烦，最后还是请同学把腿骨送到局里了，送尸块的老同学特地给云开准备了当地的特产，不方便拿到单位，就当面给他了。

奚婷见此情景，立刻回过味来，赶紧对未来丈夫说："你看你，净瞎说！哪里有什么大腿骨？"

新郎一见是误会，自己闹了笑话，很是尴尬，支支吾吾就要走，却被厉落给叫住了：

"不许走！"

新郎瞥一眼厉落，心虚又胆怯。

"没错，虽然泡在死亡里，但法医却是为了未来而存在的工作。"厉落指了指云开，"给云法医道歉！"

云开接住了厉落愤怒的眼神，但他没想到她会这么生气。

她维护他的样子，还真是……有点可爱。

众人把目光聚焦到云开身上，云开把头一扭，低头玩着自己修长白皙的手指，睫羽低垂，失魂落魄，那副样子还真像是别人对他做了什么不可原谅的事。

然而这个角度，没人能看到云开微微漾起的唇角……

新郎是个不吃眼前亏的人，立刻换了副嘴脸，脸上堆满假笑："你看这事儿闹的！实在不好意思啊法医兄弟，这真是一场误会，误会！"

新郎双手合十作揖连连，道了歉准备溜之大吉，却又被厉落一个闪身给拦住了。

"哎？你不要没完没了啊！"新郎指着她的鼻子。

"当然没完！职业歧视的事，咱们可要说清楚！"

厉落走到新郎面前，戳着他的胸脯警告，目光竟然流露出那么几分暧昧："说到歧视，我还没嫌弃你的职业呢，不知道奚婷知不知道，你以前干过陪酒啊？"

新郎愕然一滞。

"什、什么？"奚婷不可置信地看向新郎，"你干过陪酒？你不是说你以前当导游的吗？"

云开从椅子上站起来，上前一把攥住厉落的手，压低嗓音："不许乱摸！"

厉落使劲抽出手，云开却已经掏出消毒湿巾，捏住她的手擦来擦去，每一根指头都不放过。

新郎见此情形，不禁急火攻心，惊讶、羞愤、窘迫，脸上真是精彩纷呈。

面对奚婷质疑的眼神，新郎急了："你不要乱说我警告你！"

厉落耸耸肩膀。

奚婷觉得不对劲，一个是警察，一个是刚刚认识一个星期的准丈夫，她应该相信谁？

"你说清楚，你到底有没有做过陪酒！"

"我没做过！老婆，你信我还是信她？"

两口子突然吵起来了，旁边桌也察觉到这边的动静，人们纷纷朝这桌张望。

眼见着就要惊动亲戚朋友，新郎拽着奚婷的衣角小声说："这件事我回头再跟你解释，好不好？"

奚婷一听，当即睁大眼："还真有这样的事？！"

"哎呀你别嚷！"新郎百口莫辩，心虚地转转眼睛，"咱们能不能结完婚再说？"

奚婷恍然大悟，挣开他的手后退一步："难怪你妈根本就不知道你在哪里念的大学，难怪今天去请那个媒人参加婚礼，媒人竟然联系不上了……你们家是不是早就瞄准了我们家的条件，知道我着急结婚，串通好了来骗我？"

新郎彻底慌了，他心虚的神情泄露了他的一切。

江瀚听了奚婷的控诉，立刻明白了怎么回事，见新郎还要拉奚婷的手，赶紧冲到奚婷身前挡住。

江瀚愤怒地推了一把新郎，斥责道："你在哪里工作，什么单位，叫什么名字，立刻告诉我！我现在就让人去查，查不明白你今天这婚就别想结！"

奚婷痴痴地望着江瀚宽阔的背影，表情里流露出悲哀与可笑。

就在这时，一道金光闪过，是女士背包上的链条反射着灯光，照进了奚婷的眼睛，链条包在空中飞出一个圆弧，砰地一下拍在了江瀚的后脑！

江瀚没有防备，被链条包打得嗷嗷直叫，捂着后脑勺转身朝打人的方向怒吼：

"颜、昭！"

吼声震天，响彻全场！

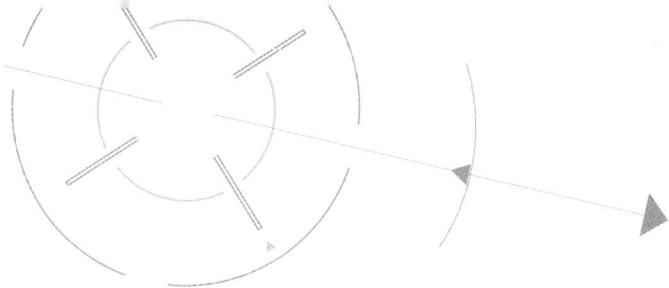

第三十一章

江瀚的加入

151

众人目瞪口呆，纷纷看向女主人。

链条包的女主人正是颜昭，她好整以暇地推了推小巧鼻梁上的墨镜，墨镜一角反射出凌厉的光。

"江瀚，你给我滚回来。"她的声音不疾不徐，却充满狠辣的威胁。

江瀚已经快要气死了，揉着肿痛的脑勺，指着颜昭怒吼："你这个疯女人！"

颜昭三步两步冲上去，揪住江瀚的耳朵一拧！江瀚伏低弯腰，嘶嘶哈哈乱叫。

"颜昭你疯了吗！你松手！"

颜昭厉声问道："你是不是还想跟她纠缠不清！"

整个过程发生得太突然，充满"暴力美学"，让在场的人无不震惊。就连厉落也后退了几步，连云开的表情都跟着抽搐起来。

奚婷第一个反应过来，冲上去拉开颜昭和江瀚，急得直打颜昭的手背："放手！你给我放手！你怎么打人呢？！"

颜昭显得理直气壮，压根不搭理奚婷，居高临下地睥睨着弯腰捂耳朵的江瀚。

"今天我就是没带电击棒，你给我等着。"

江瀚脑袋都大了，他不知道颜昭这又是哪一出，气得都想揍她，一再告诫自己她是个女的，是个女的，这才忍住了冲动，只能连声警告：

"你不要发疯了，你闹够了没有！"

两个人的互动与对话，在外人看来，这不就是野蛮女友收拾对前任余情未了的男友嘛！

奚婷看不下去了，江瀚的疼不是装的，这女人下手是真狠。

"你怎么能打他呢？我警告你，你现在立刻给我滚出去，你再碰他一个手指头试试！"奚婷在盛怒之下，居然拔下头上的簪子，对着颜昭的方向猛刺！

自己宝贝了这么多年的前男友，被现女友当场痛殴，这事搁谁谁能忍？

江瀚见奚婷要动手了，连忙扑上去抱住了她。

"别！小婷！别冲动！"

奚婷狠狠推开他，气得直哭："你干吗呢！啊？你把我扔了，结果就找了一个这样的？你还护着她？"

江瀚见她眼妆都哭花了，连忙摊开手，十分无奈地说："小婷，你别理她，她脑子有病。"

颜昭一脚端上江瀚的后腰，江瀚又是嗷的一声惨叫！

奚婷一下子疯了，冲上去就要挠颜昭，却被厉落给拉住。

奚婷边抓边挠边喊："你再打他一下试试！啊！你们放开我！我非揍死这个女人不可！"

江瀚情急之下抱住了奚婷，奚婷在他怀里扑腾捶打痛哭。

"你就宁可找个脑子有病的也不要我！"

"我要你！我要你！我没有不要你！别哭别哭……"

新郎反应过来，冲过来扒拉着两人，没弄开，最后气得掀了桌子：

"干吗呢！你们俩干吗呢！这婚还能不能结了？"

奚婷伏在江瀚肩上哭喊："不结了！你跟你妈结去吧！"

新郎气得直瞪眼："你再说一句？信不信老子捶死你？我告诉你你瞧不起我可以，但你不能骂我妈！"

得亏云开在后面把新郎拉住了，不然他那个架势真就要上脚端新娘了。

"不能打女人。"云开说着，稍微一用力地把新郎一甩，新郎像印度飞饼一样趴到桌面上去了。

新郎的亲友们见新郎被欺负了，有几个壮汉立刻从饭桌上站了起来，眼看就要朝这边围过来。

千钧一发之际，颜昭机敏的声音响起："快带她走！"

江瀚听到提醒，当机立断拉起奚婷的手就跑！

于是，电影里逃婚场面就这样真实地发生了。

厉落感到一阵热血澎湃，激动之下，她拉起云开的手也跟着往外跑！

云开跟在她身后，只觉得肾上腺素飙升。

颜昭、厉落、云开、奚婷和江瀚，5个人飞奔在酒店里，身后追着一群人。

一声急刹车响彻门廊，一辆轿车疾冲出来，早已等候多时的钱铎从车窗里伸出头，朝颜昭大喊：

"颜昭！我来了！"

颜昭边跑边骂："让你开辆 GL8 你弄辆马自达！你怎么不开甲壳虫来啊！"

"车被我爸开走了啊！"

5 个人一拥而上，塞棉花一样挤进一辆小轿车里，小轿车的底盘狠狠向下压了一下，紧接着一溜烟似的绝尘而去！

152

上了车，颜昭迫不及待地问厉落："你怎么知道新郎是陪酒的？"

就算厉落是警察，在这么短时间内查到对方身份信息不太现实，而且也不合乎纪律。

厉落刚想回答，低头一看，自己竟然坐在了云开的大腿上。

"哎呀对不起！奚婷你再往那边挪挪！"

原本是 5 座轿车，硬挤下 6 个成年人，钱铎只好把车往没人的小路上开。

后排只够坐 3 个人，江瀚和奚婷占据了半壁江山，本应该是奚婷坐在江瀚腿上更合理，谁知刚才上车匆忙，谁让厉落是最后一个进来的，情急之下云开几乎是将她掠进怀里，迅速关上了门！

厉落刚要抬起屁股，云开的手臂一紧，又把她给搂了回去。

被云开抱了个满怀，姿势过于暧昧，厉落老脸一红……

她连男孩子的手都没拉过，这一下子就把屁股坐到男人的大腿上了，哎呀，羞死了……

但见奚婷正趴在江瀚的怀里哭，二人梁山伯祝英台一样，厉落就没好意思再提出让一让的请求。

颜昭从副驾驶上转过来，等厉落的回答。

厉落扭捏半天，后来干脆给自己洗脑，干这行经常要执行任务，遇见情况紧急不是正常吗？怎么能这么矫情呢？别说坐男人大腿了，接下来要是去 KTV 化装侦查呢？做刑警，怎么能拘泥于性别呢？

一番洗涤灵魂的发问，让厉落振聋发聩，她突然不扭捏了，原本虚抬着的屁股也坐实了，还回头跟云开大大方方道了个谢："哥您受累了。将就一下，瞅准时机咱就下车。"

说完就跟小猫小狗似的坐在云开的大腿上，若无其事地跟颜昭唠起嗑来。

云开的表情却极其不自然，附在她耳边低声叮嘱："你坐就坐，别乱动。"

"硌呀！你这腿太硬了。"

"……"

厉落看向颜昭："新郎那个职业我也是蒙的，谁知道他还真心虚了。"

颜昭不解："蒙的也得沾边吧？"

云开在一旁开了口："是因为他吃饭的样子吗？"

厉落用一副惊讶的表情看着云开："你懂我哎！他吃完饭的时候，把剩下的食物全部用餐具搅乱，又把自己压根没喝的饮料开了瓶，倒进碗盘里。这是一种习惯性动作。"

云开的唇微微翘起。

江瀚给奚婷擦擦眼泪，紧紧搂着，问："这有什么问题吗？"

厉落接着说："我哥以前跟我说过，有一些长期在夜场从事服务行业的人，他们都有一个职业习惯，就是在客人结账的时候，趁客人不注意，会把桌子上剩下的食物和酒水给破坏掉，否则有很多客人会以没有吃或者没喝完为由，要求退单，那么陪酒的服务员提成就会少很多。"

"啊！还有这种事！"奚婷恍然大悟！

江瀚赶紧低头柔声对奚婷说："你看，多可怕，差一点你就嫁了个坏蛋。"

"怪谁！"奚婷狠捶江瀚胸口。

"怪我怪我！"

两个人目光一撞，竟然情不自禁地亲了起来。

狭小的车厢里瞬间充满旖旎，暧昧拥吻声，厉落又是老脸一红，把脸别过去，没想到正好撞上云开的眼神。

厉落冲云开做了个尴尬的表情，云开贴近她，低声说："他们是谁，你们到底在做什么？"

厉落脸色涨红，用手指竖在唇间比了一个"嘘"，示意他不要多问。

云开用眼描摹着她的唇，眼神充满警告："回头再审你！"

江瀚和奚婷终于分开，厉落说："奚婷，江瀚是有苦衷的，他一直被人威胁，为了保护你才离开你的。"

奚婷诧异地坐直身子，惊讶地问："你又出什么事了？怎么回国了还被威胁呢？你怎么什么事都不跟我说呢？"

江瀚低下头，默不作声。

奚婷又转而看向前面的颜昭："那你和她……你们俩什么关系？"

颜昭回身对奚婷说："我们没关系，打他也是迫不得已。"

"你迫不得已？"江瀚余怒未消，不满意地嘟囔着，"我看你是打我上了瘾！"

厉落横他一眼："不打你你女朋友能心疼吗？能跟你逃婚吗！"

奚婷明白江瀚自作主张、一意孤行地抛弃自己，虽然是另有隐情，但对她的心理创伤极大，只觉得恨得牙根痒痒，不禁对颜昭竖起了大拇指：

"朋友，打得好，打得轻！我欣赏你！"

"过奖了朋友。"颜昭伸出手跟奚婷握了握，厉落也朝颜昭伸手，二人击掌一笑，庆祝任务圆满成功！

奚婷破涕为笑，三个女孩子的笑声充斥着狭小车厢。

153

无舌女尸案惊动了刑侦专家赵峰，他已经在来的路上了，云开被紧急召回局里做资料整理。

厉落正好不愿意云开知道她在给厉风翻案的事，云开被召回，她也松了口气，带着颜昭、江瀚、奚婷先找个地方落脚。奚婷家是回不去了，厉落又不想带江瀚回厉风家，几个人想来想去，最后去了颜昭家。

江瀚和奚婷经历了此番种种，两人重归于好，更加珍惜彼此。

到了厉落家，奚婷就劝说江瀚，把自己知道的情况一五一十地跟厉落说清楚，毕竟已经到这份上了，不跟警察合作不会永远摆脱不了担惊受怕的生活。

江瀚在厕所里抽了一会儿烟，出来的时候表情沉重，仍是不肯开口。

厉落对他压抑着的不满终于爆发：

"你不说就走吧！现在就走！"

奚婷帮忙说好话："对不起厉落，他这个人就是这样，你先让他好好想想，你先别急，别急。"

"你知道今天谁来上源了吗？"厉落像审犯人一样恫吓着垂头丧气的江瀚，"赵峰你该听过吧？

"赵峰他生平只带过一个徒弟，那个人就是我哥。赵峰是神探，同行叫他'峰神'，而我哥，因为屡破要案，被业界称为'小风神'。

"就是这样一个年轻有为、前途无量的国家栋梁，被你爸活活砍死，换来你今天的苟且偷生！要不是因为你，我哥现在救了多少人，抓了多少罪犯了！你还在这前怕狼后怕虎、畏手畏脚、活得像只过街老鼠，连心爱的女人都保护不了！你这条狗命算个屁！"

江瀚握紧拳头，缓缓站起来，深深地向她鞠了一躬。

说多少对不起都换不回人命一条，江瀚默默流泪，只恨自己当初没有自我了断，害了父亲又害了别人。

厉落对他的低姿态很不屑，一字一顿道："我与你的个人恩怨放到一边，你家欠我的你自然要还！必须还！你背后的势力我也要揪出来！哪怕撕了我这身皮，要了我的命，我也要跟害死我哥的凶手同归于尽！杀父之仇不共戴天！堂堂七尺男儿活一辈子，让人害死了父亲，你难道就这么憋屈着算了？"

厉落这一番血泪之词，慷慨辛辣，说得江瀚满腔愤懑喷涌而出：

"我配合！厉警官，我知道的我都告诉你！"

154

江瀚的父亲江坤龙是个混混，无业游民，有案底，逞凶斗狠，脖子上戴着随时可以变现的大金链子。

在道上，对他们这类人有一个称呼，叫"惶犯"，仓惶躲避，居无定所，这些人虽然没工作，但有大哥拿钱养着，有事的时候出力气、送人头。

江坤龙就是方光北养着的"惶犯"，在千禧年前后，临市的矿产资源被两股强大势力垄断，南边由方光北掌控，北边由谁掌控不清楚，反正南北两派虎视眈眈，相互制衡，倒也和平共处了几年，直到方光北突然被绑架，下落不明，临市的矿产资源就被北派独占了。

这都是江瀚听江坤龙"话当年"的版本，讲起这些时，添油加醋，神话往昔也说不一定，唯一能够确定的是，江坤龙在出事前，就已决定退出江湖，守着学习成绩优异的儿子干起了装潢的买卖。

"我爸是爱喝酒，一喝酒就一群人，他们那些人也确实不像好人，但他已经下定决心干正经买卖了。我家房子拆迁得了不少的钱，我爸把我送出国前还对我说，他已经很知足了，老天给他机会做个好人，他就指望我光耀门楣了，还说等我回国帮我找份工作，他一定遵纪守法，绝不给我添乱。"

厉落目光犀利地问道："可你出国以后就染上了赌瘾，债台高筑，对不对？"

江瀚点点头："留学的生活很精彩，我那时……交了坏朋友。"

赵峰的动车刚到站，第二具无舌女尸就出现了。

祸不单行，赵老一下高铁就犯了高血压，被120送去了医院。赵老又心系案件，一苏醒，就把专案组的几名骨干成员全部叫到医院去做报告，病房俨然成了专案组的会议室。

厉落虽然算不上骨干，但作为专案组唯一的女性成员，也跟着季凛和老王等人来到了赵老的病房，赵老的家人都搬离了上源市，厉落负责帮忙照顾老人。

云开由于临时有个鉴定要做，所以要迟些才能来。

厉落一行人还没进病房，就听见赵老在病房里正跟小护士发脾气：

"你看看你们这菜，剁碎了喂鸭子鸭子都不吃！

"我不吃点有营养的东西，我这把老骨头风一吹就散了！"

直到病房内的火气减弱，季凛才带人进去。

一进门，厉落就看到一个60多岁、穿着病号服、国字脸的老人靠坐在病床上，他五官端正，往前倒30年也是个帅哥，但老人横眉立目，不怒自威，周身散发着戾气，是厉落见过的所有领导里最吓人的一个。

厉风还活着的时候，每次被厉落气得鼻孔冒烟，都要把自己的师父给搬出来："厉落落！你要是再不听话，我让我师父给你抓进看守所！"

赵峰在厉落心里，就是个骑三轮车举着喇叭挨家挨户收小孩的形象。

赵峰一抬头，头一个看见的是季凛，表情更凶了，责备道："你这穿的是个什么东西！"

季凛今天的便衣是黑色T恤，右胸前有一行小字，转圈写着"猿人不打猿人"的印花字样，这是属于年轻人的嬉皮，但在赵老眼里，就是出格。

季凛挠头，连连点头："我换，我换。"

尽管季凛态度良好，赵峰还是追着他损："没个人样！"

季凛都挨训了，老王往后靠了靠，赵峰的眼神很锋利地逮住了他。

"赵老！我可没穿出格的背心儿！您看我，长裤，没穿凉鞋，短袖都带领的。"

"你怎么肚子还起来了？"赵峰鹰眼一瞪，"是不是总出去喝大酒？"

老王呵呵干笑："过劳肥，呵呵，过劳肥。"

"注意身体，别像我一样把身体可劲造，现在这不让吃那不让吃。"

赵峰说着，突然用眼神揪住躲在最后面的厉落："小丫头，你，出去给我买份红烧肉，再买包黄鹤楼。"

"欸！"厉落瞄一眼病床旁的垃圾桶里被扔掉的盒饭，应了一声，低眉顺眼地退出了病房。

一出病房，就被医生拦住了。

"您是赵老单位的吧？"

"嗯，是，怎么了医生？"

"你跟你们领导汇报一下，想办法联系一下赵老的家属，他的化验报告出来了，肝癌晚期。"

厉落如遭雷击。

"病人情绪不稳定，先别告诉他。"

155

病房里众人寒暄一阵，开始切入正题。

季凛将案情简单汇报给赵峰，因为赵峰已经在来之前对第一具无舌女尸案有过详细的了解，所以季凛这次主要向他汇报第二具无舌女尸的情况。

赵峰听着汇报，布满皱纹的眼紧紧闭着。

"死者叫支凤霞，女，47 岁，曾任职于宣汉县莲花村白奇希望小学，3 年前从希望小学辞职，来到上源市定居。死者在城中村的房子是租的，日常收入来源靠给附近小学生补课为主，生活拮据，有神经衰弱、糖尿病、心脏病、高血压病史。据邻居反映，支凤霞性格较孤僻，不大和外人接触。死者被发现时蜷缩在厨房接水的水桶里，桶盖紧闭，桶边拖鞋头朝桶的方向摆放整齐，门窗完好无损坏，死者卧室床边发现安眠药一瓶，药瓶已空，案发现场无明显打斗痕迹。现场除死者以外，没有发现其他人的指纹。"

季凛正汇报，病房门被轻轻敲响，推开，云开的身影出现在门口。

云开一进门，季凛和老王就等着看赵老怎么骂云开。

赵峰的视线在云开身上上下扫视，云开气貌堂堂，衣着雅致，男性魅力充盈，一开口，自尊又敬人，亲近又威严：

"赵老，抱歉有事来迟，您好些了吗？"

赵峰几乎认不出，目光里有点惊喜："你小子变样了。"

"您又要提我的黑历史。"

"你还没参加工作的时候，我记得你小子总骑个摩托车，穿一身那样的皮衣，谁能想到你走了这条路？"

云开说："当年骑摩托的小混混都忌惮您'峰神'的大名，您在上源的日子，偷电瓶的都不敢出来作案。"

"哈哈哈！"

赵老仰头大笑，病房里的气氛一下子缓和下来。

厉落正是在这一片欢声笑语中溜进门的，手里提着几个食盒，她默默将饭菜在桌前摆好，慢慢打开盒盖，生怕发出声响。

赵峰笑着说："我记得你小子那时总跟在厉风屁股后头转……"

厉落的手一滞，云开的目光落在她的手上，转而去看她的脸。她很快又像没事人一样继续。

而赵峰的话却像急刹车一样停住了。厉风是赵峰唯一的爱徒，是忘年交，有过命的交情，厉风出事时，赵峰连夜开车返回上源市，在车上就犯了高血压，差点出车祸。

在葬礼上他摸着厉风的遗像，白发人送黑发人，泣不成声。

赵峰的眼眶微红，别过头去，不想被孩子们察觉自己的脆弱，便将注意力全都转移到饭菜上去了。

"我饿了，咱们边吃边说。小丫头，黄鹤楼买了吗？"

厉落摇摇头："护士说了，您不能抽烟。"

赵峰急了："让你买你就买！好不容易脱离了老伴的魔爪，来上源还得你管我？"

老厉就是高血压糖尿病，对于糖尿病人的饮食控制，厉落比谁都了解。

厉落柔声说："您这红烧肉我没让厨师放糖，少放了点酱油，肥肉也都剔下去了，您凑合着吃瘦的吧！"

赵峰把筷子重重一撂！

"红烧肉没有肥肉还能吃？"

云开劝道："赵老，您在饮食上还是要遵从医嘱，不然咱这针白打了。"

季凛也劝："赵老，我们还等着您赶紧好起来一起破案呢！"

赵峰吹胡子瞪眼睛看着厉落："你还在这站着干吗呢？你能破案吗？"

厉落知道老人家生病心焦，也不生气，低眉顺眼地靠墙站。

云开开始汇报尸检结果："赵老，死亡时间是五天前，死亡原因是割腕造成的失血性休克。

"死者的左手小臂有4处试切创，伤口平行，切口规则，均分布在死者自己容易持刀操作的地方。在割下了测试疼痛和伤口深度的这4刀之后，又将两条尺动脉横向切断，腕部内侧的浅层皮肤静脉也被切断。"

云开又说："根据死者床边的安眠药结合胃内容物，死者生前吞服了大量安眠药。"

赵峰问："舌头是怎么回事？"

云开答："根据生活反应来看，舌头是死者死亡后被人割掉的，从割舌手法来看，和之前那具无舌女的手法一样，即：用刀由左向右切割，当舌头还与舌根有少部分连接时，凶手改用手直接拽，将舌头从舌根上扯下来。"

赵峰："这种割舌手法还是头一次听说，你继续。"

云开："我在尸体的舌根处发现了少量甲醇成分，以及在刀口边缘发现绿色水墨样印记。推测是凶手在割舌之前，曾把尸体的舌头拽出来，用马克笔画上记号后，按照画好的线去割舌。"

季凛问：“为什么要在舌头上画一道竖线呢？”

云开："因为凶手在第一次割舌时，留下过遗憾。"

赵峰也对云开的分析产生了兴趣："什么遗憾？展开说说。"

云开："第一次割舌，凶手由于紧张和害怕，割着割着就停了下来，此时舌头和舌根还有1/3的连接。凶手在停止动作后，做了一段时间的情绪调整，可能又想起心头的某些仇恨，再次来到尸体前，将悬在舌根上的舌头直接拔了出来，这一下的快感让凶手获得了前所未有的平静与满足。凶手发现，拔舌比割舌更过瘾。"

厉落在角落里暗暗打了个冷战。

这种异于常人的变态，恐怕也只有云开这个做法医的能够想象得到吧？

云开继续说："第二次割舌时，凶手回忆起第一次割舌时的感受，某些细节上令他不太满意。比如，第一次割舌时，舌头还有1/3就会掉下来，太容易扯断，不过瘾。于是在对待第二具尸体时，凶手选择用笔去做记号，将割舌的尺寸划分在1/2处，再去扯舌，这样强劲的撕扯感可以让凶手觉得更刺激。所以第二具尸体上我们就看到了舌正中位置上有一个记号。"

"太变态了！"步飞的表情有些抽搐。

季凛看了看步飞，问："马克笔不是用来给漫画上色的吗？"他立刻又看向厉落，"你俩不是总是一起去看漫展吗？对这个漫画和马克笔方面有没有研究？"

步飞脸一红，瞥向厉落："我是爱看漫画，但是我不会画呀……"

云开的眼睛刀子似的扫向季凛，说："马克笔叫 Marker pen，mark 就是记号的意思，但是马克笔和记号笔存在很大的区别。记号笔常用于给木头、布匹、玻璃、金属等物品做记号，因为里面有油性溶剂，所以不容易被擦去。油性记号笔里含有二甲苯，长时间接触会导致角膜受损，长期吸入鼻腔会导致黏膜受损引发癌变。所以一般设计师或者画手用的都是马克笔。市面上的马克笔大多是酒精性的，含甲醇，墨水出水量大，快干，色彩饱和度高，笔触痕迹少。马克笔又分为3种笔头，即细头、软头、大方粗。其中大方粗最常用，办公室常见到。但尸体舌头根处的线条比较细，推测是细头，又是不常见的绿色，所以凶手应该拥有一整套专业的马克笔，推测从事建筑、工业设计、产品设计、服装设计、景观设计、动漫手绘等行业。"

云开一口气说完这一通对马克笔的分析，在场的人都惊呆了。厉落差点给他鼓掌。

要知道，云开除了尸检报告，从来不做除尸体以外的主观分析，因为法医的一句话，很有可能干扰整个侦查方向。

季凛悄悄凑上去，小声问："小云，你怎么研究起马克笔了？"

云开用肩膀把他撞开，瞪他："我也喜欢漫画。"

赵峰说："凶手是男性，24岁到28岁，智商中等，个性特征畸形、被动攻击类型，有强迫症，不爱社交，没上过大学，可能中专或者职高毕业，从事建筑师的可能性很小，从事门槛低的装修设计师或漫画师的可能性更大，童年有过尿床、虐待动物的行为。"

厉落站在墙根处听着赵老的犯罪侧写，逐字逐句地在心里过了一遍，有几个特征她真想问一句到底是怎么推断出来的，可是人家刑侦专家的侧写都是依据多年的办案经验总结出来的，根本不会一条一条地给手底下人解释，问了显得不礼貌，不问又好奇，厉落就在心里默默地存了疑。

季凛说："赵老您的犯罪画像好像是死者的儿子，死者丈夫10年前因病去世，有一个独子，叫杨湛，17岁，辍学，曾在网络上做过博主，3年前患上精神分裂，被送进华康精神康复中心，案发前一周，杨湛突然从精神病院逃跑，至今下落不明。"

"把杨湛的病历诊断和视频资料给我看看。"赵峰说。

季凛从手机中找出照片和视频。

照片中，一个面色苍白的清瘦男孩目光空空地望着镜头，身上穿着写有"华康精神康复中心"字样的病号服。

视频是直播回放，是他在精神病院内在短视频平台向网友求助的内容，杨湛的语气很慌张，眼睛不停向身后看，仿佛随时会有人冲出来害他。

他对着镜头说："朋友们，我现在就在二楼的一个小房间里，他们把我关起来了，每天给我吃好多药片，可是我根本就没有生病，他们都是一些别有用心的人，看到这个视频的朋友们请你们一定要来救救我。"

赵峰看完后，思索片刻，说："凶手不是他。"

"像杨湛这样有被害妄想症倾向的精神分裂患者，在发病时生活不能自理，是不可能做到用马克笔丈量舌头尺寸再下手的。有些精神病人犯罪会忍不住在现场附近排泄，第一具尸体的抛尸现场整洁，这不符合精神病人犯罪特征，显然，凶手是个心思缜密、思维正常的人。割舌的人是典型的性欲倒错障碍，也符合代偿型连环杀手的特征，这类人都是在童年遭受过严重的精神刺激，导致痛恨某一类人，并试图从杀死这类人中找到快感。"

季凛问："那赵老，您看这两个案子是不是可以并案调查？"

"可以，"赵峰笃定地说，"第一名死者有可能是在凶手情绪激动时失手掐死，第二名死者是自杀，凶手是来虐尸的，同时也是在练手。这两起案子算是他的启蒙，凶手已经对杀人拔舌上瘾，我们必须尽快抓到人，否则凶手很快就会再次犯案。这一次可不是失手和自杀了，凶手会有计划地去狩猎！"

季凛说："老王，你带人去寻找杨湛的下落。"

"好！"

"步飞，你负责带人去一趟宣汉县莲花村，去支凤霞以前工作过的学校打听情况。"

"是！季队！"

"赵老，冷库那边以及支凤霞邻居这边，我已经派人去调查了，相信很快就会有消息。"

赵峰听着，面露焦虑，指了指在墙根处站着的厉落说："你去叫护士给我拔针，我要去案发现场。"

厉落想起医生的话，坚决地摇摇头，小声劝："您今天还有两针没打呢，不能断。"

"明天你别来了！"赵峰气得把针头扯下来，"看见你我就生气！"

图书在版编目（ＣＩＰ）数据

蔷薇追缉令 . 上 / 盛世爱著 . -- 北京 : 中国友谊
出版公司 , 2024.9
ISBN 978-7-5057-5822-3

Ⅰ . ①蔷… Ⅱ . ①盛… Ⅲ . ①长篇小说—中国—当代
Ⅳ . ① I247.5

中国国家版本馆 CIP 数据核字 (2024) 第 008650 号

书名	**蔷薇追缉令 . 上**
作者	盛世爱
出版	中国友谊出版公司
发行	中国友谊出版公司
经销	新华书店
印刷	三河市中晟雅豪印务有限公司
规格	700 毫米 ×980 毫米　16 开
	23 印张　409 千字
版次	2024 年 9 月第 1 版
印次	2024 年 9 月第 1 次印刷
书号	ISBN 978-7-5057-5822-3
定价	59.80 元
地址	北京市朝阳区西坝河南里 17 号楼
邮编	100028
电话	（010）64678009